상록수

오늘의 한국문학 2

상록수

인쇄 2011년 7월 10일
발행 2011년 7월 20일

지 은 이_심훈
펴 낸 이_한봉숙
펴 낸 곳_푸른사상

등록 제2-2876호
주소   서울시 중구 초동 42번지 아시아미디어타워 502호
대표전화   02) 2268-8706-7 / 팩시밀리   02) 2268-8708
메일   prun21c@yahoo.co.kr / prun21c@hanmail.net
홈페이지   www.prun21c.com
ISBN 978-89-5640-836-1
ISBN 978-89-5640-834-7 (세트)

ⓒ 2011, 푸른사상

정가 13,000원

오늘의 한국문학 *2*

상록수

심훈 장편소설

푸른사상
PRUNSASANG

〈오늘의 한국문학〉을 펴내며

한국의 근대문학이 한 세기를 넘어섰다. 개화의 이상과 환상, 식민 지배하의 삶의 질곡, 전쟁과 분단, 민주화의 출범과 군부독재의 출현, 그리고 산업화와 세계화를 지향하는 오늘에 이르기까지의 한국의 근현 대사는 인류의 한 세기가 감당할 수 있는 역사적 사건의 많은 유형들을 그대로 담고 있다.

지난 한 세기 동안의 우리의 문학은 이러한 격변의 세월들과 밀접한 관련을 맺고 있다. 문학은 한 개인의 삶의 실존적 기록이면서 동시에 그 사회의 모습을 여러 형태로 반영하고 있으며, 우리는 따라서 한국 근현대사의 좌절과 희망을 정면으로 끌어안은 이들 작품들에게서 개인 의 삶과 사회의 관계에 대한 새로운 인식, 문학과 사회의 독자성과 상 호성에 대한 의미 있는 현상들과 만나게 된다. 그리하여 이제는 근대문 학 한 세기의 축적 앞에서 그동안의 문학적 유산을 다시 검토하고 앞으 로 우리가 참여하지 않으면 안 될 문학적 전통을 창조적으로 계승하기 위한 독서와 비평의 담론들을 마련해야 할 때이다.

모든 역사가 새롭게 해석되는 현재의 관점이듯 문학 텍스트 역시 새 롭게 해석되는 오늘의 의미이다. 따라서 〈오늘의 한국문학〉은 과거에 무수히 간행되었던 한국문학에 대한 정리와 평가의 방식을 새롭게, 그 리고 비판적으로 받아들여야 할 것이다.

따라서 우리는 이 전집에서 무엇보다도 새로운 작가와 텍스트들의 발굴에 주력하였다. 아울러 본 전집이 채택한 작가 작품들의 선정과 배열방식은 과거의 우리문학에 대한 관습적 이해와 독서방식에 대한 반성과 함께 신선한 해석적 관점들을 제공해 줄 것이다. 특히 서사문학의 본령인 중장편소설들에 주목하여 이 작품들에 대한 오늘의 의미와 당대적 가치를 되묻고자 하였다. 교양으로서의 한국문학, 혹은 연구대상으로서의 한국문학 모두에게 유용하게 활용될 수 있을 것이다. 총 50~60권의 분량으로 1차(1906~1930년대)와 2차(1930년대~1970년), 3차(1970년대~2000년대)로 나누어 출간할 예정이다.

〈오늘의 한국문학〉 편집위원 서종택 안남일 윤애경 박형서

차례

7

쌍두취행진곡雙頭鷲行進曲

1

가을 학기가 되자, ○○일보사에서 주최하는 학생계몽운동學生啓蒙運動에 참가하였던 대원들이 돌아왔다. 오늘 저녁은 각처에서 모여든 대원들을 위로하는 다과회가 그 신문사 누상¹에서 열린 것이다.

오륙백 명이나 수용할 수 있는 대강당에는 전 조선의 방방곡곡으로 흩어져서 한여름 동안 땀을 흘려가며 활동한 남녀 대원들로 빈틈없이 들어찼다.

폭양에 그을은 그들의 시커먼 얼굴! 큰 박덩이만큼씩 한 전등이, 드문드문하게 달린 천장에서 내리비치는 불빛이 휘황할수록, 흰 벽을 등지고 앉은 그네들의 얼굴은 더 한층 검어 보인다.

만호장안²의 별처럼 깔린 등불이, 한눈에 내려다보이도록 사방의 유리창을 활짝 열어젖혔건만, 건장한 청년들의 코와 몸에서 풍기는 운김이, 우거진 콩밭 속에를 들어간 것만큼이나 후끈후끈 끼친다.

정각이 되자, P학당의 취주악대吹奏樂隊는 코넷, 트럼본 같은 번쩍거리는 악기를 들고 연단 앞줄에 가 벌려 선다. 지휘자가 손을 내젓는 대로, 힘차게 연주하는 것은 유명한 독일 사람의 작곡인 쌍두취행진곡雙頭鷲行進曲이다. 그 장쾌한 멜로디는 여러 사람의 심장까지 울리면서, 장내의 공기를 진동시킨다.

악대의 연주가 끝난 다음에, 사회자인 이 신문사의 편집국장이 안경을 번득이며 점잖은 걸음걸이로 단 위에 나타났다.

"에—, 아직 개학을 아니헌 학교도 있어서, 미처 올라오지 못한 대원이 많을 줄 알았습니다. 그런데 뜻밖에 이처럼 성황을 이루어서, 장소가 매우 협착한 까닭에, 여러분끼리 서로 간친³하는 기회를 드리려는 다과회가 무슨 강연회처럼 되었습니다."

하고 일장의 인사를 베푼 뒤에 으흠으흠 하고 헛기침을 해서 목소리를 가듬더니

"금년에는 여러 가지로 지장이 많았는데도 불구하고, 작년보다도 거진 곱절이나 되는, 놀라울 만한 성적을 보게 됐습니다. 이것은 오직 동족을 사랑하는 여러분의 열성과 문맹을 한 사람이라도 더 퇴치시키려는 헌신적 노력의 결과인 것이 물론입니다. 그러므로 주최자 측으로서 여러분의 수고를 감사할 뿐 아니라, 우리 계몽운동의 장래를 위해서 경축하기를 마지않는 바입니다."

처음에는 늦게 들어오는 사람들 때문에 수성수성하던 장내가 이제는 기침 소리 하나 없이 조용해졌다. 사회자는 말을 이어

"긴 말씀은 허지 않겠으나, 차나 마셔가면서 간담적으로 피차에 의견도 교환하고, 그동안에 분투한 체험담도 들려주셔서, 앞으로 이 운동을 계속하는 데, 크게 참고가 되게 해주시기를 바라는 바입니다."

라는 부탁을 한 후, 단에서 내렸다.

대원들 중에서 제일 나이가 들어 보이는, 어느 전문학교의 교복을 입

은 학생이 나아가, 간단한 답사를 하고 돌아왔다.

　문간에서 회장을 정돈시키던, 이 신문사의 배지를 붙인 사원이 눈짓을 하니까, L여학교 가사과의 학생들은, 굉장한 연회나 차리는 듯이, 일제히 에이프런(서양앞치마)을 두르고 돌아다니며 자기네의 손으로 만든 과자와 차를 주욱 돌린다.

　대원들은 찻잔을 받아들고 앉아서, 무릎 위에 올려논 과자 접시를 들여다보면서

　'애개— 요걸루 어디 간에 기별이나 가겠나.'

하는 듯한 표정을 지으며 입맛을 다신다.

　장내는 사기그릇이 부딪쳐 대그락거리는 소리와 잡담을 하는 소리로 웅성웅성하는데, 맨 앞줄 한구석에서 하와이안 기타를 뜯는 소리가 모기 소리처럼 애—ㅇ 애—ㅇ 하고 들리기 시작한다.

　남양의 달밤을 상상케 하는 애련하고도 청아한 선율旋律에 회장은 다시 조용해졌다. C전문의 명물인 익살꾼으로 기타의 명수인 S군이 자청을 해서 한 곡조를 타는 것이다.

　S군은 기타를 한참 타다가 저 혼자 신이 나서 악기를 들고 일어나 엉덩춤을 춘다. 메기 같이 넓적한 입을 실룩거리며 토인의 노래를 흉내내는데, 그 목소리는 체수[4]에 어울리지 않게, 염생이가 우는 소리와 흡사하게 떨려 나와서, 여러 사람의 웃음보가 터졌다. 어떤 중학생은 웃음을 억지로 참다가, 입에 물고 있던 과자를 앞줄에 앉은 사람의 뒤통수에다가 확 내뿜었다. 한구석에 몰려 앉은 여학생들은 손수건을 입에다 대고 허리를 잡는다.

2

"재청요―."

"앙콜― 앙콜―."

하는 소리가 여기저기서 일어나며 회장 안은 벌통 속처럼 와글와글 한다. S군은 저더러 잘한다는 줄만 알고, 두 번 세 번 껑충거리고 나와서 익살을 깨트리는 바람에, 점잔을 **빼던** 사회자도 간신히 웃음을 참고 앉았다. 그는 미소를 띠우고 일어서며

"여러분, 고만 조용합시다."

하고 손을 들었다.

"지금부터 여러분의 체험담을 듣기로 합시다. 한 사람도 **빼어놓지** 않고 고향에서 활동하던 이야기를 골고루 듣구는 싶지만, 시간이 허락지 않는 관계로 유감천만이나 사회자가 몇 분을 지적할 수밖에 없습니다."

하고 양복 주머니에서 각 지방으로부터 온 통신과 이미 신문에 발표된 대원들의 보고서를 한 뭉텅이나 꺼내놓고 뒤적거리더니

"금년에 활동한 계몽대원 중에 뛰어나게 좋은 성적을 보여주었을 뿐 아니라, 글을 깨쳐준 아동의 수효로는 우리 신문사에서 이 운동을 개시한 이래, 최고 기록을 지은 분을 소개하겠소이다."

하고는 다시 안경 너머로 서류를 들여다보다가 얼굴을 들고, 선생이 출석부를 부르듯이

"××고등농림의 박동혁朴東赫군!"

하고 목소리를 높였다. 장내는 테를 매인 듯이 긴장해졌건만, 제 이름을 못 들었는지 얼핏 대답하는 사람이 없다.

"박동혁군 왔소?"

사회자는 더 한층 목소리를 높이고는 사면을 살핀다. 만장의 학생들은

'박동혁이가 어떻게 생긴 사람이야?'

하는 듯이 서로 돌려다보며, 이름을 불린 고농 학생을 찾는다.

"여깃습니다."

맨 뒷줄에서 굵다란 목소리가 청처짐하게[5] 들렸다. 여러 사람의 고개는 일제히 목소리가 난 데로 돌려졌다.

"그리루 나가랍니까?"

엉거주춤하고 묻는 말이다.

"이리 나오시오."

사회자는 연단에서 비켜서며 손짓을 한다.

기골이 장대한 고농 학생이 뭇사람이 쏘는 시선을 한몸에 받으며 뚜벅뚜벅 걸어나오자, 우레 같은 박수 소리가 강당이 떠나갈 듯이 일어났다.

'박동혁'이라고 불린 학생은 연단에 올라서기를 사양하고, 앞줄에가 두 다리를 떡 버티고 섰다. 빗질도 아니한 듯한 올백으로 넘긴 머리며 숱하게 난 눈썹 밑에 부리부리한 두 눈동자에는, 여러 사람을 누르는 위엄이 떠돈다.

그는 박수 소리가 그치기를 기다려, 두툼한 입술을 열었다.

"여러분!"

청중이 숨소리를 죽이게 하는 저력 있는 목소리다.

"오늘 저녁에 항상 그리워하던 여러분 동지와 한자리에 모여서 흉금을 터놓고 서루 얘기할 기회를 얻은 것을 무한히 기뻐합니다."

목구멍에서 나오는 음성이 아니요, 땀에 절은 교복이 팽팽하게 켕기도록 떡 벌어진 가슴 한복판을 울리며 나오는 바리톤(남자의 저음)이다. 청중은

'저 입에서 무슨 말이 떨어지려나?'

하는 듯이 눈도 깜짝거리지 않으며 동혁의 얼굴을 바라다본다.

3

동혁은 장내를 다시 한 번 둘러본 뒤에 천천히 입을 연다.

"그러나 삼 년째 이 운동에 참가해서 적으나마 힘을 써온 이 사람으로서 그 경험이나 감상을 다 말씀하려면 매우 장황하겠습니다. 더구나 오늘 저녁은 간단한 경과만 보고하기를 약속한 까닭에 정작 이 가슴속에 첩첩이 쌓인 그 무엇을 여러분 앞에 시원스럽게 부르짖지 못하는 것이 크게 유감으로 생각됩니다. 그러니까 이 자리에서 못 하는 말은 사사로운 좌석에서 얘기할 기회를 짓고 또는 개인적으로도 긴밀한 연락을 취해서 서로 간담을 비춰가며 토론도 하고 의견도 교환하기를 바랍니다."

하고 잠시 말을 멈추더니, 수첩을 꺼내들고 자기의 고향인 남조선의 서해변에 있는 한곡리漢谷里라는 궁벽한 마을의 형편을, 숫자적으로 대강 보고를 한다.

호수號數가 구십사 호인데, 농업이 칠 할, 어업이 이 할이요, 토기업土器業이 일 할이라는 것과 인구가 사백육십여 명에, 그야말로 낫 놓고 ㄱ(기역) 자도 모르는 문맹이 팔 할 이상이나 점령한 것을 삼 년 동안을 두고 여름과 겨울 방학에, 중년 이하로 여자들과 육칠 세 이상의 아동들을 모아놓고, 한글을 깨쳐주고 간단한 셈수를 가르쳐준 것이 이백사십칠 명에 달하는데, 그곳 보통학교 출신들의 조력이 많았다는 것을 말하자, 박수 소리가 사방에서 일어났다.

동혁은 천천히 수첩을 접어 넣으며, 집안 식구와 이야기하는 듯한 말씨로

"우리 고장은 워낙 원시부락原始部落과 같은 농어촌이 돼서, 무지한 부형들의 이해가 전연 없는데다가, 관변[6]의 간섭도 여간 까다로운 게 아니었어요. 그런 걸 별짓을 다 해가면서 억지로 시작을 했었지요. 첫해에는 아이들을 잔뜩 모아는 났어도 가르칠 장소가 없어서 큰 은행나무 밑에다 널판때기에 먹칠을 한 걸 칠판이라고 기대어놓고 공석이나 가마니를 깔고는 밤 깊도록 이슬을 맞아가면서 가르치기를 시작했었는데, 마침 장마 때라 비가 자꾸만 와서 견딜 수가 있어야지요. 그래서 할 수 없이 움을 팠어요. 나흘 동안이나 장정 십여 명이 들러붙어서 한 대여섯 간통이나 파고서 밀짚으로 이엉을 엮어서 덮고, 그 속에 들어가서 진땀을 흘리며 '가갸 거겨'를 가르쳤지요. 그러다가 어느 날 밤은 밤새도록 비가 퍼붓듯이 쏟아졌는데, 그 이튿날 아침에 가보니까 교실 속에 빗물이 웅덩이처럼 흥건하게 고였는데 송판으로 엉성하게 만든 책상걸상이 둥실둥실 떠다니는군요."

그 말에 여기저기서 픽픽 웃는 소리가 들렸다. 동혁이 자신도 남자다운 웃음을 띠우고

"그뿐인가요. 제철을 만난 맹꽁이란 놈들이 뛰어들어서 저희끼리나 글을 읽겠다구 '맹자 왈 공자 왈' 해가며 한바탕 복습을 하는데……."

그때에 어느 실없는 군이 코를 싸쥐고

"맹— 꽁, 맹— 꽁."

하고 커다랗게 흉내를 내여서 여러 사람은 천장을 우러러 간간대소를 하였다. 여학생들은 킬킬거리고 웃어쌓다가 눈물을 다 질금질금 흘린다. 그러자

"웃을 얘기가 아니오!"

"쉬—, 조용들 합시다."

하고 꾸짖듯 하는 소리가, 회장 한복판에서 들렸다. 동혁이도 검붉은

얼굴에 떠돌던 웃음을 지워버리고, 한 걸음 다가서며

"나 역시 이 자리를 웃음 바탕을 만들려고 그런 말을 한 게 아닙니다. 이보다 더 비참한 현실과 부닥쳐서, 더 한층 쓰라린 체험을 하신 분이 많을 줄 알면서도, 다만 한 가지 예(例)를 들었을 뿐입니다."

하고 잠시 눈을 꽉 감고 침묵하더니 손을 번쩍 쳐들며

"그러나 여러분! 끝으로 꼭 한마디만 하고 싶은 말이 있습니다."

하고 목청을 높여 힘차게 청중에게 소리친다. 대원들은 물론, 사회자까지도 다시금 긴장해서 엄숙해진 동혁의 얼굴만 주목한다.

"눈 뜬 소경에게 글자를 가르쳐주는 것은 두말할 것 없이 필요합니다. 계몽운동이, 우리에게 있어서, 가장 시급한 사업 중의 하나인 것도 사실입니다. 그러나 이 땅의 지식분자인 우리들이, 이러한 기회에 전 조선의 농촌, 어촌, 산촌으로 방방곡곡에 파고들어가서, 그네들과 똑같은 생활을 하면서 '어떡하면 그네들이 그 더할 수 없이 비참한 생활에서 벗어날 수가 있을까' 하는 문제를 머리를 싸매고서 생각해봐야 합니다. 지금부터 육칠십 년 전 노서아의 청년들이 부르짖던 브나로드(민중속으로라는 말)를 지금 와서야 우리가 입내 내듯 하는 것은, 더할 수 없이 슬프고 부끄러운 일입니다. 그렇지만 우리는 남에게 뒤떨어진 것을 탄식만 할 것이 아니라, 높직이 앉아서 민중을 관찰하거나 연구의 대상對象으로 삼으려는 태도를 단연히 버리고, 그네들이 즉 우리 조선 사람이 제 힘으로써 다시 살아나기 위한, 그 기초공사를 해야겠습니다! 오늘 저녁 이 자리에 모인 바로 여러분의 손으로 시작해야겠습니다! 물질로 즉 경제적으로는 일조일석에 부활하기가 어렵겠지만, 무엇보다도 먼저 모든 것을 지배하고, 온갖 행동의 원동력이 되는 정신, 요샛말로 '이데올로기'를 통일하기 위해서 전력을 기울여야 하겠습니다!"

하고 말끝마다 힘을 주다가 잠시 무엇을 생각하더니

"여러분! 여러분은 우리를 못살게 구는 적敵이, 고쳐 말씀하면 원수가 어디 있는 줄 아십니까?" 하고 나서

그는 무슨 범인이나 찾는 듯한 눈초리로 청중을 둘러본 뒤에 손가락을 펴들어 저의 머리 가리키며

"그 원수가 이 속에 들었습니다. '아이구 인젠 죽는구나', '너나 할 것 없이 모조리 굶어 죽을 수밖에 없구나' 하는 절망과 탄식! 이것 때문에 우리는 두 눈을 멀거니 뜬 채 피를 뽑히고 있는 것입니다. 그런 지레짐작 즉 선입관념先入觀念이 골수에 박혀 있는 까닭에 우리가 피만 식지 않은 송장 노릇을 한다고 해도 과언이 아닙니다. 그야 천치 바보가 아닌 담에야 우리의 현실을 낙관할 수야 없겠지요. 덮어놓고 '기운을 차려라', '벌떡 일어나 달음박질을 해라' 하고 고함을 지르며 채찍질을 한대도 몇 백 년이나 앓던 중병환자가 벌떡 일어나지야 못하겠지요. 그렇지만 우리가 꽉 한마디 이 머릿속에 새겨둘 말이 있습니다. 좀 막연하긴 하지만 '일 개인이나 한 민족이 희망의 정신만 있으면 결국은 다시 일어나고야 만다! 이 간단한 표어 한 마디가, 덴마크[丁抹]의 국민을, 오늘날과 같이 다시 살려냈습니다!"

하고 주먹을 쥐고 부르르 떨며, 혀끝으로 불을 뿜는 듯한 열변에, 회장은 유리창이 깨어질 듯한 박수 소리가 일어났다. 동시에 여기저기서

4

"옳소―."

"그렇소―."

하는 고함과 함께

"그건 탈선이오."

하고 반박하는 소리가 들렸다. 그 소리를 듣자 동혁은 눈초리가 실쭉해지더니

"어째서 탈선이란 말요?"

하고 눈을 커다랗게 부릅뜨며, 목소리가 난 편짝을 노려보는 판에, 사회자는 동혁의 곁으로 가서 무어라고 귓속을 한다.

"중지시킬 권리가 없소—"

"말해라! 말해!"

이번에는 발을 구르며 사회자를 공박하는 소리로 장내가 물 끓듯 한다.

동혁은 그 자리에 꿈쩍도 아니하고 버티고 서서, 매우 흥분된 어조로

"지금은 시간의 자유까지도 없지만, 내 의견과 틀리는 분은, 이 회가 파한 뒤에 얼마든지 토론을 합시다."

하고 '누구든지 덤벼라' 하는 기세를 보이더니

"나는 어떠한 수단과 방법을 써서라도 우리 민중에게, 우선 희망의 정신과 용기를 길러주기 위해서, 노력하는 것이 우리 계몽운동 대원의 가장 큰 사명으로 압니다. 동시에 여러분도 이 신조信條를 다 같이 지키기를 충심으로 바랍니다."

동혁은 성량껏 부르짖고는 교복 소매로 이마의 땀을 씻으며 제자리로 돌아갔다.

사회자는 아까보다도 더 정중한 태도를 짓고, 동혁이가 섰던 자리로 가서 장내가 정숙해지기를 기다려

"박동혁군의 말은, 개념적이나마 누구나 존중해야 할 좋은 의견으로 압니다."

하고는

"그러나 현재의 정세로 보아서 어느 시기까지는 계몽운동과 사상운동을 절대로 혼동해서는 아니 됩니다. 계몽운동은 어디까지든지 계몽

운동에 그칠 따름이지, 부질없이 다른 데다가 혼동해가지고 공연한 데까지 폐해를 끼칠 까닭은 털끝만큼도 없습니다."
하고 단단히 주의를 시킨다. 그때에 한구석에서
"에그 추워……."
하고 일부러 어깨와 목소리를 떠는 대원이 있었다.

동혁의 뒤를 이어 서너 사람이나 판에 박은 것을 읽는 듯한 경과보고가 지루하게 있은 후, 사회자는
"이번에는 금년에 처음으로 참가한 여자 대원 중에서 제일 좋은 성적을 나타낸 ××여자신학교에 재학 중인 채영신蔡永信양의 감상담이 있겠습니다."
하고 회장 오른편에 여자들이 모여 앉은 데를 바라다본다. 남학생들은 그 편으로 머리를 돌리며 손뼉을 친다. '채영신'이라고 불린 여자는, 한참 만에 얼굴이 딸기빛이 되어가지고 일어나더니
"전 아무 말도 하기 싫습니다!"
하고 머리를 내저으며, 여무지게 한마디를 하고는 펄쩍 앉아버린다. 사회자는 어쩐 영문을 몰라서 눈이 둥그래졌다.

5

뜻밖에 미리 약속까지 하였던 연사가 말하기를 딱 거절하는 데는 사회자와 청중이 함께 어리둥절할 수밖에 없었다.
"이유를 말합시다."
"그 대신 독창이라도 시키세."
상대자가 여자인 까닭에, 더욱 호기심을 가진 남학생들이 가만히 두고 볼 리가 없다. 음악회에서 억지로 끌어내어 재청이나 시키는 것처

럼, 짓궂게 박수를 하며 야단들이다.

"간단하게나마 말씀해주시지요."

사회자는 좀 무색한 듯이 채영신이가 앉은 편으로 몇 걸음 다가오며, 어서 일어나기를 권한다.

그래도 영신은 꼼짝도 아니하고 앉았다가, 곁에서 동무들이 옆구리를 찌르고 등을 떠다밀어서, 마지못해 일어났다. 서울 여자들은 잠자리 날개처럼 속살이 하얗게 내비치는 깨끼적삼[7]에, 무늬가 혼란한 조세트나 근래에 유행하는 수박색 코로나프레프 같은 박래품[8]으로 치마를 정강마루까지 추켜 입고 다닐 때건만, 그는 언뜻 보기에도 수수한 굵다란 광당포 적삼에 검정 해동치마를 입었고 화장품과는 인연이 없는 듯 시골서 물동이를 이고 다니는 과년한 처녀를 붙들어다 세워논 것 같다. 그러나 얼굴에 두드러진 특징은 없어도 청중을 둘러보는 두 눈에는 인텔리(지식계급의) 여성다운 이지理智가 샛별처럼 빛난다. 그는 사회자를 쏘아보며,

"첫째 이런 자리까지 남자와 여자를 구별하는지는, 남이 다 말을 하고 난 맨 끄트머리에 언권을 주는 것이 몹시 불쾌합니다."

새되고 결곡한[9] 목소리다.

"흥, 엔간한걸."

"여간내기가 아닌데……."

남학생들은 혀를 내두르며 수군거린다. 제자리에 돌아와 이제껏 흥분을 가라앉히느라고 눈을 딱 감고 있던 동혁이도 얼굴을 쳐들고 채영신의 편을 주목한다. 두 사람은 매우 가까운 거리에 앉았던 것이다.

영신은 말을 이어

"둘째는 제 속에 있는 말씀을 솔직하게 쏟아놓고는 싶어두요, 사회하시는 분이 또 무어라고 제재를 하실 테니깐, 구차스레 그런 속박을

받아가면서까지, 말을 할 필요가 없을 줄 압니다."

하고 다시 앉아버린다. 이번에는 여자 석에서 손뼉 치는 소리가, 생철 지붕에 소낙비 쏟아지듯 한다.

사회자는 그만 무안에 취해서 얼굴을 붉히며, 매우 난처한 표정을 짓 다가

"아까 박동혁군이 말할 때는 시간이 없다고 주의를 시킨 것이지, 말 의 내용을 간섭한 것은 아닙니다."

하고 뿌옇게 발뺌을 한다. 그러자 동혁이가 벌떡 일어나 나치스식으로 팔을 들며

"사회!"

하고 회장이 쩌렁쩌렁하도록 부른다.

"밤을 새우는 한이 있더라도 이런 기회에 우리는 충분히 의견을 교 환하고 싶습니다. 우선 지도원리指導原理를 통일해놓고 나서 깃발을 드 는 것이 일의 순서가 아니겠습니까?"

하고 톡톡히 항의를 한다. 사회자는 시계를 꺼내 보고 사교적 웃음을 띠우며 "채영신 씨, 그럼 내년에는 맨 먼첨 언권을 드릴 테니 그렇게 고 집하지 마시고 말씀하시지요."

하고는 장내의 공기를 완화시키려고 슬쩍 농친다.

영신은 다시 망설이다가 대접상으로 간신히 일어났다.

"저는 금년에야 참가를 했으니까, 이렇다고 보고를 할 만한 재료가 없고요 고생을 좀 했다고 자랑할 것도 못 될 줄 압니다. 그저 앞으로 이 운동을 꾸준하게 해나갈 결심이 굳을 뿐이니까요."

하고는 그 영채가 도는 눈을 사방으로 돌리더니

"그렇지만 저 역시 여러분께 우리 계몽대의 운동이 글자를 가르치는 데만 그치지 말고 한걸음 더 나아가서 우리 민족의 거의 전부라고 할

만한 절대 다수인 농민들의 살 길을 열어주기 위해서 우선 그네들에게
희망의 정신을 넣어주자는……."
하다가 상막해서 잠시 이름을 생각해보더니
　"……박동혁 씨의 의견은 저도 전연 동감입니다!"
하고 남학생 편으로 고개를 돌린다.
　"여러분은 학교를 졸업하면 양복을 갈아붙이고 의자를 타고 앉아서
월급이나 타 먹으려는 공상부터 깨트려야 합니다. 우리 남녀가 총동원
을 해서 머리를 동쳐 매고 민중 속으로 뛰어들어서, 우리의 농촌, 어촌,
산촌을 붙들지 않으면— 그네들을 위해서 한몸을 희생해 바치지 않으
면 우리 민족은 영원히 거듭나지 못합니다!"
　그는 무슨 말을 더 하려다가 북받쳐 오르는 흥분을 스스로 억제하지
못하고 고만 앉아버린다. 장내는 엄숙한 기분에 잠겼다. 말썽을 부리던
남학생들도 머리를 수그리고 있다. 그네들의 머릿속에도 감격의 물결
이 출렁거리고 있었던 것이다.

6

　매우 긴장된 중에 K보육학교 학생들의 코러스로 간친회는 파하였다.
동혁은 여러 학생들 틈에 섞여서 서대문행 전차를 탔다. 전차가 막 떠
나려는데 놓치면 큰일이나 날듯이 뛰어오르는 한 여학생이 있다. 그는
동혁에게 생후 처음으로 깊은 인상을 준 채영신이었다.
　영신은 승객들에게 밀려서 동혁이가 걸터앉은 데까지 와서는, 손잡
이를 붙들고 섰다. 두 사람은 아직도 흥분이 가라앉지 않은 검붉은 얼
굴을 서로 무릎이 닿을 듯한 거리에서 대하게 되었다.
　그들은 저도 모르는 겨를에 서로 목례를 주고받았다. 비록 오늘 저녁

공석에서 처음 대면을 하였건만, 여러 해 사귀어온 지기知己와 같이 피차에 반가웠던 것이다.

동혁은 앉아 있기가 미안해서

"이리 앉으시지요."

하고 일어서며 자리를 내준다. 영신은 머리를 숙이며

"고맙습니다. 전 섰는 게 시원해 좋아요."

하고 사양하면서 도리어 반걸음쯤 물러선다.

동혁은 아직도 애티가 남아 있어, 귀염성스러운 영신의 입모습을 보았다. 그 입모습을 스치고 지나가는 미소를 보았다.

"창에서 들어오는 바람이 더 시원한데요."

동혁은 엉거주춤하고 자꾸만 앉기를 권한다.

"어서 앉아 계세요. 전 괜찮아요."

"그럼 나도 서겠습니다."

동혁이가 반쯤 몸을 일으키기가 무섭게, 다른 승객이 냉큼 뚱뚱한 궁둥이를 들이밀었다. 동혁은

'어지간히 고집이 세구나.'

하면서도, 영신이가 저를 연약한 여자라고 자리를 사양하는, 그런 대우가 받기 싫어서 굳이 앉지 않는 줄은 몰랐으리라.

차 속이 부퍼서[10] 두 사람은 손잡이 하나를 나누어 쥐고 옷이 스치도록 나란히 섰건만

"되레 미안합니다."

"천만에요."

하고 한 마디씩 주고받은 다음에는 말이 없었다.

운전대에서 쏟아져 들어오는 밤바람은, 여간 시원하지가 않다. 영신은 앞 머리카락이 자꾸만 이마를 간질여서, 물동이에서 떨어지는 물방

울을 손등으로 뿌리듯 한다. 한 발자국쯤 앞에 선 동혁의 안반[11] 같은 잔등이에서는, 교복에 절은 땀 냄새가 영신의 코에까지 맡인다. 그러나 한여름 동안 머리도 감지 않은 촌 여편네들과, 세수도 변변히 하지 않은 아이들 틈에 끼어 지내서, 시크무레한 땀내가 코에 밴 영신은, 동혁의 몸에서 풍기는 냄새가 고개를 돌리도록 불쾌하지는 않았다.

전차가 '감영' 앞에 와 정거를 하자, 영신은 앞을 부비고 나서며

"전 여기서 내립니다."

하고 공손히 예를 한다.

동혁은 목을 늘이고 창밖을 내다보더니

"나도 여기서 내리겠어요."

하고 영신의 뒤를 따라 내렸다. 안전지대에서 두 사람은 즉시 헤어지지를 못하고 서성서성하다가

"어디로 가십니까?"

하고 동혁이가 물었다.

"학교 기숙사에 가서 잘 텐데, 문 닫을 시간이 지나서 걱정이야요. 여간 규칙이 엄해야죠. 시간이 급해서 사감한텐 말도 못하고 나왔는데요."

"그럼 쫓겨나셨군요. 물론 객지시지요?"

"네."

두 사람은 방향을 정하지 못하고 '아현리' 편짝으로 나란히 서서 걷는다.

"그럼 어떡하나요? 나는 이 근처서 통학하는 친구 집이 있어서 그리로 자러 가는 길이지만……."

"전 서울 사는 동지라곤 친한 사람이 하나도 없어요."

하고 영신은 다시 돌아서며

"아무튼 기숙사로 가보겠어요."

하고 잘 가라는 듯이 인사를 한다. 동혁은 우연히 같은 전차를 탔으나 여기까지 같이 왔다가 혼자 보내기가 안돼서

"그럼 내, 보호병정 노릇을 해드리지요."

하고 영신이가 사양하는 것을 '금화산' 밑에 있는 여신학교 기숙사 앞까지, 멀찌감치 걸어서 따라 올라갔다.

기숙사는 불을 끈 지도 오래인 모양인데, 대문을 잡아 흔들고 초인종을 연거푸 누르고 하여도, 감감소식이다.

"이를 어쩌나. 인전 숙직실로 전화를 걸어보는 수밖에 없는데, 전화나 어디 빌릴 데가 있어야죠."

하며 영신은 발을 구르면서 어쩔 줄을 모른다.

7

두 사람은 하는 수 없이 다시 앞서거니 뒤서거니 언덕길을 더듬으며 '감영' 네거리로 내려왔다. 깊은 밤 후미진 구석으로 여학생의 뒤를 따라다니는 것부터 부질없는 노릇인데, 더구나 아는 사람의 눈에 띄든지 해서, 재미없는 소문이 퍼지는 날이면, 영신에게 미안할 것도 모르는 것은 아니다. 그러나 동혁은 밤중에 길거리로 헤매게 된 젊은 여자를 내버려두고, 저 혼자만 휘적휘적 친구의 집으로 자러 갈 수는 없었다.

영신이도 건장한 남자가 뒤를 따라주는 것이 정말 보호병정이나 데리고 다니는 것처럼 든든히 여기는 눈치를 살피고, 동혁은

"아무튼 전화나 걸어보시지요."

하고 길가 포목전의 닫힌 빈지[12]를 두드려서 간신히 전화를 빌려주었다.

영신은 학교의 전화번호를 불렀다. 마지못해서 문은 열어주고서도

귀찮은 듯이 눈살을 찌푸리고 돈을 세고 앉은 주인을 곁눈으로 보면서, 두 번 세 번 걸어도 귓바퀴에서 이—ㅇ이—ㅇ 소리만 들릴 뿐, 나와주는 사람이 없다.

"도—시데모 오이데니 나리마셍까라 마타 네가이마스(암만해도 아니 나오니 다시 걸어줍시오)."

하는 교환수의 맵살스러운 목소리를 듣고야 영신은 하는 수 없이 전화를 끊고, 한숨을 내쉬면서 다시 길거리로 나왔다.

"인젠 여관으로 가실 수밖에 없군요."

동혁이도 입맛을 다셨다. 영신은,

"저 때문에 너무 걱정을 하셔서 미안합니다."

하고는 구두 부리로 길바닥을 후비듯 하다가, 고개를 외로 꼬고 무엇을 생각하더니,

"인전 백선생님 집으로나 갈까 봐요."

한다.

"백선생이라니요?"

"왜 여자기독교연합회 총무로 있는, 백현경 씨를 모르세요?"

"이름은 익숙히 들었지만…… 그이 집이 이 근천가요?"

영신은 전등불이 드문드문 보이는 송월동 편쪽을 가리키며

"네, 바로 저 언덕 밑이야요. 그 선생님이 농촌 문제를 강연하느라고 우리 학교에도 오시는데 날 여간 사랑해주지 않으셔요. 요새 새로 설립한 농민 수양소로 실습도 하러 같이 다녔는데, 사정을 하면 하룻밤쯤이야 재워주시겠지요."

그 말을 듣고 동혁은 매우 안심한 듯이,

"그럼, 진작 그리로 가시질 않고……."

하고는, 그만 헤어지려는 것을,

"이왕 여기꺼정 와주셨으니 그 집까지만 바래다주세요, 네?"

하고 영신이가 간청하다시피 해서 동혁은,

'아무려나.'

하고 다시 뒤를 따랐다. 동혁이도 조선 사회에서 누구나 모르는 사람이 없이 유명한 백현경이란 여자를 간접으로나마 알고 있었다. 말썽 많던 그의 과거로부터 최근에 세계 일주를 하고 돌아와서 또다시 개인 문제로 크나큰 이야깃거리를 제공하였고 한편으로는 농촌사업을 한다고 강연도 다니고 저술도 하여서,

'무슨 주의를 가지고 어떠한 방법으로써 조선의 농촌운동을 지도하려나.'

하는 점이 고등농림의 상급생인 동혁의 주의를 끌어왔다. 그의 사사로운 생활에는 아무런 흥미도 느끼지 않으나, 그가 신문이나 잡지에 내는 논문이나 감상담 같은 것은 빼놓지 않고 읽어오는 중이었다.

'과연 어떠한 인물일까?'

동혁은 적지 않은 호기심을 가지고 여자 중에는 호걸이라고 여간 숭배를 하지 않는 영신의 이야기를 듣는 동안에 백씨의 집까지 당도 하였다.

그러나 동혁은 밤중에 여기까지 여자의 뒤를 따라온 것이 새삼스러이 멋쩍은 것 같고, 또는 백씨까지도 초면에 저를 어떻게 볼는지 몰라서 모자를 홀떡 벗으며

"자, 난 그만 실례합니다. 기회 있으면 또 만나뵙지요."

하고는 발꿈치를 홱 돌린다.

"왜 그렇게 가셔요? 잠깐만 기다려주시면 제가 소개를 잘 할 테니, 문간에서라도 백선생님을 만나보고 가시죠, 네? 여간 환영하지 않으실 걸."

좁다란 골목 안을 환하게 밝히는 외등 밑에서 영신은 길목을 막아서

면서 조르듯 한다.

"아니오. 다음날이나 만나게 해주세요."

하고 한마디를 남기고, 동혁은 구두징 소리를 뚜벅뚜벅 내며 골목 밖으로 나가버린다. 영신은 어찌하는 수 없이

"그럼 안녕히 가세요."

하고 큰길로 사라지는 동혁의 기다란 그림자를 서운히 바라보다가 돌쳐섰다. 대문을 흔들면서

"백선생님! 백선생님!"

하고 커다랗게 불렀다. 모기장을 바른 행랑방 들창이 열리더니, 자다가 일어난 어멈이 얼굴을 반쯤 내밀며

"한강으로 선유[13] 나갑셔서, 여태 안 들어오셨는뎁쇼."

한다. 영신은 고만 울상이 되었다.

8

그 이튿날 학교로 내려간 뒤에 동혁은 며칠 동안 마음의 안정을 잃고 지냈다. 개학 초가 되어서 기숙사 안이 뒤숭숭한 탓도 있지만 영신의 첫인상이 앉으나 서나 눈앞에 떠돌아서, 공연히 들썽거리는 마음을 가라앉히기에 여간 힘이 들지 않았다.

상학 시간에는 노트 위에 펜을 달리다가도, 손을 멈추고 칠판 위에 환등처럼 나타나는 영신의 환영을 멀거니 바라다보기도 하고 운동장에 나가서는 축구부蹴球部의 선수로, 골키퍼(문지기) 노릇을 하여왔는데, 상대편에서 몰고 들어와서 힘없이 질러 넣는 공도, 어름어름하다가 발길이 헛나가서, 막아내지 못하기를 여러 번이나 거듭하였다. 마침 서울 법전法專과 시합을 하려고 맹렬히 연습을 하는 판이라, 축구부 감독으

로부터

"여보게 박군, 요새 며칠은 왜 얼빠진 사람 같은가? 이러다간 우승기를 뺏기고 말겠네그려."

하는 주의까지 받았다. 그럴수록 동혁은

'내가 정말 왜 이럴까?'

하고, 평소에 자제심自制心이 굳센 것을 믿어오던 제 자신을 의심하리만큼 침착해지지 않는 것을 어찌할 수 없었다.

그 수수한 차림차림, 조금도 어설픈 구석이 없는 그 체격―. 그리고 혈색 좋은 얼굴에 샛별같이 빛나던 눈동자―, 또 그리고 언권을 먼저 주지 않았다고 말하기를 딱 거절하던, 그 맺고 끊는 듯하던 태도― 그나 그뿐인가, 남학생들에게 정면으로 일장의 훈계를 하던 정열적이면서도 결곡한 목소리! 그 어느 한 가지가 머릿속에 사진 찍혀지지 않은 것이 없고, 말 한마디조차 귀 밖으로 사라진 것이 없다.

'처음 보는 여자다. 외모가 예쁜 여자는, 길거리에서도 더러 본 일이 있지만, 채영신이처럼 의지意志가 굳어 보이는 여자는 처음이다. 무엇이든지 한번 결심하면 기어이 제 손으로 해내고야 말 것 같은 여자다.'

이런 생각을 하느라고 필기를 하지 못하고, 헛발길질만 자꾸 하는 것이다. 더더군다나

'박동혁 씨의 의견과 전연 동감입니다.'

하던 한마디를 입속으로 외고 또 외고 하다가는

'오냐, 나는 비로소 한 사람의 동지를 얻었다! 내 사상思想의 친구를 찾았다!'

하고 부르짖으며 저 혼자 감격하는 것이었다.

아직까지 고학을 하여온 늙은 총각으로, 이성과 접촉할 기회도 없었지만, 틈틈이 여러 가지 모양의 여성을 머릿속에 그려보고 장래를 공상

해본 것은 사실이었다. 그러나 간담회 석상에서 채영신이란 여자를 한 번 보고 밤거리를 몇 십 분 동안 같이 걸어본 뒤에는 눈앞에서 아른거리던 그 숱한 여자들의 그림자가 한꺼번에 화닥닥 흩어져버렸다. 그리고 그 대신으로 굵다란 말뚝처럼 동혁의 머릿속에 꽉 들어와 박힌 것은 '채영신' 하나뿐이다.

'그날 무사히 들어가 잤나? 학교서 말이나 듣지 않았나?'

몹시 궁금은 하였건만 규칙이 까다로운 여학교로 편지는 할 수 없었다. 그만한 용기야 못 낼 것이 아니지만, 받는 사람의 처지가 곤란할 것을 생각하고 또다시 만날 기회만 고대하면서 한 일주일을 지냈다.

그러다가 하루는 천만뜻밖에 영신에게서 편지가 왔다. 글씨는 남필 같으나 피봉 뒤에는

'××여자신학교 기숙사에서 채영신 올림.'이라고 버젓이 씌어 있는 것을 보니 동혁의 가슴은 울렁거리지 않을 수 없었다.

그날 밤은 여간 실례를 하지 않았습니다. 미안한 말씀은 형용키 어렵사오며 충분히 의견을 교환하고 좋은 말씀을 듣지 못한 것도 여간 유감이 되지 않습니다. 그날 밤 백선생도 늦게야 한강에서 들어오셔서 같이 자면서 간접으로나마 동혁 씨를 소개하였더니 좋은 동지라고 꼭 한 번 만나기를 원하십니다. 토요일 저녁마다 농촌운동에 뜻을 둔 청년 남녀들이 모여서 토론도 하고 간담도 하는 모임이 백선생 댁에서 열리는데 돌아오는 토요일에 올라오셔서 참석하시면 백선생은 물론이고요 여러 회원들이 여간 환영을 하지 않겠습니다. 꼭 올라와주실 줄 믿사오나 엽서로라도 미리 회답을 하여주시면 더욱 감사하겠습니다.

동혁은 두 번 세 번 읽으며 편지를 손에서 놀 줄 몰랐다.

9

영신은 그날 밤 그가 숭배하는 백씨에게 백 퍼센트로 동혁을 소개하였었다. 어쩌면 동혁이가 영신에게 대한 것보다 그 이상으로, '박동혁'이란 인물의 첫인상이 깊었는지도 모른다. 그 구릿빛 같은 얼굴, 황소처럼 건강한 체격— 거기다가 조금도 꾸밀 줄은 모르면서도, 혀끝으로 불길을 뿜어내는 듯한 열변— 그리고 비록 처음 만났으나마 어두운 길거리로 제 뒤를 따라다니며 보호해주면서도, 조그마치도 비굴하거나 지나친 친절을 보이지 않던 그 점잖은 몸가짐이나—.

영신이가 입에 침이 말라서 동혁의 외모와 행동을 그려내니까 백씨는

"오우 그래? 온 저런. 매우 좋은 청년이로군."

하고 서양 여자처럼 연방 감탄사를 늘어놓았다.

팔베개를 하고 자리 위에 비스듬히 누워, 곁눈질로 흘끔흘끔 영신의 눈치를 살피더니

"아―니, 영신이가 대번에 그 남자한테 홀딱 반한 게 아냐?"

하고 거침없이 한마디를 하고 사내처럼 껄껄껄 웃는다. 영신의 얼굴은 금세 주황물을 끼얹은 것처럼 빨개졌다. 머리를 폭 수그린 채

"아이 선생님도……."

하고 얼굴을 들지 못하는 것을 보고 능갈친[14] 백씨는 나이 찬 처녀의 마음속을 뚫고 들여다보는 듯이

"그렇지? 별안간 앙가슴 한복판에 화살이 콱 들어와 박힌 것 같지? 난 못 속이지, 난 못 속여."

하고 사뭇 놀려댄다. 영신은 그렇지 않다는 표시를 하느라고 억지로 얼굴을 쳐들며

"제가 그렇게 경솔한 여잔 줄 아세요?"

하고 뒤받듯 하였다. 그러면서도 고개는 다시금 부끄러움에 눌려 익은 곡식의 이삭처럼 저절로 수그러진다. 백씨는 한참이나 쌍꺼풀이 진 커다란 눈을 꿈벅꿈벅하며 무엇을 생각하다가 손등으로 하품을 누르면서

"그렇지만 지금 와서 맘에 맞는 남자가 발견됐더라도……."

하고는 주저주저하더니

"벌써 약혼해논 사람은 어떡하누?"

하고 혼잣말 하듯 하며 돌아누워 버렸었다.

× ×

……영신은 사흘 뒤에 동혁의 답장을 받았다. 제 모양과 같이 뭉툭한 철필 끝으로 꾹꾹 눌러 쓴 글발은 굵다란 획마다 전기가 통해서 꿈틀거리는 듯, 피봉을 뜯는 영신의 손은 가늘게 떨렸다.

　　주신 편지는 반가이 받았습니다. 그날 저녁에 실례한 것은 이 사람이 었소이다. 남자끼리였으면 하룻밤쯤 새우는 것이 문제가 아니었겠지만, 영신 씨의 사정을 보느라고 충분히 이야기할 기회를 놓치고 말았습니다. 나 같은 사람을 그러한 의미 깊은 모임에 청하여주신 것은 감사하지만, 오는 토요일에는 교우회의 책임 맡은 것이 있어서, 올라가지 못하니 미안 합니다. 그러나 그다음 토요일에는 경성운동장에서 '법전'과 축구시합이 있어서 올라가게 되는데, 시합이 끝나면 시간이 늦더라도 백선생 댁으로 가겠으니 그때 반가이 뵙겠습니다.

하는 사연이었다. 영신은 그 편지를 백씨에게까지 가지고 가서 보이고, 침상 머리의 일력을 하루에 몇 번씩 쳐다보면서, 그다음 토요일이 달음박질로 돌아오기만 고대하였다.

시합하는 날 동혁은, 연습할 때와는 딴판으로 컨디션(건강상태라는 뜻)이 매우 좋았다. 신문사 같은 데서 후원을 하는 것도 아니오, 아직도 늦더위가 대단해서 그런지, 넓은 운동장에 구경꾼은 반쯤밖에 아니 찼다. 중학교끼리 대항을 하는 야구野球와도 달라서, 응원대도 매우 조용하게 진행이 되었다. 전반까지는 골키퍼인 동혁이가, 적군이 몰고 들어와서 쏜살같이 들여 지르는 볼을 서너 번이나 번갯불처럼 집어 던지고, 그 큰 몸뚱이를 방패 삼아서 막아내고 한 덕으로 승부가 없다가, 후반에 가서는 선수 중에 두 사람이나 부상자가 생긴 데 기운이 꺾여서, '고농'이 두 끗이나 졌다.

그러나 최후까지 딱 버티고 서서 문을 지키다가 볼을 막아 내치는 동혁의 믿음성 있고 민활한 동작에는 박수를 하지 않는 사람이 없었다.

동혁은 풀이 죽은 다른 선수들과 섞여서 운동장으로 나왔다. 나오다가 정문 곁에 비켜서서 저를 기다리고 있는 두 여자를 발견하였다.

10

"구경 오셨었어요?"

동혁은 발을 멈추며 뜻밖인 듯이 영신에게 인사를 하였다. 그 곁에 초록색 양장을 하고 서서 저를 주목하는, 나이가 한 사십이나 되어 보이는 여자를 보자,

'백현경이로구나.'

하고 즉각적으로 깨달았다. 영신은 가벼이 답례를 한 뒤에

"중간에 왔지만 참 썩 잘 막아내시더군요."

하고 흙과 먼지를 뒤집어쓰고 땀으로 뒤발을 한 동혁의 몸과 얼굴을 훑어보면서

"백선생님하고 인사하시죠."

하고 양장 부인을 소개한다. 백씨는 동혁이가 모자를 벗을 사이도 없이 다가서며

"오우, 미스터 박!"

하고 손을 내민다. 동혁은 같이 나오던 선수들이 흘끔흘끔 돌아다보고, 무어라고 수군거리며 전찻길로 건너가는 것을 보면서 흙투성이가 된 운동복 바지에다 얼른 손바닥을 문지르고 백씨의 악수를 받았다.

"박동혁이올시다. 백선생의 선성은 많이 들었습니다."

하고 체수에 걸맞지 않게 수줍어한다. 백씨가

"아, 이 미스 채가 자꾸만 구경을 가자구 졸라싸서……."

하고 돌아다보니까 영신은,

"아이 선생님도 제가 언제 졸랐어요?"

하고 선생의 말끝을 무지르며 살짝 흘겨본다.

"아무튼 아주 파인 플레이(묘한 기술이라는 뜻)를 보여주셔서 여간 유쾌하지 않았습니다."

하는 백씨의 칭찬에

"천만에요, 두 분이 오실 줄 알았다면, 꼭 이길 걸 그랬습니다."

하고 동혁은 허연 이를 드러내며 운동선수다운 쾌활한 웃음을 웃어 보인다. 그때에 먼저 전차를 탄 선수들이 승강대에서

"여보게 동혁이―."

하고 소리를 지르며 어서 오라고 손짓을 한다. 동혁은

"가네, 가."

하고 손을 들어 보이자 영신이가 다가서며

"이따가 꼭 오시죠? 시간은 일곱 시야요."

하고 재빨리 묻는다. 동혁은

"네 가겠습니다."

한 마디를 던지듯 하고 백씨에게는 인사도 할 사이가 없이 전찻길로 달려가더니 속력을 놓기 시작한 전차를 홱 집어탔다. 전차가 지나간 뒤에는 두 줄기 선로만 영신의 눈이 부시도록 석양을 반사하였다.

……동혁은 약속한 시간에 거의 일 분도 어김없이 백씨의 집 대문 안으로 들어섰다. 목욕을 하고 교복으로 갈아입고 와서, 중문간까지 나갔던 이 집의 주인은 그를 얼른 알아보지 못하다가

"어서 들어오세요. 난 누구시라구요. 시간을 썩 잘 지켜주시는군요."

하고 팔뚝시계를 보고 너스레를 놀며 동혁을 반가이 맞아들인다.

"댁이 훌륭한데요."

하고 동혁은 두리번거리며 집안을 둘러본다. 삼천 원이나 들여서 새로 지었다는 집은 네 귀가 반짝 들렸는데, 서까래까지 비둘기장처럼 파란 페인트칠을 하였고 분합마루 유리창에는 장미꽃 무늬가 혼란한 휘장을 늘여 쳤다. 마당은 그다지 넓지 못하나 각색 화초가 어울려 피었는데, 그중에도 이름과 같이 청초한 옥잠화 두어 분은 황혼에 그윽한 향기를 놓는다.

먼저 온 회원들은 응접실로 쓰는 대청에 모여서 혹은 피아노를 눌러보고, 혹은 백씨가 구미 각국으로 시찰과 강연을 하러 다닐 때 박은 사진첩을 꺼내놓고 둘러앉았다.

그가 여류 웅변가요, 음악도 잘한다는 말은 들었지만 그 집에 피아노까지 있을 줄은 몰랐고, 독신으로 지내는 여자가 이러한 문화 주택을 짓고 지낼 줄은 더구나 상상 밖이었다.

그는 대청으로 올라가서, 주인의 소개로 칠팔 명이나 되는 젊은 여자들과 인사를 하였다. 여자들은 입속으로만 제 이름을 대서 하나도 기억은 할 수 없다. 남자 회원은 아직 한 사람도 아니 온 모양인데, 웬일인

지 안내역인 영신은 그림자도 나타내지를 않는다.

11

'그저 아니 왔을 리는 없는데…….'

동혁은 매우 궁금하기는 하나 이 구석 저 구석 기웃거리며 찾을 수도
없고, '채영신이는 왜 보이지를 않느냐?'고 누구더러 물어보기도 무엇
해서 한구석 의자에 걸터앉아서 분통같이 꾸며논 마루방 치장만 둘러
보았다. 백씨가 조선 옷으로 갈아입고 나오는데 반쯤 열린 침실이 언뜻
눈에 띄었다. 유리 같은 양장판에 아랫목에는 새빨간 비단 보료를 깔아
놓았고 그 머리맡의 자개 탁자는 초록빛의 삿갓을 씌운 전등이 지금 막
들어와서 으스름달처럼 내리비친다. 여자의 더구나 독신으로 지내는
여자의 침실을 들여다보는 것이 실례인 줄 모르는 것은 아니나, 주인이
제가 앉은 바로 맞은쪽의 미닫이를 열고 드나들기 때문에 자연 눈에 띄
는 데야 일부러 고개를 돌릴 까닭도 없었다.

동혁은 그와 똑같이 으리으리하게 치장을 해논 방이 그 윗간에도 또
한 이간쯤이나 엇비슷이 들여다보이는 데는 놀라지 않을 수 없었다. 그
러다가

"왜들 얘기도 안 하고 있어요? 자— 이것들이나 들으면서 우리 저녁
을 먹읍시다."

하고 귀중품인 듯 빨간 딱지가 붙은 유성기판을 들고 나오는데 그 등 뒤
를 보니까 윗목에 반간 통이나 되는 체경이 달려 있다. 동혁은 속으로

'오—라 체경에 비쳐서 또 다른 방이 있는 것 같은 걸 몰랐구나.'

'기생방이면 저만큼이나 차려놨을까.'

하면서 은근히 영신이를 기다리느라고 고개를 대문 편으로 돌리곤 한

다. 그러자

"아 이건 별식을 한다구 저녁을 굶길 작정야?"

하고 백씨가 분합 끝으로 나서며 외치니까

"네ㅡ. 다 됐어요."

하는 귀에 익은 목소리가 부엌 속에서 나더니 뒤미처 에이프런을 두른 영신이가 양식 접시를 포개들고 이마에 땀을 흘리면서 나온다. 동혁이가 온 줄은 벌써 알았지만 음식을 만들다 말고 내달아 번잡스레 인사를 하기 싫어서 인제야 나온 것이다. 동혁은 영신과 눈이 마주치자

'오 부엌 속에 있었구나.'

하면서 말 대신 웃음을 띠고, 머리만 숙여 보인다.

유성기를 틀어 오케스트라(교향악)를 반주 삼으며 여러 사람은 영신이가 만든 라이스카레와 오믈렛 같은 양식을 먹으면서 이야기판이 벌어졌다.

이야기판이 벌어졌대도 영신은 이 집의 식모와 함께 시중을 드느라고 부엌으로 들락날락하고, 농민 수양소 여자부에서 초대를 받아 온 시골 학생들은 처음으로 먹는 양식을 잘못 먹다가 흉이나 잡힐까 보아 포크(삼지창)를 들고 남의 눈치들만 보는데 백씨 혼자서 떠들어댄다. 동혁과 영신을 번갈아 보면서, 그동안에 몇 십 번이나 곱삶았을 듯한 정말丁抹의 시찰담으로부터, 구미 각국의 여성들의 활동하는 상황 같은 것을 풍을 쳐가며 청산유수로 늘어놓는다.

청년회의 농촌지도부 간사로 있는, 얼굴이 노란 김씨가 늦게야 참석을 해서 인사를 하였을 뿐이오, 남자는 단 두 사람이라, 동혁은 잠자코 제 차례에 오는 음식만 퍼넣듯 하고 앉았다.

영신이가 모박아서[15] 두둑이 담아준 라이스카레 한 접시를 게눈 감추듯 하고, 점직하니[16] 앉았는 동혁을 보고, 백씨는

"여봐 영신이, 이 미스터 박은 한 세 그릇 자셔야 할걸."

하고 더 가져오라고 눈짓을 한다. 영신은 저도 그런 생각을 했다는 듯이 카레 건더기를 담은 것을 냄비째 들고 와서

"첫 번 솜씨가 돼서 맛은 없지만, 남기시면 안 돼요."

하고 귓속 하듯 한다. 동혁은

"허— 이건 나를 밥통으로 아시는군요."

하며 이 집에 와서 처음으로 영신이와 말을 주고받았다.

식사가 끝난 뒤에는 차가 나오고 실과가 나왔다.

백씨는 잠시도 입을 다물 사이가 없이 '우리의 살 길은 오직 농촌 붙드는 데 있다' 는 것과 '여러분과 같은 일꾼들의 어깨로 조선의 운명을 짊어져야 한다' 는 등 열변을 토한다.

여러 사람들이 매우 감동이 된 듯 머리를 숙이고 있는 것을 보고, 백씨는

"미스터 박, 그동안 많이 활동을 하셨다니, 그 얘기를 좀 들려주시요. 대단히 참고가 될 줄 믿습니다."

하고 농촌운동에 관한 감상을 묻는다. 동혁은

"나는 여러분의 말씀을 들으려고 왔으니까요……."

하고 사양을 하여도 무슨 말이든지 해달라고 굳이 조르다시피 하니까, 동혁은 못 이기는 체하고 찻잔을 입에서 떼며, 뒤통수를 긁적긁적하더니

"그럼 한마디 하지만 들으시기가 좀 거북하실는지도 모를걸요."

하고 뒤를 다진다.

12

"온 천만에, 좋은 말은 귀에 거슬리는 법이라는데요."

사교에 능란한 백씨라, 낯을 조금 붉히는 듯하면서도, 그만 대답쯤은 예사로 한다. 동혁은 실내의 장식과 여러 사람의 얼굴을 다시 한 번 둘러본 뒤에

　"나는 뒷구멍으로 남의 흉을 본다든지, 그 당자가 듣지 않는데 뒷공론을 하는 걸 싫어하는 성미예요."
하고 화두를 꺼내더니 목소리를 떨어뜨려

　"이런 모임이 고적하게 지내시는 백선생을 가끔 위로해드리는 사교적 회합이라면 모르지만 농촌을 지도할 분자들이 장래에 할 일을 의논하려는 모임 같지는 않은 감상이 들었어요."
하고 눈도 깜짝거리지 않고 쳐다보는 영신을 향해서 말하듯이,

　"나는 이런 정경을 눈앞에 그리고 있었는데…… 평야平野의 정자라고 할 수 있는 원두막에서 우리들이 모였다고 칩시다. 몇 사람은 밭으로 내려가서, 단내가 물큰하고 코를 찌르는 참외나, 한 아름이나 되는 수박을 둥둥 두드려보고는 꼭지를 비틀어서, 이빨이 저리도록 찬 샘물에다가 흠씬 담가두거든요. 그랬다가 해가 설핏할 때 그놈을 꺼내서 쩍 뻐개놓고는 삑 둘러앉아서 어적어적 먹어가며 얘기를 했으면, 아마 오늘 저녁의 백선생이 하신 말씀이 턱 어울릴 겝니다."
하고 의미 깊게 듣는 듯이 고개만 끄덕여 보이는 주인을 흘낏 본다. 영신은

　"아이 말만 들어도 침이 괴네."
하고 재미있는 옛날얘기를 듣는 어린애처럼 다가앉는다. 동혁은 물끄러미 영신을 보다가 말을 계속한다.

　"석양판에 선들바람이 베옷 속으로 스며들 적에, 버드나무의 매미 쓰르라미 소리가, 피아노나 유성기 소리보다 더 정답고 깨끗한 풍악 소리로 들려야 하겠는데…… 어째 오늘 저녁엔 서양으로 유람이나 온 것

같은 걸요."

하고 시치미를 딱 갈기고 한마디 비꼬아 던지는 말에 백씨는 고만 자존심을 상한 듯, 동혁과는 외면을 한 채

"그야 도회지에서 살게 되니까 자연 남 봄에는 문화생활을 하는 것 같겠지요. 그렇다고 내가 그런 시골 취미를 모르는 줄 아시면 그건 큰 오핸걸요."

하고 변명 비슷이 한다. 동혁은 그런 말이 나올 줄 알았던 것처럼

"취미요? 시골 경치에 취미를 붙인다는 것과 농민들과 똑같은 생활을 해가면서 우리의 감각까지 그네들과 같아진다는 것과는 딴판이 아닐는지요? 값비싼 향수나 장미꽃의 향기를 맡아오던 후각嗅覺이, 거름구덩이 속에서 두엄 썩는 냄새가 밥 잦히는 냄새처럼 구수하게 맡아지게까지 돼야만 비로소 지도자로서의 자격이 생길 줄 알아요. 농촌운동자라는 간판을 내걸은 사람의 말과 생활이 이다지 동떨어져서야 되겠습니까?"

하고 나서 동혁은 제가 한 말이 좀 과격한 듯해서

"반드시 백선생더러만 들으시라는 말씀이 아닙니다. 하지만 농촌운동일수록 무엇보다 실천이 제일일 줄 알아요. 피리를 부는 사람 따로 있고 춤을 추는 사람이 따로 있던 시대는 벌써 지났으니까요. 우리는 피리를 불면서 동시에 춤을 추어야 합니다. 요령을 말씀하면 우리는 남의 등 뒤에 숨어서 명령하는 상관이 되지 말고 앞장을 서서 제가 내린 명령에 누구보다 먼저 복종을 하는 병정이 돼야만 우리의 운동이 성공하겠단 말씀입니다."

이 말을 하기에 동혁은 이마에 땀을 다 흘렸다. 그동안 백씨는 몇 번이나 얼굴의 표정이 야릇하게 변하다가 무슨 생각에 잠긴 모양인데 영신은 눈을 내리감고 앉았으나 동혁이가 말 구절마다 힘을 들일 때는 무

엇에 꾹꾹 찔리는 것처럼 어깨와 젖가슴이 움직이는 것을 동혁은 정면
으로 보았다.

　백씨가 자기의 변명을 기다랗게 늘어놓으려는 기세를 살피고, 동혁
은 기둥에 걸린 뻐꾸기시계를 쳐다보더니

　"기차 시간이 돼서 고만 실례하겠습니다."

하고 일어선다. 백씨는 형식적으로

　"왜 어느새⋯⋯."

하고 붙잡는데, 영신이도 시계를 쳐다보더니

　"참 저도 가야겠어요."

하고 따라 일어선다.

13

　두 사람은 큰길로 나왔다. 상기가 되었던 뺨을 스치는 밤바람이 여간
시원하지가 않다.

　"우리 산보나 할까요?"

　"기차 시간이 되지 않았어요?"

　"오늘 못 가면 내일 가지요. 하룻밤쯤 새우는 건 문제가 아니지만 영
신 씨가 또 쫓겨나실까 봐서⋯⋯."

　"전 괜찮아요. 쫓겨나면 고만이죠."

　영신은 동혁이가 또 그대로 뿌리치고 갈까 보아 도리어 겁이 났던 판
이라 '어디로 갈까?' 하고 고개를 갸우뚱하다가

　"그럼 목도 마른데 '악박골'로 가서 약물이나 마실까요?"

하고 독립문 편짝을 향해서 앞장을 선다.

"참 '악박골'이 영천靈泉이라고도 하는 덴가요?"

"여태 한 번도 못 가보셨어요?"

"온, 시골뜨기가 돼서⋯⋯."

"누군 시골 사람이 아닌가요. 우리 고장은 옛날에 서울 양반들이 귀양살이나 하러 오던 동해변의 조그만 어촌인데요. 동혁 씨의 고향은 저번에 소개를 해주셔서 잘 알았지만, 거기도 어지간히 궁벽한 데더군요."

두 사람은 천천히 걸어가면서, 서로 자기네 고향의 풍경과 주민들의 생활하는 형편을 좀 더 자세히 이야기하였다.

버스는 그친 지도 오랜 듯, 큰길 양 옆의 가게는 빈지를 닫기 시작한다. 독립문을 지나 서대문 감옥 앞 넓은 마당까지 오니까, 전등불이 검성드뭇해지고 오고가는 사람도 드물어서, 어두운 골목 속으로 드나드는 흰 옷자락만 희뜩희뜩 보일 뿐.

떠오른 지 얼마 안 되는 하현달은 회색빛 구름 속에 숨었다가는 흐릿한 얼굴 반쪽을 내밀고 감옥의 높은 담 안을 들여다보고 있다. 악박골 물터 위의 조그만 요릿집에서는 장구 소리와 함께 유행가가 흘러나온다. 건달패와 논다니[17]들이 어우러져서 약물이 아닌 누룩 국물을 마시고 그 심부름을 하는 모양이다.

동혁은 다른 사람이 하는 대로 돈 십 전을 주고 약물 한 주전자와 억지로 떠맡기는 말라빠진 굴비 한 마리를 샀다.

"온 샘물을 다 사먹는다나."

하고 한 바가지를 철철 넘치도록 따라서 영신에게 권한다.

"주전자 꼴하고 약이 되기는커녕 배탈이 나겠어요."

하면서도 한창 조갈이 심하던 판이라, 둘이 번차례로 한 사발씩이나 벌떡 마셨다. 물이야 정하나마나, 폭양에 운동을 하였고, 한여름 동안 더

위에 들볶이던 오장이 탄산수를 마신 것처럼 쏴— 하고 씻겨 내려가는 것 같은데, 골 안으로 스며드는 밤기운에, 속적삼에 배었던 땀이 식어서 선뜩선뜩할 만큼이나 서퇴[18]가 되었다.

두 사람은 으슥한 언덕 밑 바위 아래에 손수건을 깔고 앉았다. 등 뒤 송림 속에서 누군지 청승맞게 단소를 부는 소리가 들린다. 영신은 한참이나 말없이 머리를 숙이고 있다가

"감옥 속에 갇힌 사람이 자다 말구 저 소릴 들으면 퍽 처량하겠어요."

하고 얼굴을 든다. 구름을 벗어난 창백한 달빛은, 고향 생각에 잠겼던 그의 얼굴을 씻어 내린다.

"참 사람의 일이란 알 수 없군요."

동혁이도 약간 애상적인 감정에서 눈을 번쩍 뜨며 혼잣말 하듯 한다.

"왜요?"

영신의 눈은 동그래졌다.

"몇 주일 전까지는 백판 이름도 모르던 우리가, 이렇게 한자리에 앉아서 약물터의 달을 똑같이 쳐다볼 줄이야 꿈이나 꿨겠어요?"

"참말요. 이것도 하나님의 뜻인가 봐요."

"참 영신 씨는 크리스천(예수교신자)이시지요?"

"전 어려서부터 믿어왔어요. 왜 동혁 씨는 요새 유행하는 맑스주의자세요?"

"글쎄요…… 그건 차차 두고 보시면 알겠지요. 아무튼 신념을 굳게하기 위해서나 봉사의 정신을 갖기 위해서는 신앙생활을 하는 것도 좋겠지요. 그렇지만 자본주의에 아첨을 하는, 그따위 타락한 종교는 믿고 싶지 않아요."

하다가 영신이가 무어라고 질문을 할 기세를 보이니까,

"종교 문제 같은 건 우리 뒀다가 토론하십시다. 그보다 더 중요한 얘

기가 있으니까요."

하고 손을 들어 미리 영신의 말문을 막아버렸다. 그러고는 눈을 딱 감고 한참이나 이슬에 젖은 숲 속의 벌레 소리를 듣고 있더니

"나는 이런 생각을 하고 있어요."

하고 웅숭깊은 목소리로 말을 꺼낸다.

14

"간담회 석상에서 영신 씨가 하신 말씀을 듣고 감복을 했지만 내가 농촌의 태생이면서도 여러 해 나와 있다가 직접 농촌 속으로 들어가 보니까 참말 그네들의 사는 형편이 말씀이 아니에요. 신문이나 잡지에서 떠드는 것보다 몇 곱절 비참하거든요."

하고 한참이나 뜸을 들이다가 마른침을 삼키더니 오래전부터 각오를 하고 있었던 것처럼

"난 자진해서 학교를 퇴학하고 싶어요."

하고는 다시금 생각에 잠긴다. 숲 속에서 반득이는 반딧불을 들여다보며 동혁의 말에 귀를 기울이고 있던 영신은 얼굴을 번쩍 들며

"왜요? 일 년 반만 더 다니시면 졸업을 하실 텐데요?"

하고 놀라운 듯 눈을 크게 뜬다.

"고만둘 수밖에 없어요. 중학교 때엔 억지를 쓰고 별별 짓을 다 해가면서 고학을 했지만, 나 하나 공부를 시키고, 아버지는 올 봄까지 대대로 내려오던 집 앞 논까지 거진 다 팔으셨어요. 졸업만 하면, 큰 수나 날 줄 알고, 계량할 것도 아니 남기신 모양인데, 내가 졸업이라고 한댔자 바로 취직도 하기 어렵지만, 무슨 기수技手라는 명색이 붙는대도 월

급이라곤 고작해야 사오십 원밖에 안 될 테니, 그걸 가지고 객지에서 물 밥 사먹어 가며, 양복 해 입고 소위 교제비까지 써가면서, 수다식구를 먹여살릴 수가 있겠어요? 되려 빚만 자꾸 지게 되지요. 그러니까 나머지 땅마지기나 밭날갈이를 깡그리 팔아 없애고서 거산[19]을 하게 되기 전에, 하루바삐 집으로 돌아가서, 넘어진 기둥을 버티고 다시 일으켜 세울 도리를 차려야겠어요. 까딱 하면 굶어 죽게 될 형편이니까요."

"……."

영신은 동혁의 사정도 딱하거니와, 그만 못지않게 말이 아닌 저의 집의 형편을 생각하느라고 말대답도 아니하고 있다가, 한참 만에야 한숨을 섞어

"제 사정은 백선생한테밖에는 아무한테도 말한 적이 없어요. 홀로되신 우리 어머니는 육십 노인이 딸 하나 공부를 시키느라고 입때 생선 광주리를 이고 댕기세요. 올 여름엔 더위를 잡숫고 길바닥에 가, 쓰러지신 걸, 동네 사람들이 업어다가 눕혀드렸어요. 그렇건만 약 한 첩 변변히……."

그는 그만 목이 막혔다가 간신히 입술을 떨며

"정신을 잃으신 동안에, 어느 몹쓸 놈이 푼푼이 모아 넣으신 돈주머니를 끌러가서, 그게 원통해서 밤새도록 우시는데……."

하고 영신은 가슴속으로부터 치밀어 오르는 울음을 참느라고 잇자국이 나도록 손가락을 깨문다.

동혁은 몹시 우울해졌다. 가슴이 턱 막힌 듯이 갑갑해서 더운 입김을 후— 하고 내뿜는다.

숲 속의 버러지 소리도, 바위틈으로 졸졸졸 흘러내리는 샘물 소리도, 두 사람의 귀에는 들리지 않는 듯 동혁은

'내가 공연히 그런 소리를 끄집어냈구나.'

하고 바로 정수리 위에서 황금빛으로 반짝이며 내려다보는 유난히 큰 별을, 원망스럽게 쳐다보다가, 영신의 앞으로 다가앉으며

"자, 우리 그런 생각은 고만 두십시다. 어쨌든 우리는 명색 전문학교 까지 다녀보니까 여간 행복된 사람들이 아니지요."

하고 목소리 부드러이 영신을 위로하듯 한다.

"참말 공부니 뭐니 다 집어치우고 시골로 내려가야겠어요. 공부를 한다는 핑계로 서울 와서 나 혼자 편안히 지내는 게 어머니께나 동리 사람들한테까지 큰 죄를 짓는 것 같아요. 첨엔 멋도 모르고서 무슨 성 공을 하고야 내려간다고, 하나님께 맹세까지 하고 올라왔지만요…….
더군다나 아까 백선생 댁에서 하신 말씀을 듣고 이제까지 지내온 걸 여 간 뉘우치지 않았어요."

그 말을 듣자, 동혁은 벌떡 일어섰다. 양복바지에다가 두 손을 찌르 고, 거진 권연 한 개를 태울 동안이나 왔다 갔다 하며 무슨 생각에 잠겼 다가, 영신의 앞으로 다가서며

"영신 씨!"

하고 힘차게 부른다.

"우리들이 이렇게 만나서 한 십 년이나 사귄 동지처럼 가슴을 터놓 고 하룻밤을 새운 기념을 우리 영원히 남기십시다."

하고 중대한 동의動議를 한다.

"어떻게요?"

영신의 눈은 별빛에 새파랗게 빛난다. 동혁은 버썩 대들어 그 소당[20] 같은 손으로 서슴지 않고 여자의 두 손을 덥석 잡으며

"우리 시골로 내려갑시다! 이번 기회에 공부고 뭐고 다 집어치우고 서, 우리의 고향을 지키러 내려갑시다! 한 가정을 붙든다느니보다도, 다 쓰러져가는 우리의 고향을 붙들기 위한 운동을 일으키기 위해서 자,

용기를 냅시다! 그네들을 위해서 일을 하다가 죽는 한이 있더라도 선구자先驅者로서의 기쁨과 자랑만은 남겠지요."

영신이가 무엇에 아찔하게 취한 듯이 눈을 내리감고 있는 것은, 불시에 두 방망이질을 하는 심장의 고동을 진정하려 함이다. 그는 마주 일어서서 동혁에게 으스러지도록 잡힌 두 손에 힘을 주며

"고맙습니다! 당신 같으신 동지를 얻게 해주신 하나님께 감사합니다."

영신은 더 길게 말하지 않았다. 어느덧 인왕산 너머로 기울어가는 달빛 아래서 두 남녀의 마주 쏘아보는 네 줄기 시선은 비상한 결심에 빛나고 있었다.

일적천금一滴千金

1

날이 가물어서 동리마다 소동이 대단하다. 정월 대보름날은 하루 종일 진눈깨비가 휘뿌려서, 송아지 한 마리를 태우는 윷놀이판에 헤살을 놓았었고, 모처럼 풍물을 차리고 나선 두레꾼들을 찬비 맞은 족제비 꼴을 만들더니, 그 뒤로 석 달째 접어든 오늘까지 비 한 방울 구경을 못하였다.

"허— 이 날, 사람을 잡으려구 이렇게 가무는 게여."

바싹 마른 흙이 먼지처럼 피어올라 폴싹폴싹 날리는 보리밭에 북을 주던[21] 박첨지는 기신없이 괭이질을 하던 손을 쉬고 허리를 펴며 혼잣말로 탄식을 한다. 그는 검버섯이 돋은 이마에 주름살을 잡으며 머리 위를 우러러 본다. 그러나 가을날처럼 새파란 하늘에는 구름 한 점 찾아낼 수가 없다. 바닷가의 메마른 농촌에 바람만 진종일 씽씽 불어서, 콧구멍이 막히고 목의 침이 말라드는 것 같다.

"이런 제—기, 보리싹이 연골[22]에 말러 배틀어지니 올 여름엔 냉수만 마시구 산담메."

늙은이는 다시 한 번 말과 한숨을 뒤섞어 내뿜고는, 이제야 겨우 강아지풀 잎새만 하게 꼬리를 흔드는 보리싹을 짚신발로 걷어찬다. 그러다가 화풀이로 쌈지를 긁어 희연[23] 부스러기 한 대를 태워 물고 뻐끔뻐끔 빨다가 괭이자루에 탁탁 털어버린다.

그는 한참 동안이나 멍하니 섰다가, 그래도 하는 수 없다는 듯이 멍에같이 굽은 허리를 주먹으로 두어 번 두드린 뒤에, 손바닥에다 침을 튀튀 뱉더니 다시 괭이를 잡는다.

"참 정말 큰일 났구려. 참죽나무에 순이 나는 걸 보니깐 못자리 헐 때두 지냈는데, 비 한 방울이나 구경을 해야 허지 않소."

곁두리[24] 때가 훨씬 지나도록, 바닷가에서 갯줄나물을 캐어가지고 들어온 마누라가 영감의 등 뒤에서 반 남은 기운 광주리를 던지고, 기신없이 밭둔덕에 가 주저앉으며 하는 말이다. 앞니가 몽땅 함몰을 해서, 동네 계집애들은 그를 합죽할머니라고 놀린다.

"그러게 말요. 이대루 가물다간 기미己未년처럼 기우제祈雨祭를 지낸다구 떠들겠는걸."

박첨지는 마누라를 흘낏 돌려다보고 중얼중얼 군소리하듯 한다.

"너구리굴 보구 피물[25]돈버텀 내쓴다구, 동혁이 월급 탈 때만 바라구서 조합돈꺼정 써냈으니 참 정말 입맛이 소태 같구려."

영감의 말을 한숨으로 화답하던 마누라는

"그래두 동혁이가 어떡허든지 우리 양주[26] 배야 곯게 하겠수?"

"명색이라두 학교 졸업이나 했으면 모를까, 지금 와서 전들 무슨 뾰죽헌 수가 있나베. 양식이라구 인젠 묵은 보리 여남은 말이 달랑달랑허는데……."

"아무튼 그 자식이 우리 집 기둥인데, 조석 때마다 동네 일만 헌다구

몰아세질랑 마슈. 그렇게 성화를 헌다구 말을 들을 듯싶우? 제가 허구
싶어서 허는 노릇을⋯⋯. 목이 말러두 주막에 가서 탁배기 한잔 입에
대지 않는 자식을 가지구서⋯⋯."

"글쎄 오늘두 여태 안 들어오는 걸 좀 보우. 아비가 올버텀은 일이
심에 부쳐서 당최 꿈지럭거리질 못하는 줄 뻔히 알면서, 나댕기기만 허
니 말이지."

"그래두 저 딴엔 동네에 유조[27]헌 일을 헌답시구, 밥두 제때에 못 먹
구 돌아댕기는 게 난 가엾어 못 보겠습디다."

"아무튼 그놈의 농우횐가 강습횐가 허는 것버텀 없애 버려야 해. 동혁
이 초사에 동리 젊은 녀석들은 한 놈이나 집에 붙어 있어야지. 밤낮 몰
려댕기며 역적모의허듯 쑥덕공론만 허니, 밥이 생기나— 옷이 생기나."

박첨지는 혀를 끌끌 차며 젊은 사람들을 꾸짖고, 마누라는 아들의 두
둔을 하느라고 어느덧 땅거미 지는 줄을 모른다.

맷방석[28]만한 시뻘건 해는 맞은편 잿배기[29]를 타고 넘는다.

"저 해를 좀 보슈. 가물지 않겠나."

한쪽을 찌긋한 마누라의 눈에는 흉년이 들 조짐이 보이는 듯하다. 그
는 유심히 서녘 하늘을 바라다보다가

"아, 저—기 동혁이가 오는구료!"

하고 아들의 그림자를 몇 해 만에야 발견한 듯 가벼이 부르짖으며 무릎
을 짚고 일어선다.

2

박첨지 양주의 눈이 부시도록 넘어가는 석양을 등 뒤에 받으면서 잿
배기를 넘어오는 동혁의 윤곽은 점점 뚜렷이 나타났다. 회색 저고리 바

지에 검정 조끼를 입고 삽을 둘러멘 동혁이는 역광선逆光線에 원체 건장한 체격이 더 한층 걸대가 커 보인다. 아들이 가까이 오자

"점심두 안 들어와 먹구, 여태 어디서 뭣들을 했니?"

하고 묻는 아버지의 목소리는 아까 꾸짖던 때와는 딴판으로 부드럽다.

"공동답共同畓 못자릴 허려구 물을 푸는데 쌈들이 나서, 입때꺼정 뜯어말리구 왔어요."

"넌 집의 못자린 헐 생의두 않고 공동답에만 매달리면 어떡허잔 말이냐?"

아버지의 나무라는 말에 동혁은

"차차 허지요. 물 푸는 게 서투르니까 어떻게 심이 드는지…… 두렁 밑을 파는데두 논바닥이 바짝 말라서 세상 가래를 받어야지요."

하고 집으로 들어가 세수를 하고 발을 씻고 제 방으로 들어가더니 기직자리[30] 위에 가 턱 눕는다. 누웠다느니보다도 진종일 삐친 팔다리를 쭉 뻗고 지쳐 늘어진 것이다. 산울 밖에서 걸귀가 꿀꿀거리는 소리가 들리건만 꼼짝도 할 수가 없어서 누워 있노라니

"저녁 먹어라."

하는 어머니의 목소리와 함께, 된장찌개 냄새가 허기가 지도록 시장하던 동혁의 코에 맡였다. 장물[31]을 찔끔 친 갯줄나물과 짠지쪽이 반찬이다.

"동화는 그저 안 들어왔에요? 들어오건 같이 먹지요."

동혁은 벌떡 일어나며 아우를 찾는다.

"누가 아니. 수동이네 주막에서 대낮버텀 술을 처먹는다더니 여태 게 있는 게지. 뭐구 그 애가 맘을 못 잡어서 큰일 났다. 글쎄 요샌 매일 장취[32]로구나. 형두 형세가 부쳐서 허다 만 공부를, 뭘 가지고 허겠다구 허고헌 날 성화를 받치니, 온 살이 내릴 노릇이지. 큰 말 강도사네

작은아들이 대학곤가 졸업허구 와서 꺼떡대는 걸 보구 버쩍 더 거염[33]을 내니 어쩌면 좋냐. 뱁새가 황새를 따르려다간 다리가 찢어지는 줄 모르구 덮어놓구 날뛰는구나."

"아닌 게 아니라 큰 걱정이에요. 암만 사정허듯 타일러두 점점 외먹기[34]만 하는걸. 성미가 여간내기라야 손아귀에 넣어보지요."

하는데 호랑이도 제 말을 하면 온다고 동화가

"아—니 이 집에선 바 밥들을 호 혼자 먹나."

하고 혀끝을 굴리지 못하고 비틀걸음을 치면서 들어온다. 눈동자까지 개개 풀린 것이 막걸리 사발이나 좋이 들이켠 모양이다. 평소에는 성이 난 사람처럼 뚱하니 남하고 수작하기도 싫어하면서 술만 들어가면 불평이 쏟아진다. 근자에는 안하무인으로 술주정까지 함부로 해서 아버지조차

"저 자식은 하우불이[35]야."

하고 그만 치지도외[36]를 한다.

동화는 썩은 연시 냄새 같은 술 냄새를 후— 하고 내뿜으며 방으로 뛰어들더니

"아 그래 성님은 공부두 혼자 허구 밥까지 혼자 먹는 거유?"

하고 지게미[37]가 낀 눈을 부라리며 생트집을 잡는다. 싹 깎은 머리가 자라서 불밤송이처럼 일어났는데, 형만 못지않게 건장한 몸집은 올해 스물두 살이라면 누구나 곧이를 안 들을 만하게 우람스럽다.

"어서 밥이나 먹어라. 얘긴 술이 깨건 허구……"

아우의 성미를 건드렸다가는 마구 뚫린 창구멍으로 무슨 소리가 나올지 몰라서, 형은 점잖이 타이른다.

"아—니, 내가 술이 취 취헌 줄 아우? 술두 안 먹는 성님은 도무지 대체 허는 게 뭐유? 밤낮 그 잘나빠진 공동답이나 주무르구 콧물 흘리는

아이들을 뫄놓구서 언문 뒷다리나 가르치면 제일의 강산이란 말요? 나 하나 공부두 못허게 말끔 팔어 없애구서, 큰소리가 무슨 큰소리유? 어디 헐 말이 있건 해봐요."

하면서 사뭇 형의 턱밑에다 삿대질을 하더니, 이빨을 부르룩부르룩 갈다가

"아이구―"

하고 주먹으로 앙가슴을 친다. 그러다가는

"제―길헐, 두 번 못 올 청춘을 이 시골구석에서 썩혀야 옳단 말이냐?"

하고 벽이 무너져라고 걷어차며 소리를 버럭버럭 지르더니, 그만 넉장거리[38]로 자빠져버린다.

동혁은 아랫입술을 지근히 깨물고 앉아서, 아우의 폭백[39]을 받았다. 금세 드르렁드르렁 코를 골기 시작하는 동화의 머리를 들고 목침을 베어주고는, 뱃속이 몹시 괴로운 듯 눈살을 잔뜩 찌푸린 얼굴을 물끄러미 들여다보려니까 속도 상하고 식곤증이 나서 팔베개를 하고 그 곁에 누웠는데,

"편지 받우―, 박동혁이 있소?"

하는 소리가 싸리문 밖에서 유난히 크게 들렸다. 동혁은 벌떡 일어나 고무신짝을 끌며 황급히 밖으로 나갔다.

3

편지는 영신에게서 온 것이었다. 동혁이가 학교를 그만두고 내려올 때에 정거장에서 굳은 악수로 작별을 한 뒤에, 올 봄까지 오고 간 편지가 조그만 손가방으로 하나는 가득 찼으리라.

그 후 한 사람은 고향인 '한곡리'로, 한 사람은 기독교청년회연합회 농촌사업부의 특파원 격으로, 경기京畿 땅이나, 모든 문화시설과는 완전히 격리된 청석골青石洞이란 두메 구석으로 내려가서 일터를 잡은 뒤에는, 서로 만날 기회가 없었다. 한가히 찾아다닐 시간과 여비까지도 없었다. 피차에 사업의 기초가 어느 정도까지 잡히기 전에는 만나지 말자는 언약도 있었던 것이다.

그러나 그 대신, 삼 전짜리 우표가 두 장 혹은 석 장씩 붙은 편지가 일주일에 한 번, 열흘에 한 번씩은 거르지 않고 내왕을 하였다.

그 편지의 내용이란, 젊은 남녀 간에 흔히 있는 달콤한 사랑을 속삭인 것이 아니라, 순전히 사업 보고事業報告요, 의견 교환이요 또는 실제 운동의 고심담이었다. 서로 눈을 감고 앉았어도, '한곡리'와 '청석골'의 형편과, 무슨 일을 어떻게 해나가는 것이며, 심지어 틈틈이 무슨 책을 읽고 어떠한 느낌을 받았다는 등, 머릿속까지 환하게 들여다보이도록, 적어 보냈고 적혀 오고 하였다.

그러면서도 피차에 사사로운 생활이나 신변에 관한 일은 단 한 줄도 비치지 않았다. 그러던 터에 오늘은 편지를 뜯어보고 동혁은 적지 아니 놀랐다.

……건강에는 자신이 있었건만, 그동안 과로한 탓인지 몸이 매우 쇠약해졌어요. 더 참다가는 큰 병이 날 것만 같은데요, 단 며칠 동안이나마 쉬고는 싶어도 성한 때와 또 달라 어머니한테로 가기는 싫고요 잠시 쉬는 동안이라도 무의미하게 시간을 보내고 싶지는 않습니다. 그래서 생각다 못해, 동혁 씨가 계신 한곡리로 가서 얼마 동안 바닷바람이나 쏘이다가 올까 합니다. 백문이 불여일견이라고 당신이 착수하신 사업을 직접 보고 (결단코 시찰은 아니지만……) 많이 배워가지고 오려고 합니다.

꼭 친히 뵙고 의논할 일도 있고요, 겸사겸사 가고 싶은데 과히 방해나

되지 않으실는지요. 가면은 이 편지를 받으시는 다음다음날(화요일) 아
침, 그곳에 도착할 예정입니다.

동혁은 흐릿한 등잔 밑에서 눈을 꿈벅꿈벅하며 몇 번이나 편지를 내
려읽고 치읽고 하였다.

'그다지 튼튼하던 사람이 얼마나 고생을 했길래, 큰 병이 날 것 같다
고 했을까?'

'대관절 꼭 친히 만나서 의논하겠다는 일이란 무엇일까.'

'오는 거야 반갑지만, 도대체 무엇을 보여주나? 무슨 일을 했다고 그
동안의 보고를 한단 말인가.'

이러한 의문과 걱정이 쥐가 꼬리를 물듯이 줄달아 일어났다. 더구나

'정양을 하러 오는 사람이 당장 거처할 데가 없으니 어떡하나?'

하는 것이 당면한 큰 문제다. 동혁은 가슴이 설레면서도 갑갑증이 나는
데, 동화의 코고는 소리가 시끄러워서 마당으로 나왔다.

감나무 가지에 낫[鎌]같은 초생달이 걸린 것을 쳐다보면서, 이런 생각
저런 궁리를 하다가

'참 벌써 회원이 다들 모였겠네.'

하고 다시 안으로 들어가, 전번 일요일에 모였을 때의 회록과 오늘 저
녁에 여러 사람에게 들려줄 이야기를 초 잡아논 공책을 꺼내가지고 와
서, 작은 마을 건배네 집 편으로 걸었다.

아직, 여럿이 모일 장소가 없어서 김건배金建培라는 동무의 집 머슴
방을 빌려서 야학당 겸 농우회農友會의 회관으로 쓰는 중이다.

이번 일요회日曜會에는 입에 침들이 말라서, 가물어서 큰일이 났다는
걱정들만 하다가, 진종일 고역에 너무 지쳐서 꾸벅꾸벅 졸고 있는 회원
이 태반이나 되었다. 그래서 동혁은

"내일두 비가 안 오건 우리 샘물을 길어다 퍼붓더래두, 공동답에만은 못자리를 내두룩 허세."

하고 일찌감치 헤어지게 하였다. 집께까지 다 와서 축동⁴⁰ 앞 다복솔⁴¹ 밑에 가 주먹으로 턱을 고이고 앉아서, 한참 동안이나 으스름한 달빛을 우러러 보다가

'달무리를 하는 게 인제야 비가 좀 오려나?'

하고 일어섰다. 제 그림자를 기다랗게 끌며 집으로 돌아오자니, 간담회 석상에서 처음 만나던 때와, '악박골' 서 둘이 함께 밝히던, 정열과 감격에 끓어 넘치는 그날 밤의 모든 정경이, 바로 어제런 듯 머릿속에 떠오른다. 그는 영신이가 보고 싶었다. 불현듯이 보고 싶었다. 이틀 동안을 기다리기가 한 이태나 되는 듯이─.

4

"이게 무슨 소리야!"

밤중에 동혁은 별안간 이불을 걷어차며 일어났다. 몸이 실실 풀리는 듯 피곤해서 턱 쓰러지기만 하면 금방 잠이 들 것 같건만 영신을 만날 생각은 도회지와 달라 남의 일에도 말썽이 많은데 미혼 처녀가 늙은 총각을 찾아오면 근처 청년들의 지도자로 신망을 한몸에 모으고 모든 일에 몸소 모범이 되어야 할 처지에 있는 저로서 일동일정에 주목을 받을 터이니 그것도 적지아니 거북한 노릇이다. 생각이 옥신각신하다가 잠이 어렴풋하게 들었건만 강제로 마취를 당한 듯도 하고 꺼져가는 등잔불처럼 의식이 꿈벅꿈벅하는 판인데 뜻밖에 이상한 소리가 들렸던 것이다.

그저 저녁도 안 먹고 자는 동화의 거친 숨소리에 섞여 누에가 뽕잎을

써는 것처럼 부시럭부시럭 하는 소리가 간간이 머리맡에서 들렸다. 처음에는

'이게 무슨 소릴까?'

하고 속으로 중얼거리며 들창 앞으로 다가앉으며 창밖으로 귀를 기울였다. 이번에는

"뚜—ㄱ, 뚜—ㄱ. 후두둑 후두둑."

개초[42]를 그저 못해서 뒤꼍 헛간에 묶어서 세워논 짚단과 수수깡 사이에서, 잊어버릴 만치나 오랫동안 듣지 못하던 소리가, 점점 크게 점점 똑똑하게 자진가락으로 들린다.

바람이 일어, 청솔가지로 둘러싼 산울을 우수수 우수수 흔들다가, 덧문 창호지에 굵은 모래를 끼얹는 듯이 휘뿌리는 것은 틀림없는 빗소리가 아닌가.

"오오, 빗소리!"

동혁은 덧문을 밀쳤다. 습기를 축축이 머금은 밤바람이, 방 안으로 휘돌아들자, 자던 얼굴에 방울방울 부딪치는, 찬 빗방울의 감촉!

동혁은 정신이 번쩍 들었다.

"애 동화야, 비가 온다. 비가 와!"

형은 반가운 김에 아우의 어깨를 잡아 흔들었다. 동화는

"응?"

하고 깜짝 놀라 일어나서, 두 주먹으로 눈두덩을 부비더니

"아, 정말 비가 오우?"

하고 바깥을 내다본다. 시꺼먼 구름이 잔뜩 끼어 별 하나 찾을 수 없는 하늘을 쳐다보다가

"제엔장, 인제야 온담."

하고 볼멘소리를 하고는, 목소리를 낮추어

"나 아까 주정했수?"

하고 형의 얼굴을 바로 쳐다보지를 못한다.

형은 부드러운 목소리로

"어서 더 자거라. 이담버텀 챙기면 고만이지…… 다 형의 잘못이다."

하고 문을 닫는다. 그러다가 아우가 엎드리며 머리맡을 더듬으니까, 얼핏 자리끼 사발을 집어서 입에 대어준다. 동화는 한창 조갈이 심하게 나던 판이라, 목을 늘이고 숭늉 한 사발을 벌떡벌떡 들이키고는 다시 쓰러진다.

비가 제법 장마 때처럼 주룩주룩 쏟아지기 시작한다. 동혁은 일종의 신비감神秘感을 느끼어 노래라도 한마디 부르고 싶었다.

십 년 만에 만나는 친구의 음성인들 이 빗소리보다 더 반가우랴. 흉년이 들겠다고 벌써부터 쌀금 보릿금이 오르고, 초목의 새싹이 지지리 타들어가도록 온갖 생물이 목말라하던 대지 위에, 뚝뚝뚝 떨어지는 빗방울 소리와 그 비를 휘몰고 들어오는 선들바람의 교향악交響樂! 그것은 오직 하늘의 처분만 바라고 사는 농민의 귀에라야 각별히 반갑게 들리는 소리다.

안방에서는 늙은 양주도 잠이 깨었는지 이야기하는 소리가 두런두런 한다.

동혁은 창밖으로 팔을 내밀고 천금을 주고도 그 한 방울 살 수 없는 생명수를 손바닥에 받아본다. 자리옷을 활활 벗어버리고 뛰어나가서 그 비에 온몸을 골고루 적시다가 땅 위에 디굴디굴 구르고 싶은 충동을 느꼈다.

동혁은 아우가 감기나 들까 보아 다시 문을 닫았다. 바람은 파도 소리처럼 쏴— 쏴— 하고 머리맡에서 뒤설렌다. 논배미마다 단물이 흥건히 고이고 보리밭 원두밭이 시꺼메지도록 빗물이 흠씬 배어들어갈 것

을 상상하면서도,

'이 우중에 영신이가 어떻게 오나. 내일까지만 실컷 오구 말었으면……'

하다가 스르르 잠이 들었다.

5

이튿날도 비는 끊임없이 왔다. 동혁은 도랭이를 쓰고 살포[43]를 짚고 나가서 논의 물꼬를 보고 들어왔다. 점심 뒤에는 신문지를 말끔 몰아가지고 집에서 한 삼 마장이나 되는 바닷가로 나왔다.

해변에서 새우를 잡아 말리고 준치나 숭어를 잡는 철이 되면, 막살이[44]를 나오는 술장사에게, 빌려주는 오막살이의 방 한 칸을 빌렸다.

아들은 젓잡이를 하러 나가고, 늙은 마누라와 며느리만 집을 지키고 있어서, 대낮에도 노 젓는 소리와 간간이 뱃노래 소리밖에는 들리는 것이 없어, 여간 조용하지가 않다.

동혁은 주인마누라에게, 풀을 쑤어 달래서, 신문지로 흙방을 바르고 기직을 구해다가 방바닥에 깔고, 불을 때어 말리고 하느라고, 비에 젖은 하루해를 보냈다.

"어떤 손님이 오시길래 이렇게 손수 방치장을 허우? 그만허면 신방두 꾸미겠네."

하고 주인마누라는 안질이 나서 짓무른 눈을 꿈적이며 두 번 세 번 묻는다. 동혁은

"오는 사람을 보면 알 걸 왜 그렇게 궁금허우?"

하고는 손님이 묵고 있는 동안 밥까지 지어달라고 부탁을 하였다. 집에는 거처할 방도 없거니와 거진 하루 한 번씩은 입버릇처럼 장가를 들라

고 성화를 하는 부모가 어떻게 할는지도 몰라서 일테면 사처를 잡은 것이다.

저녁 뒤에 동혁은 가장 무관하게 지내고 또 영신을 오래 소개해온 건배와 정득이, 갑산이, 칠룡이 같은 농우회원을 찾아다니며 '채영신이가 내일 아침에 온다' 는 소식을 전하였다. 동혁은 단독으로 영신을 맞아들이고 싶지 않았던 것이다. 건배는

"흥 인제야 자네가 몽달귀신을 면허나 보이. 앞으로 다섯 해 안에는 결혼을 안 헌다구 장담을 허드니……. 허는 수 있나 지남철 기운에 끌려오는 걸."

하고 연방 동혁을 놀려댄다. 동혁은 변색을 하며

"여보게 그게 무슨 가당치 않은 소린가? 아—예 그런 말은 입 밖에두 내지 말게. 동지와 애인을 구별 못하는 낸 줄 아나?"

하고 건배의 험구를 틀어막았다.

이튿날은 이슬 같은 보슬비로 변하였다. 앞 논과 집 뒤 개울에서는 개구리가 제철을 만난 듯이 운다. 밤새도록 울고도 그칠 줄을 몰라서 대합조개 껍데기를 마주 부는 듯한 소리가 시끄러울 지경이다.

이른 아침 동혁은 찢어진 지우산을 숙여 쓰고 '큰덕미'로 갔다. 쇠대 갈산 등성이 위에 올라 머리를 드니 구름과 안개에 싸인 바다가 눈앞에 훤하게 터진다. 무엇에 짓눌렸던 가슴이 두 쪽에 쩍 뼈개지는 것 같은 통쾌감과 함께 동혁은 앞으로 안기는 시원한 바람을 폐량肺量껏 들이마셨다가 후— 하고 토해내고는 휘파람을 불며불며 나루께로 내려갔다.

'큰덕미' 라는 곳은 하루 한 번 똑딱이(석유발동선)가 와 닿는 조그만 포구로 주막 몇 집과 미루나무만 엉성하게 선 나루터다.

고무신 물이 넘도록 발이 진흙에 푹푹 빠져서 동혁은 신바닥을 모래에다 부비며, 비에 젖은 바윗돌 위에 가 털퍼덕 주저앉아서, 물참45이

되기만 기다리는데

"여보게 동혁이—."

귀에 익은 목소리가 등 뒤에서 들렸다. 동혁은 소리 나는 편을 돌려다보며

"건밴가? 어서 오게—."

하고 손짓을 하였다. 가마솥 뚜껑만 한 농립을 쓰고 육 척 장신에, 밀짚 도랭이를 껑충하게 두르고서 휘적휘적 오는 걸음걸이만 보아도 틀림없는 건배였다. 그 뒤에는 정득이, 갑산이, 칠룡, 석돌이, 또 동화까지 누구누구 할 것 없이 농우회의 회원들이 유지로 만든 우장을 하고, 그것도 없는 사람은 푸대 쪽을 두르고, 칠팔 명이나 주렁주렁 따라온다. 그네들이 가까이 오자 동혁은

"자네들, 미안허이그려."

하고 무심코 동혁은 한 말이건만

"자네가 우리더러 미안허달 게 뭐 있나? 그야말루 진날 개사위꼴을 허구, 나왔어두 자네 장가드는 데 배행 나온 셈만 치면 좋지 않은가?"

건배는 동혁의 말을 얼른 채뜨려가지고, 이번에는 빗대어놓고 놀려댄다.

"앗게 이 사람, 또 그런 소릴……"

하고 동혁은 눈을 슬쩍 흘기면서도, 어쩐지 건배의 놀리는 말이 그다지 듣기 싫지는 않았다.

바람결에 통통통통 하는 소리가 바위에 철썩철썩 부딪치는 파도 소리에 섞여, 차츰차츰 가까이 들려왔다. 조금 있자

'뛰—ㅅ.'

하는 새된 기적 소리는, 동혁의 가슴속까지 찌르르하도록 울렸다.

6

이윽고 파—란 페인트칠을 한 똑딱이가 선체를 들까불며 들어온다. 갑판 위에서 손수건을 흔드는 흰 저고리에 검정 치마가 보인다. 동혁은 손을 높직이 들고 허공을 저었다.

조그만 거루[46]는 선객과 짐을 받아 싣고, 선창으로 들어와 닿았다. 동혁은 반가운 웃음을 얼굴 가득히 담고, 영신의 손을 잡아 뭍으로 끌어올렸다.

"이번 비 참 잘 왔죠?"

한마디가 첫밫에 하는 영신의 인사였다.

"잘 오구 말구요. 그래 그동안 얼마나 고생을 하셨에요?"

하며 동혁은 영신의 얼굴빛을 살핀다. 상상하던 것보다는 나아도 어글어글하던 눈이 전보다 더 커다래 보이는 것은, 그 복성스럽던 얼굴의 살이 그만큼 빠진 탓일 듯. 그러나 반가운 김에 상기가 되어 그런지 혈색도 나쁘지 않은 것을 보고 우선 안심을 하였다.

"그거 내 들어다 드릴까요."

"아—니, 괜찮아요."

"글쎄 이리 주세요."

"이 속엔 비밀 주머니가 들어서 안 돼요."

바스켓 하나를 가지고 네가 들리, 내가 들리 승강이다.

'고집이 여전허군.'

하면서 동혁은 우산을 받쳐주며 나란히 서서 나가다가

"참 인사들 허시지요. 편지루 아셨겠지만 같이 일하는 동무들인데……."

하고는

"이 키 큰 친구는 김건배군이구요……."

하고 건배를 위시하여 인사를 시킨다.

"감사합니다. 비 오는데 이렇게 나와 주셔서……."

영신은 활발히 손을 내밀고 서양 여자처럼 차례차례 악수를 한다. 여러 청년은 입속으로 간신히 제 이름을 대면서 계집애처럼 얼굴들을 붉혔다. 피차에 악수를 교환한 것이 아니라 얼떨결에 생후 처음으로 젊은 여자에게 악수를 당한 셈이었다.

두 사람이 앞장을 서고 여러 청년은 그 뒤를 따라온다.

"허—, 이거 정말 우리가 별배[47] 노릇을 허는군."

"여게, 말 말게, 손을 어떻게 쥐구 잡어 흔드는지, 하마터면 아얏 소리를 지를 뻔했네."

하고 뒷공론을 하는 소리가, 동혁의 귀에까지 들려서 픽 하고 혼자 웃었다.

신작로로 나오자, 잠시 뜨음하던 빗발이 다시 뿌리기 시작한다. 자갈도 깔지 않은 길바닥은 된 풀을 이겨논 것처럼, 발을 옮겨놓을 수가 없도록 끈적끈적하다.

영신은 미끄럼을 탈까 보아, 길바닥만 들여다보며

"이렇게 진데 용허게들 나오셨군요."

하고 길가의 아카시아나무를 붙들고, 신바닥에 붙어 달린 진흙을 문지르고는 언덕의 잔디를 이리저리 골라 딛는다.

어젯밤 비만 해도
보리에는 무던하다.
그만 갤 것이지
어이 이리 굳이 오노.
봄비는 차지다는데

질어 어이 왔는가.

비 맞은 나뭇가지
새 움이 뾰죽뾰죽.
잔디 속잎이
파릇파릇 윤이 난다.
자네도 그 비를 맞어서
정이 치[ㅓ]나 자랐네.

이런 때 이런 경우에 동혁이가 시詩를 좋아하는 사람이었다면 「비 맞고 찾아온 벗에게」 하는 조운曹雲의 시조 두 장을 가만히 입속으로 읊었으리라.

7

영신은 바라던 대로 바닷가 한가한 집에서 편안히 쉴 수가 있었다. 동혁이가 신문지로나마 도배를 말끔히 하고, 자리까지 새것을 깔아놓고 저를 기다려준 데는 무어라고 말이 나오지 않을 만치 고마웠다.

더구나 농우회원들은 비를 맞으며, 갯고랑으로 나가서 낙지를 캐어 오는 사람에, 손그물을 쳐서 새우를 잡아오는 사람에, 대접이 융숭하다. 그것도 못하는 사람은 인제야 고춧잎만 한 시금치를 솎아가지고 와서, 몰래 주인마누라를 주고 간다.

"경치두 좋지만, 우리 청석골보덤 인심두 여간 후하지 않군요."
하고 영신은 너무 미안해서 몸 둘 곳을 몰라 한다. 회원들은 선생으로 숭앙하는 동혁이와 가장 뜻이 맞는 동지요, 또는 공부도 많이 했건만, 농촌사업을 헌신적으로 하는 여자라니까(실상 그네들은 십여 리 밖에 있는 보통학교 여훈도밖에는 신여성과 대해 본 경험이 없다) 여기까지 찾아온 것이 무슨 까닭이 있는 줄로 짐작을 하는 눈치면서도, 자기네 힘껏은 대접을 하는 것이다.

그중에도 어느 사립학교 교원으로 있을 때 ○○사건에 앞잡이 노릇을 하다가 이태 동안이나 콩밥을 먹고 나온 경력이 있는 건배는 남의 일이라면 발을 벗고 나선다. 주선성이 있어서 한곡리에서 무슨 일이 생기면 농우회의 선전부장 격으로 진일 마른일 가리지 않고 뛰어다니며 활동을 하지 않고는 견디지 못하는 사람이다. 그는 동혁이보다 몇 해나 먼저 야학을 개설한 선각자로 동혁이와는 어려서 싸움도 많이 하였거니와 막역한 동무였다. 그는 무슨 여왕이나 모셔다논 것처럼 수선을 부리며 돌아다닌다. 그 멋없이 큰 키를 바람에 불리는 바지랑대처럼 내젓고 돌아다니며 광고를 하여서 여학생이 동혁이를 찾아왔다는 소문이 하루 동안에 동네에 파다하게 돌았다.

"그게 누구냐? 응 그 여학생이 누구냐? 어디 나두 좀 보자꾸나."

며느리를 못 보아 상성[48]이 난 어머니는 꼬부랑거리고 아들의 뒤를 쫓아다니며 성화를 받친다. 박첨지도 마누라를 염탐꾼처럼 놓아서 며느릿감(?)으로 보고 오라고 넌지시 이르기까지 하건만 동혁은

"글쎄 얼토당토않은 말씀은 입 밖에두 내지 마세요. 신병이 있어서 잠깐 휴양두 할 겸 우리들이 일하는 걸 보러온 사람이라니까요."

하고 골까지 내었다. 그런 때는 동화가 형의 편을 들어서 제가 무슨 속중이나 아는 듯이 그렇지 않다는 변명을 해준다.

이래저래 동혁은 오던 날 하루는 여러 회원들과 얼려 다니며 영신을 접대하고 일부러 단둘이 앉을 기회는 피하였다. 한편으로는 몸도 쇠약해진 데다가 밤배를 타고 우중에 시달려온 사람을 붙잡고 길게 이야기를 하기도 안 되어서 마음을 턱 놓고 쉬도록 하고 싶었던 것이다.

저녁 뒤에 건배는

"이 사람 그이가 귀양살이를 왔단 말인가? 혼자 적적해할테니 우리 가서 청석골서 활동허는 얘기나 듣구 오세."

하고는 회원들을 끌고 가서 저 혼자 한바탕 떠들다가 돌아왔다.

영신은 그동안 동혁이가 내려와서 한 일과 계속해서 하는 일이며, 동네 형편까지도 '선전부장'인 건배의 입을 통해서 자세히 들을 수가 있었다. 그러나 영신은

'저이가 원체 묵중하겐 생겼지만, 내가 누굴 찾아왔다고, 저렇게 뚱하니 앉았다가, 다른 사람보다도 앞을 서서 갈까.'

하고 동혁의 태도가 섭섭할 지경이었다.

비는 그치고 바닷가의 밤은 깊어갔다. 영신은 공연히 마음이 가라앉지 않아서, 잠을 청하느라고 조그만 등잔 밑에서 공부 삼아 볼까 하고 가지고 온, 잡지의 농촌 문제 특집호를 뒤적거리고 누웠다. 모래사장을 찰싹찰싹 가벼이 두드리는 파도 소리를 베개 삼고서…….

그때에 창밖에 나직한 목소리가 들렸다.

"고만 주무시지요. 고단허실텐데……."

하는 것은 틀림없는 동혁의 목소리였다. 그는 집으로 갔다가 다시 돌아나와서, 홀로 해변을 거닐며, 영신의 신변을 지키고 있었던 것이다.

"네 자겠어요. 난 벌써 가셨다구요."

하고 영신이가 반가이 일어나 문을 열려니까

"문고리를 꼭 걸구 주무세요."

한마디를 남긴 뒤에 동혁의 그림자는 어둠 속으로 사라졌다.

기상나팔起床喇叭

1

비는 또다시 이틀 동안을 줄기차게 쏟아지다가, 씻은 듯 부신 듯이 개이고, 날이 번쩍 들었다. 보리 해갈이나 바라던 것이, 장마 때처럼 원둑이 넘치도록 흐뭇하게 와서, 초목이란 초목, 생물이란 생물이 온통 죽음에서 소생한 듯. 청신한 공기가 천지에 가득 찼다.

이른 아침, 물속에서 뛰어나온 듯이 선명한 태양이, 바다 저편에 붕긋이 솟아오를 때, 동리 한복판의 두 아름이나 되는 은행나무가 선 언덕 위에서, 나팔 소리가 들린다.

도또 도또 미또 도또
쏠도 도미도—
밈미 밈미 쏠미 쏠미
도미 쏠쏠 도—

새된 기상나팔 소리는 황금빛 햇발이 퍼지듯이 비 뒤의 티끌 하나 없는 공기를 찢으며 온 동리의 구석구석이 퍼진다.

배춧빛 노동복을 입은 청년들이, 여기저기서 납작한 초가집을 뛰어나오더니, 언덕 위로 치닫는다.

나팔 소리가 난 지 오 분쯤 되어 그들의 운동장인 잔디밭에는 중년, 청년, 소년 할 것 없이 한 오십여 명이나 되는 조기회원早起會員들이 그득이 모여 섰다.

학교에서 군사 교련을 받을 때에 곡호수49였던 동혁은 힘차게 불던 나팔을 놓고 앞으로 나섰다.

"기착50!"

"우로 나라닛!"

우렁찬 호령 소리에 따라 회원들은 이 열로 벌려 선다.

"하낫, 둘, 셋, 넷!"

"둘, 둘, 셋, 넷!"

정말체조丁抹體操가 시작되는 것이다.

동혁이가 서울서 강습을 해가지고 와서 시작한 뒤에 이 체조를 금년 까지 줄곧 계속해왔다. 바지에 저고리를 입은 낫살이나 먹은 사람과 나팔 소리에 어깻바람이 나서 모여든 아이들은 다 각각 제멋대로 팔다리를 놀려서 보기에 어색하고 우습기도 하다. 그러나 호랑이라도 두드려 잡음직한 한창 기운의 청년들이, 동시에 목청껏 내지르는 고함은 조금 허풍을 친다면 앞산이라도 물러앉을 듯이 기운차다.

십오 분 동안에 체조를 마치고, 동녘 하늘을 향해서, 산천의 정기를 다 마셔 들일 듯이 심호흡을 한 뒤에, 청년들은 둥그렇게 원을 그리고 서로 손을 잡고 둘러섰다.

이번에는 건배가 한가운데 가 우뚝 나서며

"자, 애향가愛鄕歌를 부릅시다!"

하고 뽕나무 막대기를 지휘봉指揮棒 대신으로 내젓기 시작한다. 이 노래
는 동혁이와 건배의 합작으로, 청년들의 정신을 통일시키고, 활기를 돋
우기 위해서, 아침마다 체조가 끝나면 부르는 것이다. 곡조는 '동해물과
백두산'을 불러본 사람이면 다 알 수 있는, '아일랜드'의 민요와 같다.

그러나 그 곡조는 너무나 애상적이라고, 템포를 빠르게 해서 짧고 쾌
활하게 부른다.

건배의 두 팔이 올라갔다가 허공을 힘 있게 가르자, 청년들은 정중한
태도로 애향가를 부르기 시작한다.

　一
　××만灣과 ××산山이
　마르고 닳도록—
　정들고 아름다운
　우리 한곡漢谷 만세!

　(후렴)
　비바람이 험궂고
　물결은 사나워도
　피와 땀을 흘려가며
　우리 고향 지키세!

　二
　우리들은 가난하고
　힘은 아직 약하나
　송백松栢같이 청청하고
　바위처럼 버티네!

첫 절과 같이 후렴까지 부른 뒤에
"자— 삼 절!"

하고 건배는 더 한층 힘차게 팔을 내젓는다.

三
한 줌 흙도 움켜쥐고
놓치지 말아라
이 목숨이 끊기도록
북돋우며 나가자!

—후렴—

날마다 한 번씩 부르는 노래건만, 이 노래를 지은 사람이나, 받아서 합창을 하는 청년들은 아침마다 새로운 흥분을 느낀다. 얼굴에 혈조血潮를 띠우고, 목에 힘줄을 세우며 부르고 난 뒤에도 한참 동안이나 묵묵히 서 있다.

오늘 아침에는 은행나무에 몸을 반쯤 가리고 서서 이 노래를 듣다가 감격에 흐느끼는 여자가 있었다.

그는 영신이었다.

2

조기회가 파하기 전에 동혁은

"자! 아침 뒤에 우리 공동답 못자리를 만드세. 한 사람도 빠지면 안 되네."

하고 여러 회원에게 이르고는 건배와 동화는 몇몇 회원과 함께 영신이가 홀로 서 있는 언덕 위로 올라갔다. 회원들은,

"일찍 일어나셨군요?"

"안녕히 주무셨습니까?"

"춥지나 않으셨에요?"

하고 번차례로 인사를 한다. 영신은 머리만 숙여 답례를 하고 그 말에는 얼른 대답을 아니한다. 아침볕을 눈이 부시도록 온몸에 받으며 눈물 흔적을 보이지 않으려고 바다 저편을 바라다보고 섰었기 때문이다.

"나팔 소릴 듣구 뛰어올라왔어요. 그 노래를 들으니깐 정말 우리가 다시 살아나는 것 같아요."

하고 같이 운동을 하고 나서 혈색 좋은 여러 사람의 얼굴을 둘러본다.

"미상불 그 노래 잘 지었지요? 답답헌 때 한바탕 부르구 나면 속이 후련허거든요."

건배의 넓적한 얼굴이 싱글벙글한다.

"저 사람은 구렝이 제 몸 추듯, 그저 제 자랑을 못해서…… 그만 게 무슨 자랑인가?"

하고 동혁은 핀잔을 준다. 건배는

"그럼 다른 건 몰라두, '청석골'에 애향가 같은 노래를 부르는 조기회야 있겠나?"

하고 미소를 띠운 영신의 얼굴을 슬쩍 흘려본다.

"우린 아침마다 기도회가 있어요. 찬송가두 부르구요. 촌여자들이 제가끔 작곡을 해가며 부르는 찬미야말루 들을 만하죠."

하고 영신은 앞을 서서, 언덕을 내려오는데, 건배가 동혁의 옆구리를 꾹 찌르며 무어라 귓속을 하더니

"채선생, 조반은 우리 집에 가서 잡수십시다."

하고는 앞장을 서서 휘적휘적 내려간다. 영신은 처음에는 사양을 하다가

"고맙습니다."

하고 동혁이와 나란히 서서 풀밭의 아침 이슬을 밟으며 내려온다.

형의 뒤를 따르던 동화는, 다른 동무를 어깨로 떠밀며

"여보게, 우리들은 빠질 차렐세."

하고는 저의 집 편짝으로, 불평스럽게 발꿈치를 휙 돌린다. 건배는 영신을 돌려다보며

"우리 집 여편넨요, 보통학교 하나는 명색 졸업이라구 해서, 아주 맹문이는 아니지우. 농촌운동이 어떤 거라구 일러 주면 말귀는 어둡지 않아서 곧잘 듣거든요. 허지만 새끼를 셋이나 연거푸 쏟아놓더니, 인젠 쭈끄렁바가지가 다 됐어요."

하고 슬그머니 여편네 칭찬을 한다.

"저 사람은 마누라 자랑을 못허면 몸살이 나는 거야."

하고 동혁이가 또 놀리니까, 건배는

"흥, 자네 같은 엿장수(늙은 총각이라는 뜻)가 뭘 안다구 말참견인가?"

하고 영신을 돌려다보면서

"저 사람 혼인 국수를 얻어먹으려다가, 허기가 져서 죽겠에요."

하고 나서, 동혁에게 눈 하나를 찌긋해 보인다. 동혁은 호령이나 하는 듯이

"에이 이 사람"

하는 표정을 지으며 건배를 노려본다.

건배는 납작한 토담집 앞까지 와서

"이게 명색 우리 집인데요, 나 같은 '김부귀'(키 크기로 유명한 사람) 사촌쯤 되는 사람은, 이마받이허기가 똑 알맞지요. 허지만 나물 먹고 물 마시고 팔을 베고 누웠어도 낙이 다 게 있구 게 있거든요."

하더니, 미리 허리를 구부리며 집 속으로 기어 들어간다.

두 사람은, 아침 짓는 연기가 서리어 오르는 굴뚝 곁에서 서성거리며

"저 사람두 곁으로는 저렇게 버티지만, 생활이 말씀 아녀요. 교원 노릇을 하다가 쫓겨난 뒤에 화가 난다구, 만주滿洲로−시베리아로−돌아다니며 바람을 잡느라구 논마지기나 좋이 허든 걸 말끔 팔아 없앴건만,

냉수를 먹구 이를 쑤시면서두, 궁한 소린 당최 안 하거든요."

"산전수전 다 겪어서 속이 탁 터진 게지요. 아무튼 미안한데요."
하는데, 젖먹이를 들춰 업은 건배의 아내가, 행주치마에 손을 문지르며
나오더니

"어서 들어오세요. 이 누추헌 집엘 귀헌 손님이 어떻게 들어오시나."
하고 친정 식구나 되는 것처럼 영신을 반가이 맞아들인다. 고생살이에
찌든 그의 얼굴에는 잔다란 주름살이 수없이 잡혔고, 검불을 뒤집어쓰
고 불을 때다가 나와서, 머리는 푸스스하게 일어섰는데, 남편만 못지않
게 너름새[51]가 있다.

"온 천만의 말씀을 다 하세요. 이렇게 불시에 와 뵙게 돼서 여간 미
안치가 않은데요."
하고 영신이가 마—ㄱ 싸리문 안으로 들어서는데, 별안간 건배가 미쳐
난 사람처럼, 작대기를 휘두르며 뛰어나온다.

3

건배가 놓여나간 닭을 잡으려고, 작대기를 들고 논틀밭틀로 껑충껑
충 뛰어다니는 광경은, 혼자 보기 아까웠다.

그는 닭을 잡아가지고 헐레벌떡거리며 들어오더니

"이거, 우리 아버지 제사 때 잡으려는 씨암탉인데, 우리가 청석골 가
면 송아지 한 마리는 잡으셔야 헙니다. 이게 미끼니까……."
하고 생색을 내고 나서, 푸득거리는 대로 흰 털을 풍기는 닭의 모가지를
바짝 비틀어, 부엌 바닥에다 던지고는, 손을 탁탁 털며 방으로 들어온다.

수란을 뜨고 닭고기를 볶고 하여서, 세 사람은 아침을 맛있게 먹었
다. 사실 영신은 상일[52]까지도 힘에 부치도록 했거니와, 돈 한 푼이라

도 적게 쓰려고, 지나치게 악의악식을 하고 지냈다. 그래서, 한창 나이에, 영양이 대단히 부족되어 건강을 상한 것이었다. 영신은 밥상으로 달려드는 두 어린것에게 닭의 다리를 하나씩 물려 주고는

"오늘이 내 생일인가 봐요."

하고 잠시 고향의 어머니 생각을 하였다.

"고만 이리 들어오세요. 어서요." 하고 건배의 아내를 자꾸만 끌어들이려고 하건만 그는 동혁이가 스스러운지

"부엌 시중을 헐 사람이 있어야죠."

하는 핑계로 들어오지를 않는다. 영신은 말머리를 돌려

"그런데 공동답은 어떻게 하시는 거야요?"

하고 묻는다. 그 말에 선전부장이 잠자코 있을 리 없다.

"이 일 저 일 할 것 없이 이 박군이 다 발설을 해서 실행해오는 거지만 저 너머 큰 마을 강도사네 집 논 닷 마지기를 억지루 떼를 써서 도지[53]루 얻었어요. 그래 우리 농우회원 열두 사람이 합력을 해서 작년버텀 짓는 게야요."

"그럼 추수하는 건 어떡하나요?"

"도지 닷 섬만 그 집에 치르구선 그 나머지는 우리가 농사를 잘 지어서 열 섬이 나든 열닷 섬이 나든 적립을 했다가 다른 돈허구 보태서 우리의 회관을 꼭 지을 작정인데……."

"참 좋은 계획이로군요. 우리 '청석골' 두 강습소 겸 공회당처럼 쓸 회관을 시급히 지어야 할 텐데 당최 예산이 서질 않아요. 지금 임시로 빌려 쓰는 예배당은 워낙 협착한 데다가 주일날하구 삼일날 저녁은 쓰질 못하니까 여간 불편치가 않아서 이번에 좀 쉬었다가 가선 억지루라도 집 한 채를 얽어볼 작정이야요."

동혁은 구수한 보리밥 숭늉을 훌훌 마시고 앉았다가

"회관을 짓는 것이 그다지 시급할 것 같진 않지만 회원들이 무시루 모여서 신문 잡지나 돌려보며 무슨 일이든지 서루 의논해 하려면 아무래두 집합할 장소가 필요하겠어요. 야학만 해두 사철 한 데서 할 수는 없으니까요."

하고는 눈을 아래로 깔고 무엇인지 생각하더니

　"하지만 공동답을 짓거나 또는 이용조합을 만들어 씨앗이나 일용품을 싸게 사다가 쓰거나 하다못해 이발조합 같은 것을 만들고 우리가 술담배를 끊고 그 절약한 돈을 저축하는 것은 반드시 회관 하나를 짓기 위한 게 아니지요."

　"그럼 일테면 어느 비상시기에 한몫 쓰시려는 건가요?"

　"아—니오. 우린 언제나 비상시를 당하고 있는 게니까 우선 조그만 일이래두 여러 사람이 한몸 한뜻이 돼서 직접 벗어부치구 나서서 일을 하는데 정신적으로 통일을 얻고 또는 육체적으로 단련을 받으려는 데 있어요. 무엇보다두 우리한텐 단결력이 부족하니까요. 제가끔 뿔뿔이 헤져서 눈앞에 뵈는 조그만 이익을 위해서 다투는 것보다는 그렇게 팔다리를 따로따로 놀리질 말구서 너나 헐 것 없이 한 몸뚱이루 딴딴히 뭉쳐서 그 뭉친 덩어리가 큼직하게 움직이는 것이 얼마나 위력이 있다는 것과 모—든 일에 능률이 올라가는 것과 또는 땀을 흘리면서두 유쾌하게 일을 할 수 있다는 것을 실지로 체험을 해서 그 이치를 자연히 터득하도록 훈련을 시키려는 데 있어요. 조기회만 해두 그렇지요. 지금 동리 늙은이 축에선 밥지랄을 한다구 여간 반대가 아니오. 실상 진종일 그 괴로운 일을 하고도 먹을 것이 없어서 쩔쩔매는 우리들한테는 영양분이 필요할지언정, 정말체조 같은 운동이 필요치는 않으니까요. 하지만 아침마다 떨어지지 않는 눈을 억지로 부비면서 은행나무 밑으로 치닫는 것은 일이 있으나 없으나 하루 한 번씩 깨끗한 정신으로 한 장소에 모이자는 거지요. 그 모인다는 것, 한 사람의 호령 아래에 여러 사람의 몸이 똑같이 움직이고 한맘 한뜻으로 애향가를 부르는 데서 우리가 살아 있다는 의식을 찾고, 용기를 회복하려는 거예요."

동혁은 고개만 끄덕이며 듣는 영신의 얼굴에서 '나도 동감이야요' 하는 표정을 보며 말 구절마다 힘을 들인다.

건배는 물론 영신이도 매우 긴장한 태도로 무엇보다도 단결이 필요하다는 말을 되풀이하고 식전에 느낀 감상을 이야기하는데 동화가 와서 문밖에서 헛기침을 칵칵 하더니

"성님, 회원들이 벌써 뫼서 기다리구 있수."

하고 나오기를 재촉한다.

4

한 백 평쯤 되는 못자리에는 논둑이 찰찰 넘치도록 물이 잡혔다. 가벼운 아침 바람에 주름이 잡히는 잔물결을 헤치며 칠룡이는 쟁기를 꼬느고 소를 몰아 갈기를 시작한다.

"이—러, 이눔의 소."

"어디어, 쩌쩌쩌쩌."

연골에 상일이 몸에 밴 칠룡이는 여자 손님이 논둑에 앉아서 내려다보는 바람에 연방 혀를 차가면서 소모는 소리를 멋지게 내뽑는다. 개량 보습이 논바닥을 무찌르고 나가는 대로 물과 함께 시꺼멓게 건 흙이 솟아올랐다가는 한쪽으로 착착 엎친다.

"다른 일은 거진 다 흉내를 내겠는데 아직 논가는 건 서툴러서 저 사람들한테 흉을 잡히는 걸요. 학교서 실습이라구 할 때 어디 쟁기질이야 해봤어야지요."

동혁은 논둑 위에서 치맛자락을 날리는 영신의 곁으로 오며 말을 건넨다. '선전부장'이 논을 다 갈기 전에는 아직 할 일이 별로 없는데도 넓적다리까지 걷어붙이고 공연히 흙탕물을 텀벙거리며 돌아다닌다. 흰 저고리에 검정 바지를 입었는데 아랫도리가 껑충한 것이 물고기를 찍으러 다니는 황새와 흡사하다. 영신은 그 꼴을 보고는 웃다가 손등으로 입을 가리고

"남 하는 일이 보기엔 쉬운 것 같지만 제가 실지루 해보니까 사뭇 다르더군요. 청석골은 부인친목계가 있는데요 여편네들이 모두 나와서 벗어부치구 일을 하길래 남한테 지긴 싫어서 하루 종일 목화밭을 매지 않았겠어요. 아 그랬더니만 그 이튿날은 허리가 뻣뻣하구 오금이 떨어지질 않아서 꼼짝두 못했어요."

하면서 남들은 다 꿈지럭거리는데 저 혼자 구경을 하고 섰는 것을 매우 미안쩍게 여기는 눈치다.

"그러길래 힘든 일을 하는데두 저 사람네와 똑같이 할 수 있도록 단련을 받아야만 하겠에요. 책상물림들이 상일에 잔뼈가 굵은 사람들처럼 그 세찬 일을 진종일 하구두 배겨낼 만치 되려면 첨엔 코피를 푹푹 쏟아야지요."

"그럼요. 그게 좀 어려운 노릇이야요? 서양선 소나 말이 하는 일을 우리 사람이 하니까요. 그럴수록 소위 우리 같은 지도분자부터 나서서 직접 일을 해야만 그게 모범이 돼서 남들이 따라오지요. 그러니까 우리 정신적으로나 육체적으로나 잠시두 쉴 새가 없을 수밖에요."

하는데 눈앞에서 소머리를 돌리던 칠룡이가 종아리에서 커다란 거머리를 잡아떼더니

"이 경칠 놈의 게 벌써버텀 붙어 당기나."

하고 논두렁에다 힘껏 메어붙인다. 굵다란 지렁이가 기어 올라가는 듯

힘줄이 불뚝불뚝 솟은 종아리에서는 검붉은 피가 줄줄이 흘러내린다. 영신은 씻지도 않고 내버려두는 그 피를 바라다보다가 서울 백선생이 말쑥한 양장에 비단 양말을 신고 학교 실습장으로 나돌아 다니던 것을 연상하였다. 파리라도 낙성을 할 듯이 매끈하던 그 종아리와 거머리에게 빨려 논물을 시뻘겋게 물들이는 칠룡이의 종아리—.

"그렇구 말구요, 지도자라구 무슨 감독이나 십장처럼 힘든 일은 남에게 시키구서 뻔뻔스레 놀구 먹으려는 건 아니니까요. 남녀의 구별꺼정두 없이 다 함께 덤벼들어서 일을 해야지요."

영신은 그제야 그전에 백씨의 집에서 들은 동혁의 말을 되풀이하듯 하였다. 그러나 오늘 이 경우에 있어서는 저 역시 피를 흘려가며 일을 하는 사람들을 편히 앉아 바라다보는 처지에 있는 것을 생각하고 불안한 것뿐 아니라, 일종의 수치감羞恥感을 느끼며, 일어섰다 앉았다 한다.

갈아놓은 논바닥을 다시 써레로 썰고, 여러 회원들이 덤벼들어서, 잡아놓은 물을 바가지로, 혹은 두레질을 해서 퍼내느라고, 거진 점심때가 되었다. 회원들은 우스운 소리를 해가며, 자못 유쾌한 듯이 일을 하건만, 그네들의 이마에는 구슬 같은 땀이 숭숭 내배었다. 동혁은 화가래[54] 장치를 꼬느고 건배는 키에 어울리지 않는 조그만 고무가래[55]를 들고, 못자리판을 판판히 고르기 시작한다. 한편으로는 줄을 띄워서 한 판씩 두 판씩 갈라나간다. 나머지 회원들은 바소쿠리[56] 지게에 거름을 지고 낑낑거리고 와서 펴는데 퇴비堆肥 같은 거친 거름은 누르고, 재 같은 몽근 거름은 손으로 내저어 골고루 편다. 그리고 나서 다시 죽가래로 쭉 고르게 번대질[57]을 치는데, 건배의 아내가 점심을 이고 도랑을 건너오는 것이 보였다.

내리쪼이는 오월의 태양 아래에 숭늉을 담아 든 오지병이 눈이 부시도록 번쩍거린다.

5

　시계도 없는데 점심때를 어떻게 그렇게 일제히 맞추는지 건배의 아낙의 뒤를 따라 회원들의 사내동생이며 누이동생들이 밥보자기를 들고 혹은 함지박을 이고 한군데서 모였다 나온 것처럼 죽 열을 지어 언덕을 넘고 논둑을 건너온다.

　"아이고 이를 어쩌나. 저고리가 다 젖었군요."

　영신은 건배의 아낙이 이고 나온 묵직한 함지박을 받아 내려놓는다. 보자기를 열고 보니 아침에 먹다 남긴 것인지 미역을 넣고 끓인 닭국에는 노—란 기름이 동동 떴다. 건배의 밥은 보리 반 섞임인데 새로이 닦은 주발에 고슬고슬하게 퍼 담은 영신의 밥은 외씨[58] 같은 이밥[59]이다.

　"찬은 없지만 들밥이 맛있길래 가지구 나왔어요."

하고 그는 밥보자기로 어깨에 흐른 국 국물을 닦는다. 영신은 건배의 아낙을 붙잡고 점심을 같이 먹자고 하건만, 그는 어린애를 볼 사람이 없다고 되짚어 들어갔다.

　"속이 궁해 죽겠는데, 우리 밥은 웬일이오?"

　동화의 거센 목소리가 등 뒤에서 들렸다.

　"참 두 분 점심은 왜 그저 안 가져올까요?"

　영신이가 돌려다보며 물으니까 동화는

　"가져올 사람이 있어야죠."

한다. 그러자,

　"얘, 저—기 어머니가 오신다."

하고 동혁이가 손을 들어 멀리 축동 편짝을 가리킨다.

　동화가 마주 가서 어머니의 머리에서 함지박을 받아들고 뛰어왔다. 동혁의 어머니는

　"고만둬라, 고만둬. 내가 가지구 가마니까……."

하고 아들 형제의 밥함지를 손수 들고 가겠다고 고집을 하다가 숭늉 병을 들고 작은아들의 뒤를 따라온다. 이런 계제에 아들을 찾아온 여학생을 먼발치로라도 보고 싶었던 것이다.

회원들은 웅덩이로 가서 흙과 거름을 주무르던 손을 씻고, 논두렁에 가 둘러앉아서 점심을 먹는다. 그들은 쌀을 양념처럼 둔 보리밥에다 조가 반 넘어 섞인 덩어리를 짠지쪽과 고추장만으로 먹는다. 그중에서는 돌나물김치에 마른 새우를 넣고 지짐이처럼 끓인 동혁이 형제의 반찬이 상찬이다.

"여보게들 우리 합병을 하세."

새가 똥을 깔기고 간 것처럼 얼굴에 온통 흙이 튄 것도 모르는 건배가 함지박을 들고 동혁에게로 간다.

"참 그러십시다. 나 혼자 맛난 걸 먹으니까 넘어가질 않는걸요."

하고 영신은 밥을 따라 동혁이 형제의 곁으로 간다. 동혁은 커다란 숟가락으로 보리밥을 모를 지어서 푹푹 떠 넣다가

"왜 일 안 하구 편하게 지내는 사람이라야만 기름진 걸 먹는 그 쉬운 이치 속을 모르세요?"

하고 껄껄껄 웃는다. 영신은 저를 빗대어놓고 하는 말이 아닌 줄 알면서도 얼굴을 살짝 붉혔다. 닭국 한 그릇을 들고 서로 권하느라고 이리 밀어놓고 저리 밀어놓고 하니까 아까부터 넘실거리고 있던 동화가

"그럼 이리 내슈. 먹는 죄는 없다우."

하고 뚝배기를 집어 들고 돌아앉아 훌훌 마시더니 건더기까지 두매한 짝[60]으로 건져 먹는다. 형은 어처구니가 없어서

"아무튼 비위는 좋다."

하고 아우의 턱의 어기적거리는 근육을 곁눈으로 본다. 영신은

"퍽 쾌활하시군요."

하고 웃어 보일 수밖에 없었다. 건배는 동화를 물끄러미 보다가

"참말 우리들이 먹는 거란 말씀이 아니지요. 그래두 오늘은 일을 한다구 반찬이 좀 나은 셈인데요. 인제 보릿고개를 넘기려면 굴뚝에서 연기가 못 나는 집이 정성드뭇해요. 높은 고개는 올라갈수록 숨이 가쁜 것처럼 이 앞으루 몇 달 동안이 한창 어려운 고비니까요."

하고 여러 사람의 밥 먹는 것을 돌아보면서

"우리 동리 사람들이 지내는 걸 보면 기막히지오. 몇 십 리 밖에 나가서 품팔이를 한대야 샀메기[61]로 한대두 고작해서 삼십오 전이나 사십 전을 받는데 어둑어둑할 때꺼정 일을 하려면, 허기가 지니까, 막걸리라두 한 사발 마셔야 견디지 않겠어요. 그러니 나머지 돈을 가지구는 수다식구가 입에 풀칠두 하기가 어렵거든요. 나무 장사들도 하는데, 남의 멧갓[62]의 솔가지 한 개비래두 꺾다가 산림간수한테 들키는 날이면, 불려가서 경치구 벌금을 무니까 그나마 근년엔 못해 먹어요."

하는데 동혁이가

"여보게, 궁상은 고만 떨게. 온 밥이 체하겠네그려."

하고 숟가락을 놓더니

"하지만 우리 농민들의 육체는 비타민 A가 어떠니 B가 어떠니 하는, 현대의 영양학설은 당최 적용되지 않는데두 곧잘 살거든요."

하고 입속으로 몰래 양치질을 하는 영신을 쳐다본다. 영신은 눈을 깜박이더니

"칡뿌리를 캐거나 나무껍질을 벗겨 먹구두 사는 수가 용하지오."

한다. 건배는 그 말을 받아

"흥." 하고 콧방귀를 뀌더니

"그게 다른 게 아니라 기적奇跡이거든."

하고 하늘을 우러러 헛헛허허 하고 허청웃음을 웃는다.

6

점심 뒤에 회원들은 잡담을 하며 잠시 쉬었다.

"이런 때 담배나 한 대 피웠으면 좋겠지만, 이 박군이 단연회를 만든 뒤엔 식후의 제일미두 못 먹게 됐어요. 나버텀 생각은 간절한데 낫살이나 먹은 게 도둑담배야 피울 수가 있어야지요."

'선전부장'의 설명이 또 나온다.

"술두 다들 끊으셨다죠?"

영신의 묻는 말에 동화는 슬금슬금 꽁무니를 뺀다.

"술두 엄금이에요. 내 의견 같아선, 막걸리 같은 곡기 있는 술은 요기두 되구, 취하지 않을 만치 먹으면 흥분두 돼서, 일두 훨씬 붙건만, 젊은 기운이라 입에만 대면 어디 적당하게들 먹어야지요. 신작로 가에 술집이 둘이나 되구, 못된 계집들이 들어와서 젊은 사람의 풍기두 나뻐지길래, 회원들은 당최 입에두 대지 않기루 했어요. 하지만 혼인이나 환갑 같은 때는 더러 밀주들을 해 먹는 모양입디다."

하는데 동혁이가 뒤를 이어

"내 아우 하나가 말을 안 듣구 술만 먹으면 심술을 부려서 여러 회원들한테 아주 면목이 없어요."

하고 제 발이 저려서 피해가는 아우의 등 뒤에다 대고 눈살을 찌푸린다. 동혁은 말을 이어

"회원들에게 조사를 시켜서 일 년의 지출액을 뽑아보니까, 백 호두 못 되는 이 동리에 술값이 거진 구백 원이나 되구요, 담뱃값이 오백여 원이나 되니 참말 엄청나지 않아요? 그래서 이회里會를 할 때 자세한 숫자까지 들어서, 이러다간 굶어 죽는다구 한바탕 격동을 시켰더니 늙은이만 빼놓군 거진 다 술을 끊겠다구 손을 들더군요. 하더니 웬걸 작심삼일은커녕 그날 저녁두 못 참구 주막으로 간 사람들이 있었어요. 담

배두 끊는다구 곰방대를 꺾어버린 게 수십 개나 되더니만 차츰차츰 또들 태우길 시작하는데 담뱃대가 없으니깐 권연을 사먹으니 안팎으로 손해지요. 우리 회원들만은 꼭 맹세를 지켜왔지만……."

"그게 참말 큰 문젯거리야요. 허지만 여자들하구 일을 하면 술담배를 모르니까 그거 한 가진 좋더군요."

하는데

"자— 그만들 일어나 보지."

하고 건배가 벌떡 일어선다.

"오늘 해 전으루 씻나락꺼정 다 뿌리나요?"

영신이도 일이나 하려고 들어가는 사람처럼 일어섰다. 건배는

"아—뇨. 인제 죽가래루 판판허게스리 번대를 친 뒤에 새내끼를 다시 띄워놓구서 하루 밤 하루 낮을 됐다가 수확이 많다는 은방주銀防主[63]든지 요새 새루 장려하는 팔단八段 같은 걸 뿌리지요. 그러구 나설랑은 한 치쯤 자란 뒤에 물을 빼구서 못자리를 고른 뒤에 일주야쯤 됐다가 다시 물을 넣지 않겠어요? 그래야 뿌리가 붙거든요. 그 뒤엔 가끔 물꼬를 봐서 혀 빼문 걸 뽑아버리구선 거진 치 닷분쯤 자란 뒤엔, 한 번 김을 매주는데, 여기선 그걸 도사리를 잡는다구 하지요. 그런 뒤에 유산硫酸 암모니아 같은 속효비료速效肥料를 주면 무럭무럭 자랄 게 아니에요? 논바닥이 시꺼멓게 되는 걸 봐서 그때야 모를 내는데, 그 후에두 또 몇 차례 김을 매주면 한가위엔 싯누렇게 익어서 이삭이 축축 늘어진단 말이지요. 아 그러면 낫을 시퍼렇게 갈아가지구 덤벼들어 척척 후려서 묶어 세우군……."

하고 신이야 넋이야 배우처럼 형용까지 해가며 주워섬기는데, 동혁은 듣다 못해서

"여보게, 웬 놈의 수다를 그렇게 늘어놓나? 저 사람은 입두 아프지 않은 게여."

하고 핀잔을 주듯 하고는 논으로 들어선다. 건배는 들은 체 만 체 하고

"아 그러구설랑 개상[64]을 놓구 바심[65]을 한 뒤엔 방아를 찧어서, 외씨 같은 하─얀 쌀밥을 지어놓구 통배추 김치에……"

하고 마른침을 꿀떡 삼키는데 영신은 항복이나 하는 듯이 손을 들고

"고만요, 고만. 그만하면 다 알겠어요. 어쩌면 그렇게 입담이 좋으세요?"

하고 호호호 웃으며 건배의 입을 막듯 하였다. 그래도 건배는

"두구 보세요. 양석두 바라보지 못하던 논에서 한 마지기에 넉 섬 추수는 무난히 허구 말테니. 그만이나 해야 우리들이 땀을 흘린 티가 나거든요."

가만히 그대로 내버려두면 얼마든지 더 지껄일 형세다.

"더군다나 농사는 이력이 있어야겠어요. 우린 아주 손방[66]이지만……"

영신이가 대접성으로 한마디를 해주니까 건배는,

"아무렴 그렇구 말구요. 이력이 제일이지요."

하면서 수건으로 머리를 질끈 동이더니 황새 다리를 성큼성큼 떼어 놓으며 논으로 들어간다.

어느덧 곁두리 때가 되었다. 열두 회원들은 손이 맞아 거쩐거쩐 일을 해서 오늘 일은 거의 끝이 나게 되었는데 먼저 나와서 발을 닦던 동화가 큰 마을 편을 바라보더니

"에─키 건살포 나오시는군."

하고 입을 삐죽해 보인다. 여러 사람들의 눈은 그리로 쏠렸다.

가슴속의 비밀

1

"건살포라뇨?"

영신이도, 아름드리 느티나무와, 고목이 된 대추나무가 얼크러진 큰 마을 편을 바라다본다. 옥색 저고리를 입은 호리호리한 사나이가, 안경을 번쩍거리며 기다란 살포를 지팡이 삼아 짚고, 언덕길을 어슬렁거리고 내려온다.

"살포는 감농이래두 헐 줄 아는 사람이 물꼬나 보러 댕기는 데 쓰는 건데요, 저 사람은 일 년 감이 열린 걸 보구 '거— 감자 탐스럽게 열렸군' 하던 출신이 살포를 건성 휘두르며 댕겨서 건살포라구 별명을 지었어요."

입바른 소리 잘하는 동화의 대답이다.

"저 사람이 누군데요?"

영신은 새신랑처럼 옥색 저고리를 입은 인물에게 호기심을 일으키며 물었다.

"성님한테 들으셨겠지만, 저 강도사 집의 둘째아들 기만基萬이에요.

동경 가서 어느 대학엘 댕기다가, 무슨 공부를 그렇게 지독하게 했는지, 신경쇠약이 걸려 나왔다나요."

"네, 그래요? 그럼 이 근처선 제일 공부를 많이 한 청년이로군요."

"그런 셈이지요. 헌데 자제가 아주 노새예요."

"아니, 노새가 뭐야요?"

하고 영신이가 채쳐 묻는 말에 동화는 무심결에 그런 말을 입 밖에 내놓고는, 말대답을 얼른 못하고 픽픽 웃기만 한다. '노새'는 말과 당나귀 사이에 난 튀기인 것은 알고 있으나, 그 물건이 명색만 달렸지, 생식은 못하는 동물이라는 것까지는 영신이가 모르고 있었다. 이 동리 청년들끼리 엇먹는 수작으로, 허울만 좋지그려 아무짝에 소용이 닿지 않는 인물을 암시하는 말이었다. 영신은 어렴풋이 '기만'이란 사람을 놀리는 말이거니 하고 더 묻지를 않았다.

기만이는 언덕에 살포를 꽂고 왼팔은 하느르르한 회색 바지를 입은, 허리춤에 찌르고 서서, 여러 사람의 일하는 것을 내려다보고 섰다. 무슨 풍경화나 감상鑑賞하는 듯한 자세를 짓고 선 것이 몹시 아니꼬워 보여서 그것만 보아도 비위가 뒤집히는 듯

"병이 났습네 허구 영계만 실컨 과먹구 나니까 게트림이 나는 게지. 저 작자가 어슬렁거리구 댕기는 꼴은 됐다가 봐두 눈꼴이 틀리더라."

하고 동화는 저 혼자 투덜거린다. 곁에서 말뚝을 박고 있던 형은

"아서라 오다가다 들을라. 귀먹은 욕두 그만큼 먹였으면 고만이지 그렇게 원수 치부를 할 게야 뭐 있니? 제 딴엔 우리한테 하느라구 하는 걸."

하고 아우의 험구를 틀어막는다. 이번에는 건배가 영신의 곁으로 와서 바지에 흙탕물이 튀어서 말라붙은 것을 부벼 털면서 기만이가 앉은 언덕 위를 흘끔 쳐다보더니

"그래두 저 사람은 돈밖에 모르는 저의 아버지나 형한테 대면, 없는

사람들을 꽤 동정하는 셈이에요. 이 논 닷 마지기를 우리한테 도지루 얻어주려구 담배씨루 뒤웅박을 파려고 드는 제 형하구 쌈을 다 했으니까요. 겉탈인지 몰라두, 우리가 하는 일을 여간 찬성을 하지 않아요. 이따금 우릴 청해서 그 집엘 가는 날이면 이밥에 고기반찬에 한밥 잘 먹여서 소복[67]을 단단히 하구 나오는데, 저 동화하군 아주 옹치[68]거든요. 술만 먹으면 '요새 세상에 양반이 무슨 곤장을 맞을 양반이냐'구 들이대기를 일쑤하는데, 그뿐이면 좋게요, 실컷 얻어먹구 나선 들어두라는 듯이 하는 소리가 '제—길, 요까짓 걸루 어름어름 우리 비위를 맞추려구? 몇 해를 두구서 저희가 우리를 빨아먹은 게 얼만데…… 그걸 다 토해놓으려면 아직 신날[69]두 안 꼬았다'하구 건주정을 한바탕씩 하니, 누가 듣기 좋다나요. 저 사람도 동화라면 딱 질색이건만, 그럴수록 극성맞게 쫓아다니며 성화를 받쳐서, 아주 학질을 떼지요[70]. 여간한 심술패기라야지."

"그렇게 혈기 있는 청년두 있어야 해요. 급한 때면 그런 사람이 앞잡이 노릇을 하니깐요."

하고 영신은 동화가 멀찌감치 서 있는 것을 보고 칭찬 비슷이 하고는

"그런데 여긴 지금두 양반 상놈이 있나요?"

하고 묻는데, 어느 틈에 기만이가 언덕을 내려와서 영신이가 앉은 맞은편 논둑에 가 버티고 섰다. 여학생이 동혁이를 찾아왔다는 소문을 듣고 일부러 구경을 하려고 나왔는지도 모른다. 기만이가 가까이 오자, 동혁의 형제는 못 본 체 하고 돌아섰는데, 일하던 사람 중의 반수 이상은, 그 앞으로 가서 허리를 굽히고

"구경 나오셨습니까?"

하고 손길을 마주 부빈다. 그네들은 강도사 집의 작인[71]들이나 그렇지 않으면 돈을 얻어 쓴 사람의 자질[72]들인 것이다.

2

　기만이는 바지춤에 손을 찌른 채 여러 사람이 인사를 하는 대로

　"응, 응."

하고 코대답을 할 뿐이다. 논 귀퉁이에다가 살포를 꽂고 우두커니 섰다

가 석돌이란 회원을 손짓을 해서 부른다. 영신의 편으로 눈짓을 하며

무어라고 수군거리는 것이 '저게 동혁이를 찾아온 여자냐' 고 묻는 눈

치다. 석돌이는 말대답하기가 거북한 듯이 고개만 끄덕여 보이다가 일

자리로 돌아간다.

　영신이는 기만이가 맞은편에서 안경 너머로 똑바로 건너다보고 섰는

것이 면구스러워서

　"난 저리루 거닐다 오겠어요."

하고 일어선다.

　"나 하던 일은 다 했는데 혼자 다니시다 길이나 잊어버리시게요."

하고 건배가 뒤를 대선다. 동혁은 책임상 일이 다 끝나기 전에는 일어

서기가 어려운 모양인데 영신이 혼자 돌아다니라고 내버려두기도 안됐

고, 하던 이야기도 남아서, 건배는 입이 궁금하였던 것이다.

　두 사람은 나란히 서서 기만의 등 뒤로 돌아, 멀리 바다가 내려다보이는

언덕으로 올라갔다. 논과 밭이 눈앞에 질펀히 깔렸는데, 여기저기서 두레

로 물을 푸는 소리와, 소 모는 소리가 들린다. 한 서너 군데서나 못자리

를 만드느라고, 흰 옷 입은 농군들이 손을 부지런히 놀리는 것이 보인다.

　영신은 바위틈에 홀로 피었다가 이운 진달래 잎새를 어루만져주다가

　"참 아까 양반 얘길 하다가 중동무이[73]를 했죠?"

하고 먼저 말을 꺼내어

　"네, 그런데 저 기만이란 사람의 아버지, 무슨 도산가 허는 이는 뭘

하는 사람이야요?"

하며 잔디 위에 손수건을 깔고 앉는다.

　남들은 다 벗고 들어서서 일을 하는데, 저 혼자 외톨로 돌아다니며 구경하듯 하기가, 미안스럽기도 하고, 한편으로는 무료하기도 해서, 이 말 저 말 묻는 것이다.

　"합방 전해꺼정 금부禁府의 도사都事라는 벼슬을 다녔다나요."

　"금부라뇨?"

　"지금으로 치면 경무국쯤 되겠지요. 도사란 건 경부 같은 겐지요. 아무튼 그 늙은이는 여태 노루 꼬리만 한 상투를 달고 체수는 조그만히, 빼쭈한 노랑수염을 쓰다듬으며 도사리구 앉아서 에헴에헴 헛기침을 하구 위엄을 부리는 게, 여불없는[74] 염소지요. 한데 체격은 고 모양이래두 목구녁 하나는 크거든요. 한참 망해 들어가는 판에, 부자들이나 장사치를 사뭇 도적놈으로 몰아서 옭아다가는, 주리를 틀구 기왓장 꿇림을 시켜서 박박 긁어모아 이 고장에 전장[75]을 장만해가지구 내려왔대요. 내려와선 심심하다구 돈놀이를 하구, 장릿벼[76]를 놔서, 이 근동에서 강도사의 돈을 아니 얻어 쓴 사람이 하나두 없다고 해도 과언이 아니에요."

　"멀쩡한 고리까시(고리대금업자)로군요."

　"고리까시구 말구요. 그 취리하는 법이나 장릿벼를 놔먹는 수단이 알구 보면 기막히지요. 그런데, 근자엔 '인젠 이 세상에 더 두구 볼 게 없다'구 매일 술로만 장복[77]을 하다가, 간이 뚱뚱 부었다나요. 그래서 살림두 기천基千이란 큰아들한테 내맡기구선 꼼짝 못하구 누웠에요."

　"그래 저 오입쟁이 같은 사람이 그 늙은이의 둘째 아들이군요?"

　"저 기만이란 인물만은 그래두 해외 바람을 쏘이구, 세상이 어떻게 돌아가는 걸 짐작은 하는지 제 딴에는 우리가 하는 일을 찬성두 하구 추렴두 몇 곱절이나 내지요."

　"그런 사람을 잘 이용하면 좋지 않아요? 가끔 기부금이나 뜯어오구요……. '청석골' 근처에두 대학이니 전문학교니 졸업을 하구 와서, 저 건살포 모양으로 번들번들 놀면서 장거리로 술추렴이나 다니는 사람이 서넛이나 돼요. 우리가 하는 일을 헤살이나 놓지 말았으면 할 뿐이니까요. 그따위 고등유민들한테 기대하는 건 없지만, 논밭 팔아가며 공부한 청년들이 다 그 뽄새로 건공중에 떠돌아다니는 걸 보면, 여간 한심하지가 않아요."

하는데, 기만이가 두 사람이 앉아 있는 방향으로 그 백납같이 흰 얼굴을 들고 어슬렁거리고 올라온다. 아마 영신이와 인사를 청하려고 오는 것인지도 모른다.

"그런데 우스운 일이 많지요. 저 사람이 첨엔 자꾸만 우리 회엘 들겠다구 하니까, 동혁이 말이 '어느 시기까지는 누구나 다 끌어들일 필요가 있다'구 찬성을 해서 입회를 시켰더니, 얼마 동안은 '나두 상일을 해보겠다'구 제 딴엔 열심으로 따라댕겼지요."

"그래서요?"

"저이 부형은 양반의 체면을 더럽히는 미친 자식이라구 야단을 치다 못해, 아주 내버려두게까지 됐었어요. 장에서 새로 사온 괭이를 뻔쩍거리며 그루를 가는 데 덤벼들어서 하루 동안 덥적거리더니 이튿날은 고만 몸살이 나서 한 댓새나 된통으로 앓았대요. 저이 집에선 '이거 생자식 잡겠다'구 자동차를 가시끼리[78]해서 읍내의 공의[79]를 다 불러오구 한참 야단법석을 했었는데……."

"참 정말 혼이 났군요."

"그뿐이면 좋게요. 저이 집 앞 채마전에서 한 반나절만 꿈지럭거리면, 그날 밤엔 행랑 계집들을 불러다가 '다리를 주물러라', '허리를 밟아라' 하구 죽는 시늉을 한대요. 그나 그뿐인가요. '나두 농군들이 단꿀 빨듯 하는 걸 먹어봐야 한다'구 머슴들이 두레를 놀던 이월 초하룻

날은, 지푸라기를 꽂아두 안 넘어가는 그 텁텁한 수수막걸리를 두 사
발이나 들이키군 그만 배탈이 나서 한 사날 동안이나 설사를……."
하는데, 영신은 웃음을 참다못해서
　"고만요, 고마─안."
하며 손을 내젓는다. 건배의 수다에는 또다시 항복을 하지 않을 수 없
었던 것이다.
　동혁은, 기만이가 올라가는 것을 보자, 앞질러 두 사람이 앉은 데로
올라왔다.
　"자, 그만 우리 집으로 내려가십시다."
하는데, 기만이는 살포자루를 내두르며 뒤미처 올라왔다.

3

　기만은 세 사람이 내려오는 길목을 지키고 있다가 동혁이더러 소개를
해달래서 영신이와 인사를 했다. 기만이는 영신이가 초면이건만 M대학
정경과政經科의 졸업논문을 쓰다가 신경쇠약이 걸려서 나왔다는 것과 별
안간 궁벽한 이 시골서 지내려니 갑갑해서 죽겠다는 것과 그러나 이러한
'동지'들이 있어서 함께 일을 하니까 여간 의미 깊은 생활이 아니라고 일
본말 조선말 반죽으로 건배의 다음 길을 갈 만치 씩둑꺽둑 늘어놓는다.
　영신은 속으로 다른 생각을 하면서도
　"그러십니까? 네 그러시구 말구요."
하고 말대꾸를 해준다. '동지'라는 말만 해도 귀에 거친데 함께 일까지
한다는 데는 우습지 않을 수 없었다. 첫째 응달에서만 지내서 하─얀
살결과 안경 속에서 사람을 깔보는 듯한 조그만 눈동자며 삶아논 계발
같이 가냘픈 손가락을 보니 어쩐지 말대답을 하기도 싫었다. 더구나 명

주 옥색 저고리를 입은 것과 부사견 회색 바지를 또 구두가 덮이도록
치뜨려 입은 것이 바로 보기 싫을 만치나 눈꼴이 틀렸다.

　기만은 안 보는 체 하면서도 영신의 아래위를 훑어보더니

　"심심하신데 우리 집으로 놀러 가시지요."

하면서 동혁을 돌려다보고

　"우리 동지들끼리 저녁이나 같이 먹으면서 좋은 얘기나 듣고 싶은
데……."

하고 양해를 구한다. 그는 영신이가 먼 데서 찾아온 귀한 손님이라고
대접을 하려는 것보다도 몸이 비비 틀리도록 심심한 판에 동리에 처음
으로 떠들어온 신여성을 불러다놓고 하루 저녁 소견이나 하고 싶은 것
이다. 근처에 하나밖에 없는 소슬대문이 달린 큰 기와집과 제가 쓰는
작은 사랑채를 말끔 중창[80]을 하고 유리를 붙이고 실내를 서울의 찻집
을 본떠서 모—던식으로 꾸며논 것과 또는 새로 사온 벡터 유성기를 틀
면서 '이 시골구석에도 이만치 문화생활을 하는 사람이 있다'는 것을
자랑하려는 것이다. 또 한편으로는 몇 해를 두고 이혼을 못해서, 죽느니
사느니 하던 본처를, 월전에 쫓아 보내서, 영신이 같은 여자를 저의 집
으로 한 번 끌고 들어가 보려는 눈치다.

　동혁이가 얼른 말대답을 아니하는 것을 보고, 영신은

　"오늘 저녁은 저 동혁 씨 댁으로 가기로 먼저 약속을 했는데요."

하고 두말 못하게 똑 잡아떼었다. 기만은 자존심을 상한 듯

　"그럼 여러 날 계실 테니까, 일간 다시 한 번 청하지요."

하고 무색해서 내려간다.

　"난 우리 집에까지 따라 내려올 줄 알았더니…… 제가 할 일 없는 생
각만 하구, 줄줄 따라댕기는 덴 학질이야."

하고 동혁은 앞을 섰다. 건배는 휘적거리고 동혁의 뒤를 따라오다 말고

"여보게, 약국의 감초두 빠질 차롄가?"

하고 일부러 돌아서는 체를 한다.

"아따 이 사람, 화젓가락 윗마디 꼬듯 하지 말구 어서 사발농사나 지러 오게."

하고 동혁은 건배를 돌려다보고 손짓을 한다.

세 사람은 앞서거니 뒤서거니 은행나무 아래로 내려갔다.

"어쩌면 인사를 하자마자 대뜸 저이 집으로 가재요?"

"그러니깐 자제가 노새지요."

동혁도 영신을 돌려다보며

"그 사람은 문제가 없에요. 잘 구슬려주기만 하면 고만이니까. 하지만 기천이라는 그 형 때문에 큰 걱정이에요. 우리 일엔 덮어놓구서 반대니까요. 반대만 하면 좋겠는데 모략을 쓰고 훼방을 놓아서 마구 대들어 싸울 수두 없구 큰 두통거린 걸요."

하고는 쩍하고 입맛을 다시는 영신이가

"형은 뭘 하는 사람인데요?"

하니까 건배가 다가선다.

"대대로 곱사등이라구 그자두 고리대금을 하지 뭘 해 먹어요. 한 오육 년 심심풀이루 면서기를 댕기다가 요샌 명정거리[81]나 장만을 하려는지 면협의원을 선거하는 데 출마를 했다나요. 저이 아버지보다두 더 옹졸맞게 생겨먹은 게 얼리지 않는 양복을 입구 자전거를 타구서 유권자를 찾아댕기는 꼴이란 참 장관이지요."

"그런데 무슨 까닭으루 청년들이 하는 일을 반대하는 건가요?"

하고 영신이가 묻는데 동혁의 집 앞까지 당도하였다. 동혁의 어머니는 싸리문 밖으로 내달으며

"어서 오우."

하고 여러 해 보아오던 사람처럼 영신을 반가이 맞아들인다. 그는 치마를 갈아입고 새 버선까지 신었다.

4

동혁은 저의 집의 가난한 살림살이를, 영신에게 보여주기가 싫은 생각은 조금도 없었다. 다만 어머니나 아버지나, 동리 사람들이 자기네 추측대로, 영신을 저의 색싯감으로 알고 놀리기까지 하는 것이 싫어서, 저의 집으로 데리고 들어가기를 꺼렸던 것이다. 그러나 어머니가

"애야, 좀 가까이 보자꾸나. 먼 광으루만 보구 어디 알 수 있니? 색싯감을 서넛째나 퇴짜를 놓더니, 연분이 따루 있는 줄이야 누가 알았겠니? 의뭉82스레 굴지 말구 저녁에는 꼭 데리구 오너라."

하고 아들의 뒤를 쫓아다니면서, 며느릿감을 데리고 오라고 신신당부를 하였다. 사실 필례, 정분이, 차순이 할 것 없이 동네의 색시들은 동혁이를 믿고 있었는데, 당자가 '아직 장가를 아니 들겠다'고 쇠고집을 세워서, 다른 데로 혼인을 한 뒤에, 벌써 아들딸들을 낳고 사는 중이다. 근동에서도 여러 군데서 통혼이 들어왔건만 아무리 사윗감을 탐을 내어도, '글쎄 갓 서른까진 장가를 안 든다니까 암만 해보구려' 하고 막무가내로 말을 아니 들어왔다. 어제 저녁에는 동화도 형과 겸상을 해서 밥을 푹푹 퍼 넣다가

"성님 사람이 썩 무던해 뵈는데…… 쇠뿔두 단결에 빼랬다우. 그 덕에 나두 고만 장가나 들어봅시다."

하고 뒤퉁그러진 소리를 해서 형은

"너두 날 놀리는 셈이냐? 그렇게 급한데 누가 너 먼첨 장가를 들지 말라든."

하고 씁쓸히 웃었다.

　한편으로 영신이도 동혁의 생활이 보고 싶었다. 오래 두고 머릿속에 그려보던 것과 같은가, 또한 얼마나 틀리나 하고 적지 아니 궁금히 여기다가, 동혁이가 거처하는 방으로 들어가서 둘러보고는 놀라지 않을 수 없었다. 구차한 살림이요, 더구나 홀아비라, 번쩍거리는 세간이 있으리라고는 상상도 하지 않았지만, 그래도 전문학교까지 다니던 사람이 거처하는 방으로는 너무나 검소하다. 흙바닥에다가 그냥 기직대기를 깔았는데, 눈에 새뜻하게 띄우는 거라고는 하나도 없다. 윗목에 놓인, 헌 책상에는 학교에 다닐 때 쓰던 노一트 몇 권이 꽂혔고, 신문 잡지가 흐트러졌을 뿐이요, 아랫목에는 발길로 걷어차서 두루루 말아논 듯한 이불 한 채가 동그라니 놓였을 뿐이다. 참 한 가지 잊어버린 것이 있다.

　그것은 마분지로 도배를 한 벽에 붙은 사기 등잔인데, 그것도 오늘 지나다니며 들여다본, 다른 농가의 것과 조금도 다른 것이 없다.

　무엇을 장하게 차리는 것도 아니나, 눈 어둔 어머니는 부엌 속에서 데그럭거리며 어둡도록 꾸물거린다. 조금 있자, 건배의 아낙이 달걀 한 꾸러미를 행주치마로 감추어가지고 노인의 응원을 하러 왔다.

　"그 색시 복성스럽게 생겼죠? 조금두 신식 여자 티가 없구, 아주 서글서글헌 게 속터진 사내 같아요."

하더니

　"인제야 부엌일을 면허시나 봅니다."

하고 밥을 푸는 동혁의 어머니의 얼굴을 들여다본다.

　"이번에두 김칫국버텀 마시는 셈인지 누가 아나. 내 뱃속으로 낳았어두 당최 그놈의 속을 들여다볼 수가 있어야지. 내가 무슨 팔자에 살아생전 그런 며느리를 얻어 보겠나?"

하고 마누라는 한숨을 내쉰다. 박첨지와 동화는 자리를 내어주느라고 마실을 갔는데, 윗간에서 저녁을 기다리는 동안, 세 사람은 농촌 문제를 토론하고, 한참 떠드는 중에 있는 '자력갱생自力更生' 운동을 비판하는데, 건배의 아낙이 밥상을 들고 들어온다.

"참 정말 미안하군요. 여기꺼정 출장을 하셔서……."

하고 영신이가 일어나며 상을 받아 들었다. 동혁의 어머니가 문밖까지 따라와 눈을 찌긋하고 영신의 얼굴을 들여다보면서

"숫제 찬 없는 밥을 대접헌다구…… 온 시골구석이라 뭐 있어야지. 늙은 사람이 헌 거라구 숭을랑 보지 말구 많이 자슈."

한다. 영신은 일어서며

"온 천만의 말씀을 다 하십니다. 들어오십시오."

하고 공손히 예를 한다.

"괜찮소. 어서 자슈."

하고 여전히 '허우'를 하니까, 영신은

"말씀 낮춰 허십쇼."

하고 정말 색시처럼 조심스럽게 앉았다. 건배의 아낙은 남편을 보고

"그런데 두 분이 얘기두 조용히 못하게시리 뭣 하러 줄줄 따라댕기는 거요? 집에 가서 어린애나 좀 봐주지 않구."

하니까

"흥 얻어먹으러 다니는 사람이 자리를 가려서야 되나."

하고 건배는 소매를 걷으며 젓가락을 잡는다.

5

영신은 매우 유쾌한 그날그날을 보냈다. 날마다 동혁이가 부는 나팔 소리가 들리기 전부터 은행나무 밑으로 올라가서 조기회에 참례를 하였다.

"아직 힘드는 운동은 하지 말구 편히 쉬시지요."

하고 동혁이가 말려도 남에게 조금이라도 지는 것을 대기[83]하는 영신은 맨 뒷줄에 서서 끝까지 체조를 하고 또는 여러 사람과 함께 애향가를 불렀다.

"얘 동혁이한테 온 여학생이 체조를 다 한다더라."

하는 소문이 쫙 퍼지자 이삼 일 동안에 조기회원이 부쩍 늘었다. 늙은이 여편네들 할 것 없이 모여들어서 무슨 구경이나 난 것처럼 운동장인 잔디밭이 삑삑하도록 들어차는 날도 있었다.

그러나 그네들은 운동꾼이 아니요 구경꾼인 것은 물론이다.

"허, 이거 장꾼보다 엿장수가 많다더니 웬 사람들이 이렇게 모여들어."

하면서도 건배는 여러 사람이 모인 김에

"여러분 조기회에 참가를 합시오. 아침 일찍이 일어나 운동을 한바탕 하면 정신이 쇄락해지구 첫째 소화가 잘됩니다."

하고 구세군처럼 선전을 하다가

"우린 밥이 너무 잘 내려서 걱정이라네."

"체증이나 나거든 옴세."

하고 빈정거리는 사람이 있어서, 건배는 아무 말 못하고 뒤통수를 긁었다.

영신은 농우회원들끼리만 모이는 일요회에도 방청을 하였다. 처음에는 뒷줄에 가 앉아서 남들이 하는 이야기만 듣다가, 건배의 동의와, 만장의 찬성으로 밤늦도록 이야기를 하였다. 청석골에서는 저 한몸으로 분투하는 이야기며, 남의 강제나 또는 일종의 유행으로 하는 소위 농촌운동과, 우리가 스스로 깨닫고 자발적으로 해야만 할 농촌운동을 구별해가면서, 그 성질을 밝히고 또는 한 걸음 더 나아가서, 남녀를 물론하고 뜻이 같은 사람끼리 단결할 필요와, 언제나 서로 연락을 취하자는 부탁을 하였다. 그 이야기의 내용은 자세히 기록하지 않으나, 영신의 말은 억양抑揚이 심해서 유창하지는 못해도 조리가 닿고 열이 있어서 농우회원들은 물론, 동혁이도

'그동안 고생도 많이 하구, 수양도 어지간히 했구나. 우리가 미처 생각지 못한 것두 많은 걸.'

하고 속으로 혀를 빼물 정도였다. 건배의 아낙도 문밖에서 동리 여편네들과 엿듣고는 매우 감동이 되어

"여자두 저만큼이나 났어야 사내들한테 코 큰 소리를 해보지."

하고 자기가 보통학교 졸업밖에 하지 못하고 시집이라고 와서, 살림과 어린것들에게 얽매여 늙어만 가는 것을 분하고 절통히 여겼다.

온 지 나흘 되는 날 저녁에 영신은, 건배의 아낙을 앞장세우고 동네에 말귀 알아들을 만한 여인네들을 그 집 마당에 모아놓고 또 한 번 일장연설을 하였다.

"내가 이 한곡리에 와서 며칠이라도 지내게 된 걸 영원히 기념하기 위해서, 이 동리도 부인들끼리의 회를 하나 모아드리고 가겠습니다."

하고 그런 모임을 조직할 필요를 역설하였다. 부인회를 모은대야, 부인네들은 극도로 검소한 생활을 하는 터이요, 남자들처럼 금주 단연을 하거나 도박 같은 것은 금할 필요도 없고 살림살이를 이 이상 더 조리차[84]를 해서 저축을 할 여지도 없지만, 당분간은 여자들의 글눈을 틔워주는 강습회 일만 하더라도, 남자들의 힘을 빌지 말고 여자들끼리 자치를 해서, 지금부터 하루에 쌀 한 숟가락, 보리 한 줌씩을 모아서라도 농한기에 공부를 할 수 있도록, 그 경비를 써나갈 것을 힘 있게 말하였다.

마당 가득히 모인 여인네들은, 손 하나 들 줄은 모르면서도 모두 찬성한다는 뜻을 표하였다. 그래서 영신은 회 같은 것을 조직하는 데 훈

련을 받아온 터이라, 건배의 아내를 회장 격으로 추천하고 어렵지 않게 '한곡리 부인근로회漢谷里婦人勤勞會'라는 단체 하나를 조직하였다. 그러고는 앞으로 유지해나갈 방침까지 세워서 건배의 아내에게 소상 분명히 일러준 후 그와 앞으로는 형님 동생을 하자고 해서 의형제까지 맺고 굳은 악수를 하였다.

그러는 동안 한 가지 몹시 거북한 것은 식사를 할 때는 물론 농우회 석상에서나 마당과 한길에서까지 회원들과 동리 여자들이 이 구석 저 구석에서 수군거리며 뒤를 쫓아다니면서까지 동혁이와 영신의 행동과 눈치를 정찰하는 것이었다.

그럴수록 두 사람은 털끝만치도 이상한 눈치를 보이지 않았다. 그저 처음 대하는 손님과 다른 것이 없이 데면데면하게 굴었다.

6

그 뒤로 기만이는 영신을 청하려고 몇 번이나 동혁의 집으로 행랑 아범을 보내고, 머슴을 시켜 청좌[85]하는 편지까지 보내고 하였다. 동혁은

"그분이 왜 우리 집에 있는 줄 아나?"

해서 돌려보내기도 하고, 전해달라는 편지는 받아두고도 영신에게 전할 필요를 느끼지 않았다. 영신이가 그런 편지를 직접 받았더라도 몸이 불편하다고 핑계를 하든지 해서, 이른바 초대회에 까닭 없는 주빈 노릇 하기를 거절하였으리라. 동리의 가난한 사람들을 위하는 일이나, 무슨 집회 같은 데는 자발적으로 출석을 하였지만, 기만의 심심풀이를 해주거나, 그런 사람이 자랑하는 생활을 보기 위해서, 더구나 홀로 지낸다는 남자를 찾아가고 싶지 않았던 것이다. 사업을 위해서는 소 갈데

말 갈데 없이 다니지만, 이러한 경우에는 처녀로서의 처신을 가지고 조심하지 않을 수 없는 것을 잘 알고 있었기 때문이다.

한편으로 기만이는 매우 분개하였다.

"제가 얼마나 도도한 계집이길래 내가 여러 번 청하는데 안 온단 말이냐."

하고 하인을 세워놓고 몰아대다가

"동혁이보다 못생긴 자제지. 저헌테 온 여자를 내가 어쩔 줄 아나. 어디 얼마나. 버티나 보자."

하고 벼르기까지 하였다.

그러다가 하루는 낮이 훨씬 겨워서 기만은 자회색 봄 양복을 말쑥하게 거들고 회초리 같은 단장을 휘두르며 바닷가 영신이가 유숙하는 집으로 찾아갔다. 영신은 잡지를 보고 누웠다가 몸을 일으키며

"어디 가시는 길이세요?"

하고 달갑지 않게 맞았다.

"하두 여러 번 청해두 안 오시길래 몸이 편치 않으신가 하구 지나는 길에 들렀습니다."

하며 꾸며대는 말에 영신은

'지나는 길이라니 바닷속에 볼일이 있었나.'

하고 속으로 웃었다. 이러한 궁벽한 촌에서 빳빳한 칼라에 자줏빛 넥타이를 매끈하게 매고 나온 것이 옥색 저고리에 부사견 바지를 입었던 것만치나 눈허리가 시었다. 방으로 들어오라고만 하면 마냥 늑장을 부리고 앉을 것 같아서, 멀리 신작로 편짝을 바라다보고 앉았다가, 양복쟁이 서넛이 자전거를 타고 지나가는 것을 보고

"저게 뭘 하러 쏘다니는 사람들인가요?"

하고 한마디를 물었다. 기만이는 문지방에 가 걸터앉으며 안경 속에서

실눈을 짓고, 맨 앞에 곡마단의 원숭이처럼 허리를 발딱 젖히고, 자전거를 저어 가는 사람을 가리키더니,

"저게 우리 아니끼(형)예요. 저 아니끼 때문에요 창피해서……."

하고 기만은 고개를 돌리며 소태나 먹은 듯이 입맛을 다신다. 영신은 건배에게 들은 말이 있어서

"형제분이 뜻이 맞지 않으시는 게로군요?"

하고 아우의 편을 드는 체 하니까

"아니끼는 당최 이마빼기에 송곳을 꽂아두 진물 한 방울 안 나올 에고이스트(이기주의자)야요. 돈푼 긁어모으는 것밖에는 아무 취미도 모르는 인간인데, 게다가 면협의원인가 허는 게 큰 벼슬이나 되는 줄 알구 뽐내는 화상이야 요란하지요. 이래저래 나하군 매사에 충돌이니까요. 오늘 아침에두 대판으로 싸웠는걸요."

"왜요?"

"아 엊저녁엔 공직자 부스럭지들을 대접한다구 주막의 갈보까지 불러다가, 밤새두룩 술상을 벌여놓구 뚱땅거려서, 잠두 못 자게 굴었길래, 그래서 한바탕 야단을 쳤지요."

하고 백판 아무 상관도 없는, 더구나 초면의 여자를 대해서, 제 형을 개꾸짖듯 한다. 영신은

'참 정말 별 쑥스런 자제를 다 보겠군.'

하면서도, 하는 소리를 들어보느라고

"그래두 그만치 유력하신 분이니까 동네 일은 열성 있게 보시겠지요?"

하고 넘겨짚었다. 기만은 지꾸[86]를 바른 머리를 홰홰 내저으며

"말씀 마세요. 박동혁이 김건배 할 것 없이 이 동리의 젊은 사람들은 아주 원수 치부를 하는데요."

"왜요? 퍽 건실한 분들인데요?"

"그 속이야 뻔하지만…… 그까짓 게 무슨 얘깃거리나 되나요."

하고 기만은 일본말로

"도니가꾸 안나 진부쓰가 무라니 오루까라 난니모 데끼꼬 아리마셍요(저 따위 인물이 동리에 있으니까 무슨 일이구 될 턱이 없지요)."

하고 결론을 짓더니, 조츰조츰 영신의 앞으로 다가앉으며 말머리를 돌리려고 든다. 영신은 어이가 없어

'대체 당신은 얼마나 낫소?'

하고 입 밖까지 나오는 말을 마른침으로 꼴깍 삼키고, 솜털 하나 없이 면도질을 한 기만의 얼굴만 유심히 쳐다보았다.

그때 마침 건배의 아낙이 꽃게를 서너 마리나 들고, 새로 조직된 부인근로회의 회원들을 대여섯 사람이나 데리고 왔다. 영신은 구원병이나 만난 듯이 그네들을 반기는데, 기만은

"그럼 내일 저녁에래두 놀러와 줍시요. 꼭 기다리겠습니다."

하고 어물어물하다가 멋쩍게 꽁무니를 빼었다.

7

일주일 동안이나 동혁이와 건배 내외의 극진한 대접을 받고, 숙식이 부드러이 지내서, 영신은 건강이 매우 회복되었다. 처음부터 어느 한 귀퉁이에 병이 깊이 들었던 것이 아니오, 영양 부족과 과로한 탓으로 전신이 매우 쇠약해졌던 터이라, 불과 며칠 동안에 눈에 보이는 듯이 피부가 윤택해지고, 혈색이 좋아졌다. 영신이 자신도 동지들의 자별한 [87] 성의에 눈물이 날 만큼이나 고마워서, 아침저녁으로, 한곡리 청년들의 건강과 그네들의 사업을 위해서 정성껏 기도를 올렸다. 처음에는 고

작해야 사나흘만 견습도 할 겸 쉬어가자던 것이 '하루만 더, 이틀만 더' 하고 간곡히 붙잡는 통에 자별한 호의를 매몰스러이 뿌리치고 일어서기가 어려웠다. 그중에도 건배의 아낙은

"아우님, 우리가 한 번 작별하면 언제 다시 만날지 모르는데……."
하고 눈물을 흘려가며 붙잡아서, 차마 떼치고 일어설 수가 없었다.

그러나 영신은 하루라도 더 남의 신세를 지며 저 혼자만 편하게 지내는 것이, 무슨 죄나 짓는 것처럼 청석골 사람들에게 미안하였다. 영신이가 청석골로 내려가, 자리를 잡은 뒤에 야학의 교장 겸 소사의 일까지 겹쳐 하고, 어린애들에게는 보모요, 부녀자들에게는 지도자일 뿐 아니라, 교회의 관계로 전도부인 노릇도 하고 간단한 병이면 의사 노릇까지 하여왔다. 그러니 몸 하나를 열에 쪼개내도 감당을 못 할 만큼이나 바쁘게 지내던 사람이, 여러 날 나와 있으니 모든 사세가, 하루라도 더 있기가 어려웠다.

그중에도 눈에 암암한[88] 것은 저녁마다 손목과 치마꼬리에 매어달리던 어린이들이요, 귀에 쟁쟁한 것은

"선생님! 선생님!"
하고 부르던 아이들의 목소리다. 엄동설한에도 홑고쟁이를 입고 다니던 계집아이들―. 그러면서도 으슥한 구석으로 선생을 말없이 끌고 가서, 황률이나 대추 같은 것을 슬몃이 손에 쥐어주고는 부끄러워서 꼬리가 빠질 듯이 달아나던 그 정든 아이들―

한 번은 이런 일까지 있었다. 어느 눈 내리던 날 밤 야학을 파하고 사숙[89]으로 돌아가는 길인데 아버지도 어머니도 잃어버리고 일갓집에 붙어서 사는 '금분'이란 계집애가 숨이 턱에 닿아서 쫓아오더니 선생님의 재킷 주머니에다가 꽁꽁 언 손에 쥐고 있던 것을 넌지시 넣어주고 달아났다.

"아서라, 이런 것 가져오지 말구우 네나 먹어라. 응."

하면서도 영신은 어린애의 정을 물리칠 수가 없어서

'왜콩이나 밤톨이거니.'

하고 만져 보지도 않고 가서 재킷을 벗어 거는데, 방바닥으로 우르르 쏟아지는 것을 보니 껍질을 말끔 깐 도토리였다.

영신은 떫어서 먹지도 못하는 그 도토리를 접시에 소복이 담아 책상머리에 놓고 들여다보고 손바닥에 굴려보고 하다가 콧마루가 시큰해지더니 뜨끈하게 눈물이 솟던 생각이 났다. 그런 생각을 하면 금세 그 아이들이 보고 싶고 당장 날아서라도 가서 안아주고 싶은 것을 억지로 참고 있었다.

거짓말은커녕 실없는 소리도 잘 하지 않는 동혁이까지

"발동선이 고장이 나서 못 댕긴다는데 저 바다를 건너뛸 재주가 있거든 가보시지요."

하고 붙잡는 바람에 그 말을 곧이듣고 한 이틀을 더 묵었던 것이다.

그러나 영신은 누구한테나 발표하지 못한 고민을 가슴속에 감추고 왔었다. 사실은 그 고민을 해결 짓기 위해서 동혁이와 의논을 할 양으로 일부러 온 것이었다. 정양을 하려는 것도 동혁이가 실지로 일하는 것이 보고 싶었던 것도 사실이었지만, 이십이 훨씬 넘은 처녀로서, 저 혼자는 해결 지을 수 없는, 일생에 가장 중대한 문제와 부닥쳤기 때문이다. 여간한 남자보다도 용단성이 있는 영신이었건만, 동혁이와 단둘이 만나서 가슴속의 비밀을 조용히 고백할 기회도 없었거니와, 동혁의 얼굴만 마주 대해도 그 말을 끄집어내려던 용기가, 자라 모가지처럼 움츠러들었다.

해당화 필 때

1

영신이가 떠나기로 작정한 전날 밤은 달이, 유난히 밝았다. 열나흘 날 달이, 어지간히 기운 것을 보니, 자정도 가까운 듯. 다른 사람들은 초저녁에 다 와서 작별을 하고 갔고, 건배의 아낙은 영신이가 친정에서 왔다가 가는 것처럼 수수엿을 다 고아가지고 와서, 눈물로 작별을 하고 갔건만, 동혁이만은 기다려도 기다려도 오지 않았다.

점심때 집에 볼 일이 있다고, 잠깐 다녀는 갔으나 동화의 말을 들으면 집에는 종일 들어오지를 않았다고 한다. 영신은

'한 마디래도 꼭 허구 가야만 할 말이 있는데……'

하고 이제나저제나 하면서 눈이 까맣게 기다리다가

'내일 아침에야 일찌감치 오겠지.'

하고 누웠었다. 서창을 물들이는 달빛은, 이런 걱정 저런 근심에 잠을 이루지 못하는 영신을 문밖으로 꾀어내었다. 그는 바스켓 속에 감추어 가지고 왔던 조그만 손풍금을 꺼냈다. 그것은 ××여고보를 우등 첫째

로 졸업한 상품으로 '미스 빌링스'란 서양 여자가 선사한 것이다.

영신이가 이곳에 온 뒤로 하루도 거르지 않고 아침저녁으로 거닐던 바닷가 백사장에는 하얀 모래가 유리가루처럼 반짝이는데, 그 모래를 밟으면 바삭바삭 소리가 난다. 옷 속으로 스며드는 밤기운이 조금 산산하기는 하나 바람 한 점 일지를 않는다.

영신은 외로운 그림자를 이끌고 가만히 손풍금을 뜯으며 그 모래 위를 거닐려니 저도 모르는 사이에 노래가 저절로 입을 새어 나왔다. 그 노래는 드리고의 '세레나데[小夜曲]'였다. 학교에 다닐 때에는 찬송가나 동요 같은 노래 이외에 애틋한 사랑을 읊는 노래라든가, 조금이라도 유흥 기분이 떠도는 유행창가는 귀에 익도록 들으면서도 입 밖에 내기는 삼가왔다. 그러던 것이 오늘 저녁은 즉흥적卽興的으로 슈베르트 같은 작곡가의 애련한 영탄적詠嘆的인 노래가 줄달아 불러졌다.

처음에는 입 속으로만 군소리하듯 읊어보던 것이, 차츰차츰 그 소리가 높아져서, 무섭도록 고요한 깊은 밤, 해변의 적막을 깨트리다가는, 가느다랗게 뽑아 올리고 몰아내리는 피아니시모에, 영신은

'내가 성악가나 될 걸 그랬어'

하리만큼 제 목소리가 오늘 저녁만은, 은실같이 곱고, 꾀꼬리 소리만큼이나 청아한 것처럼, 제 귀에 들렸다.

머리를 들면, 황금가루 같은 달빛이 쏟아져 내리고, 머리를 숙이면, 그 달빛을 실은 물결이 천 조각 만 조각으로 부서지며, 눈과 영혼을 함께 황홀케 한다. 다시금 머리를 들어 하늘을 우러르면, 풀솜 같은 구름 속으로, 숨바꼭질을 하는 달 속에는 쓸쓸한 방구석에 홀로 누워 외딸을 그리는 어머니의 눈물에 젖은 얼굴이 비치는 것 같고, 기다란 한숨과 함께, 머리를 떨어뜨리면, 닦아논 거울 같은 마당 위에, 꿈에도 잊히지 못하는 고향 산천이 아련히 떠오른다.

영신은 백사장에 펄썩 주저앉으며 눈을 꽉 감았다. 이번에는 무형한 그 무엇이 젖가슴으로 치밀어오른다.

'아이 내가 왜 이럴까?'

하고 제 마음을 의심도 해보았다. 이제까지 참고 눌러왔던 청춘의 오뇌에 온몸이 사로잡히자 영신의 떨리는 입술에서 터져 나오는 한마디는

'하나님, 제가 그이를 사랑해도 좋습니까?' 하는 독백獨白이었다. 영신은 다시 부르짖듯이 신앙의 대상자에게 호소한다.

'하나님, 일과 사랑과 두 가지 중에, 한 가지를 택해주시옵소서. 저의 족속의 불행을 건지기 위해서 이 한몸을 바치겠다고, 당신께 맹세한 저로서는, 지금 두 가지 길을 함께 밟을 수가 없는 처지에 부닥쳤습니다. 오오 그러나 하나님 저는 그 두 가지 중에, 어느 한 가지를 버릴 수도 없습니다.'

영신은 모래 위에 푹 엎드러졌다. 방울방울 떨어지는, 뜨거운 눈물에 번지는 모래를, 으스러지라고 한 움큼 움켜쥐고서…… 어디서 어디로 날아가는지, 물새 한 마리가 젖을 보채는 어린애처럼 삐액— 삐액— 하고 울면서 머리 위를 지나간다.

영신은 고독과 적막이, 등허리에 서리를 끼얹는 듯해져 진저리를 치며 발딱 일어나면서 치맛자락의 모래를 활활 털었다.

그 외롭고 적적한 생각을, 잠시라도 헤쳐버리려고, 곁에 동댕이를 쳤던 손풍금을 다시 집어들고, 감흥에 맡겨 열 손가락을 놀리며, 저도 모를 곡조를 한바탕 뜯었다. 누가 곁에 있어서 그 음보[音調]를 그대로 오선지五線紙에 기록했다면 혹시 '헝가리인의 광상곡狂想曲' 같은 작품이 이루어졌을는지도 모르리라.

그는 풍금 타던 손을 쉬고, 다시금 머리를 숙이고 묵묵히 생각에 잠겼다.

그때였다. 바로 영신의 등 뒤에 솟은 바위 위에서 시꺼먼 그림자가 괴물과 같이 나타나더니

"저…… 그 곡조 한 번만 더 타주세요."

하는 굵다란 목소리가 들렸다.

2

"아이고 깜짝야!"

영신은 두 손을 짝 벌리며 오금에 용수철이나 달린 듯이 발딱 일어났다. 바늘에 찔린 것처럼 전신에는 소름이 쪽 끼쳤다. 달빛을 정면으로 받으며 시꺼먼 그림자의 정체가 눈앞에 드러나자,

"난 누구라구요. 어쩌면 그렇게 사람을 놀래주세요?"

영신은 반가움과 원망스러움에 반죽이 된 표정으로 동혁을 살짝 흘겨본다. 동혁은 빙긋이 웃으며 저벅저벅 걸어서 여자의 앞에 와 선다.

"놀라긴 내가 정말 놀랬어요. 이 밤중에 어디로 가셨나 하구, 빈 방속에서 한참이나 기다렸는걸요."

"풍금 소릴 들으시구 여깄는 줄 아셨군요?"

"네, 독창회에 방해가 될까봐 저 바위에서 입장권두 아니 사구 근청을 했지요."

그 말에 대낮 같으면 영신의 얼굴이 석류 빛처럼 빨개진 것을 보았으리라.

잠시 이성理性을 잃었던 모든 동작과, 미칠 듯이 목청껏 부른 노래를 동혁이가 지척에서 보고 들은 생각을 하고 열적고 부끄러워서, 영신이가 얼굴을 붉힌 것뿐이 아니다. 바로 조금 전까지 안타까이 하나님을 부르며 '일과 사랑 두 가지 중에 한 가지를 택해줍소서' 하고 빌던 그

상대자가 뜻밖에 유령과 같이 눈앞에 나타난 데는 형용키 어려운 신비를 느꼈다. 신비스럽다느니보다도 폭풍우처럼 뒤설레던 감정을 누르고 머리가 저절로 숙여지리만큼 엄숙한 기분이 온몸을 지배하는 것이다.

"앉으십시다."

동혁은 바위 아래 모래밭을 가리키고 저 먼저 앉으며 두 무릎을 끌어안고는 바다 저편을 바라다본다. 아득한 수평선을 따라 일렬로 쭉 깔린 것은 달빛을 새우는 듯한 새우잡이 중선의 등불이다. 아까까지 영신은 그 불을 얕은 하늘의 별들이 반짝이는 줄로만 알고 있었다.

"이리 와 앉으시라니까요."

눈을 내리감고 발끝으로 모래를 허비적거리며 서 있는 영신을 돌려다보고, 동혁은 명령하듯 한다.

"네……."

영신은 들릴 듯 말 듯하게 대답을 하고 동혁의 곁에 가 치맛자락을 휩싸 쥐고 앉는다. 오늘 밤만은 동혁의 어떠한 요구에든지 순종하려는 듯이…….

"차차 바람이 이는데 춥지 않으세요?"

"아—뇨."

바닷가의 밤은 점점 깊어만 가는데, 해감내를 머금은 바람이 솔솔 불어오기 시작해서, 이슬에 촉촉이 젖은 몸이, 감기나 들지 않을까, 동혁은 염려가 되었던 것이다. 그러나 조금 전까지 온몸의 피를 끓이며 노래를 목청껏 부르던 영신은 도리어 홧홧증이 날 지경이었다.

"그런데 어디서 인제 오세요? 오늘 밤엔 못 만날 줄만 알았었는데요."

"한 이십 리나 되는 데 누굴 좀 만나 보려구 찾아갔다가 오는 길이에요."

"그럼 여태 저녁두 안 잡셨게요?"

"주막거리서 요기를 해서 시장하진 않아요."

"무슨 급한 일이 생겼어요?"

"급하다면 급하지만……."

하고 동혁은 더 자세한 대답을 하기를 피하느라고

"참 달도 밝군요."

하고 딴전을 부리며 서녘 하늘을 쳐다본다.

볕에 그을어 이글이글하게 타는 듯하던 얼굴과 그 건장한 몸뚱이를 기울어가는 창백한 달빛이 씻어 내린다. 맑간 액체와 같이―.

영신은 다시 무슨 생각에 잠겨, 동혁의 커다란 그림자가, 저의 눈앞에 가로 비추인 것을 들여다보고 잠자코 있다. 조금 전까지도 외로움과 쓸쓸함을 못 견디어, 바람모자에 외따로 선 나무처럼, 바들바들 떨고 있던 영신은, 동혁이가 와서 제 곁에 턱 앉은 것이, 큰 바위 속에다가 뿌리를 박은 것만치나 신변이 든든한 것을 느꼈다. 그와 동시에 애상적이던 기분은 구름과 같이 흩어지고 안개처럼 스러졌다. 다만 동혁의 윤곽만이 점점 뚜렷하게 커져서, 제 몸이 그 그늘 속으로 차츰차츰 기어들어가는 것 같은, 환각幻覺을 느낄 따름이다.

한참 만에 동혁은 무겁게 입을 열었다.

"저…… 오실 때, 편지에 꼭 친히 만나서 의논할 말씀이 있다고 그러셨지요? 하룻밤쯤 새우는 게 우리한텐 문제가 아니었으니까……."

3

"……."

"내일은 그예 떠나신다니, 또 만날 기회가 졸연치 않을 것 같은데, 꼭 해주실 말씀이건 지금 하시지요."

"……."

영신의 머리는 수그려만 드는데 동혁의 눈은 점점 탐조등探照燈처럼 빛난다.

"왜 말씀을 못하세요? 무슨 말인지 시원스럽게 해버리시지요. 나도 하고 싶은 말이 있는지도 모르니까요……."

영신은 그 말을 기다리고 있었던 것처럼 그제야 고개를 번쩍 들었다.

"그럼 동혁 씨가 하고 싶으신 말씀부터 먼저 해주세요."

"아─니, 내가 먼첨 물었으니까 영신 씨부터 대답을 하실 의무가 있지 않겠어요?"

"그래두 먼첨 해주세요. 권리니 의무니 하고 빡빡하게 구실 거 없이……."

영신의 목소리에는 소녀와 같은 응석조차 약간 섞였다.

"그건 안 될 까닭이 있에요. 언권을 먼저 드리지 않으면 분개하시는 성미를 잘 알 수 있으니까요."

그 말 한마디에 이태 전 ××일보사 주최의 간친회 석상에서 처음 보았을 때의 인상과 '악박골' 서 밤을 새우던 때의 정경이 바로 어제런 듯 주마등과 같이 두 사람의 눈앞을 달렸다. 그것은 두 사람의 평생을 두고 잊을래야 잊을 수 없는 무한히 정다운 추억이었다. 그와 동시에 두 사람은 불시에 몸과 마음이 더 한층 가까워지는 것이 느껴졌다. 동혁은 더 우기지 않았다. 남자의 자존심으로가 아니라 그런 말을 강제로 시키기가 가엾은 생각이 들었던 것이다.

"그럼 이번만은 내가 지지요."

하고 한참이나 뜸을 들이더니

"어째서 그런지 몰라두 내가 영신 씨한테 하고 싶은 말이나 영신 씨가 나한테 꼭 하고 싶다고 벼르면서도 얼핏 입 밖에 내지를 못하는 말은 그 내용이 비슷한 것 같은데…… 영신 씨 생각은 어떠세요?"

"……."

"아―니, 말대답이나 시원스럽게 해주셔야지요."

하고 동혁은 달려들기라도 할 형세를 보인다.

"나 역시도 한평생에 제일 중요한…… 우리의 운명이 좌우되는 그런……."

영신은 말을 잇지 못하고 떠듬떠듬 토막을 친다. 아무리 고집이 세고 무슨 일이나 앞장을 서고 누구에게나 지지 않으려는 성벽[90]이 대단한 영신이건만, 오늘 저녁 이 자리에서만은 꽃을 부끄리는 처녀의 속탈을 벗지 못한다.

"아마 연애나 결혼 문제로 퍽 고민을 하시는 중이시지요?"

동혁이가 불쑥 내미는 말이 정통으로 들어가 맞히니까

"……."

무언중에도 영신의 온몸의 신경은 불에나 닿은 것처럼 움찔하고 자지러들었다.

"나도 그런 문제로 적지 아니 괴롭게 지내는 중이에요. 늙으신 부모의 성화가 매일 같아서 그것도 어렵지만 사실은 나 자신이 몹시 외로울 때가 있에요. 억지로 일을 해서 잊어버리려고는 애를 써도, 나만치 건강한 남자가, 언제까지나 독신으로 지낸다는 건, 암만 생각해두 부자연한 것 같아서……."

하고 발꿈치로 조약돌을 부벼서 으깨며, 말을 멈추고는, 영신을 흘낏 곁눈으로 흘려본다. 영신은 손가락으로 모래 위에다가 글씨를 썼다 지웠다가 한다.

"영신 씨!"

동혁은 새삼스러이 저력 있는 목소리로, 숨 쉬는 소리가 서로 들릴 만큼이나 가까이 앉은 사람의 이름을 부른다.

"네?"

영신은 하—얀 이마를 들었다.

"멀고도 가까운 게 뭘까요?"

수수께끼와 같은 말에 영신의 눈은 동그래졌다. 무어라고 대답을 하면 좋을지 몰라서, 눈을 깜박깜박하더니

"글쎄요…… 사람과 사람의 사일까요?"

하고 동혁의 표정을 살핀다.

"알 듯하고도 모르는 건요?"

"아마…… 남자의 맘일걸요."

그 말 한마디는 서슴지 않았다.

"아—니, 난 여자의 맘인 줄 아는데요."

동혁의 커다란 눈동자는 영신의 가슴속을 뚫고 들여다보는 듯하다.

4

달은 등 뒤의 산마루를 타고 넘으려 하고 바람은 영신의 옷깃을 가벼이 날리는데 어느덧 밀물은 두 사람의 눈앞까지 밀려들어와 날름날름 모랫바닥을 핥는다.

"……."

"……."

굴껍데기로 하얗게 더께가 앉은 바위에 찰싹찰싹 부딪히는 파도 소리뿐……. 온 누리는 '아담'과 '이브'가 사랑을 속삭이던 태고적의 삼림 속 같은 적막에 잠겨 있다. 그러나 두 사람의 형체 없는 영혼만은 무언중에도 가만히 교통한다. 똑같은 고민과 오뇌로 다리를 놓고서…….

영신은 앉아서 꿈을 꾸는 사람처럼 머리를 떨어뜨리고 있다가,

"제 속을 들여다보시는 것 같아서……."

간신히 한마디를 꺼내고는 말끝을 맺지 못하더니,

"제 사정은 대강 아시는 터이지만 얼마 전에 어머니가 청석골까지 다녀가셨어요. 제발 고만 시집을 가라고 이틀 밤이나 꼬박이 새워가며 빌다시피 하시는 걸 끝끝내 시원한 대답을 못해드렸어요."

"그래서요?"

"그랬더니 나중엔 '네가 이 홀어미 하나를 영영 내버릴 테냐'고 자꾸만 우시는 데는 참 정말 뼈를 깎아내는 것 같아서……."

영신은 북받쳐 오르는 설움을 참느라고 이를 악문다.

"그렇게 언짢아하실 게 뭐 있어요? 얼른 결혼만 하시면 문제는 다 해결이 될걸요."

하고 동혁은 일부러 비위를 긁어주면서도 그 다음 말이 궁금해서 영신의 곁으로 다가앉는다.

영신은 남자를 원망스럽게 흘낏 쳐다보고는 다시금 주저주저하다가 버쩍 용기를 내어

"저…… 보통학교에 댕길 때 돌아가신 아버지가…… 혼인을 정해두신 남자가 있었어요."

이 말을 듣자 동혁의 눈은 금방 화등잔 만해졌다.

이제까지 사사로운 이야기는 일부러 해오지를 않던 터이나, 영신에게 약혼한 남자가 있다는 것은 참으로 뜻밖이었다.

"아 약혼한 사람이 있어요?"

제아무리 침착한 동혁이라도 저도 모르는 겨를에 이 말 한마디가 입밖을 튀어나오는 것을 틀어막을 겨를이 없었다. 그와 반대로 영신의 태도는 매우 침착해진다.

"어려서부터 한 동리에 자라나서 저도 그이를 잘 알아요. 김영근金永根이라구 시방 황해도 어느 금융조합에 취직을 했는데 사람은 퍽 얌전해요."

하는데, 그 사이에 제가 너무 당황해하는 눈치를 보인 것을 뉘우친 동혁은 영신의 말을 자아내는 수단으로 얼핏 말끝을 채뜨려,

"그만하면 조건이 다 구비하군요."

하고는 시치미를 딱 갈기고 외면을 한다. 영신은 대들어서 동혁의 넓적다리를 꼬집기라도 하려는 자세를 보이다가

"글쎄 그렇게 사람을 놀리지만 마시고 들어보세요. 대강만 얘기를 할게요."

하고는 다시 바다 저편의 고기잡이 등불을 바라보다가

"그런데 그이는 내가 자기하구 꼭 결혼을 할 줄만 믿구 있거든요. 지난겨울엔 일부러 휴가를 맡아가지구 찾아왔는데, 이 말 저 말 해가며 속을 떠보니까, 농촌운동 같은 데는 털끝만큼도 이해가 없구요, 그런덴 취미까지도 없어요."

"그래도 어떠한 생활의 목표가 있겠지요."

"그저 월급이나 절약을 해서 한 달에 얼마씩 또박또박 저금을 했다가, 그걸로 결혼비용을 쓰자는 것……."

그 말에 동혁은

"아무렴 그래야지요. 현대는 금전만능시대니까요. 거 일찌감치 지각이 난 청년이로군."

하고 늙은이처럼 매우 탄복을 한다. 남은 진심으로 하는 말에, 한편에서는 자꾸만 이죽거리며 씨까스르기만91 하니까, 영신은 발끈하고 정말 성미가 났다.

"아─니, 그렇게 조롱만 하시는 법이 어딨어요? 난 인전 암말도 안

할 테야요!"

하고 톡 쏘아붙인다. 그러나 그 말쯤에 노염을 탈 동혁이가 아니다.

"아―니, 이건 결혼 얼른 못하는 화풀이를 내게다 하시는 셈이에요?"

하고 더 한층 핀둥핀둥해진다.

5

동혁은 조바심이 날 만큼이나, 영신과 약혼한 남자와의 사이가 어떠한가 하는 것이 궁금하였다. 아무리 저에게는 가림새 없이 모든 것을 터놓고 말하는 터이지만, 남녀 간의 관계에 들어서는 자연 은휘하는[92] 일이 있을 것이 의심스럽고, 어느 정도까지는 그 남자에게 질투 비슷한 감정을 느낀 것도 사실이다. 그러나 그렇다고 죄인이나 붙잡아다 앉혀놓고 심문을 하는 것처럼 빡빡하게 물어보면, 실토를 하지 않을 듯도 해서, 일부러 농담을 하듯 하며 의뭉스럽게 상대자의 속을 떠보는 것이다.

그러다가 영신이가 정말 입을 다물어버려서 형세가 불리하니까

"그건 다 웃음의 말이구요……. 그래서요? 남의 일 같지가 않으니 말이지, 그럼 그 사람이 장차 무슨 일을 하고 싶다는 거예요?"

하고 점잖게 묻는다. 그래도 영신은 성적[93]한 색시처럼 눈을 꼭 내리감고는 입을 열려고 들지를 않는다.

"허―, 이거 정말 화가 나셨군요. 그러지 말구 어서 말씀하세요. 달이 저렇게 기울어가는데……."

하고 동혁은 얼더듬으려고 든다.

"금융조합에서 한평생 늙을 작정이야 아니겠죠."

영신은 그제야 조금 풀린다.

"암, 그야 그럴 테지요."

"돈이 좀 모이면 장변[94]이라도 놔서 늘려가지구 잡화상을 하나 내고서, 생활 안정을 얻자는 게 그이의 고작가는 이상理想이야요. 돈벌이를 할 노릇이 없다는 게, 일테면 그이의 사상이고요."

"그만하면 짐작하겠에요. 요컨대 어머니께선 그런 착실한 사람을 데릴사위처럼 얻어서, 늙으신 몸을 의탁하고, 인젠 딸의 재미를 좀 보시겠다는 게지요?"

"그런 눈치야요."

동혁은 무엇을 궁리할 때면 으레 하는 버릇으로 두 눈을 꿈벅꿈벅하고 있다가, 신중한 어조로

"그럼 워낙 주의나 이상은 맞지 않더래두, 그 사람한테 혹시 애정을 느껴보신 적은 있기가 쉬울 듯한데……."

하고 가장 중요한 대문을 묻는다. 그 말에 영신은 뻗었던 두 다리를 오그리고 치마를 도사리며

"어려서부터 봐오던 사람이니까, 딱 마주치면 무조건하고 반갑긴 해요."

하고 잠시 침묵하다가

"그렇지만 난 누구한테나 입때까지…… 저— 동혁 씨를 만나기 전까지도……."

하고는 저고리 고름을 손가락에다 돌돌 감았다 폈다 한다. 동혁이도 자리를 고쳐 앉더니 영신의 얼굴을 면구스럽도록 똑바로 들여다보며

"영신 씨는 어머니를 위해서 사랑이 없는 남자에게 한평생을 희생에 바칠 그런, 봉건적封建的인 여자는 아니겠지요?"

"그런 말씀은 물어보실 필요도 없겠죠."

영신은 자존심을 상한 듯이 자신 있는 대답을 한다.

"그럼 앞으로 어떡하실 작정이세요?"

"그이하고는 단념하겠어요! 그렇지만…….'

"그렇지만 미련은 남겠단 말씀인가요?"

"아—뇨."

"그러문요?"

"……."

동혁은 영신이가 경솔히 대답하지 못하는 속중을, 약빨리 눈치채지 못할 만큼 미욱하지 않았다.

"그럼 내 태도를 보신 뒤에 좌우간 결단을 하시겠단 말씀이지요?"

동혁이도 자신 있게 다져 묻는다. 그 말에 영신의 입에서는 분명히

"네!"

하고 한마디가 서슴지 않고 떨어졌다.

동혁은 불시에 그 무엇이 마음속에 느긋하도록 꽉 차는 것을 느꼈다. 그 만족감滿足感은, 물에 불어오르는 해면海綿처럼, 또는 한정 없이 부풀어오르는 고무풍선처럼 당장 터질 듯 터질 듯하다.

동혁은 벌떡 일어섰다. 팔짱을 꽉 끼고 달빛에 뛰노는 바다를 바라다보고 섰노라니, 그 바다의 물결은 커다란 용광로鎔鑛爐 속에서 무쇠가 녹은 물이 부글부글 끓는 것 같다. 바다 위가 아니라 바로 저의 가슴 한복판에서 용솟음치는 정열을 눈앞에 보는 듯도 하였다.

6

한 십 분 동안이나 동혁은 머리를 푹 수그리고 영신의 눈앞에서 조각돌만 탁탁 걷어차면서 왔다 갔다 하였다. 그러다가 사기 단추와 같이 손 집는 데가 반짝거리는 손풍금을 집어 들더니

"아까 그 곡조 한 번만 더 타주세요."

하고 영신의 치마 앞에다 떨어뜨린다.

영신은 무의식적으로 풍금을 받아들면서도

"애기를 하다 말고 이건 뭘요?"

하고 뒤설레는 마음을 진정하느라고 몸 둘 곳을 몰라 하는 동혁을 쳐다본다.

"글쎄 특청이니 두 말씀 말구 타주세요."

이번에는 반쯤 명령하듯 한다. 영신은 그만 청을 거역하기가 어려워서 풍금 손잡이에 손가락을 끼면서

"아까 그건요 되나 안 되나 함부로 타본 건데 나두 무슨 곡존지 잊어버렸어요."

하고 고개를 외로 꼬더니

"왜 우리가 다 아는 훌륭한 곡조가 있지 않아요? 난 어딜 가서든지 동혁 씨와 '한곡리' 생각이 나면, 이 곡조를 탈 테야요."

말이 끝나자, 영신은 찬찬히 팔을 폈다 오므렸다 한다. 그 곡조는 시작만 들어도 '애향가' 다. 그러나 조기회 때에 부르는 것과는 딴판으로, 느릿느릿하게 하는 그 멜로디는 가늘게 떨며 그쳤다 이었다 하는 것이, 무엇을 호소하는 듯이 몹시 애련하다. 이 밤만 밝으면 기약 없는 길을 또다시 떠나는 그 애달픈 이별의 정을, 조그만 악기 속에 가득히 담았다 흘렸다 하기 때문인 듯.

허공에 얼굴을 쳐들고 두 눈을 딱 감고 섰던 동혁은 듣다 못해서

"그만 집어치웁시다!"

하고 외친다. 그래도 얼른 그치지를 않으니까, 와락 달려들어 풍금을 빼앗더니, 백사장에다 동댕이를 친다. 영신은 어쩐 영문인지를 몰라서 어리둥절하여 입을 조금 벌린 채, 동혁의 눈치만 살핀다.

동혁은 술이 몹시 취한 사람처럼 앞을 가누지 못하더니, 그 유착한[95] 몸이 푹 엎어지자, 영신의 소담한 손등은 남자의 뜨거운 입김과 축축한 입술을 느꼈다.

영신은 온몸을 달팽이처럼 오므라뜨리고는 눈을 사르르 내리감고 있다가

"참 이 바닷가엔 왜 해당화가 없을까요?"

하고 딴전을 붙이며 살그머니 손을 빼내려고 든다. 그러나 그 손끝과 목소리는 함께 떨려 나왔다.

동혁은 두 팔로 영신의 어깨와 허리를 버쩍 끌어안으며

"해당화는 지금 이 가슴속에서 새빨갛게 되지 않았에요?"

하더니, 불시의 포옹에 벅차서 말도 못하고 숨만 가쁘게 쉬느라고 들먹들먹하는 영신의 젖가슴에, 한 아름이나 되는 얼굴을 푹 파묻었다…….

영신은 생후 처음으로 경험하는 남자의 뜨거운 입술과, 소름이 오싹오싹 끼치도록 근지러운 육체의 감촉에 아찔하게 도취되는 순간, 잠시 제정신을 잃었다.

동혁은 숨결이 차츰차츰 가빠오고 두근두근하는 심장의 고동까지 입술이 닿은 손등과 그의 얼굴에 짓눌린 가슴을 통해서 자릿자릿하게 전신에 전파된다.

영신은 조심스럽게 손 하나를 빼어, 목사가 세례를 주는 것처럼 부스스하게 일어선 동혁의 머리 위에 얹으며

"고만 일어나세요. 네."

하고 달래듯이 가만히 흔들더니

"나두요, 동혁 씨의 고민을 말씀하지 않아두 잘 알고 있어요. 내 맘을 잘 이해해주시는 것처럼……. 그러기에 이태 동안이나 그다지 그리워하던 당신께 제 사정을 하소연하려고 일부러 온 거야요. 이 세상에

다만 한 분인 동지한테, 제 장래를 의논하려고요……."

동혁은 천천히 머리를 들었다. 지독하게 마취를 당했다가 깨어난 사람처럼, 게슴츠레해진 눈으로 눈물에 어리운 영신의 얼굴을 들여다보며

"나는 영신 씨를 언제까지나 동지로만 사귈 수가 없에요. 그것만으로는 만족할 수가 없에요!"

하고는 또다시 그 돌꼇이 같은 팔로, 영신의 허리가 끊어져라고 껴안는다.

7

영신은 숨이 턱턱 막히는 것 같아서 손에 힘을 주어,

"이러지 마세요. 이렇게 흥분하시면 못써요. 우리 냉정하게시리 얘기를 하십시다."

하면서 허리에 휘감긴 동혁의 팔을 슬그머니 풀었다. 그러고는

"어쩌면 저 역시도 동지로 교제하는 것만으론 만족할 수가 없는지도 모르지요. 그렇지만 그 문제를 백 번 천 번이나 생각해봤는데……."

"어떻게요?"

동혁은 머리를 숙인 채 매우 조급히 묻는다. 영신은 조금 떨어 앉아서 잠시 머릿속을 정돈시킨 뒤에 입을 연다.

"연애를 하는 데 소모하는 정력이나 결혼생활을 하느라구 또는 개인의 향락을 위해서 허비되는 시간을 온통 우리 사업에다 바치고 싶어요. 난 내 몸 하나를 농촌사업이나 계몽운동에 아주 희생하려고 하나님께 맹세까지 한 몸이니깐요."

"그러니까 그렇게 굳은 결심을 하고 실지로 일을 해나가는 사람끼리 한몸뚱이로 뭉쳐서 힘을 합하면 곱절이나 되는 효과를 얻지 않겠에요?

백지장두 마주 들면 낫다는데……. 영신 씨를 만난 뒤부터 나는 줄창 그런 생각을 하고 있었는데요. 어느 기회에 나를 따라와주실 줄을 나 혼자 믿고 있었던 것도 사실이구요."

"왜 낸들 그만 생각이야 못해봤겠어요? 그렇지만 우리의 교제가 이보다 한 걸음 더 나가면, 필경은 결혼문제가 닥쳐오겠죠?"

"그럼 언제꺼정 독신생활을 하실 작정이신가요?"

영신은 그 말 대답을 주저하고 손풍금을 집어 들고 어루만지며

"이걸 나한테 선사한 미스 빌링스란 서양 부인은 미개한 남의 나라에 와서 별별 고생을 다해가면서 우매한 백성을 깨우쳐 줄 양으로 오십이 넘도록 독신생활을 하고 있어요. 그런 여자의 생활이야말로 거룩하지 않아요? 깨끗하지 않아요?"

"그 사람네와 우리와는 환경이 다르고 처지도 다르지요. 영신 씨가 그런 사람의 본을 떠서 독신생활을 해보겠다는 건 우리의 현실이 허락지 않는 아름다운 공상에 지나지 못할 줄 알아요."

"그러니깐 남몰래 살이 내리도록 고민을 하는 게 아니겠어요? 이렇게도 못하고 저렇게도 할 수가 없으니깐……."

"그런 경우엔 벙어리 냉가슴 앓듯 하지 말구 양단간 결단을 내야만 하지요."

"그만한 결단성이 없는 건 아니야요. 그렇지만 난 '청석골'을 떠날 수가 없어요. 나를 낳아준 고향보다도 더 정이 들었고요. 나 하나를 무슨 천사처럼이나 알아주는 그 고장 사람들을, 그 천진난만한 어린이들을 차마 버릴 수가 없어요!"

"저엉 그러시다면 당분간 내가 '청석골' 천사한테 데릴사위로 들어갈까요? 나 역시 이 '한곡리'에다가 뼈를 파묻으려는 사람이지만……."

하고 시꺼면 눈을 꿈쩍꿈쩍한다. 영신은

"호호호. 그건 참 정말 공상인데요."

하고 동혁의 무릎을 아프지 않게 치며 별 하늘을 우러러 명랑히 웃었다.

"······."

"······."

동혁이도 덩달아 웃는 체 하다가 속으로는 갑갑해 못 견디겠는 듯이 다시금 벌떡 일어선다. 한참 동안이나 신 부리로 바위를 툭툭 걷어차기도 하고 돌멩이를 집어 팔매도 치면서도 한참이나 무슨 생각에 잠겼다가 비장한 결심을 한 듯이 다시 돌아와 영신의 앞에 가 바싹 다가앉으며 손가락 셋을 펴들더니

"자— 앞으로 삼 년만 더!"

하고 부르짖으며 영신의 턱밑을 치받치듯 한다.

"인제 삼개년 계획만 더 세우고 노력하면 피차에 일터가 단단히 잡히겠지요. 후진들한테 일을 맡겨도 안심이 될 만큼 기초가 든든히 선 뒤에 우리는 결혼을 합시다. 그러고는 될 수 있는 대로 좀 더 공부를 하면서 다시 새로운 출발을 합시다!"

하더니 잠시 뜸을 들이다가

"영신 씨! 그때까지 기다려주실 테지요? 네? 꼭 기다려주실 테지요?"

하고 영신의 두 손을 잡고 으스러지도록 힘을 준다.

"삼 년 아니라, 삼십 년이래두······ 이 목숨이 끊······."

하는데 별안간 영신의 입술은 말끝을 맺을 자유를 잃었다.

지새려는 봄밤 잠 깊이 든 바다의 얼굴을 휩쓰는 쌀쌀한 바람이, 쏴— 하고 또 쏴— 하고 타는 듯한 두 사람의 가슴에 벅차게 안긴다.

제삼第三의 고향

1

'나의 경애하는 동혁 씨!'

영신이가 '한곡리'를 떠난 지 사흘 만에 온 편지의 서두에는 전에 단 골로 쓰던 '존경' 두 자의 높을 존尊 자가 떨어지고 그 대신으로 사랑 애愛 자가 또렷이 달렸다.

무한한 감사와 가슴 벅찬 감격을 한 아름 안고, 무사히 나의 일터로 돌 아왔습니다. 그 감사와 감격은 무덤 속으로 들어간 뒤까지라도 영원히 영 원히 잊지 못하겠습니다.

떠날 때의 바쁘신 중에도 여러분이 먼 길을 전송해주시고, 배표까지 사주신 것만 해도 염치없는데, 꼭 뱃속에서 뜯어보라고 쥐어주신 봉투 속 에 십 원짜리 지전 한 장이 들어 있는 것을 보고 놀랐습니다. 몇 번이나 다시 돌려보내려고 하였으나, 한창 어려운 고비를 넘은 농촌에서, 십 원 이란 큰돈을 변통하기가 얼마나 어려우셨을 것을 알고, 또는 내가 떠나기 전날 밤에, 이 돈을 남에게 취하려고 몇 십 리 밖까지 가셨다가, 늦게야 돌아오셨던 것이 이제야 짐작되어서, 차마 도로 부치지를 못하였습니다. 몸 보할 약이라도 한 제 지어 먹으라고, 간곡히 부탁은 하셨지만, 백 원 천 원보다도 더 많은 이 돈을 저 한몸의 영양을 위해서는 쓸 수가 없습니다. 그대로 꼭 저금을 해두었다가, 가을에 지으려는 강습소 마당 앞에 종을 사서 달겠습니다. 아침저녁 내 손으로 치는 그 종소리는 저의, 가슴뿐 아니라, 이곳 주민들의 어두운 귀와 혼몽이 든 잠을 깨워주고, 이 청석골의 산천초목까지도 울리겠지요.

나의 경애하는 동혁 씨!

승합자동차가 닿은 정류장에는 부인친목계의 회원들과 내 손으로 가르치는 어린이들이 수십 명이나 마중을 나와서, 손과, 치마꼬리에 매어달리며 어찌나 반가워서 날뛰는지 눈물이 자꾸만 쏟아지는 것을 간신히 참았어요. 더구나 계집아이들은 거의 십 리나 되는 산길을 날마다 두 번씩이나 나와서, 자동차 오기를 까맣게 기다리다가 '우리 선생님 아주 도망 갔다' 고 홀짝홀짝 울면서 돌아가기를 사흘 동안이나 하였다고 합니다. 이 세상에서 어느 누가 그다지도 안타까이 저를 기다려줄 사람이 있겠습니까. 이 변변치 못한 채영신이를 그다지도 따뜻이 품어줄 고장이 이 세계의 어느 구석에 있겠습니까?

나의 경애하는 동혁 씨!

이번 길에 저는 고향 하나를 더 얻었어요. '한곡리' 는 저의 제삼의 고향이 되고 말았어요. 저와 한평생 고락을 같이하기로 굳게굳게 맹세해두신 당신이 계시고 씩씩한 조선의 일꾼들이 있고 친형과 같이 친절히 굴어주던 건배 씨의 부인과 동네의 아낙네들이 살고 있는 곳이 어째서 저의 고향이 아니겠습니까? 저는 새로 얻어서 첫 정이 든 그 고향을 꿈에라도 잊지를 못하겠습니다. 애향가의 합창을──.

나에게 다만 한 분이신 동혁 씨!

나는 행복합니다. 인제는 외롭지도 않습니다. 큰덕미 나루터의 커다란 바윗덩이와 같이 변함이 없으실 당신의 사랑을 얻고 우리의 발길이 뻗치는 곳마다 넷째 다섯째의 고향이 생길 터이니 당신의 곁에 앉았을 때만큼이나 제 마음이 든든합니다. 저의 가슴은 오직 하나님께 대한 감사와 기쁨으로 충만합니다. 그러나 그와 동시에 이 몸의 책임이 더 한층 무거워

진 것을 깨닫습니다. '청석동'의 문화적 개척 사업을 나 혼자 도맡은 것만 하여도 이미 허리가 휘도록 짐이 무거운데요, 우리의 사랑을 완성할 때까지 불과 삼 년 동안에 그 기초를 완전히 닦아놓자면 그 앞길이 창창한 것 같습니다. 양식 떨어진 사람이 보릿고개를 넘기는 것만큼이나 까마득한 것 같습니다. 그러나 저는 그런 생각이 들 때마다, '우리들은 가난하고 힘은 아직 약하나 송백처럼 청청하고 바위처럼 버티네.'를 부르겠어요. 목청껏 부르겠어요!

나의 가장 경애하는 동혁 씨!

그러면 부—디 건강히 일 많이 하여주십시오. 그동안 밀린 일이 많고, 야학 시간이 되기도 전에 아이들이 몰려와서 오늘은 더 길게 쓰지 못하니, 이 편지보다 몇 곱절 긴 답장을 주십시오. 다른 회원들에게 안부 전해주시고, 건배 씨 내외분에게는 틈나는 대로 따로 쓰겠습니다.

×월 ××일
당신께도 하나뿐인 채영신 올림

2

영신은 어머니에게와 아버지가 혼인을 정해준 남자에게도 편지를 썼다. '앞으로 몇 해 동안 결혼문제 같은 것은 염두에도 두지 않겠고, 또는 이 뒤에라도 당신과는 이상이 맞지 않고 주의가 틀려서 억지로 결혼을 한대도 결단코 행복스러운 생활을 할 수가 없겠으니 이 편지를 보고는 아주 단념해주기를 바란다.'는 최후의 통첩을 띄웠다.

동혁이와 삼십 년 동안이라도 기다리겠다는 언약을 한 이상, 연애니 결혼이니 하는 번거로운 문제로 새삼스러이 머리를 썩일 시간도 없고 그렇다고 그대로 질질 끌어나가는 것은 여러 해를 두고 저를 유념해온 상대자에게 대해서 매우 미안하기도 하였던 것이다.

한 일주일 뒤에야 어머니에게서는

'진정으로 네 생각이 그렇다면 인력으로 못할 노릇이나, 딸자식 하나로 해서 이 어미는 죽어도 눈을 감지 못할 줄이나 알아다오.'
하는 대서 편지가 왔고, 금융조합에 다니는 남자에게서는

'얼마나 이상이 높고, 주의가 맞는 남자와 결혼을 해서, 이 세상 복록을 골고루 누리며 사나 두고 보자. 아무튼 조만간 직접 만나서 최후의 담판을 할 테니 그런 줄 알라.'
는 저주呪咀 비슷한 회답이 왔다. 그 사람이야 다시 오건 말건, 영신은 남이 억지로 지워준 무거운 짐을 벗어버린 것만큼이나 마음이 거뜬하였다.

'자— 인젠 일이다! 일을 하는 것밖에 없다! 앞으로 삼 년이란 세월을 지루하지 않게 보내기 위해서라도 힘껏 정성껏 일을 하는 수밖에 없다.'
하고 제 몸을 스스로 채찍질하였다. 일주일 동안 '한곡리'에서 받은 자극도 컸거니와, 동혁이와 약혼을 한 것으로 말미암아, 여간 큰 충동을 일으킨 것이 아니다. 그래서 '청석골'로 돌아온 뒤에도, 며칠 동안은 일이 손에 잡히지를 않고, 그때까지도 흥분이 가라앉지를 않았다. 그러나 그 반면으로 건강은 아주 회복이 되어서, 먼동이 훤—하게 틀 때에 일어나, 기도회에 참례를 하고, 낮에는 학원을 지을 기부금을 모집하러 몇 십 리 밖까지 다니거나, 그렇지 않으면 부인친목계의 계원들과 같이 발을 벗고 들어서서 원두밭을 매고 풀을 뽑고 하다가 저녁을 먹고 나면 그 자리에 쓰러지고 싶은 것을 간신히 참고 예배당으로 가야 한다. 가서는 서너 시간이나 아이들과 아귀다툼을 해가면서 글을 가르치고 나오면 다리가 굳어오르는 것 같고 고개를 꼬을 힘까지 빠져서 길가의 잔디밭만 보아도 턱 누워버리고 싶은 것을 간신히 참았다. 사숙하는 집까지 와서는 자리도 펼 사이가 없이 곯아떨어진다. 그렇건만, 아침에 벌떡 일어나서 냉수에 세수를 하고 나면 새로운 용기가 솟는다. 아침마다 제시간

이 되면 동혁이가 부는 나팔 소리가 바람결에 들려오는 것 같아서 더 좀 누워 있을래야 누워 있을 수가 없었다.

아이들까지 놀 새가 없는 농번기가 닥쳐왔건만 강습소의 아이들은 나날이 늘어 오 리 밖 십 리 밖에서까지 밥을 싸가지고 다니고 기부금이 단돈 몇 원씩이라도 늘어가는 것과 친목계의 계원들도 지도하는 대로 한몸뚱이가 되어 한 사람도 마실을 다니거나 버정거리는96 사람이 없이 닭을 기르고 누에를 치고 또는 베를 짠다.

영신은 그러한 재미에 극도로 피곤하건만 몸이 괴로운 줄을 모르고 하루 이틀을 보냈다. 사업이 날로 늘어가고 모—든 성적이 뜻밖으로 좋아질수록 끼니때를 잊을 적도 있고 심지어 며칠씩 머리도 빗지 못하기가 예사였다.

그러나 틈이 빠끔하게 나기만 하면 동혁의 환영幻影에게 정신이 사로잡히는 것은 어찌할 수 없는 일이었다. 그 바닷가의 기울어가는 달밤—모래 위에 그 육중한 몸뚱이를 몸부림치며 사랑을 고백하던 동혁이—온 몸뚱이가 액체로 녹을 듯이 힘차게 끌어안던 두 팔의 힘— 숨이 턱턱 막히던 불같은 키스—.

영신은 그 장면이 머릿속에 떠오르기만 해도 가슴이 설레고 얼굴이 화끈화끈 달았다. 그날 밤 그 하늘에 떴던 달이나 별들밖에는 그 장면을 본 사람이 없으니 아무도 두 사람의 마음속의 비밀을 알 리 없건만 그래도 동혁의 생각이 불현듯이 나서 멀리 남녘 하늘의 구름을 바라다보고 섰을 때에는 곁에 있는 사람이 제 속을 뚫고 들여다보는 것 같아서 머리가 저절로 수그러들기도 여러 번 하였다.

동혁에게서 꼭꼭 일주일에 한 번씩 편지가 왔다. 사연은 간단한데 여전히 보고 싶다든지, 그립다든지 하는 말은 한마디도 없고, 다만 영신의 건강을 축수하는 것과 새로 계획하는 일이나 방금 실지로 해나가는 일이 어떻다는 것만은 문체도 보지 않고 굵다란 글씨로 적어 보내는 것뿐이었다. 그러나 영신은 그 편지를 틈틈이 꺼내 보는 것, 오직 그것만이 큰 위안거리였다.

3

그동안 영신의 수입이라고는 경성연합회에서, 백현경의 손을 거쳐 생활비 겸 사업을 보조하는 의미로 다달이 삼십 원씩 보내주는 것밖에 없었다. 원재 어머니라는, 젊어서 홀로 된 교인의 집 건넌방에 들어서 밥값 팔 원만 내면 방세는 따로 내지 않았다. 옷이라고는 그곳 여자들과 똑같은 보병것[97]을 입고, 겨울이면 학생시대에 입던 헌 털 재킷 하나가 유일한 방한구인데, 구두도 아니 신고 고무신을 끌고 다니니, 통신비, 신문·잡지 대금 해서 십여 원만 가지면 저 한몸은 빠듯이 먹고 지낼 수가 있었다. 그래서 나머지 이십 원도 못 되는 돈으로 이태 전부터 강습소와 그 밖에 모든 경비를 써온 것이다. 월사금을 한 푼이라도 받기는커녕, 그중에도 어려운 아이들의 교과서와 연필, 공책까지도 당해주고, 심지어 넝마가 다 된 옷을 입고 다니는 것을 보면, 장에 가서 옷감까지 끊어다가 소문 안 나게 해 입힌 것이 한두 벌이 아니었다. 더구나 아이들이 장난을 하다가 다치거나 배탈이 나든지 하면 으레 '선생님'을 부르며 달려오고, 나중에는 동리 사람들까지 영신을 무슨 고명한 의사로 아는지

"채선생님, 제 둘째 새끼가 복학[98]을 앓는뎁쇼, 신효한 약이 없습니까?"

하고 찾아와서 손길을 마주 부비는 사람에

"아이구 우리 딸년이 관격[99]이 돼서 자반뒤집기를 하는데, 제발 적

선에 어떻게 좀 살려줍쇼."

하고 발을 동동 구르는 얼굴도 모르는 여편네에, 낫[鎌]으로 손가락을 베인 머슴이 도끼로 발등을 찍힌 나무꾼 할 것 없이 급하면 채선생을 찾아온다. 영신은

"이건 내가 성이 '채' 가니까 옛날 채동지가 여자로 태난 줄 아우?"

하고 어이가 없어서 웃을 때도 있었다. 그러면서도 그네들을 하나도 그대로 돌려보낼 수가 없어서 내복약도 주고 겉으로 치료도 해주었다. 그러니 그 시간과 비용도 적지 않다. 붕대, 소독약, 옥도정기, 금계랍100, 붕산연고 할 것 없이 근자에는 한 달에 약품값만 거진 십 원씩이나 들었다. 그래도 오히려 모자라는데 그네들은 채선생이 병만 잘 고칠 줄 아는 것뿐 아니라 화수분이나 가진 것처럼 돈도 뒷구멍으로 적지 아니 버는 줄 아는 모양이다.

보통 사람은 불러다 볼 생의도 못 하는 공의가 그나마 사십 리 밖 읍내에 겨우 한 사람이 있고 장거리에 의생이 두어 사람 있다고는 하나 옛날처럼 교군101이나 보내야 온다니 이 근처 백성들은 무료로 치료를 해주는 채선생을 찾아올 수밖에 없는 것이다. 그래서 영신의 방이 어떤 때는 진찰실이 되고 어떤 때는 벽장 속이 양약국의 약장 같았다. 나날이 명망이 높아가는 채의사(?)는 병을 고쳐주는 데까지 재미가 나서 빚을 얻어가면서라도 급한 때 쓰는 약을 떨어트리지 않으려고 애를 썼다. 아메바성 이질로 죽어가던 사람이 '에메틴' 주사 한 대로 뒤가 막히고 가슴앓이로 펄펄 뛰던 사람이 '판토폰' 한 대에 진정이 되는 것은 여간 신기하지가 않았다. 그래서 자연히 통속적인 의학과 임상臨床에 관한 서책도 보게 되고 실지로 의사의 경험도 쌓게 된 것이다. 그래서

'나는 하나님이 이 동리에 특파하신 사도使徒다!'

하는 자존심과 자랑까지도 갖게 되었다. 그러나 수술을 해야 할 환자를

상록수

130

몇 십 리 밖에서 업고 오고 심지어 보기에도 더럽고 지겨운 화류병 환자까지 와서 치료를 해달라고 엎드려 손이 발이 되도록 비는 데는 진땀이 났다. 그네들이 거절을 당하고 원망스러운 표정으로 돌아가는 것을 볼 때

'왜 내가 정작 의술을 배우지 못했던가.'
하고 탄식을 할 때도 많았고, 동시에

'의료 기관 하나 만들어놓지를 않고, 세금을 받아다간 뭣에다 쓰는 거야. 의사란 놈들이 있대두 그저 돈에만 눈들이 번하지.'
하고 몹시 분개하기도 한두 번이 아니었다. 그뿐 아니라, 영신은 이따금 재판장 노릇까지도 하게 된다. 아이들끼리 재그락거리는 싸움은 달래고 타이르고 하면 평정이 되지만, 어른들의 싸움 그중에도 내외 싸움까지 판결을 내려달라는 데는 기가 탁 막힐 노릇이었다.

어느 비 오는 날은 딱정 떼로 유명한 억쇠 어머니가 집에서 양주가 머리가 터지도록 싸우다가 영감쟁이의 멱살을 추켜 쥐고, 영감쟁이는 마누라의 머리채를 꺼두르며[102], 씨근벌덕거리고 와서는

"아이고 사람 죽겠네. 채선생님 이 경칠 놈의 영감을 어떡하면 투전을 못허게 맨듭니까? 술 못 먹게 하는 약은 없습니까?"
하면, 영감쟁이는 만경이 된[103] 눈을 희번덕거리며

"아이구, 이 육실할 년 버르장이를 좀 가르쳐줍쇼."
하고 비가 줄줄 쏟아지는 진흙마당에서 서로 껴안고 뒹굴며 한바탕 엎치락뒤치락하다가 버럭버럭 대드는 바람에, 영신은 어쩔 줄을 모르고 구경만 하다가, 고만 뒷문으로 빠져서 예배당으로 도망을 한 일마저 있었다.

4

한편으로 글을 배우러 오는 아이들은 거진 날마다 늘었다. 양철 지붕에 송판으로 지은 조그만 예배당은 수리를 못해서 벽이 떨어지고 비만 오면 천장이 새는데 선머슴 아이들이 뛰고 구르고 하여서 마루청까지 서너 군데나 빠졌다. 그것을 볼 때마다 늙은 장로는

"흥 경비는 날 곳이 없는데 너희들이 예배당을 아주 헐어내는구나. 강습이구 뭐구 인전 넌덜머리가 난다."

하고 허옇게 센 머리를 내둘렀다. 더구나 새로 글을 깨친 아이들이, 어느 틈에 분필과 연필로 예배당 안팎에다가 괴발개발 글씨도 쓰고 지저분하게 환도 친다[104]. "신통이 개자식이라", "간난이는 오줌을 쌌다더라" 하고 제 동무의 욕을 쓰기도 하고 심지어 십자가를 새긴 강당 정면에다가, 나쁜 그림까지 몰래 그려놓기도 하여서 그런 낙서를 볼 때마다 장로와 전도사는 상을 찌푸린다.

영신은 여간 미안하지가 않아서 하루도 몇 번씩 그런 짓을 하지 말라고 입이 아프도록 타일렀다. 그러나 속으로는 제가 진땀을 흘리며 가르친 아이들이, 하나 둘씩 글눈을 떠가는 것이 여간 대견하지 않았다. 비록 나쁜 그림을 그리고, 욕을 쓸망정 그것이 여간 신통하지가 않아서

"장로님, 저희두 따로 집을 짓구 나갈 테니, 올 가을꺼정만 참어주서요."

하고 몇 번이나 용서를 빌었다. 그러면 변덕스러운 장로는 대머리를 어루만지며,

"원 채선생, 별말씀을 다 하는구려. 다 하나님의 뜻대로 되겠지요. 그게 조옴 거룩한 사업이오."

하고 얼더듬는다. 그럴수록 영신은, 사글세집에 들어 있는 것만큼이

나 불안스러워서, 하루바삐 집을 짓고 나가려고 아니 해보는 궁리가
없었다.

그러나 원체 가난한 동리인데다가, 그나마 돈이 한창 마른 때, 기부
금은 적어논 액수의 십분의 일도 걷히지를 않고, 친목계원들이 춘잠[105]
을 쳐서 한 간치에 열서너 말씩이나 땄건만, 고치금이 사뭇 떨어져서 예
산한 금액까지 되려면 어림도 없다. 닭도 집집마다 개량식으로 쳤지만,
모이를 사서 먹인 것과 '레그혼' 같은 서양 종자의 어미닭값을 따지고
보면 계란값과 비겨 떨어진다.

그러니 줄잡아도 오륙백 원이나 들여야 할 학원을 지을 엄두가 나지
를 않았다. 영신이가 하도 집을 짓지 못해서 성화를 하니까, 다른 회원
들은

"급히 먹는 밥이 체한다우. 우리 선생님두 성미가 퍽 급하셔."
하고 위로하듯 하기도 한두 번이 아니었다. 그럴수록 아이들은 한꺼번
에 대여섯 명, 어떤 때는 여남은 명씩 부쩍부쩍는다. 보통학교가 시오
리 밖이나 되는 데 있고, 간이簡易학교라고 새로 생긴 것도 장터에 있으
니, 배움에 목마른 아이들은, 등잔불로 날아드는 나비처럼 청석골로만
모여들 수밖에 없는 형세다. 요새 들어온 아이들까지 합하면, 거의 백
삼십여 명이나 된다.

그러나 장소가 좁다는 이유로 한 아이도 더 수용할 수 없다고, 오는
애를 쫓을 수는 없다. 영신은

"아무나 오게. 아무나 오게."
하는 찬송가 구절을 입속으로 부르며

"오냐, 예배당이 터지도록 모여 오너라. 여름만 되면 나무 그늘도 좋
고, 달밤이면 등불도 일 없다."
하고 들어오는 대로 받아서, 그곳 보통학교를 졸업한 젊은 사람들의 응원

을 받아, 남자와 여자와 초급과 상급으로 반을 나누어 가르치기 시작하였다. 영신을 숭배하고 일을 도와주는 순진한 청년이 서너 명이나 되지만 그중에도 주인집의 외아들인 '원재'는 영신의 말이라면 절대로 복종을 하는 심복이었다. 같은 집에 살기도 하지만, 상급학교에는 가지 못하는 처지라 새새 틈틈이 영신에게서 중등학과를 배우는 진실한 청년이다.

가뜩이나 후락한 예배당 안은 콩나물을 기르는 것처럼 아이들로 빡빡하다. 선생이 부비고 드나들 틈이 없을 만큼 꼭꼭 찼다. 아랫반에서

'가' 자에 ㄱ하면 '각' 하고.
'나' 자에 ㄴ하면 '난' 하고.

하면서 다리도 못 뻗고 들어앉은 아이들은 고개를 반짝 들고 칠판을 쳐다보면서 제비 주둥이 같은 입을 일제히 벌렸다 오므렸다 한다. 그러면 윗반에서는 『농민독본』을 펴놓고

잠자는 자 잠을 깨고
눈먼 자 눈을 떠라.
부지런히 일을 하여
살 길을 닦아보세.

하며 목청이 찢어져라고 선생의 입내를 낸다. 그 소리를 가까이 들으면 귀가 따갑도록 시끄럽지만 멀리 축동 밖에서 들을 때,
"아아, 너희들이 인제야 눈을 떠가는구나!"
하며 영신은 어깨춤이 저절로 났다.

그러다가 어느 날 저녁때였다. 영신의 신변을 노상 주목하고 다니던 순사가 나와서 다짜고짜

"주임이 사이상[106]을 보자는데 내일 아침까지 주재소로 출두를 하시오."
하고 한마디를 이르고는 말대답을 들을 사이도 없이 자전거를 되짚어
타고 가버렸다.

5

'무슨 일로 호출을 할까?'

'강습소 기부금은 오백 원까지 모집을 해도 좋다고 허가를 해주지
않았는가?'

영신은 일이 손에 잡히지 않았다. 웬만한 일 같으면 출장 나온 순사
에게 통지만 해도 고만일 텐데, 일부러 몇 십 리 밖에서 호출까지 하는
것은 무슨 까닭이 붙은 일인지 도무지 알 수가 없었다.

영신이가 처음 내려오던 해부터 이 일 저 일에 줄곧 간섭을 받아왔었
지만, 강습소 일이나 부인친목계며 그 밖에 하는 일을 잘 양해를 시켜
오던 터이라, 더욱 의심이 나지 않을 수 없었다.

별별 생각이 다 나서, 영신은 그날 밤 잠을 잘 자지 못하고, 이튿날
새벽밥을 지어달래서 먹고는 길을 떠났다. 이십 리는 평탄한 신작로지
만 나머지는 고개를 넘느라고 발이 부르트고, 속옷은 땀에 젖었다.

……영신과 주재소 주임 사이에 주고받은 대화나 그 밖의 이야기는
기록하지 않는다. 그러나 호출한 요령만 따서 말하면

"첫째는 예배당이 좁고 후락해서 위험하니 아동을 팔십 명 이외에는
한 사람도 더 받지 말라는 것과, 둘째는 기부금을 내라고 돌아다니며
너무 강제 비슷이 청하면 법률에 저촉이 된다."

는 것을 단단히 주의하는 것이었다. 영신은 여러 가지로 변명도 하고
오는 아이들을 아니 받을 수는 없다고 사정사정하였으나

"상부의 명령이니까, 말을 듣지 아니하면 강습소를 폐쇄시키겠다."

고 을러메어서, 영신은 하는 수 없이 머리를 숙이고 주재소 문밖을 나왔다.

그는 아픈 다리를 간신히 끌고 돌아와서, 저녁도 아니 먹고 그날 밤을 꼬박이 새우다시피 하였다.

"참자, 이보다 더한 것도 참아왔는데, 이만한 일이야 참지 못하랴."

하면서도 좀 더 시원하게 들여대지를 못하고 온 것이 종시 분하였다. 그러나 혈기를 참지 못하고 머물렀다가는, 제한 받은 수효의 아이들마저 가르치지 못하게 될 것을 생각하고, 꿀꺽 참았던 것이다. 아무튼 어길 수 없는 명령이매, 내일부터 백삼십여 명 중에서 팔십 명만 남기고 오십여 명을 쫓아내야 한다. 저의 손으로 쫓아내야만 한다.

"난 못하겠다! 차라리 예배당 문에 못질을 하는 한이 있더래도 내 손으로 차마 그 노릇은 못하겠다!"

하고 영신은 부르짖으며, 방바닥에 가 쓰러져버렸다. 한참동안이나 엎치락뒤치락하며 홀로 고민을 하였다.

그는 불을 끄고 이불을 뒤집어쓰고 누웠다. 그러나 이제까지 갖은 고생과 온갖 곤욕을 당해가면서 공들여 쌓은 탑을, 그 밑동부터 제 손으로 허물어트릴 수는 없다. '청석골' 와서 몇 가지 시작한 사업 중에 가장 의미 깊고 성적이 좋은 강습소를 중도에서 손을 뗄 수는 도저히 없다.

"어떡하면 나머지 오십 명을 돌려보낼꼬?"

"이제까지 두말없이 가르쳐오다가 별안간 무슨 핑계로 가르칠 수가 없다고 한단 말인가?"

거짓말을 하기는 죽어라고 싫건만 무어라고 꾸며대지 않을 수도 없는 사세다. 아무리 곰곰 생각해보아도 묘책이 나서지를 않아서 그는 하룻밤을 하얗게 밝혔다.

창밖에 새벽별이 차차 빛을 잃어갈 때 영신은 소세를 하고 나와서 예배당으로 올라갔다. 땅 위의 모든 것이 아직도 단꿈에서 깨지 않아 천지는 함께 괴괴하다.

영신은 이슬이 축축이 내린 예배당 층계에 엎드려 경건한 마음으로 기도를 올렸다.

'주여! 당신의 뜻으로 이곳에 모여든 귀엽고 사랑스러운 어린 양들이 오늘은 그 삼분의 일이나 목자를 잃게 되었습니다. 다시 어둠 속에서 헤매일 수밖에 없이 되었습니다!

주여! 그 가엾은 무리에게 낙망을 주지 마옵시고 하나도 버리지 마시고 다시금 새롭고 광명을 받을 기회를 내려주시옵소서. 하루바삐 내려주시옵소서!

오오 주여, 저의 가슴은 지금 미어질 듯합니다!'

영신은 햇볕이 등 뒤를 비추며 떠오를 때까지 그 자리에 엎드린 채소리 없이 흐느껴 울었다.

6

월사금 육십 전을 못 내고 몇 달씩 밀어오다가 보통학교에서 쫓겨난 아이들이 그날도 두 명이나 식전에 일찍이 책보를 들고 그 학교의 모자표를 붙인 채 왔다.

"얘들아, 참 정말 안됐지만 인젠 앉을 데가 없어서 받을 수가 없으니 가을부터 오너라. 얼마 있으면 새 집을 커다랗게 지을 텐데 그때 꼭 불러주마 응."

하고 영신은 그 아이들의 이름을 적고는 등을 어루만져주며 간신히 돌려보냈다. 그리고는 다른 아이들이 오기 전에 예배당으로 들어갔다.

잠 한숨 자지를 못해서 머리가 무겁고 눈이 빡빡한데 교실 한복판에 가서 한참동안이나 실신한 사람처럼 우두커니 섰자니 어찔어찔하고 현기증이 나서 이마를 짚고 있다가 다리를 허청 떼어놓으며 칠판 앞으로 갔다.

그는 분필을 집어가지고 교단 앞에서 삼분의 일가량 되는 데까지 와서는 동편 쪽 끝에서부터 서편 쪽 창 밑까지 한 일자로 금을 주욱 그었다. 그리고 아이들이 오는 것을 기다렸다가 예배당 문을 반쪽만 열었다. 아이들은 여느 때와 조금도 다름이 없이 재깔거리며 앞을 다투어 우르르 몰려 들어온다.

영신은 잠자코 맨 먼저 온 아이부터 하나씩 둘씩 차례차례로 분필로 그어논 금 안으로 앉혔다.

어느덧 금 안에는 제한 받은 팔십 명이 찼다.

"나중에 온 아이들은 이 금 밖으로 나가 앉아요. 떠들지들 말구."

선생의 명령에 늦게 온 아이들은, 영문도 모르고

'오늘은 왜 이러나.'

하는 표정으로 선생의 눈치를 할끔할끔 보며, 금 밖에 가서 쪼그리고 앉는다.

아이들에게 제비를 뽑힐 수도 없고 하급생이라고 마구 몰아내는 것도 공평치가 못할 듯해서 영신은 생각다 못해 나중에 오는 아이들을 돌려보내려는 것이다. 나중에 왔다고 해도 시간으로 보면 불과 십 분 내외의 차이밖에 나지 않지만 그렇게 하는 도리 이외에 아무 상책이 없었던 것이다.

영신은 아이들을 다 들여앉힌 뒤에 원재와 다른 청년들에게, 그제야 그 사정을 귀띔해주었다. 그런 소문이 미리 나면 일이 더 복잡해질 것을 염려하였기 때문이다.

그 말을 듣는 청년들의 얼굴빛은 금세 흙빛으로 변하였다.

"암말두 말구 나 하라는 대로만 장내를 잘 정돈해줘요. 자세한 얘긴 이따가 할게……."

청년들은 영신을 절대로 신임하는 터이라 입술을 지그시 깨물고 침통한 표정을 지을 뿐이다.

영신은 찬찬히 교단 위에 올라섰다. 그 얼굴빛은 현기증이 나서 금방 쓰러지려는 사람처럼 해쓱해졌다. 아이들은

'선생님이 무슨 말을 하시려고 저러나.'

하고 저희들 깐에도 보통 때는 그 기색이 다른 것을 살피고는, 기침 하나 아니하고 영신을 쳐다본다.

영신은 입술만 떨며 얼른 말을 꺼내지 못하고 섰다. 사제 간의 정을 한칼로 베어내는 것 같은 마룻바닥에 그어논 금을 내려다보고, 그 금 밖에 오십여 명 학생이 옹기종기 모여 앉아서, 무슨 무서운 선고나 내리기를 기다리는 듯한 그 천진한 얼굴들을 바라볼 때, 영신은 눈두덩이 뜨끈해지며 목이 막혀서 말을 꺼낼 수가 없다. 한참만에야 그는 용기를 내었다. 그러다가 풀이 죽은 목소리로

"여러 학생들 조용히 들어요. 오늘은 선생님이 차마 하기 어려운 섭섭한 말을 할 텐데……."

하고 나서 다시 주저하다가

"저…… 금 밖에 앉은 아이들은, 오늘부터 공부를…… 시킬 수가…… 없게 됐어요."

한다. 청천의 벽력은 무심한 어린이들의 머리 위에 떨어졌다. 깜박깜박하고 선생을 쳐다보던 수없는 눈들은 모두 꽈리처럼 똥그래졌다.

"왜요? 선생님, 왜 글을 안 가르쳐주신대유?"

그중에 머리가 좀 굵은 아이가 발딱 일어나며 질문을 한다.

영신은 순순히 타이르듯이 "집이 좁아서 팔십 명밖에는 더 가르칠 수가 없게 되었다는 것과, 올 가을에 새 집을 지으면 꼭 잊어버리지 않고, 한 사람도 빼놓지 않고 불러주마"고 빌다시피 하였다.

"그럼 입때꺼정은 이 좁은 데서 어떻게 아르켜주셨시유?"

이번엔 제법 목소리가 패인 남학생의 질문이 들어왔다. 영신은 화살에 나 맞은 듯이 가슴 한복판이 뜨끔하였다. 그 말대답을 못하고 머리가 핑 내둘려서, 이마를 짚고 섰는데, 금 밖에 앉았던 아이들은 하나 둘, 앉은 채 엉금엉금 기어서, 혹은 살금살금 뭉치면서 금 안으로 밀려들어오더니

"선생님! 선생님!"

하고 연거푸 부르더니, 와르르 교단 위까지 뛰어 올라온다.

영신은 오십여 명이나 되는 아이들에게 에워싸였다.

7

"선생님!"

"선생님!"

"전 벌써 왔에요."

"뒷간에 갔다가 죄금 늦게 왔는데요."

"선생님, 난 막동이보다도 먼첨 온 걸, 저 차순이도 봤에요."

"선생님, 낼부터 일쯕 오께요. 선생님보다도 일쯕 오께요."

"선생님, 저 좀 보세요, 절 좀 보세요. 인전 아침도 안 먹고 오께, 가라구 그러지 마세요. 네네."

아이들은 엎드러지며 고꾸라지며 앞을 다투어 교단 위로 올라와서, 등을 밀려 넘어지는 아이에, 발등을 밟히고 우는 아이에, 가뜩이나 머리가 히―잉한 영신은 정신이 아찔아찔해서, 강도상 모서리를 잡고 간

신히 서 있다. 제 몸뚱이로 서 있는 것이 아니라, 아이들에게 포위를 당해서, 쓰러지려는 몸이 억지로 떠받들려 있는 것이다.

"선생님!"

"선생님!"

아이들의 안타까운 부르짖음은 귀가 따갑도록 끊이지 않는다. 그래도 영신은 눈을 내리감고, 아랫입술을 지그시 깨물 뿐…….

"내려들 가!"

"어서 내려들 가거라!"

"말 안 들으면 모두 내쫓을 테다."

하면서 영신을 도와주는 청년들이, 아이들을 끌어내리고 교편을 들고 을러메건만, 그래도 아이들은 울며불며, 영신의 몸에 가 찰거머리처럼 달라붙어서 죽기 기 쓰고 떨어지지를 않는다.

영신의 저고리는 수세미가 되고 치마 주름까지 주루루 뜯어졌다. 어떤 계집애는 다리에 가 깍지를 끼고 엎드려서 꼼짝을 못하게 한다.

영신은 뜯어진 치마폭을 훱싸 쥐고 그제야

"놔라, 놔! 얘들아, 저리들 좀 가 있어. 온 숨이 막혀서 죽겠구나!"

하고 몸을 뒤틀며 손과 팔에 매달린 아이들을 가만히 뿌리쳤다. 아이들은 한 번 떨어졌다가도 혹시나 제가 빠질까 하고 다시 극성스레 달려든다.

이 광경을 본 교회의 직원들이 들어와서 강제로 금 밖에 앉았던 아이들을 예배당 밖으로 내몰았다.

사내아이 계집아이 할 것 없이 어머니의 젖을 억지로 떨어진 것처럼 눈이 빨개지도록 훌쩍훌쩍 울면서 또는 흑흑 흐느끼면서 쫓겨나갔다.

장로는 대머리를 번득이며 쫓아나가서 예배당 바깥문을 걸고 빗장까지 질렀다. 아이들이 소동을 해서 시끄러워 골치도 아프거니와, 경찰의 명령을 듣지 않다가는, 교회의 책임자인 자기의 신변에 불똥이 튈까보아, 적지 아니 겁이 났던 것이다.

아이들의 등 뒤에서 입술을 깨물고, 이 정경을 바라다보던 영신은 참았던 눈물이 주르르 흘러내렸다. 영신은 그 눈물을 아이들에게 보이지 않으려고, 소매로 얼굴을 가리며 돌아섰다. 한참이나 진정을 하고 나서는, 저희들 깐에도 동무들을 내쫓고 공부를 하게 된 것이 미안쩍은 듯이 머리를 떨어뜨리고 앉은 나머지 여든 명을 정돈시켜놓고, 차마 내키지 않는 걸음걸이로 칠판 앞으로 갔다.

그는 새 과정을 가르칠 경황이 없어서,

"오늘은 우리 복습을 하자."

하고 교과서로 쓰는 『농민독본』을 펴 들었다. 글자 모으는 법을 배운 것을 독본에 있는 대로

"누구든지 학교로 오너라."

"배우고야 무슨 일이든지 한다."

하고 풀이 죽은 목소리로 외기를 시작한다.

영신은 그 생기 없는 아이들의 목소리가 듣기 싫은데, 든 사람은 몰라도 난 사람은 안다고 이가 빠진 듯이 띄엄띄엄 벌려 앉은 교실 한 귀퉁이가 휑언한 것을 보지 않으려고 유리창 밖으로 눈을 돌렸다.

창밖을 내다보던 영신은 다시금 콧마루가 시큰해졌다. 예배당을 에두른 야트막한 담에는 쫓겨나간 아이들이 머리만 내밀고 조옥 매달려서 담 안을 넘겨다보고 있지 않은가. 고목이 된 뽕나무 가지에 닥지닥지 열린 것은 틀림없는 사람의 열매다. 그중에도 키가 작은 계집애들은 나무에도 기어오르지를 못하고, 땅바닥에 가 주저앉아서 훌짝거리고 울기만 한다.

영신은 창문을 말끔 열어젖혔다. 그리고 청년들과 함께 칠판을 떼어, 담 밖에서도 볼 수 있는 창 앞턱에다가 버티어놓고 아래와 같이 커다랗

게 썼다.

"누구든지 학교로 오너라."

"배우고야 무슨 일이든지 한다."

나무에 오르고 담장에 매달린 아이들은 일제히 입을 열어, 목구멍이 찢어져라고 그 독본의 구절을 바라다보고 읽는다. 바락바락 지르는 그 소리는 글을 외는 것이 아니라, 어찌 들으면 누구에게 발악을 하는 것 같다.

8

그러한 상태로 얼마동안 지냈다. 그래도 쫓겨나간 아이들은 날마다 제시간에 와서 담을 넘겨다보며 땅바닥에 엎드려 손가락이나 막대기로 글씨를 익히며 흩어질 줄 모른다. 주학과 야학으로 가르고는 싶으나 저녁에는 부인 야학이 있어서 번차례로 가르칠 수도 없었다.

"집을 지어야겠다. 무슨 짓을 해서든지 하루바삐 학원을 짓고 나가야겠다!"

영신의 결심은 나날이 굳어갔다. 그러나 그 결심만으로는 일이 되지 못하였다. 그는 원재와 교회 일을 보는 청년들에게 임시로, 강습하는 일을 맡기고는 청석학원 기성회 회원 방명부靑石學院 期成會 會員 芳名簿를 꾸며가지고 다시 돈을 청하러 나섰다. 짚신에 사내처럼 감발107을 하고는 오늘은 이 동리 내일은 저 동리로 산을 넘고 논길을 헤매며 단 십 전 이십 전씩이라도 기부금을 모으러 다녔다. 푹푹 찌는 삼복중에 인가도 없는 심산궁곡으로 헐떡거리며 돌아다니자면 목이 타는 듯이 조갈이 나는 때도 많았다. 논 귀퉁이 웅덩이에 흥건히 고인 물을 손으로 떠서 마시기도 하고 어떤 때는 긴긴 해에 점심을 굶어 시장기를 이기지 못하고 더운 김이 후끈후끈 끼치는 풀밭에 행려병자行旅病者와 같이 쓰러져서 정신을 잃은 때도 있었다. 촌가로 찾아 들어가면 보리밥 한술이야 얻어먹을 수가 없는 것은 아니건만 굶으면 굶었지 비렁뱅이처럼

"밥 한술 줍쇼."

하기까지는 자존심이 허락을 하지 않았던 것이다. 그러다가는 저녁까지 굶고 눈이 하가마가 되어서[108] 캄캄한 밤에 하늘의 별만 대중해서 방향을 잡고 오는 날도 건성드뭇하였다.

집에까지 죽기 기 쓰고 기어들어와 턱 눕는 것을 보면 원재 어머니는

"아이고 채선생님 이러다간 큰 병나시겠구려. 사람이 성하구서야 학원 집이구 뭣이구 짓지 온 가엾어라. 아주 초죽음이 되셨구려."

하고는 영신의 다리팔을 주물러주고, 더위를 먹었다고 영신환을 얻어다 먹이고 하였다.

그렇건만 기부금을 적은 명부를 펴보면 하루에 사십 전 오십 전 끽해야 이삼 원밖에는 적히지를 않았다. 원재 어머니는 이태동안이나 영신이와 한집에서 살고 밥을 해주는 동안에 글을 깨치고 쉬운 한문자까지도 알아보게 된 것이다. 그는 영신의 감화를 받아 교회의 권사 노릇까지 하게 되었고 영신이가 와서 발기한 부인친목계의 서기 겸 회계까지 보게 되었다. 그래서 영신과 정도 들었거니와 그를 천사와 같이 숭앙하고 친절을 다하는 터이다.

청석동 강습소가 폐쇄를 당할 뻔하였다는 것과 기부금을 모집하러 다닌다는 소식을 영신의 편지로 안 동혁은,

건강을 해치도록 너무 무리하게는 일을 하지 마십시다. 우리는 오늘만 살고 말 몸이 아니기 때문이외다. 그저 칡덩굴처럼 줄기차게 뻗어나가고 황소처럼 꾸준하게만 우리의 처녀지處女地를 갈며 나가면 끝나는 날이 있을 것입니다.

하고 몇 번이나 간곡히 건강을 주의하라는 편지가 왔다. 그러나 그러한 편지는 도리어 달리는 말에게 채찍질을 하는 듯, 영신으로 하여금 한층 더 용기를 돋우게 하고 분발케 하는 원동력이 되었다.

그는 생각다 못해서 기부금을 십 원이고 이십 원이고 적어놓고 이 핑계 저 핑계로 내지 않는 근처 동리의 밥술이나 먹는 사람들을 다시 한 번 찾아다녔다. 그중에도 번번이 짜고 면회를 하지 않는 한낭청이란 부잣집에는

'어디 누가 못 견디나 보자.'

하고 극성맞게 쫓아가서는 기어이 젊은 주인을 만나보고 급한 사정을 하였다. 그러나

"여보 이건 빚 졸리기보다 더 어렵구려. 글쎄 지금은 돈이 없다는데 바득바득 내라니, 그래 소 팔구 논 팔어서 기부금을 내란 말요? 온 우리집 자식들이 한 놈이나 강습손가 하는 델 댕기기나 허나."

하고 배를 내민다. 영신은 참다 못해서 속으로

'에—끼 제 배때기밖에 모르는 놈 같으니 그래도 술담배 사먹는 돈은 있겠지.'

하고 사랑마당에다 침을 탁 뱉고 돌아선 때도 있었다. 이래저래 영신은 근처 동리의 소위 재산가 계급에게는 인심을 몹시 잃었다.

"어디서 떠들어온 계집이 그 뻔새야. 기부금에 병풍상성[109]을 해서 쏘댕기니 온 나중엔 별꼴 다 보겠군."

하는 귀먹은 욕을 먹었다. 그와 동시에 주재소에서는 주의를 시켰는데도 또 기부금을 강청한다고 다시 말썽을 부리게 되었다.

불개미와 같이

1

청석골서 한 십 리쯤 되는 흑석리黑石里라는 동리에 그 근처서 제일 가는 부명을 듣는 그 한낭청 집에서는 주인 영감의 환갑잔치가 열렸다. 한낭청은 '한곡리'의 강도사 집보다 몇 곱절이나 큰 부자로 근처 동리를 호령하는 지주다.

"큰 소를 한 마리나 잡아 엎었다더라—"

"읍내에서 기생하고 광대를 불러다가 소리를 시키고 줄을 걸린다더라—"

인근 각처에 소문이 굉장히 퍼졌다. '청석골' 서도 그 집의 논을 하는 작인들은 물론, 갓을 빌려 쓰고 두루마기를 입은 늙은 축들이 십여 명이나 떼를 지어 구경을 갔다. 여편네들도, 풀을 세게 먹여서 버석거리는 치마를 뻗질러 입고, 그 뒤를 따랐다. 소를 통으로 잡아 엎고, 기생, 광대까지 놀린다는 것은, 이 궁벽한 시골서 구경거리에도 주린 그네들에게 있어서, 몇 십 년에 한 번 만날까 말까 한 좋은 기회이다.

"떵기덩 떵더쿵."

"릴리리 릴리리 쿵다쿵."

한낭청 집 널따란 사랑마당 큰 느티나무 밑에는 차일을 치고 마당 양
귀퉁이에는 작수[110]를 받치고 팔뚝 같은 굵은 참밧줄을 팽팽히 켕겨놓
았는데 갓을 삐딱하게 쓴 늙은 풍악잡이들이 북, 장구, 피리, 젓대, 깡
깡이 같은 제구를 갖추어 풍악을 잡히기 시작한다. 주인 영감이 큰 상
을 받은 것이다. 덧문을 추녀 끝에 치켜 달은 큰사랑 대청에는 군수의
대리로 온 서무주임 이하 면장, 주재소 주임, 금융조합 이사, 보통학교
교장 같은 양복쟁이 귀빈들은 물론 인아[111] 친척이 각처서 구름같이 모
여들어서 툇마루 끝까지 그득히 앉았다. 교자상이 몫몫이 나와서 주전
자를 든 아이들은 손님 사이를 간신히 부비고 다닌다. 읍내서 자동차로
사랑 놀음에 불려온 기생들은(기생이래야 요릿집으로 팔려온 작부지
만) 인조견 남치마에 무릎을 세고 앉아서 풍악에 맞추어

> 만수산 만수봉에 만년장수 있사온데, 그 물로 빚은 술을 만년 배에 가
> 득 부어, 이삼 배 잡으시오면 만수무강하오리다.

하고 권주가를 부른다.

주인의 오른편에서 노랑수염을 꼬아 올리고 앉았던 면장은

"사— 긴상 드시지요. 사— 이케다상……."

하고 커다란 은잔을 들어 주인과 주재소 수석에게 권한다. 십여 년이나
면장 노릇을 한 그는 한 획 가로 긋고 두 획 내려 그은 것이 '사ㅐ'인
줄도 모르건만 긴상 복상은 곧잘 부를 줄 안다. 달리 부를 수 있는 자리
에도 '상' 자를 붙이는 것이 고작 가는 존대가 되는 줄 아는 모양이다.

난홍이라고 부르는 기생은 잔대를 들고 노란 치잣물 같은 약주가 찰

찰 넘치는 잔을 들어 손들이 권하는 대로 주인 영감에게 받들어올린다. 한낭청은 반백이 된 수염을 좌우로 쓰다듬어 올리고, 그 술이 정말 불로장생의 선약이나 되는 듯이 높이 들어 쭈욱 들이마시곤 한다.

깍짓동[112]처럼 뚱뚱해서 두 볼의 군살이 혹처럼 너덜너덜하는 한낭청에게 버드나무 회초리 같은 계집들이 착착 부닐면서[113] 아양을 떠는 것도 한 구경거리다.

이윽고 풍류 소리와 함께 헌화하는 소리와 웃음소리가 일어난다. 술주전자를 들고 혹은 진안주 마른안주를 나르는 사내 하인과 계집 하인이 안중문으로 풀 방구리에 쥐 드나들 듯하는 동안에 주객이 함께 술이 취하였다.

아침부터 안대청에서 자녀질들이 헌수[114]하는 술을 마시고 거나하게 취해 나온 한낭청은, 사방 삼십 센티미터나 됨직한 얼굴이 당호박처럼 시뻘겋게 익었다. 그 얼굴에다가 조그만 감투를 동그마니 올려논 것이 족두리를 쓴 것 같아서, 기생들은 아까부터 저희끼리 눈짓을 해가며 낄낄대고 웃었다.

주인과 늙은 손들은 무릎장단을 치며 시조를 부르다가 서로 수염을 꺼두르며 기롱을 하기 시작하고, 체면을 차리고 도사리고 앉았던 면장까지 분을 횟박같이 뒤집어쓴 기생들의 뺨을 손등으로 어루만지며 음탕한 소리까지 하게 되었다.

"여봐라, 큰애 어디 갔느냐?"

한낭청은 위엄 있게 불렀다. 뒤처져온 손들의 주안상을 분별하던 큰아들이 올라와 두 손길을 마주 잡았다.

"여민동락與民同樂이라니 저 손들두 얼른 내다 먹여라. 취투룩 먹여. 오늘 내 집에 술이야 떨어지겠느냐."

하고는 뜰아래에 쭈그리고 앉고 혹은 멀찌감치 돌아서서 담배를 태우는, 늙은 작인들을 턱으로 가리키며 분부를 내렸다.

　머슴들은 바깥마당에다가 멍석을 쭉 폈다. 막걸리가 동이로 나오는
데 안에서는 고기 굽는 냄새가 코를 찌르건만, 그네들의 안주는 콩나물
에 북어와 두부를 썰어 넣고 멀겋게 끓인 지짐이와 시루떡 부스러기뿐
이다. 그러나 그것도 매방앗간[115]에 가 지난밤부터 진을 치고 있던, 장
타령꾼들이 수십 명이나 와르르 달려들어 아귀다툼을 해가며 음식을
집어 들고 달아났다.

　삼현[116] 육각[117]이 자진가락으로 영산회상靈山會上[118]을 아뢰고 광대
가 마악 줄을 타고 올라설 때였다. 구경꾼이 백결치듯 하는데, 거진오
륙십 명이나 됨직한, 올망졸망한 아이들이 여선생의 인솔로 큰 대문 안
으로 들어온다.

2

　그 여선생은 영신이었다. 학원을 지으려는 데만 열중한 그는, 그 전
날도 기부금을 거두려고 삼십 리 밖 장터까지 갔다가, 날이 저물어서,
그곳 교인의 집에서 묵고, 아침에 떠나서 오는 길에, 또 서너 집이나 들
르느라고 점심때도 겨워서 '흑석리' 동구 앞까지 당도하였다.

　'청석골' 서 아직도 담을 넘겨다보며 글을 배우고, 땅바닥에 글씨를
익히고 하던 아이들은, 점심들을 먹으러 가는 길에 채선생이 오는 것을
신작로에서 먼발치로 보고는

　"얘, 저―기 우리 선생님 오신다."

　한 아이가 외치자 여러 아이들은

　"선생님!"

　"선생님!"

하고 부르며 앞을 다투어 달려왔다. 여기저기로 흩어져가는 동무들까지 소리쳐 불러서, 어느 틈에 삼사십 명이나 영신을 둘러쌌다. 비록 하루 동안이라도 떠나 있다가, 타동에서 만나니까, 피차에 몇 달 만에 얼굴을 대하는 것만큼이나 반가웠다. 영신이가

"너희들은 먼저들 가거라. 난 저 기와집엘 댕겨 갈 테니……."

하고 떼치려니까, 이이들은

"나두 가유."

"선생님 우리두 갈 테유."

하고 뒤를 따른다. 영신은 그 집에 오늘 잔치가 벌어진 줄은 까맣게 몰랐건만, 어른들에게 말을 들은 아이들은, 선생님이 한부잣집 잔치에 청좌를 받고 가는 줄만 여기고, 속심으로는 음식을 얻어먹으려고 기를 쓰고 대서는 것이다.

한낭청은 체면에 못 이겨서, 또는 취중에 자기 손으로 기부금을 오십 원이나 적었었다. 그런 지가 벌써 돌이 돌아오건만, 요리조리 핑계를 하고 오늘날까지 한 푼도 내지를 않아서 요전번처럼 영신에게 창피까지 당하였었다.

오십 원짜리가 가장 큰 머리라, 영신은 그 돈으로 우선 재목이라도 잡아보려고, 십여 차나 그 집 문지방을 닳린 것인데, 근자에 와서는, 부자가 다 안으로 피하고 만나주지도 않을 뿐 아니라, 도의원道議員 후보자로 군내에 세력이 당당한 한낭청의 맏아들은 채영신이가 기부금을 강청해서 주민들의 비난하는 소리가 높다고 경찰서에 가서 귀를 불었기 때문에 영신이가 주재소까지 불려가서 설유[119]를 톡톡히 받았었고 강습하는 아동이 제한당한 것만 하더라도 그 여파徐波인 것이 틀림없었다. 그럴수록 영신은

'어디 누가 견디나 보자.'

150

하고 단단히 별러오던 터인데 가는 날이 장날이라고 하필 한낭청의 환갑날 또다시 찾아가게 된 것이다. 그 집에 잔치가 있어서, 동리 어른들도 많이 갔다는 말을 비로소 아이들에게 들은 영신은

'옳다구나 마침 잘 됐다. 오늘이야 설마 안 만나진 못하겠지.'

하고 아이들이 따라오는 것을 굳이 말리지는 않았다.

'여차직하면 만인 좌중에 그 돼지 같은 영감쟁이 고작[120]을 들었다 놓으리라.'

하고는 일종의 시위운동도 될 듯해서, 조무래기는 쫓아 보내고 머리 굵은 아이들을 이십 명가량만 추렸다. 그러나 큰 구경이나 빼놓고 가는 줄 알고

"나두. 나두."

하고 계집아이들까지 중간에서 행렬에 달라붙고 하여서 그럭저럭 오륙십 명이나 따라오게 된 것이다. 영신은

"너희들은 받아먹거나 싸갖고 가선 안 된다."

하고 단단히 단속을 하였다. 그러면서도 한낭청 집에 솟을대문이 바라보이는 큰 마당터까지 와서는

'칩칩하게 음식이나 얻어먹으러 애들까지 데리고 오는 줄이나 알지 않을까?'

'아무튼 그 집의 경삿날인데 우루루 몰려가는 건 체면상 좀 재미 적은 걸.'

하고 두 번 세 번 돌아설까 하고 망설였다.

'가뜩이나 나를 못 먹겠다는데 아주 상스런 여자나 흑작질꾼[121]으로 치부를 하면 어떡하나.'

하고 뒤를 사리려고 하다가

'계획적으로 하는 일이 아닌 담에야 내친걸음에 여기까지 왔다가 돌

아서는 것도 비겁하다.'

하고 용기를 돋아가지고 대문 안으로 들어섰던 것이다.

3

광대는 꽃부채를 펴들고 몸을 꼬느면서, 줄을 타고 앉았다 일어섰다
용춤을 추듯 하다가, 아래서 어릿광대가

"여봐라, 말 들어라."

하고 먹이면 줄 위의 광대는

"오―냐 말만 던져라."

하면서 재담을 주고받는다.

　　높은 산에 눈 날리듯
　　얕은 산에 재 날리듯
　　억수장마 비 퍼붓듯
　　대천바다 조수 밀듯

하고 이 댁에 돈과 곡식이 쏟아지고 밀려들라고 덕담을 늘어놓으면, 기
생들은 대청 위에서

　　얼씨구 좋다 절씨구
　　지화자 좋다 저리시구

하고 팔을 벌리고 어깨를 으쓱거리며, 아장아장 주인의 앞으로 대섰다
물러섰다 하면서, 덩실덩실 춤을 춘다.

　그 판에 영신의 일행은 사랑대문 안으로 들어갔다. 마당의 빈객들은

"이거 별안간 웬 아이들야?"

하고 서로 술 취한 얼굴을 돌려다보는데 줄 위에 오른 광대는 아이들이 발바닥 밑으로 우르르 달려드는 사품[122]에 깜짝 놀라서 하마터면 발을 헛딛고 떨어질 뻔하였다.

영신이도 잠시 어리둥절해서 당상당하를 둘러보다가 여러 사람의 눈총을 한몸에 받으면서 댓돌 아래로 다가섰다. 몹시 불쾌한 낯빛으로 '저 딱정떼가 또 뭘 하러 왔을까?' 하고 영신의 행동을 말없이 보고 섰던 도의원 후보자는 여러 사람 앞이라 주인의 체모를 차리느라고 영신의 앞으로 와서 형식적으로 머리를 숙여 보이며

"아 사이상이 어떻게 오셨습니까? 온 하두 정신이 쓰라려서 미처 청첩두 못했는데……."

하고 작은사랑 편으로 올라가라고 손바닥을 펴대며 안내를 한다. 영신은 될 수 있는 대로 공손히 예를 하고는

"네 고맙습니다. 올라가지 않아도 좋습니다."

하고 마주 굽실거리다가 큰 마루 위를 향해서 늙은 주인도 들으라는 듯이

"우리는 불청객이올시다. 그렇지만 오늘 같은 경사스러운 날에 멀지 않은 동리에 살면서 주인 영감께 축하의 말씀 한 마디도 아니 드릴 수가 없어서 오는 길에 아이들까지 이렇게 따라왔습니다."

하고 만취가 된 한낭청을 똑바로 쳐다본다. 늙은 주인은 정신이 몽롱한 중에도 영신을 알아본 듯 개개풀린 눈자위로 마당 그득히 들어선 아이들을 내려다보더니

"허—, 귀한 손님들이로군. 조것들꺼정 내 환갑날을 어떻게 알았던고."

하고 수염을 내려쓰다듬으며 매우 만족한 웃음을 웃고는

"큰애 게 있느냐?"

하고 위엄 있게 큰아들을 불러 세우더니, 아이들을 먹일 음식상을 차려 내오라고 명령한다.

"아니올시다. 우린 음식을 먹으려고 오질 않았습니다."

하고 영신은 손을 내저었다. 젊은 주인은 어쩐지 형세가 불온해서 속으로는 적지 아니 켕기건만,

"모처럼 이렇게 오셨는데 도무지 차린 게 변변치 않아서……."

하고 어름어름하다가 돌아서며

'저 숱한 애들을 뭘 다 논아 먹인담.'

하고 군소리를 하며 안으로 들어갔다.

마루 위의 손들이 파흥이 된 것을 불쾌히 여기는 눈치를 채고 한낭청은 기둥을 붙들고 일어서며

"아―니 광대 놈들은 뭘 하는 셈이냐?"

하고 소리를 지른다. 풍악 소리는 다시 일어나고 광대는 비실거리며 줄을 걷는다. 마당 가장자리에 족 둘러앉은 아이들은 광대가 줄을 타고 달리다가 뒷걸음을 쳤다가 하는 것을 정신없이 쳐다본다. 그중에도 계집애들은 간이 콩알만 해지는 듯

'에구머니 저러다 떨어지면 어쩌나.'

하고 아슬아슬해서 손에 땀을 쥔다. 영신이도 광대가 줄을 타는 것을 처음 보아서 그 편을 쳐다보고 섰는데 이 집의 머슴들은 장타령꾼과 머슴애들이 먹던 그릇을 말끔 몰아가지고 들어갔다.

조금 뒤에는 그 사발 대접을 부시지도 않고, 고명도 없는 밀국수에 장국 국물을 찔끔찔끔 쳐가지고 나와서는, 그나마 두세 명에 한 그릇씩 안긴다. 그것을 본 영신은 크나큰 모욕을 느껴 금세 눈에서 불이 나는 듯, 두 손으로 허리를 짚으며

"여보, 우린 그런 음식 안 먹소!"

하고 꾸짖듯 하고는 머슴들의 앞을 딱 가로막아 섰다.

4

어떤 아이는 일러준 말을 잊어버리고 국수 그릇에 손을 내밀다가, 옴 찔하고 선생의 눈치를 살핀다.

"아—니, 왜 이러시나요? 준비한 건 없지만, 온 주인 된 사람이 무안 하군요."

젊은 주인은 영신의 기색이 심상치 않은 것을 보고 얼더듬는다. 그 태도는 기부금을 못 내겠다고 버티는 때와는 딴판이다.

한편에서는 배불리 얻어먹은, 장타령꾼의 두목인 듯한 부대조각을 두른 자가, 안중문으로 들이대고 헛침을 튀튀 뱉더니

"얼씨구 들어왔네, 품 품 품바바. 작년에 왔던 각설이 죽지두 않구 또 왔소—. 냉수동이나 마셨느냐 시원시원 잘두 한다. 뜨물동이나 들이 켰나 걸직걸직 잘두 한다."

하고 곤댓짓[123]을 하니까, 머리를 충충 땋아 늘인 총각 녀석이 뒤를 대어

"에— 하늘 천자를 들구 봐, 자시에 생천하니 호호탕탕 하늘 천天, 축 시에 생시하니 만물창생 따— 지地."

하고 천자千字 뒤풀이를 청승맞게 한다.

광대는 줄에서 뛰어내려 땅재주를 훌떡훌떡 넘다가

"사부댁 존전에 그저 처분만 바랍니다."

하고 댓돌 위로 홍선[124]을 펴들고 기생들에게 눈짓을 슬쩍 한다. 기생 들은 그 눈치를 약빨리 채고

"아이고 영가암, 몇 장 처분해줍쇼 그려."

하고 화롯가에 붙인 촛가락처럼, 이리 곤드라지고 저리 곤드라지는 양복쟁이들의 옆구리를 찌른다. 그것을 본 한낭청은

"옜다, 그래라. 이런 때 돈을 못 쓰면, 저승에 가 쓰겠느냐."

하고 새빨간 염낭[125]을 끄르더니 지전 한 장을 집히는 대로 꺼내서 광대의 얼굴에다 끼얹듯이 내던진다. 가랑잎처럼 휘돌다가 댓돌 아래로 떨어지는 것은 언뜻 보기에도 일 원짜리는 아니다. 어릿광대는 지전을 집어 들고 주인에게 수없이 합장을 하며, 덩실덩실 춤을 추다가, 그 수없는 사람의 손때 묻은 지전을 입에다 물고 배운 재주는 다 부리는데 대청 위에서는 기생들이 손들과 어우러져 춤을 추기 시작한다.

그 광경을 물끄러미 바라보고 섰던 영신의 눈은, 점점 이상한 광채가 돌기 시작한다. 한낭청은 첩에게 부축이 되어 비틀거리며 안으로 들어가다가, 아이들이 그저 마당에 가 쪼그리고 앉은 것을 보고 혀 꼬부라진 소리로

"왜 재 재들은 여태 저 저러구 앉었느냐."

하고 만경이 된 것 같은 두 눈의 흰자위를 굴리며, 영신을 내려다본다. 영신은 마당 한복판으로 썩 나섰다.

"우리들이 댁에 뭘 얻어먹으러 온 줄 아십니까?"

그 목소리는 송곳 끝 같다.

"그 그럼 머 뭘 하러 왔노?"

"돈을 하두 흔하게 쓰신다길래 여기 손수 적어주신 기부금을 받으러 왔습니다!"

영신은 주인을 똑바로 쳐다보며 기부금 명부를 싼 책보를 끄른다. 낭청은

"기부금? 아 그래 쇠털 같은 날에 하 하필 오늘날 성군작당成群作黨[126]을 하구 와서 내란 말야? 기 기부금에 걸신이 다 들렸군."

하고 사뭇 호령을 하고는 돌아서려고 든다. 영신은 뚱뚱보의 앞을 떡 가로막아 서며,

"안 됩니다! 오늘은 만나뵌 김에 천하 없는 일이 있어도 받아가지고 야 갈 텝니다."

하고 야무지게 목소리를 높인다. 손들과 구경꾼들이며 기생, 광대 할 것 없이 어안이 벙벙해서 여선생을 주목한다. 영신은 마당 가득 찬 여러 사람을 향해서

"여러분, 이런 공평치 못한 일이 세상에 있습니까? 어느 누구는 자기 환갑이라고 이렇게 질탕히 노는데 배우는 데까지 굶주리는 이 어린이 들은 비바람을 가릴 집 한 칸이 없어서 그나마 길바닥으로 쫓겨났습니 다. 원숭이 새끼처럼 담이나 나뭇가지에 매달려서 글 배우는 입내를 내 고요 조 가느다란 손가락의 손톱이 닳도록 땅바닥에다 글씨를 씁니다."

하고 얼굴이 새빨개지며 목구멍에 피를 끓이는 듯한 어조로

"여러분 이 아이들이 도대체 누구의 자손입니까? 눈에 눈물이 있고 가죽 속에 붉은 피가 도는 사람이면 그 술이 차마 목구멍에 넘어갑니 까? 기생이나 광대를 불러서 세월 가는 줄 모르고 놀아도 이 가슴이 양 심이 아프지 않습니까?"

하고 부르짖으며 저의 앙가슴을 주먹으로 친다.

손들은 고가 넘도록 취했던 술이 당장에 깬 듯 서로 얼굴만 쳐다보는 데 한낭청은 어느 틈에 안으로 피해 들어가고 젊은 주인은 영신의 앞을 막아 서며

"사이상은 이거 어느새 망령이시구려. 오늘 같은 날 참으시지요. 일 이 잘못 됐으니 그저 참아주세요. 그 돈은 저녁 안루 꼭 보내드리리 다……."

하고 말씨가 명주고름 같아지며 머리를 수없이 숙여 보인다.

영신은 흥분을 가라앉히느라고 숨만 가쁘게 쉬고 섰는데 처음부터 누마루 한구석에 앉아서 영신의 행동을 노리고 내려다보던 주재소 수석의 눈은 더욱 날카롭게 빛났다.

……그날 저녁부터 일주일 동안이나 영신은 경찰서 유치장 마루방에서 새우잠을 잤다. 본서까지 끌려가서 구류를 당하던 경과며 그 까닭은 오직 독자의 상상에 맡길 뿐이다—.

5

동혁은 '청석골'이 가보고 싶었다. 날이 가고 달이 바뀔수록 사랑하는 사람과 그가 활동하는 모양이 보고 싶었다. 날마다 이 일 저 일에 얽매어서, 잠자는 시간외에는 공상할 틈조차 없기는 하지만 일을 하다가도 길을 걷다가도 문득문득 영신의 생각이 나면, 손을 쉬고 발을 멈추고 넋을 잃은 사람처럼 멍하니 하늘을 쳐다보는 습관이 부지중에 생겼다.

'그가 꿈처럼 댕겨간 지가 언제이던가.' 하면 적어도 사오 년은 된 성싶었다. 편지만은 끊임없이 내왕이 있었는데, 최근에는 웬일인지 열흘이 훨씬 넘도록 영신의 소식이 끊어져, 여간 궁금히 지내지를 않았다.

그러다가 일전에야 기다란 편지가 왔는데, 한낭청이란 부잣집에 기부금을 걷으러 가서 창피를 당하고 분풀이를 실컷 하다가, 일주일 동안이나 고초를 겪었다는 것과 앞으로는 기부금 명부에 이름을 적은 사람에게도 자발적으로 주기 전에는 독촉도 하지 못하게 되었고, 예배당 문까지 닫으라고 딱딱 을러메는 것을 간신히 양해를 얻기는 했으나, 무슨 수단을 써서든지 청석학원 하나는 기어이 짓고야 말겠다고 새로운 결심을 보인 사연이었다.

그러면서도 한 번 구경이라도 와달라는 말은 비치지도 아니 한다. 반드시 청좌를 해야만 갈 것이 아니지만 그래도 혹시나 와달랄까 하고 편지마다 은근히 기다렸다. 그러나 오는 편지마다 판에 박은 듯한 사업 보고요 고생하는 이야기뿐이다. 동혁은 그런 편지를 받을 적마다

'나도 어지간히 버티는 패지만 나보다도 한술 더 뜨는 걸.'

하고 편지를 동댕이치는 때도 있었다. 가기만 하면야 반가이 맞아 줄 것은 물론이나 사실 내왕 노자도 어렵고 벼르고 별러서 간댔자 급한 볼일 없이 며칠 동안이나 버정거리다가 오기는 싱겁고 멋쩍은 일일 것 같았다. 첫째 남자 친구를 찾아가는 것과 달라서 하룻밤이나마 묵을 데도 만만치 않을 듯하고 둘이 함께 얼려 다니고 마주 붙어 앉아 이야기라도 하면, 노처녀인 영신이가 제가 당한 것보다도 곱절이나 부질없는 놀림을 받을 것도 상상되었다. 그래서

'좋은 기회가 올 때까지 꾹 참자.' 하고 피차에 일하는 것밖에 다른 생각은 아주 책장을 덮어두자고, 몇 번이나 마음을 단단히 먹었다.

그러나 늙은 총각의 가슴속에 한번 호되게 불어당긴 사랑의 불길은, 의식적으로 참고, 억지로 누른다고 쉽사리 꺼질 리가 없었다. 시뻘건 정열이 휘발유를 끼얹은 듯이 확 하고 불어당길 때는, 머리끝까지 까맣게 그슬릴 것만 같다.

그럴 때면,

"일이다, 일! 그저 들구 일만 하는 것이 그와 완전히 결합될 시기를 지루하게 기다리는 동안의, 최면제催眠劑도 되고 강심제强心劑도 된다."

하고 신식전부터 오밤중까지도 동네일과 집안일로 몸을 얽어매었다. 돈 있는 집 자식들이, 몸뚱이가 아편쟁이처럼 비비 틀리도록 무료한 세월을, 술과 계집 속에 파묻혀서 보내려고 드는 것처럼—.

그래도 억제하기 어려운 청춘의 본능이 피곤한 육체를 괴롭게 굴 때

에는, 누웠다가도 벌떡 일어나 밖으로 뛰어나갔다. 아랫도리까지 발가 벗고 냉수를 끼얹고는 엇둘엇둘하고 체조를 한바탕 하고 들어와서 이 불을 푹 뒤집어쓰고 눈을 딱 감으면 한결 잠이 쉽게 들었다.

한편으로 그가 영신을 될 수 있는 대로 호의로써 이해하려는 것도 물론이다. 그만한 나이에 다른 여자들 같으면 몸치장이나 하기에 눈이 벌겋고, 돈 있고 소위 사회에 명망이 있는 신사와 결혼을 못하면 첩이라도 되어 문화생활을 할 공상과, 그렇지 않더라도 도회지에서 땀 아니 흘리는 조촐한 직업도 없지 않건만, 유독 '채영신'에게는 다만 한 가지 허영이 있는 것을 잘 알고 있다.

'나는 못 속이지.'
하고 동혁이가 자신 있게 맥을 짚어본 것은 다른 것이 아니다.

'청석학원을 온전한 저 한 사람의 힘으로 번듯하게 지어놓고, 교장 겸 고쓰가이[小使] 노릇을 하더라도 내가 이만한 사업을 하고 있노라.'
하고 백씨나 다른 농촌 운동자들에게 보여주고 애인인 저에게도 자랑하고 싶은 그 허영심만이 충만한 것이 틀림없으리라 하였다. 그러니까 자기의 사업의 기초는 어느 정도까지 잡혔더라도 외형으로 눈에 번쩍 띄는 것을 만들어서 보여주기 전에는 저를 청석골로 부르지 않으려는 그 여자다운 심리가 들여다보이는 것 같았다.

6

한곡리의 안산인 소대갈산 마루터기에 음력 칠월의 초승달은 명색만 떴다가 구름 속으로 잠겼는데, 동리 한복판인 은행나무가 선 언덕 위에는, 난데없는 화광이 여기저기서 일어난다.

농우회의 열두 회원은 단체로 일을 할 때면 입는 푸른 노동복 저고리를 입고, 수건으로 머리를 질끈 동이고 모여 섰다. 동혁이 형제와 건배는 기—다란 장대에 솜방망이를 단 것을, 석유를 찍어가며 넓은 마당을 밝히고 섰는데 바람결을 따라 석유 그을음 냄새가 근처 인가에까지 훅훅 끼친다.

"자—, 시작하게!"

동혁의 명령이 한 마디 떨어지자, 회원들은 굵다란 동아줄을 벌려 잡았다.

"에—헤—라, 지경요—."

열두 사람의 목소리가, 목구멍 하나를 통해서 나오는 듯 우렁차게 동리 한복판을 울리자, 커—다란 지경돌[127]이 반길이나 솟았다가 쿵 하고 떨어지면, 잔디를 벗겨논 땅바닥이 움푹움푹하게 들어간다. 여러 해 별러오던 농우회의 회관을 지으려고 오늘 저녁에 그 지경을 닦는 것이다.

회원들의 마음은 여간 긴장되지 않았다.

자자손손이 대를 물려가며 살려는 만년주택을 짓기 시작하는 것과 조금도 다름이 없는 생각으로 자기네들이 웅거할 회관을 지으려는 것이다.

달구질 소리가 들리자, 야학을 다니는 아이들과 동리 사람들이 하나둘씩 모여든다. 아직도 이 시골에는 누구나 집을 지으면 터 닦는 날과 새[128]를 올리는 날은 품삯을 받지 않고 대동이 풀려서 일을 보아주는 습관이 있다. 회원들 외에 어른들과 아이들이 벌써 들러붙었다.

"에—헤라—, 지경요—."

"에—헤라—, 지경요—."

고요한 바닷가의 저녁 공기를 헤치는 달구질 소리는 점점 더 커지는데 큰 마을 편에서 징, 장구, 꽹과리를 두드리는 소리가 가까이, 들려온다. 여러 사람은 잠시 팔을 쉬고 그 편을 바라본다.

레인코트(우장옷)의 허리띠를 졸라맨 기만은 저의 집 머슴꾼이며 작인들을 말끔 풀어서 술까지 취토록 먹인 뒤에 두레[129]를 떡 벌어지게 차려가지고 오는 것이다.

높이 든 깃발은 선들바람에 펄펄 날리는데

"깽무깽, 깽깽, 깽무깽무, 깨갱깽."

상쇠잡이가 앞장을 서고

"떵떵 떵더꿍 떵기떵 떵더꿍."

장구잡이는 뒤를 따른다. 징소리는 점잖이 꽈―웅, 꽈―웅 하고, 이슬이 흠씬 내린 잔디밭과 들판으로 퍼지다가 사라지는 그 여운餘韻이 웅숭깊다.

마중을 나간 솜방망이 불빛에 컴컴 공중으로 우뚝 솟아 너울거리며 다가오는 것은 이 등 삼 등까지 무동을 선 머리 딴 아이들이 고깔을 쓰고 장삼자락을 펼치면서 나비처럼 춤을 추는 것이었다. 터 닦는 마당까지 올라오더니, 풍물 소리는 자진가락으로 볶아치기 시작한다.

조금 있자 풍물 소리를 듣고 성벽이 난 작은 마을과 구엉 마을에서도, 낮에 두레로 논을 매던 야학의 학부형들이, 자비를 차려가지고 와서는 큰 마을 두레와 어울렸다.

그럭저럭 언덕 아래는 머슴 설날이라는 이월 초하루나 추석날 저녁보다도 더 풍성풍성해졌다. 각처 두레가 다 모여들어, 한데 모였다 흩어졌다 하며 징, 꽹과리를 깨어져라고 두들겨대는데, 장구잡이도 신명이 나서 장구채를 이 손 저 손 바꾸어 치며 으쓱으쓱 어깨춤을 춘다. 거북이라는 총각 녀석이 어둠침침한 소나무 밑에 가 쭈그리고 앉아서, 청승스럽게 꺾어 넘기는 새납[胡笛] 소리는, 밤바람을 타고 바다 건너까지도 들릴 듯.

재비꾼들은 수구를 들고 장단을 맞추어가며 패랭이 위의 긴 상모를 돌리느라고 보는 사람까지 현기증이 나도록 곤댓짓을 한다.

"얼씨구 좋다 어리시구."

나중에는 구경꾼까지도 어깻바람이 나서, 개구리처럼들 뛰면서 마른 흙이 뿌옇게 일도록, 한바탕 북새를 놓는다.

그 광경을 바라다보고 섰던 동혁은

"야— 오늘밤엔 우리도 산 것 같구나!"

하고 부르짖으며 징을 빼앗아들고 꽝꽝 치면서 재비꾼 속으로 뛰어들었다. 키장다리 건배도 깃대를 꼬나들고 섰다가 그 황새 다리로 껑충껑충 춤을 추며 돌아다닌다. 다른 회원들도 어느 틈에 두레꾼 속으로 하나둘씩 섞여 들어갔다.

아들이 동리 일만 한다고 눈살을 찌푸리던 동혁의 아버지 박첨지도 늙은 축들과 술이 거나하게 취해가지고 와서는

"아—니, 내가 옛날부터 맡아논 좌상님인데 어떤 놈들이 날 빼놓구 논단 말이냐?"

하고 난쟁이 쉼직하게 키가 작은 석돌이 아버지의 수염을 꺼두르며

"여보게 꽁배, 어서 따라오게."

하면서 군중을 헤치고 들어선다. 그는 석돌이 아버지와 술을 먹다가 풍물 소리를 듣고

"내 자식 놈이 둘씩이나 덤벼들어서 짓는 집인데 아비 된 도리에 안 가볼 수가 있나?"

하고 기운이 나서 올라온 것이다.

박첨지는 언덕 위에 올라서서 팔을 걷고 곰방대를 내두르며 목청을 뽑아 달구질 소리를 먹인다.

"산지조종山之祖宗은 백두산白頭山이요."

하고 내뽑으면 달구질꾼들은 그 소리를 받아

"에—헤라, 지경요—."

하며 동시에 지경돌을 번쩍 들었다.

"수지조종水之祖宗은 한강수漢江水라."

"에—헤라, 지경요—."

달구질꾼들은 목이 쉬어가는 줄도 모르는데 그날 밤 동혁은 젊은 사람과 조금도 다름이 없이 싱싱하고 씩씩한 아버지의 목소리를 처음으로 들었다.

7

한 달 하고도 보름이나 지났다. 그동안 한곡리 한복판에는 커다란 새집 한 채가 우뚝하게 솟았다. 커다랗다고 해야 두 칸 겹집으로 폭이 열 칸쯤 되는 창고 비슷이 엉성한 집이지만, 이 집 한 채를 짓기에, 회원들은 칠월 염천에 하루도 쉬지 않고 불개미와 같이 일을 하였다.

논에는 아시[130] 두 번 호미질과 만물[131]까지 하였고, 인제는 피사리[132]만 하면 힘드는 일은 거진 끝이 난다. 그동안에 한 달 반쯤은 농군들이 추수를 할 때까지 숨을 돌리는 농한기다. 그 틈을 이용해서, 농우회관을 지은 것이다.

엄부렁[133]하게나마 근 이십 평이나 되는 집을 얽어놓는 데, 그 건축비가 불과 몇 십 원밖에 들지 않았다면 누구나 놀라지 않을 수 없을 것이다. 그러나 그것이 사실이라. 회원들끼리 거진 삼 년 동안이나 농사를 지어 모은 것과, 술담배를 끊은 대신으로 다달이 얼마씩 저금을 한 것과, 또는 돼지를 치고 이용조합利用組合에서 남은 것을 저리로 논 것을 걷어 모으면 거진 오백 원이나 된다.

이발부理髮部의 수입은 모았다가 동리서 공동으로 쓸 솜틀을 칠십 여

원이나 주고 샀고, 포패조합捕貝組合을 만들어서(회원은 다 여자인데, 앞바다 건너 '안섬'에다가 이 년 작정을 하고 굴을 번식시킨 뒤에, 조합원끼리 따먹고 장에 갖다가 파는 권리를 가지는 것) 불가불 소용이 되는, 조그만 나룻배를 사십 원가량 들여서 지은 것밖에는, 한 푼도 쓰지 않은 채 있었다.

그들 중에서 이 회관을 짓는 데는 오십 원도 다 들이지를 않았던 것이다.

첫째, 기지가 민유지라 땅값이 아니 들었고, 재목은 단단해서 썩지도 않는 밤나무, 갈나무, 아카시아나무 같은 것을 회원들의 집 앞이나 멧갓에서 베어왔고, 수장목은 오동나무와 미루나무를 썼는데, '영치기 영치기' 하고 회원들끼리 목도질까지 해서 운반을 했으니, 돈이 들 리 없었다.

터를 닦고 주춧돌을 박는 것부터, 자귀질, 톱질이며, 네 올가미를 짜서 일으켜 세우고, 새를 올리고 윗가지[134]를 얽고 토역을 하는 것까지, 전부 회원들의 손으로 하였다. 이엉을 엮을 짚도, 농우회에서 연전부터 유념해두었는데, 여러 사람이 입의 혀같이 봉죽을 들었거니와, 회원 중에 석돌이는 원체 지위(목수)의 아들인 데다가 눈썰미가 있어서, 수장은 물론, 문짝까지 제 손으로 짜서 달았다.

품삯이라고는 한 푼도 아니 들었지만, 다만 '콘크리트'를 하는 데 쓰는 양회와 못이나 문고리며, 배목 같은 철물만은 할 수 없이 돈을 주고 사다가 썼다.

그래서 다른 사람의 손을 빌지 않고 거진 두 달 동안이나 열두 사람의 회원들이 땀을 흘린 기념탑[記念館]이, 우뚝하게 서게 된 것이다.

그러나 서투른 목수와 토역장이들이 얽어놓은 집이라 장마를 치르고 나니까, 지붕이 새고 벽이 허물어져서, 곱일을 하느라고, 동혁이도 몇 번이나 코피를 쏟았다. 그랬건만 다 지어놓고 보니, 겉눈에 번듯하게 띄지는 않아도, 거의 이백 명이나 되는 아이들을 수용할 수가 있게 되었고, 엄부렁하게나마 헛간으로 쓸 모채[135]까지 세웠는데, 안으로 들어가 보면, 사무실, 도서실까지 오밀조밀하게 꾸며놓았다. 도서실에는 기만이가 사서 기부한 『농업강의록』과 농촌운동에 관한 서책이 오륙십 권이나 되고 동혁이가 보는 일간 신문과 회원들이 돌려보는 『서울시보』, 『농민순보』 같은 정기간행물이며, 각종 잡지까지 대여섯 가지나 구비되어서, 회원들은 조그만 틈이라도 타면 언제든지 모여와서 새로운 지식을 얻고, 세상이 어떻게 돌아가는 형편을 짐작할 수 있도록 차려놓았다.

그리고 한편으로는 오락부를 새로 두었다.

"사철 일만 하는 우리의 생활은 너무나 빡빡하고 멋이 없다. 좀 더 감정을 윤택하게 하고 모두 함께 즐기는 기회도 지어서 활기를 돋우려면 적어도 한 가지 통일된 음악이 필요하다."

는 견지에서 건배가 주창을 한 것이다. 그러나 그들의 말을 빌면, 콩나물 대가리(보표譜表라는 뜻) 하나도 알아보지 못하는 사람들이라 모든 관현악대를 조직하는 것이 아니요 우리 농촌에 재래로 있던 징, 꽹과리, 장구, 수구, 호적 같은 것을 장만한 것이다.

"그런 건 천천히 장만해도 좋지 않은가. 날마다 뚱땅거리고 뚜들기면, 공청을 지어놓고 놀려고만 드는 줄로 오해들을 하면 재미적으이."

하고 동혁이가 반대를 하면

"온 별소릴 다 하네. 자넨 구데기 무서워서 장도 못 담그겠네그려."

하고 건배는 기만이를 구슬려서 새로운 풍물 한 벌을 사들인 것이다. 그래서 회원들끼리만 재비꾼이 되어서 노는 방식을 개량하고 두레를 노는 것까지도 통제를 하게 되었다.

8

"자, 우리 인제 낙성연을 해야지."

"추렴이래도 내서 내일 하루만 실컷 놀아보는 게 어떤가?"

"암 좋구말구. 이새저새 해두 먹새가 제일이라네."

"우리가 두 달 동안이나 집의 일은 내버려두고 그 뙤약볕에서 죽도록 일을 했는데 하루쯤 논다고 누가 시빌하겠나."

"여보게 우리끼리만 암만 공론을 허면 소용이 있나? 우리 대장한테 하루만 술을 트자구 졸라보세. 건깡깽이[136]루야 신명이 나야지."

"애당초에 그런 말은 비치지두 말게. 일전엔 동화가 몰래 주막엘 갔다가, 선생님한테 단단히 혼이 났다네."

얼굴이 새까맣게 그을다 못해서 오지그릇처럼 빤들빤들해진 회원들이 회관 한 모퉁이에 모여 앉아서 새로 사온 풍물을 두드려보다가 낙성연을 할 음모를 한다.

저녁때였다. 찌는 듯하던 더위가 한 걸음 물러가고 축동 앞 미루나무에 쓰르라미 소리가 제법 서늘하게 들린다. 회원들은 서퇴도 할 겸 하나둘씩 은행나무 아래로 내려가서 새벽[137]한 흙이 채 마르지도 않은 집을 쳐다보고 앉았다. 그 집을 바라다보는 그들의 기쁨은 형용할 수 없을 만큼이나 컸다.

"힘만 모으면 무슨 일이든지 되는구나! 땀만 흘리면 그 값이 저렇게 나타나고야 만다!"

하는 것은 그들의 입밖으로 새어나오는 감탄사일 뿐 아니라 이번에 회관 집 한 채를 짓는 데 단결의 힘이 얼마나 크다는 것과 또는 노력만 하면 그 결과가 작으나 크나 유형하게 나타난다는 것을 비로소 체험한 것이다. 동시에 움집 속에서 또는 남의 집 머슴 사랑에서 구차히 모이던 때를 생각하니 실로 무량한 감개가 끓어오른다.

'저게 내 손으로 지은 집이거니.'

하면 무한한 애착심도 느껴졌다. 그 집을 바라다보고 앉았으려면 끌 구멍을 파다가 손가락을 다쳤거니— 사닥다리에서 떨어져서 허리를 삐고는 침을 맞느라고 혼이 났거니— 중방[138]과 도리[139]를 잘못 끼다가 석돌이 녀석한테 핀잔을 맞았거니—.

이러한 추억만 해도 여간 정다운 것이 아니다. 더군다나

"자네 저 기둥감을 베다가 영감님한테 작대기 찜질을 다 당했지?"

"그건 약과일세. 이걸 좀 보게그려. 여태 이 지경이니."

하고 회원들 중에 제일 다부지고 땅딸보로 유명한 정득이가 헝겊으로 칭칭 감은 발을 끌러 보인다. 그것은 저의 집 산 울안에 선 참죽나무를 밤중에 몰래 베다가 저의 아버지가 "도둑야!" 소리를 지르며 시퍼런 낫을 들고 쫓아나오는 바람에, 어찌나 급해맞았던지 담을 뛰어넘다가 탱자나무 가지에 발을 찔렸었다. 누렇게 곪은 것을 그대로 끌고 다니며 일을 해서, 그저 낫지를 못한 것이다.

사실 그네들이 부모나 동리 어른들의 반대 속에서 초가집 한 채를 짓기는 대궐 역사만큼이나 거창하고 어려운 일이었다.

"쉬—, 대장 올라오신다."

하고 정득이가 구렁이 지나가는 소리를 한다. 동혁이는 건배와 기만의 가운데에 서서 올라온다.

기만이는 여전히 건살포를 짚었는데, 오늘은 메트(박통 같은 모자)를 썼다.

"거기들 모여 앉아서 자네들 역적모의를 하나?"

건배도 넓적한 얼굴이, 눈의 흰자위와 이빨만 남기고는 흑인종의 사촌은 될 만큼이나 그을었다.

"아닌 게 아니라 우리끼리 무슨 비밀한 공론을 했는데요."

하고 석돌이가 세 사람의 눈치를 번갈아 본다.

"무슨 공론?"

동혁은 농립을 벗어던지며 은행나무 뿌리에 가 걸터앉는다. 응달에서만 지낸 기만의 얼굴과 비교해볼 때, 동혁의 얼굴도 더 한층 그은 것 같다. 손바닥이 부르터 밤콩만큼씩 한 못이 박혔고, 손톱은 뭉툭하게 닳았다.

"저어……."

하고는 석돌이가 뒤통수만 긁적이니까

"왜 목들이 컬컬한 게지."

동혁의 말이 떨어지기가 무섭게

"그렇잖어두……."

하고 이번에는 칠룡이가 응원을 한다. 건배는 기만의 눈치를 보면서

"아닌 게 아니라, 이 기만 씨가 낙성연을 한번 굉장히 차리고 놀자는데……."

하는 말이 끝나기 전에, 동혁은 손을 들어 건배의 입을 막는다.

"안 되네. 낸들 벽창호가 아닌 담에야 그만 생각이 없겠나? 하지만 말썽이 많은 판에, 동리가 부산하게 떠들고 놀면, 되려 오해를 받기가 쉬우이. 지금도 면장이 나와서 나를 보자고 한다기에 큰 마을로 갔다 오는 길일세."

하고 반대를 하였다.

9

"왜 무슨 말썽이 생겼수?"

나중에 올라온 동화가 눈을 동그랗게 뜨며 묻는다.

"차차 알지."

형은 자리가 거북한 듯이 대답하기를 꺼린다.

"우리 회에 상관이 되는 일이면 회원들이 다 알아야 할 게 아니유? 면장이 우리 일에 무슨 참견이라우?"

"글쎄 뒀다 알어."

동혁은 기만의 등 뒤에다 눈짓을 해 보인다. 청년들의 일이라면 한사코 반대를 하는, 기만의 형인 기천이가 면장이 나온 김에 무어라고 음해를 한 것이거니 하고 동화와 다른 회원도 짐작은 하는 눈치다. 그러나 기만이는 형과 달라 이편을 들고 농우회의 일이라면, 금전으로까지 후원을 많이 해오는 터이지만, 초록은 동색이라고 아우가 듣는데 형의 말은 할 수가 없었다. 또는 경우에 따라서는 저의 집에 이해관계가 되는 일이면 형에게 무어라고 연통할는지도 몰라서, 항상 경계를 하고 있는 터이다.

동혁은 기만의 집에 다녀오는 길에, 건배와 기만이를 만나서 같이 오기는 했어도, 그들에게도 그 내용을 말하지 않았다. 건배는 탕탕 대포를 잘 놓는 대신에 말이 헤퍼서 비밀을 지킬 만한 일은 들려주기를 삼가지 않을 수 없었다. 회원들은

'무슨 일인지 단단히 생겼나보다.'

하고 불안을 느끼면서도 더 채우쳐 묻지를 않고, 낙성하는 날 술 한잔도 못 먹게 하는 동혁이가 원망스러운 듯이 쳐다보다가, 애꿎은 북과 장구만 두드린다.

기만이도 그 눈치를 챘건만, 이런 경우에 아무 말도 아니 하는 것은 도리어 여러 사람에게 오해를 살 듯도 해서

"아―니 '센세이'가 또 뭐래?"

하고 들떠어놓고 묻는다. 그래도 동혁은

"그까짓 건 알아 뭘 하우. 우린 우리가 할 일이나 눈 딱 감고 하면 고만이니까……."

하고 역시 자세한 말대답하기를 피한다. 기만이는 자리가 거북하니까 꽁문에다가 손을 찌르고 간다는 말도 없이 슬금슬금 언덕 아래로 내려간다. 제가 하는 일을 반대하고 양반을 못 알아보는 발칙한 놈들과 얼려다니고 돈을 쓰고 한다고 눈에 띄기만 하면 얼굴에 핏대를 올리며 야단을 치는 저의 형이 면소나 주재소까지 가서 무어라고 쏘새기질140을 하고 온 것만은 묻지 않아도 짐작할 수가 있었던 것이다.

아무튼 농우회관을 짓게 된 뒤부터 가뜩이나 시기심이 많은 기천이가 두 눈에 쌍심지가 돋아서 그 태도가 부쩍 악화된 것만은 사실이었다.

동혁이가 입을 꽉 다물어버리니까 다른 회원들도 어떠한 예감을 느끼면서도 말이 없다.

건배는 무슨 일인지

"저—기 좀 다녀옴세."

하고는 기만의 뒤를 따라 내려갔다. 조그만 일에도 궁금증이 나면 안절부절 못하는 성미라 동혁이가 말을 하지 않으니까 혹시 기만에게 들을 이야기나 있나 하고 그 속을 떠보려고 따라가는 눈치였다.

동혁은 한참이나 꿈쩍도 하지 않고 앉아서 창호지로 새로 바른 들창이 석양에 눈이 부시도록 반사하는 회관을 쳐다보면서, 무슨 생각을 골독히 하다가, 회원들을 돌려다보며

"우리 낙성식도 못해서 피차에 섭섭한데, 그 대신 기념될 일 하나 해볼까."

하고 벌떡 일어선다.

"무슨 일요?"

회원들의 얼굴에서는

'간신히 오늘 하루나 쉬려는데 또 무슨 일을 하자누.'

하는 표정을 역력히 읽을 수 있다.

"그저 괭이하구 삽하구만 들구서 나만 따라들 오게나."

하고 동혁은 회관으로 올라가, 지붕을 이을 때에 쓰던 사닥다리를 둘러메더니, 산등성이를 넘는다. 회원들은 뭣도 모르고 동혁의 뒤를 따랐다.

날이 어둑어둑해지고 매미, 쓰르라미 소리도 점점 엷어질 때에는 회관 앞마당이 턱 어울리도록 두 길 세 길이나 되는 나무가 섰다. 전나무, 향나무, 사철나무[冬靑] 같은 겨울에도 잎사귀가 떨어지지 않는 교목喬木만 골라서 '봄이나 가을에 심어야 잘 산다'고 고집을 하는 회원들의 반대를 무릅쓰고 파다가 옮겨 심은 것이다.

그것은 동혁이가 근처를 돌아다니며 미리 보아두었다가 나무 주인에게 옮겨 심을 교섭까지 해두었던 싱싱한 나무들이었다.

10

새로운 회관에 들게 되는 날 아침에 동혁이가 부는 나팔 소리는 더한층 새되고 씩씩하였다. 조기회원들이

"엇둘 엇둘."

하고 체조를 하는 소리도, 애향가의 합창도 전날보다 곱절이나 우렁찬 것 같았다.

새 집을 구경도 할 겸 새로 닦아논 운동장에서 체조를 하는 바람에, 그동안 게으름을 부리던 조기회원들도 전부 다 오고 타동에서 온 구경꾼도 오륙십 명이나 되어서 운동장이 빽빽하게 찼다.

오늘은 영신이가 조직해주고 간 부인근로회의 회원들도, 십여 명이나 건배의 아내를 따라서 참례를 하였다. 아무에게도 낙성식을 한다고 광고를 한 것도 아니요 건배는 무슨 일이든지 크게 버르집고[141] 뛰떠들려고만 든다고, 동혁이와 의견 충돌까지 되었지만, 오늘 아침만은 누구나 은연중에 농우회관의 낙성식을 거행하는 기분으로 보인 것이다. 그래서 여러 사람은 평소와 같이, 조기회가 끝난 뒤에도 그대로 헤어지기가 섭섭한 듯이, 어정버정하며 동혁을 바라다본다. 그 눈치를 챈 건배는

　"여보게, 회원도 더 모집해야 할 텐데, 여러 사람이 모인 김에 연설 한마디 하게그려."

하고 동혁의 옆구리를 찌른다.

　"그건 선전부장이 할 일이지 왜 나더러 하라나."

하고 동혁이가 사양을 하니까 건배는 그 말을 못 들은 체하고 회관 정문 앞으로 나서더니

　"여러분, 잠깐만 기다려주시요. 지금 이 회관을 짓자고 맨 먼저 발설을 했고, 우리들을 헌신적으로 지도해주는 박동혁군이 여러분께 한 말씀 드리겠습니다."

하고 공포를 하고는

　'인젠 말을 하든지 나는 모른다.'

는 듯이 슬그머니 자리를 비켜선다. 운동장에서는 박수 소리가 일어났다. 동혁은 잠시 머뭇거리다가

　너 어디 두고 보자는 듯이 건배의 뒤통수를 흘겨보고는 회원들의 앞으로 나섰다.

　엄숙한 태도로 여러 사람의 긴장된 얼굴을 둘러보다가

　"준비 없는 말씀을 드리게 됐습니다."

하고 한마디 하고 나서, 등 뒤의 회관을 가리키며

"이만한 집 한 채를 얽어논 것이 결코 자랑할 거리는 되지 못합니다. 그렇지만 이 집을 지으려고, 여러 해를 두고 별러오다가 오늘에야 낙성을 하게 된 것을 여러분도 함께 기뻐해주십시오. 다만 한 가지 자랑하고 싶은 것은, 이 집은 연재[142] 가락 하나, 짚 한 단까지도 회원들이 가져온 것이요, 목수나 미장이 한 사람도 대지 않고, 우리가 이 염천에 웃통을 벗어부치고, 불개미처럼, 참 정말 불개미처럼, 두 달 동안이나 일을 했기 때문에 오늘날 이만한 집 한 채나마, 우리 한곡리 한복판에 서게 된 것입니다. 그렇지만 이 집은 농우회원 열두 사람의 집이 아니요, 여러분이 유익하게 이용하시기 위해서 지어논 집입니다. 그러니까 우리 한곡리의 공청, 즉 공회당으로 써주시기 바랍니다."

하고 잠깐 눈을 내리감았다가, 얼굴을 들고, 목소리를 높여

"여러분! 여러분은 이 말 한 마디만 머릿속에 깊이깊이 새겨두십시요. 여러 사람이 한맘 한뜻으로, 그 힘을 한곳에 모으기만 하면, 어떠한 일이든지 이루어질 수가 있다!는 것을—.

우리는 여름내 땀을 흘린 그 값으로 이 신념信念 하나를 얻었습니다. 처음으로 귀중한 체험을 했습니다. 그와 동시에 '우리보다 더 많은 사람이 똑같은 목적으로 모여서, 꾸준히 힘을 써나간다면, 이보다 더 어려운 일도 성공할 수가 있다' 는 것을, 이번 기회에 여러분과 함께 믿고자 하는 바입니다."

하고 부르짖고는, 숨을 돌린 뒤에 목소리를 떨어뜨려

"우리는 일을 크게 버르집고 겉으로만 떠드는 것을 싫어합니다. 그래서 낙성식 같은 것도 하지를 않습니다마는, 그 대신 우리는 우리 동리 여러분께 좋은 음악을 들려드렸다고 생각합니다. 집터를 닦는 달구질 소리, 마치질, 자귀질하는 소리가, 온 동리에 울리지 않았습니까?

저 소대갈산까지 찌렁찌렁 울리지 않았습니까? 그 소리가 무엇보다 훌륭한 음악 소립니다. 그것은 우리의 것을, 무너뜨리고 깨뜨려버리는 파괴破壞의 소리가 아니라, 새로 짓고 일으켜 세우는 건설建設의 소리이기 때문입니다. 우리는 그 소리가 어찌나 반갑고 기쁜지, 조금도 괴로운 줄을 모르고 일을 했습니다."

동혁은 그 말에 매우 감격해하는 여러 사람의 얼굴을 둘러보다가

"여러분! 이 집이 터지도록 우리의 장래의 일꾼들을 보내주십시요! 아침저녁으로 글 배우는 소리가 끊일 때가 없도록 해주십시요! 이 집이 꽉 차면 우리는 이 집보다 더 큰 집, 또 그보다도 더 굉장히 큰 집을 짓겠습니다!"

그 말에 회원들은 손바닥이 뜨겁도록 박수를 한다.

그때에 건배는, 여러 사람의 앞으로 썩 나서며

"한곡리 만세!"

하고 두 팔을 번쩍 쳐든다.

"만세!!"

여러 사람이 고함지르듯 하는 만세 소리에, 새로 심은 동청나무에 앉았던 참새들이, 깜짝 놀라 푸르르 날아갔다.

11

하루는 동혁이가 회관에서 주학을 마치고 나오는데 (새 집으로 옮겨온 후 아이들이 부쩍 늘어서 주학까지 하게 되었다) 석돌이가 문밖에서 기다리고 섰다가

"저…… 강도사 댁 작은사랑 나으리가 저녁때 잠깐 만나자고 하시는데요."

한다.

"왜?"

동혁은 불쾌히 대답을 하였다. 석돌이는 눈썰미가 있고 영리한 대신에 얕은꾀가 많아서 항상 경계를 하는 회원이다. 더구나 강도사 집 전답에 수다식구가 목을 매어단 사람이다. 그 집에 심부름을 다니는 것은 물론, 박쥐 구실이나 하지 않는지가 의문이었다. 강도사 집 살림살이의 실권을 쥔 맏아들인 기천이가 죽으라면 죽는 시늉이라도 해야 할 처지에 있는 까닭에 더욱 조심스러웠다.

"글쎄 왜 또 오라는 거야?"

동혁은 거듭 물었다.

"알 수 있에요? 조용히 꼭 좀 만나자고 일러달라고 합시니까요."

"누가 왔던가?"

"아—니요. 혼자 계시던걸요."

"음 알았네."

동혁은 확실한 대답을 아니 하고 집으로 내려갔다.

기천이는 면협의원이요 금융조합 감사요 또 얼마 전에는 학교비 평의원이 된 관계로 면장이 나와서 한곡리도 진흥회라는 것을 만들어서 그 회장이 되도록 운동을 해보라고 권고를 하고 갔었다. 기천은 명예스러운 직함 하나를 더 얻게 된 것은 기쁘나 군청이나 면소에서 시키는 대로 무슨 일이든지 하는 체해야 저의 면목이 서겠는데 제가 수족같이 부릴 만한 청년들은 말끔 동혁의 감화를 받고 그의 지도 밑에서 한 몸뚱이와 같이 움직이고 있으니 저는 개밥에 도토리 모양으로 따로 베져났다[143]. 저의 집의 논을 하고 돈을 쓴 낫살 먹은 작인들 같으면 막 내리누르고 우격다짐을 해도 그저 '잡아 잡수' 하고 꿈쩍도 못하지만 나이 젊고 혈기 있는 그 자질들은 까실까실하고 당초에 말을 들어먹지 않는다. 워낙 기천이가 대를 물려가면서 고리대금과 장릿벼로 동리 백성의 고혈을 빨아서 치부를 하였고 (—주독으로 간이 부어서 누운 강도사는 지금도 제 버릇을 놓지 못한다. 당장 망나니의 칼에 목을 베지려고 업혀가는 도적놈이 포도군사의 은동곳[144]을 이빨로 뽑더라는 격으로 여전히 돈놀이를 한다. 전처럼 크게는 못해도 박물장사나 어리장사[145]에게 몇 원씩 내주고 오 푼 변으로 갚아 모아서는 기직자리 밑에다가 깔고 눕는 것이 그의 마지막 남은 취미다. 몇 해 전까지도 아들만 못지 않게 호색을 해서 주막의 갈보 행랑계집 할 것 없이 잔돈푼으로 낚아 들여서는 대낮에 사랑 덧문을 닫기가 일쑤더니 운신을 못할 병이 든 뒤에야 그 버릇만은 놀 수밖에 없었다.—) 저 혼자 사람의 **뼈다귀**인 것처럼 양반 자세가 대단해서 적실인심[146]을 한 터이라 새로운 시대에 눈을 뜨기 시작한 청년들은 기천이만 눈에 띄면 무슨 누린내나 나는 짐승처럼 얼굴을 돌리고 슬금슬금 피한다. 그중에도 성미가 부푼 동화는

"조놈의 발딱 젖히고 당기는 대가리는 여부없이 약 오른 독사뱀 같더라."

하고 먼발치로 눈에 띄기만 해도 외면을 해버린다. 그 아우는 '노새' 라고 놀리기는 하면서도 '그래도 기만이는 강가의 중시조[147]지' 하고 간신히 사람대우를 하지만…….

'또 무슨 얌치 빠진 소릴 하려누.'

하고 동혁은 집으로 돌아와서도 기천이를 보러 갈 마음이 내키지 않았다.

동화가 자꾸만 묻고 건배까지

"왜 혼자만 꿍꿍이셈을 치나?"

하고 궁금히 여기는 일은 다른 것이 아니다. 면장이 왔던 날 기천이는 술상을 차려놓고 동혁이를 청하였다. 그날은 면장 앞이라 그런지, 평소처럼 점잔을 빼고 사람을 깔보는 태도를 보이지 않으려고 애를 쓰면서

"이 박군이야말로 참 대표적으로 건실한 우리 동지입니다. 이번 그 회관 집만 하더라도 이 사람이 혼자 지은 거나 다름이 없으니까요."

하고 새삼스러이 동혁을 소개하였다. 소개가 아니라 이러한 모범 청년 이 제 수하에서 일을 한다는 태도다. 동혁은 '동지'라는 말을 기만이 입에서 들을 때보다도 구역이 나서, 입에도 대지 않은 술잔을 폭삭 엎 어놓았다. 그래도 기천이가 연방 '동지'를 찾으면서 하는 말을 종합 해보면

"면장께서 바쁘신데도 일부러 나오신 건 다름 아니라 우리 동리도 진흥회를 실시해야 되겠는데 내야 어디 그런 일을 아는 사람인가? 허 니 자네들이 힘을 좀 빌려줘야겠네. 자네야 중요한 역원[148]이 돼줄 줄 믿는 자리지만 다른 젊은 사람들도 다 함께 회원이 돼서 일을 해보도록 하세."

하고 애가 말라서 간청을 하는 것이었다. 동혁은 생각해볼 여지도 없이

"난 헐 수 없에요. 우리 농우회 일만 해도 힘에 벅찬데 한몸으로 두 가지 일은 도저히 할 수는 없쇠다."

하고 딱 잡아떼고 일어섰었다.

12

동혁이가 이번에는 버티고 가지를 않으니까, 기천이는 호출장처럼 명함을 들려 집으로까지 머슴을 보냈다.

"작은사랑 나—리께서 꼭 좀 건너오시래유. 안 오신다면 이리로 오 시겠다구 그러세유."

하고 머슴애는 어서 일어서기를 재촉한다. 기천이는 면협의원이 되던 날 아침에, 행랑 사람과 머슴들을 불러 세우고

"오늘부터는 서방님이라구 그러지 말구, 나으리라구 불러라."

하고 일장의 훈시를 하였던 것이다.

동혁은 중문간에서 걸터앉아서, 입맛을 다시다가,

"저녁 먹구 건너간다구 가서 그러게."

해서 머슴을 보냈다. 가고 싶은 생각은 손톱 끝만큼도 없지만, 집으로 까지 찾아온다는 것이 싫어서, 가마고 한 것이다.

저녁 뒤에 그는 말대답할 것을 생각하면서 큰 마을로 발길을 옮겼다. 대문간에 들어서는데, 작은사랑 툇마루에서

"아 그래 제깟 녀석이 명색이 뭐길래, 내가 부른다는데, 냉큼 오질 못한다더냐?"

하고 그 되바라진 목소리로 머슴애를 꾸짖는 목소리가 똑똑히 들렸다. 동혁은 "네! 여기 대령했습니다" 하는 듯이 바로 지척에서 "으흠, 으흠" 하고 기침을 하고

"저녁 잡수셨에요?"

하며 들어섰다. 기천은 도적질이나 하다가 들킨 것처럼 옴씰해서, 반사 운동으로 발딱 일어서기까지 하며

"아, 자네 오나?"

하고 반색을 한다. 그 푼푼치[149] 못하게 생긴 얼굴을, 횟배를 앓는 사람 처럼 잔뜩 찌푸리고 있다가, 뜻밖에 동혁이와 마주치는 순간, 금시 반 가운 낯으로 표변하는 표정 근육의 민첩한 움직임은, 여간한 배우로는 흉내를 못 낼 것 같다.

"아, 이 사람아, 난 여태 저녁도 안 먹고 기다렸네."

하는 것도 허물없는 친구를 대하는 태도다.

"거— 시장하시겠군요."

하고 동혁은 할 말이 있으면 어서 하라는 듯이 툇마루 끝에 가 걸터앉

었다. 방으로 들어가자는 것을

"회관을 지은 뒤에 처음 총회가 있어서, 곧 가봐야겠어요."

하고 한사코 들어가지를 않았다. 방으로 들어만 가면 의러껏으로 술상이 나오고 술을 억지로 권할 것을 알기 때문이다.

"그럼, 예서라도 한잔 해야겠네. 술을 입에두 안 댄다니 파계破戒를 시키군 싶으이만, 워낙 자넨 고집이 센 사람이 돼놔서……."

하고 준비해놓았던 술상을 내왔다. 술이란 저의 집에서 사철 떨어뜨리지 않고 밀주를 해먹는 보기만 해도 고리타분한 막걸리 웃국이요, 안주라고는 언제 보아도 낙지 대가리 말린 것에 마늘장아찌뿐이다. 칠팔 년이나 면서기를 다니는 동안에 연회석 같은 데서는 남이 태우다가 꺼버린 권연 꼬투리를 주워 피우면서도 단풍 한 갑 아니 사먹던 위인으로는 근래에 교제가 늘어서 면이나 주재소 같은 데서 양복쟁이가 나오면 으레 술까지 내는 것이다.

"하— 이거 내가 소동파蘇東坡가. 사람을 앉혀놓고서 인호상이자작引壺觴而自酌[150]을 하니, 어디 맛이 있나."

하고 『고문진보』 뒷다리나 읽어본 티를 내지 못해서 애를 쓴다. 그러나 숙습熟習[151]이 난당難當[152]이라고 써야 할 자리에 '수습이 난방이로군' 하기가 예사여서, 정말 글방에서 종아리깨나 맞아본 사람의 코웃음을 받는 때가 많다.

기천은 말을 꺼내기가 어려워서 술기운을 빌리려는 것이다. 사실 동혁의 앞에서는 무슨 말이고 함부로 꺼내기가 어려웠다. 농우회에도 다른 회원들 같으면 그 반수가 저의 논의 소작인이라, 여차하면 '논 내놔라' 말 한 마디만 비치면은 설설 기니까, 문제가 되지를 않고, 건배만 하더라도 저와 이해관계는 없어도, 키 크고 싱겁지 않은 사람 없다고, 원체 허풍선이가 돼서 술 몇 잔에 속을 뽑히는데, 농사치도 한 마지기가 없이 엉터리로 사는 사람이니까, 돈을 미끼로 물려서 낚아볼 자신도 있다. 그러나 유독 동혁이만은 그야말로 눈엣가시다. 천생으로 사람이 묵중해서 당최 뱃속을 들여다볼 수가 없는데, 근처에 없는 고등교육까지 받아서, 마주 앉으면 제가 도리어 눌리는 것 같다.

기천은 다리를 도사리고 앉아서, 고무신의 때가 고약처럼 묻은 버선 바닥을 쓰다듬던 손으로, 술잔을 들고 쭈욱 들이켜고는, 족제비 털 같은 노랑수염을 배비작거려서 꼬아 올리더니

"좀 하기 어려운 말일세만……."

하고 반쯤 외면을 한 동혁의 눈치를 곁눈으로 훑어본다.

13

"말씀하시지요."

동혁은 '또 무슨 말을 꺼내려고 이렇게 뜸을 들이나' 하면서도 들으나마나 하다는 듯이 어둑어둑해가는 땅바닥만 들여다보고 앉았다.

기천이는 실눈을 뜨고 손톱여물을 썰더니,

"자네 그 회관 짓기에 얼마나 들었나?"

하고 다가앉는다.

"돈이요? 돈이야 얼마 안 들었지요."

기천은 다리를 도사리고 고쳐 앉으며 용기를 내어

"인제 진흥회가 생기면 회관이 시급히 소용이 되겠는데 당장 질 수는 없구…… 게가 동리 한복판이 돼서 자리가 좋아. 그러니 여보게 거 어떻게 재목값이든지 품삯꺼정 넉넉히 따져서 내게루 넘길 수가 없겠나? 자네들은 한 번 지어봐서 수단이 났으니까 딴 데다가 다시 지면 고만일 테니…… 자네 의향이 어떤가?"

하고 얼굴을 반짝 쳐든다. 너무나 염치 빠진 소리에 동혁은 어이가 없어서

'얼굴 가죽이 간지럽지 않으냐.'

는 듯이 기천을 뻔히 쳐다보다가

"왜 돈 만 원이나 내노실 텝니까?"

하고 껄껄껄 웃었다. 기천은

"아—니, 이 사람 웃음의 말이 아닐세."

하고 금세 정색을 한다.

"글쎄, 웃음의 말씀이 아니니까, 웃을 수밖에 없군요."

동혁은 별이 반짝이기 시작한 하늘을 우러러 다시 한 번 허청웃음을 웃었다.

"허— 이 사람, 그래도 웃네그려. 그 집을 이문을 붙여서 팔라는데 실없이 웃을 게 뭐 있나?"

기천은 동혁이가 저를 놀리는 것 같아서, 눈살을 찌푸린다.

"글쎄 생각을 좀 해보세요. 그 집은 돈 아니라, 금덩어리를 가지고도 팔거나 사지를 못합니다. 돈만 가지면 무슨 일이든지 다 맘대로 될 줄 아시는 모양이지만, 억만 원을 주고도 남의 정신만은 사지를 못할걸요. 그 회관은, 팔려면 단돈 백 원어치도 못 될진 모르지만, 우리 열두 사람이 흘린 땀으로 터를 닦았구요, 붉은 정성으로 쌓아논 기념탑이니까요. 우리 손으로 부숴버린다면 모르지만, 다른 사람은 아무도 그 집엔 손가락 하나 대지를 못합니다."

"아—니, 글쎄 그런 줄 모르는 건 아니지만, 혹시나 하고 한 말일세."

"혹시나라뇨? 한 단체가 공동으로 합력을 해 지어논 집을 나 한 개인이 팔아먹을 생각을 혹시나 하고 있을 것 같아서, 그런 가당치 않은 말씀을 꺼내셨나요?"

이 한마디에 기천은 고 빳빳하던 모가지가 자라목처럼 옴츠러들지 않을 수 없었다.

"……"

기천은 두 눈만 깜작깜작하고, 담배를 붙여 물었다 부벼 껐다 하며, 속으로 안간힘만 쓰고 앉았다.

'돈으로도 굴레를 씌울 수 없는 이 젊은 녀석을 어떡하면 꼼짝 못하게 옭아 넣을까.'

하고 벼르고 있는 것이다. '한곡리'서 대를 물려가며 왕 노릇을 해오던다가, 역시 대를 물려가며 '소인소인' 하고 저의 집 전장을 해먹던 상놈인 박가의 자식 하나 때문에, 위신이 떨어지고 돈놀이 해먹는 세력까지 은연중에 꺾이는 생각을 하면 이가 뽀드득 갈렸다. 그러나 자는 호랑이 코침 주기로 동혁이를 섣불리 건드렸다가는 열두 회원이 이해관계를 떠나서 벌떼처럼 일어날 듯한 데 겁이 났다. 더구나 한 번 심술만 불끈하고 나면 물불을 사리지 않고 덤벼드는 동화가 무슨 짓을 할는지 그것도 무서웠다. 동화에게는 두어 번이나 여러 사람들 앞에서 모양 사나운 꼴을 당했기 때문이다.

더구나 근자에는 관변에서까지도 '한곡리'에서는 동혁이가 중심이 되어 동리 일을 하고 인망과 인심이 농우회원에게로 쏠린 줄로 인정을 하는 데는 눈에서 쌍심지가 돋으리만큼 시기심이 났다. 그래서 어떠한 수단이든지 써서 젊은 사람들이 하는 일을 헤살을 놀 계책을 생각하느라고 밤이면 잠을 못 자는 것이다. 그러다가 장차 발기될 진흥회의 역원이 되어달라고 간청을 해도 말을 아니 들으니까 그 회관을 몇 백 원이라도 주고 매수를 할 꾀를 낸 것이었다.

동혁은 갑갑한 듯이

"그만 가봐야겠는데요."

하고 뻣뻣하게 한마디를 하고 일어선다. 기천은 놓치면 큰일이나 날듯이 동혁의 손을 잡고 매달리듯 하며

"여보게 동혁이 낫살이나 먹은 사람이라구 너무 빼돌리질 말게. 나도 동네일이 하구 싶어서 그러는 게 아닌가?"

하고 사뭇 애원을 한다. 동혁은 잡힌 손이 냉혈동물의 몸에나 닿은 듯이 선뜩해서 슬며시 뿌리쳤다.

기천은 또다시 실눈을 뜨고 무엇을 생각해보더니

"그럼 자네들 회에 나 같은 사람도 회원 될 자격이 있나?"

하고 마지막으로 타협안妥協案을 제출한다.

"'만 삼십 세 이하의 남자로 회원 반수 이상의 동의가 있어야 입회를 허락한다'는 농우회의 규약이 있으니까요."

동혁의 대답은 매우 냉정하다.

"그럼, 사십이 넘은 나 같은 인생은 죽어버려야 마땅하겠네그려?"

기천은 간교한 웃음을 짓는다.

"아 그래서 어떡하게요. 그렇게 유력하신 분이 돌아가시면 우리 동리의 큰 손실일걸요."

하고 동혁은 씽긋 웃으며 돌아섰다.

그리운 명절

1

"얘 금분아."

"네에?"

"넌 저 달이 뭐만큼 커 뵈니?"

"……양푼만 해요."

"넌? 창례는?"

"……맷방석만 한데요."

"아유— 가지뿌렁하지 마라 얘. 어쩌문 저 달이 맷방석만 하다니?"

"쟨 누구더러 가지뿌렁이래. 아 그래 저 달이 양푼만 하면 고 속에서 옥토끼가 어떻게 방아를 찧는단 말이냐?"

"그럼 애야. 맷방석 속에선 어떻게 방아를 찧니?"

마루 끝에 걸터앉아서 송편을 빚던 두 소녀는, 팔월 열나흗날 구름 한 점 없는 중천에, 동뚜렷이 떠오른 달을 손가락으로 재보다가, 서로 호호거리며 웃는다.

"그렇죠, 네? 선생님. 그런데 참 정말 저 달 속에서 옥토끼가 방아를 찧는대유?"

영신은 바늘을 잡았던 손을 쉬며, 달을 유심히 쳐다보다가

"그건 옛날부터 전해 내려오는 얘기란다. 그런 건 없어도, 커―다란 망원경이란 걸 대고 보며는, 사람이나 짐승 같은 건 없지만, 달 속에도 산이 있고 시내 같은 게 있단다."

"그럼 그 물이 어디루 쏟아진대유?"

"아이구 어쩌나. 우리 머리루 막 쏟아지문."

"아냐. 달 속의 냇물은 바짝 말라붙었단다."

"날이 가물어서요?"

"그럼 달 속엔 줄창 숭년만 들겠네."

"참 햇님은 신랑이구, 저 달님은 새색시라죠? 그게 정말이야유?"

계집아이들이 줄달아 묻는 말에 영신은

"글쎄……. 그런 건 다 지어낸 말이니깐."

하고 웃으며 우물쭈물하는 수밖에 없었다.

우주의 신비에 눈을 뜨기 시작한 천진덩이인 아이들의 질문에, 영신은 똑바른 대답을 해줄 만한 천문학의 지식이 없거니와, 설명을 해준대도, 계집아이들이 알아들을 리가 없었다.

그동안 '한곡리'에서는 농우회관을 낙성하였다는 소식을 들은 영신은 일종의 경쟁심리가 움직였다. 그는 성벽이 나서

"청석골은 그보다 곱절이나 큰 도회지에 갖다놓아도 부끄럽지 않을 만한 학원을 짓고야 말겠다."

는 야심이 불 일 듯하였다. 그러나 인제는 기부금도 걷지 못하게 되어서 백방으로 생각을 하다가 추석날을 이용해서 이 시골구석에서는 처음인 학예회 같은 것을 추석놀이 겸 열고 다소간이라도 집을 지을 밑천

을 얻으려고 두 달째나 그 준비에 골몰해왔었다. 오늘 저녁은 학예회에 출연할 아이들을 마지막으로 연습을 시켜서 돌려보내고 유희하는 데 나오는 여왕에게 씌워줄 종이 면류관을 마분지로 오려 금지로 배접[153]을 해서는 그것을 꿰매고 앉은 것이다. 그날 입힐 복색까지도 영신이와 원재 어머니가 며칠씩 밤을 새우며 꿰매놓았다.

한편으로는 부인친목계의 회원들이 조석으로 한 숟가락씩 모은 쌀을 빻아 풋밤과 호박고지를 넣고 시루떡을 찌고 그들이 손수 심고 거두어들인 햇팥과 콩을 소를 넣어 송편을 빚는데, 금분이랑 창례랑 집 가까운 아이들이 모여 와서 한몫을 본다. 이 떡은 내일 추석놀이가 끝이 나면 아이들에게 상금처럼 나누어주려는 것이다.

영신은 달빛에 번쩍번쩍하는 가위를 놀리다가, 몇 번이나 그 손을 쉬고 머리를 떨어뜨렸다. 금분이나 창례만 할 때에, 그때도 추석 전날 오늘처럼 달이 초롱같이 밝은데, 마루 위에서 낮에 동산에서 주워다둔 밤과, 풋대추를 가지고 사촌동생과 공기를 놀던 생각이 났다. 그것을 죽은 오라비에게 송두리째 빼앗기고 몸부림을 치며 울다가, 어머니한테 꾸지람을 듣던 생각이 났다. 울다울다 지쳐서 잠이 들었다가, 아침에 일어나 보니 밤과 대추가 대소쿠리에 소복이 담겨서 머리맡에 놓여 있지 않았던가. 그 신기하던 생각이 바로 어제런 듯 눈에 선하다.

"얘들아 창가나 하나 하렴."

향수鄕愁에 잠겼던 영신은 면류관을 집어 던지고 방으로 들어가 손풍금을 들고 나왔다. 그것을 본 계집애들은 미리 신이 나서

"선생님 뭘 할까유? '이태백이 놀던 달아'를 할까유?"

하면서 손뼉을 쳐서 떡가루를 털며 영신의 앞으로 옹기종기 모여 앉는다.

"왜 요전번에 알으쳐준 거 있지? 낼 저녁에 너희 반에서 할 거 말야. 그 창가를 날 따라서 느릿느릿하게시리 불러봐."

"옳지, 난 알어. 그 창가 난 알어."

맨 꼬랑지에 앉았던 복순이가 내닫는다. 손풍금 고요히 반주를 탄다.

◇

둥근달 밝은 밤에
바닷가에는
엄마를 찾으려고
우는 물새가,
남쪽나라 먼 고향
그리울 때에
느러진 날개까지
젖어 있구나.

아이들은 더 나직나직이 둘째줄을 부른다. 팔로 유회하는 흉내까지
내면서…….

◇

밤에 우는 물새의
슬픈 신세는
엄마를 찾으려고
바다를 건너
달빛 밝은 나라로
해매 다니며
엄마 엄마 부르는
작은 갈매기

계집애들은 멋도 모르고
"아이 재밌다! 재밌다!"

하고 손뼉을 치는데 원재 어머니는 처량한 생각이 들어서 행주치마 끈으로 눈두덩을 누르며 돌아앉았다.

그날 밤 영신은 어머니를 꿈속에 만나서 마주 붙들고 느껴느껴 울었다. 그러다가 새벽녘에는 동혁이와 첫날밤을 치르는 꿈을 꾸었다. 엄마가 그리워 헤매어 다니던 어린 물새처럼 지쳐 늘어진 날개를 그의 따뜻한 품속에 조심스럽게 깃들인 꿈을…….

2

추석날은 장거리에서 물 위와 물 아래 동리를 편을 갈라서 줄을 다린다고 떠들었다. 그러나 그리로 장정들만 한 십여 명쯤 갔을까 그 밖에는 청석골의 남녀노소가 모두 예배당으로 모여들었다. 십 리 이십 리, 밖에서 단체를 지어 온 사람도 수십 명이나 된다. 말똥구리 굴러가는 것도 구경이라고 구경이라면 모략을 쓰고 덤벼드는 여편네들은 정각 전부터 예배당 마당이 빽빽하도록 모여들었다. 그중에는 시집올 때 입던 단거리 비단 저고리 치마를 개켜둔 자국도 펴지 않은 채 뻘질러입고 두 눈구멍만 남기고는 탈바가지처럼 분을 하얗게 뒤집어쓴 새댁네도 섞였다.

그네들은 사철 동이를 이고 논 귀퉁이의 샘으로 물을 길러 다니고 이웃집에 마실을 다녀본 것밖에 소위 명절날이라고 구경을 나서보기는 이번이 처음이다.

예배당 벽을 의지하고 송판 쪽으로 가설해논 무대 좌우에는 커다란 남포를 켜고 검정 장막을 내리쳤다. 흙방 속에서 면화씨만 한 등잔불에 눈이 어두운 사람들은 전등이란 구경도 못하였거니와 이 남폿불만 하여도 대명천지로 나온 것만큼이나 눈이 부시도록 밝았다.

청년회(그것도 근자에 영신이가 발설을 해서 조직을 한 것이지만……)의 회원들과 부인친목계의 회원들은 가슴에다가 종이꽃을 하나씩 꽂고 나섰다.

아이들은 앞줄에다 앉히고 물밀듯이 달려들며 떠드는 구경꾼들의 자리를 정돈시키느라고 거진 한 시간 동안이나 걸렸다. 동리에 있는 멍석과 가마때기를 깡그리 몰아다가 깔았건만 땅바닥으로 밀려나간 사람이 태반이다. 나중에 온 사람들은 그때 쫓겨나간 아이들처럼 담 밖에서 넘겨다보고 뽕나무로 올라가는 성황을 이루었다.

영신이도 새 옷을 깨끗하게 갈아입고 분때[154]를 다 밀었다.

"오늘 저녁엔 우리 선생님이 여간 이뻐 뵈지 않는구나."

"얘 언젠 숭하더냐? 분 한번 안 바르시니깐 사내 얼굴 같지."

무대 앞에 앉은 계집애들이 개막할 시간이 되어서 쩔쩔매고 오르내리는 영신을 쳐다보고 소곤거린다. 아닌 게 아니라, 오늘 저녁의 영신은 달빛에 보아 그런지 담 밖을 넘겨다보는 한 떨기 목련화木蓮花처럼 탐스러워 보였다.

"따르르……."

목각종 치는 소리가 나더니, 막이 드르르 열렸다. 선생이 막 뒤에서 반주하는 손풍금 소리를 따라 공작새처럼 색색이 복색을 한 계집아이들이 나와서 창가를 한다. 눈이 푹푹 쌓이는 날도 홑고쟁이를 입고 다니던 금분이가, 연분홍 치마저고리를 입고 나와서 유희를 해가면서, 가냘픈 목소리로 동요를 한다.

"흥 아무튼 가르치구 볼 게여."

"여부가 있나. 선녀들 놀음 같은 걸."

늙은이 축에서도 매우 감탄하는 모양이다. 막은 몇 번이나 열렸다, 닫혔다. 손뼉도 칠 줄 모르고 떠들던 구경꾼들은, 평생 처음 구경하는

아이들의 재롱에

　‘내 딸은 언제 나오나?’

하고 마른침을 삼키며 다음 순서를 기다린다.

　휴식 시간이 지난 뒤에 학예회는 제2부로 들어갔다. 여자 상급반의
아이들이 나와서 가극 비슷한 여왕놀음을 하는데 황금빛이 찬란한 면
류관을 쓰고 옥좌 위에 가 점잖이 앉았던 옥례가 서캐가 무는지 자꾸만
뒷머리를 긁다가 그 관이 앞으로 벗어졌다. 황급히 집으려는데 마침 바
람이 홱 불어 종이 면류관은 떼굴떼굴 굴러서 무대 아래로 떨어지려고
한다.

　옥례는 얼굴이 홍당무가 되어

　“아이구 절 어쩌나?”

하며 그 관을 집으려고 허겁지겁 달려들다가 그만 미끄러졌는데 넘어
졌다 일어나 보니 면류관은 자반처럼 납작하게 찌부러졌다. 그것을 보
자 마당에서는 떼웃음이 까르르 하고 터졌다.

　어떤 마누라는 부처님 앞에 절을 하듯이 연방 합장을 하면서 허리를
잡는데 옥례는 엉엉 소리를 내어 울면서 무대 뒤로 뛰어 들어갔다.

　끝으로 남학생들의 ‘흥부놀부’ 놀음도 여러 사람의 웃음보를 터트렸
다. 흥부가 어색하게 달고 나온 수염이, 붙이면 떨어지고 붙이면 떨어지
고 하다가, 나중에는 머리카락으로 만든 수염들이 콧구멍을 간질여서

　“에취.”

하고 재채기를 하는 바람에, 수염은 몽땅 떨어져 달아났다.

3

　여러 사람의 웃음은 한참만에야 진정이 되었다. 이번에는 올해 일곱

살밖에 아니 된 간난이란 계집애가, 반은 선생에게 떠다 밀려서 무대 한복판으로 나왔다. 커다란 리본을 단 머리를 숙여 나비처럼 곱다랗게 예를 하고는, 딱 기착을 하고 서서 두 눈을 깜박깜박하더니, 은방울을 굴리는 듯한 목소리로

"오늘 저녁에 아무것도 준비한 것이 없는데, 이처럼 여러분께서 많이 와주셔서 감사합니다."

하고 부자연하게나마 글을 외듯이 한마디를 하고는, 고만 말문이 막혀서 할낏할낏 뒤를 돌려다본다. 선생이 막 뒤에 숨어서

"우리들이 살기는 구차하지만."

하고 뚱겨주는 소리가 여러 사람의 귀에까지 들린다.

"우리들이 살기는 구차하지만 열심히 배우면 이렇게 창가도 하고 유희도 할 줄 안답니다. 여러분, 여러분께서는, 우리 강습소를 도와주시고 하루바삐 새 집을 커다랗게 짓고 내년에는 그 집에서 추석놀이를 썩 잘하게 해주십쇼."

하고는 다시 예를 납신하고[155] 아장아장 걸어 들어간다.

앵무새처럼 선생의 입내를 내는 것이 어찌나 귀여운지

"아이 고것 앙증두 스러웨. 조게 사봉이 딸년이지."

하고 어떤 마누라는, 한 번 안아나 주려고 무대 뒤로 쫓아 들어간다.

끝으로 손풍금 소리가 다시 일어났다. 아이들은 무대 위와 아래로 가지런히 벌려 서서, 일제히 목청을 높인다.

　　　삼천리 반도 금수강산
　　　하나님이 주신 내 동산.

하고 제219장 찬송가를 부른다.

"일하러 가세! 일하러 가!"

하고 후렴을 부른 때, 아이들은 신이 나서 팔을 내저으며 발을 구르며 목청껏 소리를 지른다.

어느 틈에 원재를 위시하여, 청년들과 친목계의 회원들까지 따라 불러서, 예배당 마당이 떠나갈 듯하다. 이 노래는 '한곡리'서 애향가를 부르듯이, 무슨 때에는 교가校歌처럼 부르는 것이다.

찬송가가 끝나자, 원재 어머니는 회원들을 대표해서 먹글씨로 커다랗게 쓴 백지를 무대 정에다가 붙이고 내려간다.

一金參百圓也 靑石洞婦人親睦契員 一同
(일금 삼백원야 청석동부인친목계원 일동)

이 종이쪽을 보고 놀란 것은 비단 학부형뿐이 아니다. 이때까지 여러 사람 앞에 나타나지 않던 영신이도, 무대 뒤에서 제 눈을 의심할 만큼 놀라서

"저게 웬일이야요?"
하고 한달음에 원재 어머니의 곁으로 갔다.

"아까 회원들이 다 모인 김에 우리가 입때꺼정 저금한 걸 새 집 짓는 데 다 내놓기로 했어요."
한다.

영신은 감격에 겨워, 눈을 딱 감고는 아무말도 못하고 돌아섰다. 영신의 덕택으로 호미와, 절굿공이와, 오줌동이밖에 모르고 지내던 자기네부터 글눈을 떴거니와, 오늘 저녁에 자기네가 금지옥엽같이 기르는 자녀들이, 그처럼 신통하게 재주가 있을 줄은 꿈에도 몰랐다. 평생

처음으로 크나큰 감동을 받은 그들은

"오냐, 우리네 자녀도 가르치면 된다. 남부럽지 않게 개화를 한다."

하는 신념信念을 얻었다. 그래 원재 어머니의 발설로 몇몇 해를 두고 별별 고생을 다 해가며 푼푼이 모은 저금을 한 사람의 반대도 없이 송두리째 강습소를 짓는 데 기부를 하게 된 것이다.

"허— 이거 부인네들이 저 어려운 돈을 내놨는데 사내코빼기라구 가만 있을 수 있나."

하고 늙은이들은 주머니 털음을 하고 타동 사람까지도 지갑을 뒤져서. 당장에 칠 원 각수[156]가 모였다. 몇 백 명 틈에서 단돈 칠 원! 그러나 그네들이 시재[157] 가진 돈이라고는 그밖에 없었다. 그것도 상상밖의 큰돈인 것이다. 구경꾼들은

'좀 더 구경할 게 없나.'

하고 서운한 듯이 떠날 줄 모르다가 하나, 둘 흩어졌다. 영신은 아이들의 옷과 유희하던 제구를 챙겨 넣은 뒤에 어젯밤 밤늦도록 빚은 송편과 시루떡을 아이들과 함께 나누어 먹었다.

'아 저이들두 인제는 저만큼이나 깨어가는구나.'

하니 저의 헌신적 노력이 갚아지는 듯 다시금 감격에 겨워 몇 번이나 그 떡이 목에 넘어가지를 않았다.

일 년 중에도 가장 밝고 맑고 서늘한 추석날 저녁의 달빛은 예배당 마당으로 쏟아져 내린다. 영신은 아이들의 손을 잡고 그 달이 기울도록 노래를 부르며 어린애와 같이 뛰놀았다. 기쁨과 행복이 온몸에 넘쳐서 사랑하는 사람이 눈앞에 보이기만 하면 와락 달려들어 한바탕 머리를 꺼둘러주고 싶었다. 뺨을 대고 그 기쁨을 그 행복을 들부벼주고 싶었다.

4

영신은 그 돈 삼백 원 중에서 반만 학원을 짓는 데 쓰리라 하였다.
그 돈을 다 들인대도 도저히 설계한 대로 지을 수는 없지만 근근자자
히 모은 근로계의 돈을 내놓았다고 냉큼 송두리째 집어 쓸 수는 없었
던 것이다.

"우선 이것만 가지고 시작을 해보겠어요. 시작이 반이라는데 설마
중간에 못 짓게야 될라구요. 기부금 적은 것만 들어오면……."
하고 회원들의 특별한 호의라느니보다도 일종의 희생적인 기부금을 굳
이 반만 쓰겠다고 사퇴를 하였다. 또 한편으로는

'아무리 같은 통속이래도 잔약한 그네들에게만 의뢰를 하는 건 근본
취지에 어그러진다. 내 힘으로 해야지 내 힘껏 해보다가 쓰러지는 한이
있드래도 전수히 남의 도움만 받으려는 것은 우리네의 큰 결점이다.'
하는 생각이 들었던 것이다.

'자— 인젠 집을 짓는구나!'
하니, 그는 미리부터 흥분이 되어서 잠이 아니 왔다. 어떻게 무엇부터
시작을 해야 할는지, 엄두가 나지를 않아서, 잠을 잘 수가 없었다. 그러
니 교회에 관계하는 사람도 집 짓는 데는 모두들 손방이라, 누구와 의
논조차 해볼 데가 없다.

'동혁 씨나 핑계 김에 공사 감독으로 불러댈까. 한 번 집을 지어본
경험이 있으니…….'
하다가

'아니다. 그건 공상이다.'
하고 어떻게든지 '한곡리' 회관보다 번듯하게 지어논 뒤에, 낙성식을
할 때에나 버젓이 초대를 하리라 하였다. 그때까지는 아무리 만나고 싶

어도, 꽁꽁 참으리라 하였다.

동리에 지위 명색이 두어 사람 있기는 하지만, 닭의 장, 돼지우리나, 고작해야 토담집이나 얽어본 구벽다리[158]뿐이다. 영신은 생각다 못해서 삼십 리 길을 걸어서, 장터로 목수를 부르러 갔다. 재목은 마침 근동에서 발매[159]를 하는 사람이 있다니까, 생목을 잡아 쓸 셈만 치고, 우선 안목이 있는 목수를 불러다가 의논이라도 해볼 심산이었다.

영신은 수소문을 해서, 면역소나 주재소 같은 관청 일을 도급[160]으로 맡아 지었다는 젊은 목수 한 사람을 찾아보고는 무작정하고 데리고 왔다. 데리고 와서는

"여보 피차에 젊은 터이니 품삯 생각만 하지 말구 모험을 한 번 합시다요. 우리 둘이서 이 학원 집을 짓는 셈만 치고 시작을 해서 성공만 하면 당신의 이름도 나고 큰 공익사업을 하는 게 아니겠소?"

하고 학원을 시급히 지어야 할 사정과 돈이 당장에는 백오십 원밖에는 없다는 것을 툭 털어놓고 좍 이야기를 한 후 서랍 속에서 여러 가지로 그려본 설계도를 꺼내보였다. 설계도를 한참이나 들여다보고 앉았던 서글서글하게 생긴 목수는

"그럽시다. 제 힘껏은 해보죠. 돈 바라고 하는 일도 있구. 일재미로 하는 일도 있으니깐요."

하고 선뜻 대답을 하였다. 바다 밖으로까지 바람을 잡으러 다녀서 속이 터진 목수는, 영신의 활발한 첫인상도 좋았거니와 자기의 사사로운 일이 아닌데, 물정을 모르는 신여성이 삼십 리 밖으로 저를 데리러 온 열성에 감복하였던 것이다. 뿐만 아니라, '함비'[161]를 걸치고 짜개발을 하고는 남의 지청구[162]만 받으며 따라다니던 사람이라 처음으로 도편수가 되어서 제 의사껏 일을 해보게 되는 데 미리부터 어깻바람이 났던 것이다.

재목도 우거지 같은 떼를 써서, 헐값으로 잡아서 실어오고 벽련[163]하는 꾼에, 자귀질 톱질꾼까지 불러다가는 엉터리로 일을 시작하였다.

집터는 온 동리가 내려다보이는 예배당 맞은쪽 언덕에다가 잡았다. 어느 교인의 소유로 삼백여 평이나 되는 것을, '돈이나 땅을 많이 가진 부자가 천당에 들어가기는, 약대[164]가 바늘구멍으로 들어가기보다도 어렵다'는 예수가 말한 비유까지 해가면서 사뭇 강제로 빼앗다시피 하였다.

집터를 닦는 날은, 한곡리만큼 풍성하지는 못하였다. 인심도 다르거니와, 한창 벼를 베고 한편으로는 바심을 하기 시작한 때라, 장정은 얻어보기가 어려웠다. 그래서 영신은 청년회원들과 아이들까지 총동원을 시켰다.

'체면이구 뭐구, 다 볼 때가 아니다!'

하고 그는 다리를 걷고 버선까지 벗어던지고 덤벼들었다. 주춧돌을 메고 목도질을 해오려면 어깨의 뼈가 으스러지는 듯이 아팠다. 키둥갑이나 되는 거성(큰톱)을 당겨주고 껍데기도 아니 벗긴 물먹은 기둥 나무를 이리저리 옮기고 하느라고 해 뜰 때부터 어둑어둑할 때까지 봉죽을 들어주고 나면 허리가 참나무 장작이나 댄 것처럼 꼿꼿하고 뼈끝마다 쏙쏙 쑤셔서 그 고통은 이루 형용할 수가 없었다.

"저러다 큰 병이나 나면 어떡하시료?"

하고 부인네들은 쫓아다니며 한사코 말리건만 저 자신부터 그런 일까지 나서서 하지 않으면 다른 사람들은 어정버정하고 일들을 아니 한다. 또는 모군꾼[165] 한 사람의 품삯이라도 절약을 하는 수밖에 없었던 것이다.

5

 달밤을 이용해서 영신은 모래를 날랐다. 거치를 만들어가지고 청년들과 마주잡이를 해서 시냇가의 모래와 자갈을 밤늦도록 나르기를 여러 날이나 하였다.

 한창 기운의 남자도 힘이 드는 일을 하다가 몹시 피곤하면 시냇가 모래밭에 두 다리를 뻗고 주저앉아서, 지쳐 늘어진 다리팔을 제 손으로 주물렀다.

 그것을 본 계집아이들은

 "내 주물러드릴께유."

 "선생님 내 주물러드릴께유."

하고 달려들어 다투어가며 선생의 팔을 주무르고 다릿마디를 쳐준다.

 영신은 마전[166]을 한 통무명을 펼쳐논 것같이 달빛에 비치는 시내를 내려다보다가 소녀 시대의 생각이 어렴풋이 나면은

 "얘 우리 소꿉질하련?"

하고 사기그릇 깨진 것이나 조약돌을 주워 모아 제단을 만들었다 허물었다 하기도 하고 모래로 성을 쌓기도 한다.

 "두껍아 두껍아 헌집 주께 새 집 다구."

해가며 도두록하게 쌓아올린 모래를 토닥토닥 두드리기도 한다. 그러면 참 정말 소녀와 같은 기분으로 돌아가서 지나간 그 옛날을 추억하느라고 비록 잠시나마 극도로 피곤한 것을 잊을 때도 있었다.

 토역을 할 때에도 손이 째이면[167] 맨발로 들어서서 흙을 이기고 죽가래를 들고 진흙을 섬겨주느라면 땀이 철철 흘러서 눈을 바로 뜰 수가 없었다.

 동리 사람들은 틈만 있으면 모여들었다. 그러나 그녀들은 집 짓는 것

을 조금이라도 거들어주려고 오는 것이 아니요 젊은 여자가 아슬아슬한 데까지 걷어붙이고 상일을 하는 것이 신기해서 구경차로 모여드는 것이다. 남은 죽기 기를 쓰고 일을 하는 것을 입을 헤— 벌리고 바라다보는 것을 보고

'왜 저렇게 신경이 마비된 사람처럼, 멍하니들 섰을까.'

하고 혀를 끌끌 차면서도, 그는 비릿비릿하게 일을 도와달라는 말은 한마디도 아니하였다.

그럭저럭 집을 짓기 시작한 지 한 달이나 지나갔다. 젊은 목수는

"이런 일은 번갯불에 담배를 붙이듯이 해치워야지, 오래 끌수록 내 손해다."

하고 다른 봉죽꾼들을 휘몰아서, 일은 여간 빨리 진행이 되지를 않는다. 그래서 벌써 중방까지 꿰고 윗가지를 얽게 되었다.

이때까지 구경만 하던 동리 사람들도, 영신이가 진종일 매달려서, 일을 하는 것을 보고 매우 감동을 받아

"우리가 사내 명색을 하구, 그대로 볼 수는 없네."

하고 바심이 끝나자, 와짝 모여들어서 청솔가지를 꺾어다가 두둑하게시리 물매[168]를 잡아 새를 올리고, 일변 초벽까지 끝이 났다.

그중에도 부인친목계의 회원들은

"채선생님 혼자 저렇게 일을 하게 내버려뒀다간, 참말 큰일나겠구려. 집안일은 못해도, 우선 저 집부터 지어놔야 맘을 놓겠수."

하고 자기네 남편을 하나씩 끌고 와서, 일이 부쩍부쩍 늘었던 것이다. 영신은 평생소원이던 학원집이 비록 설계한 대로 되지는 않았어도 한칸 두 칸 꾸며나가는 데 재미가 나서 여전히 침식을 잊고 지냈다. 늙으신 어머니를 그리워할 겨를도 없고 토요일 저녁이면 무슨 일이 있든지 동혁에게 꼭꼭 써 부치던 편지도 두 번씩이나 거르기까지 하였다. 그래

서 동혁에게서는

"너무 과히 노력을 해서 병이나 나지 않았느냐."고 매우 궁금히 여기는 편지가 연거푸 왔다. 영신은 '아이 내가 집 짓는 데만 절망고[169]를 해서…….'

하고 어느 날 밤은 속눈썹이 쩍쩍 들러붙는 것을 참으면서 그동안의 경과를 소상히 적고, 인제는 만날 날이 가까워 온다는 기쁜 소식을 전해주었다.

두 달 열흘 남짓해서 '청석학원'은 문패까지 걸게 되었다. 가장 돈이 많이 드는 내부의 수장은 손을 대지도 못하고 창에 유리도 끼지 못하였지만, 인제는 마루까지 놓았으니까 급한 대로 쫓겨간 아이들도 수용할 수는 있게 되었다. 아이들은 새벽한 것이 미처 마르기 전부터 모여들었다. 그 아이들이 우리 속에서 뛰어나온 토끼처럼 넓은 마루에서 깡충깡충 뛰고 미끄럼을 하며 달리고 펄펄 뛰다 못해서 펄떡펄떡 재주를 넘으며 좋아서 어쩔 줄을 몰라 하는 것을 볼 때 영신은 기쁜 눈물이 옷깃을 적시는 것을 깨닫지 못하였다. 그 자리에 쓰러져 죽어도 눈이 감길 성싶었다.

…… 낙성식을 하기 닷새 전기해서 영신은 동혁에게 "무슨 일이 있든지 그날 꼭 와달라."는 편지를 썼다. 그러나 좋은 일에 마魔가 든다는 것은 이런 경우에 쓰는 말일까. 영신은 그 이튿날 아침 천만뜻밖에

'모친 위독 즉래.'

라는 급한 전보를 받았다.

6

그날 밤으로 부랴부랴 길을 떠난 영신은, 자동차에 시달린 몸을 기차

에 실린 뒤까지도, 놀란 가슴이 가라앉지 않았다.

기차는 그믐밤의 어둠을 가르며, 북으로 북으로 숨 가쁘게 달린다. 한 정거장 두 정거장이 휙휙 뒷걸음질을 쳐서, 고향이 가까워갈수록 불안과 초조는 점점 더해가는데, 앞에 앉은 사람이 누군지 거들떠보지도 않고 두 눈을 꽉 감은 채 생각에만 잠겼다.

'전보까지 쳤을 땐 암만해도 어머니가 돌아가신 거야.'
하는 방수끄런 생각까지 들었다. 그다지도 못 잊어하던 딸의 얼굴을 끝내 보지 못하고 외로이 숨을 거두는 어머니의 임종을 눈앞에 그려 보니, 쌓이고 쌓였던 묵은 설움이 북받쳐 올라서 다시금 눈망울이 뜨거 웠다.

김정근과의 혼인 일로 청석골까지 오셨을 때, 이틀 밤을 울며 밝히시 다가 "넌 내 자식이 아니다." 하고 돌아서실 때의 그 쓸쓸하던 뒷모양! 자동차가 떠날 때 차창을 스치는 저녁 바람에 한 가닥 두 가닥 휘날리 던 서릿발 같은 머리털! 정처 없이 굴러다니는 가랑잎처럼 마르고 찌든 그 노쇠한 자태!

"아아, 그 얼굴이 마지막이었구나!"

영신은 차창에 이마를 들부비며 소리를 죽이면서 흐느껴 울었다. 저 하나 공부를 시키려고 육십이 넘도록 생선 광주리를 내려놓지 못하시 던 홀어머니를 다만 몇 달 동안이라도 제 곁에 따뜻이 모시지 못한 생 각을 할수록 저의 불효하였음이 뼈에 사무치도록 뉘우쳐졌다. 그러면 서도 한편으로는 무슨 병환이 드셨는지는 몰라도 노환일 것 같으면 급 작히 위독하다는 전보까지는 치지를 않았을 터인데 수산조합엔가 다니 는 외삼촌이 한집에 모시고 있으면서 여지껏 엽서 한 장 아니 해주었을 리야 없지 않은가. 그럼 어느 해 여름처럼 뇌빈혈로 길거리에 졸도나 하지 않으셨을까.

오만가지 생각이 머릿속에 들끓어서 영신은 잠시도 눈을 붙이지 못하였다. 창밖의 그믐밤보다도 마음속이 더 캄캄한데, 입술이 타도록 조바심이 나서, 좀 눕는 체하다가는 다시 일어앉았다 하는 동안에, 기차는 북관천리를 내처 달렸다.

기적은 동해변의 조그만 항구의 새벽 공기를 새되게 찢었다. 밤새도록 차창에 들부빈 머리를 빗어 올릴 사이도 없이 뛰어내렸건만 '플랫폼' 은 기차가 떠난 뒤처럼 휘덩그렇게 비었는데, 마중을 나온 몇 사람 중에서 영신을 맞아주는 사람은 하나도 없다.

출찰구出札口에는 여관 이름을 쓴 초롱을 켜 들은 차인꾼[170]들이 양옆으로 벌려 서서, 졸린 듯한 목소리로 손을 끄느라고 법석이건만, 거기서도 영신의 손을 잡아줄 사람은, 아무리 둘러보아도 눈에 띄지 않았다.

'마중을 나와줄 경황도 없나보다.'

하니 영신은 한층 더 불안해졌다. 그는 마악 전깃불이 나가서 황혼 때와 같이 으스레한 정거장 넓은 마당에서 머리를 들었다.

삼 년 만에 우러러보는 고향의 하늘! 그러나 영신은 아침볕이 벌겋게 물들어오는 동녘 하늘을 빡빡한 눈으로 우러러보면서도 이렇다 할 감상이 일어날 마음의 여유가 없었다. 일 분 일 초가 바쁘게 집으로 가고는 싶건만, 바다와는 반대 방향으로 오 리나 되는 언덕 밑까지 타박타박 걸어 올라가는 수밖에 없었다.

아직 점방의 문도 열지 않은 길거리를 도망꾼처럼, '바스켓' 하나를 들고 줄달음질을 쳐서 수산조합까지 왔다. 그러나 외삼촌이 다니는 사무소의 문은 굳게 닫혀 있지 않은가.

영신은 문을 흔들어보다가 돌아서서 언덕길로 올라가다가 뿡뿡 하고 달려드는 '버스' 와 마주쳤다.

"참 그동안 '버스' 가 댕기게 됐다는 걸 까맣게 잊어버렸네."

하고 혼잣말을 하고는 정거장으로 다녀오면 타고 가려고 정류장 앞에
가 비켜서는데 등 뒤에서

　"영신 씨!"
하고 부르는 소리가 들렸다. 귀에 익은 목소리에 영신은 깜짝 놀라서
고개를 홱 돌렸다.

7

　'버스'가 미처 정거를 하기도 전에 허둥지둥 뛰어내리는 사나이—.
그는 틀림없는 김정근이었다.

　"아 웬일이세요?"
　영신은 창졸간[171] 부르짖었다. 여기서 만나기는 천만뜻밖이면서도
얼떨결에 정근이가 반갑기도 하였다.

　"……."
　검정 세루 신사양복을 입은 정근은, 모자를 벗고 은근히 인사를 하면
서도, 우물쭈물하고 얼핏 말대답을 못한다.

　"아—니 언제 이리로 오셨에요?"
　영신은, 정근이가 그동안 이곳의 금융조합으로 전근이나 해온 줄 알
고 채우쳐 물었다. 정근은 여자의 날카로운 시선을 피하면서 지난봄에
결혼 문제를 해결 지어달라고 청석골까지 갔을 때보다도 더 여윈 얼굴
에 아침볕을 모로 받으며

　"저…… 지금 마중을 나가는 길인데요. '버스'가 고장이 나서……."
하고는 계집애처럼 머리를 숙이고 말끝을 맺지 못한다.

　"마중을 나오시다뇨? 누굴요?"
　영신은 더욱 이상스러워서 연거푸 묻는다.

"영신 씨가 오실 줄 알구⋯⋯."

"아─니, 내가 올 줄 어떻게 아셨어요?"

영신은 행길에서 정근에게 불심신문不審訊問이나 하듯 한다.

"얘긴 차차 하구 집으루 가시지요."

정근은 영신의 집 방향으로 돌아서며 무슨 죄나 지은 사람처럼 비실비실 걷기를 시작한다.

영신은 그 뒤를 바싹 대서며

"그럼 우리 집엘 가보셨겠군요?"

하고 조급히 물었다. 정근은 어려서부터 이웃집에서 자라나서 영신의 어머니를 '아주망'이라고 부르며 따르던 터이라 무슨 일로든지 여기까지 왔으면야 저의 집에를 들렀을 듯해서 물어본 것이다.

정근은 여전히 선선하게 대답을 못하고 '버스'를 기다리는 듯이 연방 정거장 편만 돌려다본다.

"아 어머니가 위독하시단 전보를 받고 오는 길인데요, 왜 말씀을 못하세요?"

영신은 갑갑해 못 견디겠다는 듯이, 발을 멈추며 정근을 노려보았다. 정근은 그제야

"아무튼 같이 갑시다. 대단친 않으시니 안심하시구요."

한다. 다년 책상 앞에 구부리고 앉아서 주판질을 하고 철필 끝만 달리느라고 워낙 잔졸¹⁷²하게 생긴 사람이 허리까지 구부정해졌는데 팔꿈치와 양복바지 꽁무니는 책상과 의자에 반질반질하게 닳아서, 걸음을 걷는 대로 번쩍거린다. 영신은 한 걸음 다가서며

"정말 대단친 않으세요?"

하고 정근의 말을 흉내 내듯 하였다. 어머니가 그동안 돌아가지 않으신 것만은 확실해서 우선 마음이 놓이면서도

‘그럼 어째서 전보까지 쳐서 바쁜 사람을 불러 내렸을까.’

하는 의증이 더럭 났다.

"그럼 전본 누가 쳤어요?"

하고 의심에 빛나는 눈초리로 정근의 옆얼굴을 노려보는데, 등 뒤에서 ‘버스’가 달려왔다. 정근은 대답할 것을 모면하고 손을 들어 ‘버스’를 세우더니

"타고 가십시다."

하고 저부터 뛰어오른다. 영신은 잠자코 그 뒤를 따라 올랐다.

영신은 멀찌감치 떨어져 외면을 하고 앉았다. 어머니의 소식을 대강이나마 안 담에야 여러 사람 틈에서 이 말 저 말 묻기도 싫어서 창밖으로 눈을 돌렸다.

"얼마나 이상이 맞는 사람과 결혼을 해서 갖은 복록을 다 누리며 사나 두고 보자."

고 저주까지 하던 남자가 어쩌면 저다지도 떡심이 풀린[173] 것처럼 풀기가 없을까. 왜 말대답도 시원히 못 할까. 대관절 여기는 무얼 하러 와서 나를 마중까지 나왔을까— 하니 눈앞에 앉은 정근이가 점점 의심스러워졌다.

어려서부터 학교에 다닐 때, 보아오던 거리에는, 초가집이 거진 다 헐리고, 얇다란 함석지붕에 낯선 문패가 붙었다. 무슨 양조장釀造場이니 조선 요리 ○○관館이니 하는 커다란 간판만 눈에 띄는데, 어머니가 생선을 받아가지고 다니던 수산조합 도매장水産組合都賣場을 지날 때는, 생선 비린내가 훅 끼쳤다.

"아하, 우리 고향두 어지간히 변했구나!"

영신은 터져 나오는 한숨을 금할 수 없었다.

8

영신을 불러 내린 것은 정근의 조화였다. 영신이가

"어머니!"

하고 집으로 뛰어 들어가보니 어머니는 병들어 눕기는커녕, 정지간에서 아침 반찬을 할 생선을 다루고 섰지 않은가.

"아니고 우리 영신이!"

하고 반색을 하며 마당의 아침볕을 받으며 내닫는 어머니의 눈물이 글썽글썽해진 얼굴은 지난봄에 보았을 때와 조금도 다름이 없다. 영신은 어머니가 반가운 것보다도, 정근에게 속은 것이 몹시 불쾌해서 어머니에게 잡힌 손을 뿌리치며 '바스켓'을 마루 끝에다 내던지고는

"난 어머니가 돌아가신 줄 알았구려!"

하고, 저의 뒤를 따라와서 구두끈을 끄르는 정근을 돌려다보고 눈을 흘겼다.

"어미가 숨을 몬다구나 해야 집엘 와보지."

딸의 성미를 잘 아는 어머니는 눈 하나를 찡긋하고, 심상치 않은 영신의 기색을 살피면서

"어서 방으로 들어가잤구나."

하고 어름어름한다.

"자네도 들어오게그려."

어머니는 정근이가 정말 사위나 되는 듯이 불러들였다. 정근이가 슬금슬금 곁눈으로 저의 눈치를 보며 들어와, 윗목에 가 앉는 것을 보자, 영신은 발딱 일어서고 싶도록 불쾌해졌다. 양회푸대로 바른 장판만 들여다보고 입을 꼭 다물고 있으니까, 어머니는

"왜 저렇게 뽀루퉁하고 있니? 너 집엘 몇 해 만에 온 줄 아니? 그러

다간 참 정말 어미가 죽어두 모르겠구나."

하고 흥분한 딸의 얼굴을 처음 보는 사람처럼 요모조모 뜯어보다가

"자넨 왜 저러구 앉었나?"

하고 정근이더러 무슨 말이라도 꺼내라고 재촉 비슷이 한다. 그래도 정근은 꿀 먹은 벙어리처럼 아무말도 못하고, 넥타이만 만지작거리고 앉았는데, 영신은 무릎을 세우며

"어니, 어머니가 저렇게 정정하신데, 전보를 친 사람이 누구야요."

하고 반쯤은 정근을 향해서 새되게 쏘아붙인다. 속고 온 것보다도 어머니가 돌아가셨나보아 애절초절[174]을 하던 것이 몹시 분하였다. 그보다도 어머니를 살살 꼬이고 어수룩한 늙은이와 짬짜미[175]를 해가지고 거짓말 전보를 친 정근의 비열한 태도가, 주먹으로 그 핏기 없는 얼굴을 후려갈기고 싶도록 밉살스러웠다.

"그건 차차 알자. 아침이나 먹어가며 천천히 얘길 하자."

하고 어머니는 정지간으로 내려가서 수산조합에 다니는 동생의 댁과 아침상을 차린다.

조금 있자 생선 굽는 냄새가 풍겨 들어오건만, 방 안의 두 사람은 피차에 쓰디쓴 얼굴을 하고, 말은커녕 마주 쳐다보지도 않는다. 밤새도록 기차 속에서 시달리면서 불안과 초조에 지지리 졸아붙은 듯하던 영신의 신경은, 다시금 불쾌한 흥분으로 옥죄어 드는 것 같다.

정근은 양복 앞자락의 먼지를 손가락으로 톡톡 튀기고 있다가

"너무 불쾌하게 생각은 마세요. 전보는 어머니가 치라고 하셔서, 치긴 내가 쳤지만……."

하고 간신히 한 마디를 꺼낸다.

"알았어요!"

영신의 대답은 얼음같이 차다.

"지난봄의 그 편지 한 장으로는……."

"단념을 할 수 없단 말씀이죠?"

"네……."

"그래서 어머니를 꼬드겨서, 말짱한 노인이 돌아가신다고 거짓말 전보를 쳤군요?"

영신의 눈은 마주 쳐다보기가 매섭도록 날카롭다.

방 안의 공기는 찢어질 듯이 **빡빡**한데, 어머니는 손수 딸의 아침상을 들고 들어왔다.

9

밥상이 들어오는 것을 보자, 영신은 발딱 일어나 밖으로 나가서 세수를 하고 들어왔다. 잠시 자리도 피할 겸 머리를 식히기 위함이었다.

오래간만에 모녀가 겸상을 하고, 정근은 산지기 모양으로 윗목에 가외상[176]을 받았다. 영신은 어머니가 그동안 지낸 일과 수다스럽게 늘어놓는 잔사설을 귀 밖으로 흘리며 입맛이 깔깔해서 밥은 두어 술 뜨는 둥 마는 둥하고 물러앉았다.

어머니는, 정근이가 너를 불러 내린 것이 아니라는 발뺌을 뿌옇게 하고는

"여러 말 할 거 없이 이번엔, 아주 귀정[177]을 내고 가거라. 그렇게 몇몇 해를 너 하나만 유념해온 사람을 까닭없이 마다면, 죄로 가느니라. 난 저 사람이 인젠 가엾어 못 보겠다."

하고는 연방 딸의 눈치를 살핀다. 영신은 속아서 내려온 분도 채 꺼지지 않았는데, 들어단짝 그런 말을 꺼내는 어머니의 태도가, 뚜쟁이만큼이나 비열한 것 같아서 입술만 자근이 깨물고 있다가

'직접으로 단판을 하고 말리라.'

하고 입속으로 양치질을 하고 있는 정근의 편 쪽으로 반쯤 돌아앉았다.

"날 좀 보세요."

여자의 말에 따라 정근은 노—란 얼굴을 쳐들었다. 그러나 그의 시선은 다시 무릎 위로 떨어졌다.

"아무튼 위조 전보까지 쳐서 날 불러 내리신 건 비겁한 행동이야요. 더군다나 어머니가 돌아가신 줄 알고 속고 온 게 몹시 불쾌하지만 될 수 있는 대로 냉정히 얘길 하겠어요."

하고 헛기침을 해서 목소리를 가다듬더니

"원체 사랑이라는 건요 한편 쪽에서 강제할 수도 없는 거구요, 또는 상대자의 사정을 봐서 제 몸을 바칠 수도 없는 줄 알아요. 그건 동정이지 진정한 사랑은 아니니까요."

하고 설교를 시작하듯 한다. 정근은 그제야 영신의 얼굴을 똑바로 쳐다볼 만큼 용기를 내었다.

"나도 그만 걸 모르는 건 아니에요. 그렇지만 어려서부터 단단히 믿어 오던 터에 편지 한 장으로야 첫 번 사랑하던 사람을 단념할 수가 있어요. 그런데 집에선 결혼 문제도 너무나 귀찮게 구니까, 좌우간 탁방[178]을 지려고 일테면 비상수단을 쓴 겐데……."

하고는 바늘방석에나 앉은 것처럼 불안해한다.

영신은 남자의 앞으로 조금 몸을 다그며[179] 눈을 아래로 깔고

"나 역시 정근 씨한테 미안한 생각이 없진 않아요."

하고 진심으로 동정하는 빛을 보이더니

"하지만 우리 두 사람의 관계는 첨부터 나빴어요. 당자의 장래는 어떻게 되는지 모르고, 부모들이 덮어놓고 혼인을 정했다는 건 다시 비판할 여지도 없지만 개성個性에 눈을 뜬 우리가 옛날 어른들의 약속을 지

켜야만 할 의무義務는 손톱 끝만큼도 없어요. 그렇지 않아요?"

하고 평화스러운 얼굴빛을 짓는다.

"그렇지만……."

"그렇지만 뭐야요?"

"난 오늘날까지도 영신 씨 한 사람만을 사랑하고 있는데……."

"……."

이번에는 영신이가 대답에 궁한 듯 입을 뽀족이 다물고 있다가.

"나 같은 여자를 그다지 꾸준하게 사랑해주신다는 데는 고맙다고 해
야 할지, 미안스럽다구 해야 할지 모르겠어요."

하고 눈을 내리깔고 있다가 목소리 보드랍게

"정근 씨!"

하고 손톱여물을 썰고 있는 남자의 얼굴을 쳐다본다.

"그런데 두 사람 중에 한 편의 짝사랑만으로 결혼이 성립될 수가 있
을까요?"

그 말에 신경질인 정근의 눈초리는 샐쭉해졌다.

"그야 성립될 수가 없겠지요."

하고 영신의 얼굴에 구멍이라도 뚫을 듯이 똑바로 노려보더니

"도대체 어째서 뭣 때문에, 나를 사랑할 수 없다는 거야요? 그 까닭
이나 똑똑히 말해주세요."

하고 바싹 다가앉는다.

10

단둘이서만 이야기할 기회를 주려고 어머니는 자리를 피해서, 영신
과 정근은 피차에 최후의 담판을 개시하였다. 그러나 "무슨 까닭으로

나를 사랑하지 않느냐."는 어리석은 듯하고 거북한 질문에는 얼른 대답이 나오지 않아서, 영신은 잠시 주저할 수밖에 없었다.

"사람의 감정이란 인력으로 억지로 못하는 거야요. 하지만 난 인간적으론 정근 씨를 싫어하지 않아요."

"그럼요?"

정근은 약빨리 말끝을 채친다.

"일이 기왕 이렇게 됐으니 솔직하게 말씀하지요."

하고 영신은 무슨 셈을 따지듯 엄지손을 꼽는다.

"첫째, 돈을 모아서 저 한 사람의 생활안정이나 꾀하려는 정근 씨의 이기주의利己主義가 싫어요!"

"이기주의가 싫다구요? 우리에겐 경제생활의 토대가 없으니까. 따라서 문화文化도 없는 게지요. 그러니까 우린 첫째 돈을 모아가지구 모든 걸 사야만 하지요. 결국은 모든 걸 돈이 지배하고 해결하니까요."

"그건 퍽 영리하고도 아주 현실적現實的인 사상인진 모르지만요, 제 목구멍이나 제 잇속밖에 모르는, 청인이나 유대[猶太] 사람은 되구 싶지 않아요! 저라는 개인個人 이외에 사회도 있고 민족도 있으니까요."

"암만 사회를 위하느니 민족을 위하느니 하구 떠들어도, 우선 돈을 안 가지곤 손도 대볼 수 없는 게 엄연한 사실인 데야 어떡하나요?"

"물론 돈이 필요하지요. 그렇지만 우린 필요한 것과 귀한 걸 구별할 줄 알아야겠어요. 더군다나 계몽운동이나 농촌운동은 다른 사업과는 달라서, 오직 정성으로 혈성으로 하는 게지, 돈을 가지고 하는 건 아니니까요. 실상 우리 같은 새빨간 무산자가 꿈에 광맥이나 발견하기 전엔, 돈을 모아가지구 사업을 한다는 건 참 정말 공상이지요. 사실 남의 고혈을 착취하지 않고서 돈을 모은다는 건 얄미운 자기변호自己辯護에 지나지 못하는 줄 알아요."

이 말에 정근은 불복인 듯이 상체를 뒤흔들며

"아니, 그렇지 않……."

하는데, 영신은 급작히 손을 들어 정근의 말문을 막으며

"여러 말씀 할 게 없어요. 누가 무슨 말을 하든지, 내 신념만은 굽히지 않을 테니까요. 그리고 둘째는요……."

하고 바로 정근의 턱밑에서

"난 지금 연애니 결혼이니 하는 문제를 생각할 겨를이 없어요! 오해하시면 안 됩니다. 이것두 핑계가 아니구 사실이야요. 내가 '청석골' 다가 이 일 저 일 벌여논 걸 직접 보지만, 지금 강습소를 엉터리로 지어놓구, 허리가 휘도록 빚을 졌는데요 바로 낼모레가 낙성식을 할 날이야요. 한눈을 팔기는커녕 죽을래야 죽을 틈이 없는 터에, 연애가 뭐고 결혼은 다 뭐야요……."

말이 여기까지 이르자 부드럽던 영신의 말씨는 점점 여무져가고, 잠 한숨도 못 자서 흐릿하던 눈에서는 영채가 돈다.

정근은 질문할 말도 대답할 말도 궁해서, 과식한 사람처럼 어깨로 숨만 가쁘게 쉬고 있다가

"그럼 모든 게 안정된 장래까지도 생각을 다시 고칠 수가 없을까요?"

하고 은근히 후일을 기약하자는 뜻을 보인다. 영신은 그 말대답도 서슴지 않았다.

"장래까지도 다시 생각할 여지가 없어요! 난 내 맘대로 약혼한 남자가 있으니까요."

"뭐? 정말요?"

정근은 입을 커다랗게 벌리며 몸을 반쯤이나 일으켰다. 영신이가 약혼을 하였다는 것을 여태까지 한낱 핑계로만 여겼던 것이다.

"박동혁이라구 저 ― '한곡리' 라는 데서 농촌운동을 하는 사람인데

요. 돈은 한 푼도 없어도 황소처럼 튼튼하고 건실한 동집니다. 올봄에 그이의 일터로 찾아가서 앞으로 삼 년 계획을 세우고 왔어요. 그래서 정근 씨한테 단념해달라는 편지를 한 거야요."

하고는

"마지막으로 한마디 해두고 싶은 말이 있어요." 하고 목소리를 흠씬 낮추어가지고 "어려서부터 한고장에서 자라났구 또는 여러 해 동안 나 같은 여자를 유의해주신 정분으로 충고를 하는 건데요, 지금 같은 정근 씨가 개인주의個人主義를 버리고 어느 기회에든지 농촌이 아니면, 어촌 이나 산촌으로 돌아가서 동족이나 같은 계급을 위한 일을 해주세요! 우 리 같은 청년 남녀가 아니면, 뉘 손으로 그네들을 구원해냅니까?"

영신의 목소리에는 정근의 머리가 저절로 수그러들 만한 열熱과 저 력底力이 있었다.

두 사람은 함께 묵묵하였다. 그러다가 영신은 인제 더 할 말이 없다 는 듯이

"난 좀 자야겠어요."

하고 일어서더니 윗간으로 올라가 턱 누워버린다.

11

점심때가 훨씬 겨워서 영신은 동혁이가 청석골로 와서 기다리는 꿈 을 꾸다가 소스라쳐 깨었다. 눈을 부비며 아랫방으로 내려가보니 정근 은 그림자도 찾을 수 없는데 어머니 홀로 벽을 향해서 훌쩍훌쩍 울고 누웠다.

"어머니 그이 어디 갔수?"

하고 딸은 어머니의 어깨를 흔들었다.

"누가 아니. 나한테도 암말없이 가방꺼정 들고 나갔단다."

어머니는 돌아누운 채 울음 반죽으로 대답을 한다. 영신은 그 곁에 가 한참이나 잠자코 앉았으려니 저한테 너무나 매정스럽게 퇴짜를 맞고 다시 머나먼 길을 인사도 아니 하고 떠나간 정근이가 가엾은 생각이 들었다.

'차차 그이한테두 좋은 배필이 생기겠지.'

하고 눈을 내리감고는 그의 장래를 마음속으로 축복해주었다. 그러다가 어머니의 뼈만 남은 손을 잡으며

"어머니!"

하고 불렀다.

"왜?"

어머니는 그제야 반쯤 돌아눕는다.

"너무 그렇게 섭섭해하지 마슈. 그 사람보다 더 잘나고 튼튼한 사윗감을 뵈드릴게, 응."

하고 영신은 응석조로 늙은 어머니를 위로한다.

"사윗감이야 어디 없겠니. 하지만 정근이만큼 어려서부터 정이 들고 얌전한 자리 아마 골라도 없을라."

하더니

"네가 그럴 줄은 몰랐다. 어미의 마지막 소망도 인전 끊겨졌구……."

어머니의 눈은 또 질금질금해진다.

"글쎄 그렇게 언짢아하지 마시라니깐. 어느새 무슨 소망이 끊겼다구 그러슈? 몇 해만 눈 꿈쩍하구 기다려주시면 내가 잘 뫼시고 살 텐데……."

"듣기 싫다. 난 하도 여러 번 속았으니까, 인전 황금 방석에다 올려 앉힌 대도 고지가 안 들린다."

하고 한숨만 들이쉬고 내쉬고 한다. 영신은 동혁이와 약혼을 하기까지의 자세한 경과와, 청석학원을 짓느라고 죽을힘을 다 들인 이야기를 좍 하고 나서

"나는 물론 어머니가 낳아서 길러주신 어머니의 딸이지만, 어머니 한 분의 딸 노릇만은 할 수가 없다우! 알아들으시겠수? 어머니 한 분한텐 불효하지만, 저 딴엔 수천수만이나 되는 장래의 어머니들을 위하지 일을 하려고 저 한몸을 바쳤으니까요. 그러는 게 김정근이 하나한테만 이 살덩이를 맡기는 것보다 얼마나 거룩하고 뜻있는 일인지 몰라요. 네 그렇죠? 어머니!"

어머니는 일어나 앉으며 파뿌리 같은 머리카락을 손가락으로 쓰다듬어 올리더니

"모르겠다. 난 평생을 이렇게 외톨로 살란 팔자니까."
하고는 다시 말이 없다.

"어머니! 그럼 우리 청석골로 갑시다. 아무러한들 어머니 한 분이야 굶겨 드리겠수."

"싫다, 싫어!"

어머니는 그것도 생각해보았다는 듯이 체머리를 앓는 사람처럼 머리를 흔든다.

"밥숟가락을 놓는 날까정 난 내가 벌겠다. 네 입 하나 치기도 어려운데 아무짝에 소용이 없는 늙은이가 뭣하려 딸이 가서 멋부치기 노릇을 하겠니? 네가 시집 갈 때꺼정 목숨이 붙어 있으면 한번 구경이나 가마."

그 말에 영신은 참았던 눈물이 핑 돌았다. 얼핏 저고리 고름으로 눈두덩을 누르고, 온몸의 용기를 내어

"아무튼 내가 없인 낙성식을 못할 테니깐 저녁차로 떠나야겠수."
하고 차마 하기 어려운 말을 꺼냈다.

"오늘 저녁에 떠나? 정말이냐? 어미하고 하루저녁 자보지도 못하고……?"

마르고 주름 잡힌 어머니의 얼굴은 무한히 외롭고 섭섭한 빛에 뒤덮인다. 딸은 그 얼굴을 마주 쳐다보다가

"그럼 어떡허우? 어머니? 그럼 난 어떡허우?!"

하고 목소리를 떨다가 어머니의 무릎에 이마를 들부비며 느껴느껴 울었다.

……어머니는 정거장까지 전송을 나왔다.

호각 소리가 들리고 기차 바퀴가 구르기 시작하는데, 치맛자락을 들추어 다 떨어진 주머니를 끄르며 따라오더니, 딸이 얼굴을 내민 차창으로 그 주머니를 들어트리고는 잠자코 돌아섰다.

그 주머니 속에는 생선 광주리를 이고 다니면서 푼푼이 모아 넣은 돈이 묵직하게 들어 있었다.

반가운 손님

1

영신의 편지를 받은 동혁은 저의 일과 조금도 다름이 없이 기뻤다.

"아무렴 가구말구. 오지 말래두 갈 텐데⋯⋯."

하고 혼잣말을 하면서 벽에 붙은 일력을 쳐다보았다.

'내일은 떠나야겠는데⋯⋯.'

하고 노자를 변통할 궁리를 하였다. 추수라고는 하였지만 잡곡을 섞어 먹는데도 내년 보리때까지 댈 양식조차 없었다. 간신히 계량이나 하던 것을 그야말로 문전의 옥답을 반나마 팔아 강도사 집의 빚을 청산하였기 때문에 풍년이 들었어도 광 속에는 벼라고 겨우 대여섯 섬밖에는 들어가지 못하였다.

각종 세금과 비료대와 곗돈과 온갖 추렴이며 동화가 각처 주막에 술값을 진 것과 일 년 동안에 든 가용을 따지고 보면 그 벼 몇 섬까지 마저 팔아도 회계가 닿지를 않는다. 노인을 뫼신 사람이 생선철이 되어도 비린내조차 맡아보지를 못하고 제법 광목 한 필 사들인 적이 없건만, 씀씀이는 논 섬지기나 할 때보다 더 줄지를 않는다. 그것은 동혁이가 집안일에만 매달리지 않는 까닭도 다소간은 있겠지만, 소위 자작농이 그러하니, 남의 소작을 해먹는 사람들은 참으로 말이 못 된다. 회원 중에도 건배는 실농군도 되지 못하지만, 남의 논 한 마지기도 못 얻어하는 사람이라 가을이 원수 같았다.

"난 타작마당에서 빗자루만 들구 일어서는 꼴을 당하지 않으니까, 배포만은 유하거든."

하고 배를 문질러 보이지만 그 뱃속에서는 쪼르륵 소리가 나는 것이다. 실상은 삼사 년씩 묵은 빚만 대추나무에 연 걸리듯 해서 어떻게 해야 할는지 도무지 엄두가 나지를 않는 모양이다. 그는 입버릇처럼

"노름하다 밤샌 건 제사지낸 셈만 치구, 돈 내버린 건 도적 맞은 셈만 치면 고만이지."

하고 제 손으로 패가한 것을 변명하며, 낙천가樂天家의 본색을 발휘하지만, 실상은 어린것들의 작은창자조차 곯리는 때가 많다.

생활의 안정을 얻지 못하는 그는, 동리일을 한다고 덜렁거리고 다니기는 해도, 노상 횃대에 오른 오리 모양으로 언제 어느 바람에 불려서 어디로 떠 달아날지 모를 것 같은 기색이, 올가을부터 현저히 보일 때, 유일한 친구인 동혁의 마음은 어두웠다. 제 코가 석 자가웃이나 빠졌으니 물질로 도와줄 수는 없는데, 그렇다고, 끼니를 굶고도 먹은 체하고 농우회 일을 보는 것이 여간 마음 아픈 것이 아니다. 회의 일만 해도 그렇다. 회원들이 그렇게 집안의 반대와 괴로움을 무릅쓰고 일을 하건만, 실상 생기는 것이라고는 드러내어 말할 것이 못 된다. 공동답의 수확은 작년보다 두어 섬이나 더 늘었다. 개량식으로 지은 보람이 있어 재미가 나고, 구식만 지키는 사람들에게 자랑도 되지만, 한 마지

기에 석 섬 마수[180]나 타작을 하였대도, 반은 강도사 집으로 들어가니, 그 나머지를 열두 사람이 나누면, 한 사람에 겨우 한 가마니쯤 차례가 갈 뿐이다. 그것이나마, 회관 비용을 쓰려고 팔아서 저금을 하는 것이니, 실속을 따지고 보면 헛수고를 한 셈이다. 회원들은

"이거 너무 섭섭해서 안됐는 걸."

하고 겨우 고무신 한 켤레와 삽 한 자루씩을 사서 나눴을 뿐이다.

그러나 한 길이나 되는 볏단을 조리개로 큼직하게 묶어서 개상에다가 둘러메치자, 싯누런 몽근벼[181]가 와르르 쏟아질 때, 회원들은 재미가 쏟아졌다. 도급기稻扱機의 으르렁거리는 소리― 바심꾼들의

"어거― 띠―, 윗윗."

하고 태질을 하는, 그 기운찬 소리를 들을 때, 황금가루로 뫼를 쌓아 논 듯한 벼 무더기 속에 벼를 끌어 담으며,

"…… 두 말이요― 두 말. 서 말이요, 서 말―."

하고 처량스러운 듯한 소리를 들을 때만은,

"아이구, 이걸 다 남을 주다니……"

하고 분한 생각에 한탄을 마지않으면서도, 한편으로는 대견하기도 해서 잗다란 걱정을 잊을 수 있었다.

……노자에 궁한 동혁은

'아무래도 십 원 한 장은 가져야 할 텐데……'

하고 입맛을 다셨다. 그러다 언뜻 눈앞에 나타난 것은 기만의 얼굴이었다. 그러나

'치사하게 그자한테 돈을 취해가지고 가긴 싫다.'

하고 다시 노자 변통할 궁리를 하느라고 꿍꿍거렸다.

2

낙성식 전날 영신은 십 리도 넘는 자동차 정류장까지 마중을 나갔다. 의외로 근친[182]을 하였기 때문에 그럭저럭 사흘 동안이나 빠져서 급작이 준비를 하느라고 잠시도 떠날 사이가 없건만 별러 별러 찾아오는 더구나 청해서 오는 사랑하는 사람을 앉아서 맞을 수는 없었던 것이다.

낮차에서 헛걸음을 치고 돌아와서

'저녁차에는 꼭 오겠지.'

하고 저녁때 또다시 나왔다. 가슴을 졸이며 자동차를 기다리는데 멀리서 '엔진' 소리가 들렸다.

영신은 신작로로 뛰어나가며 손을 들었다. 차는 '브레이크' 소리를 지겹게 내며 우뚝 섰다. 동혁은 벌써 알아보고 뛰어내릴 텐데 만원도 아니 된 승객을 훑어보았으나 땅이 두 쪽에 갈라져도 꼭 올 줄 알았던 사람은 그림자도 없다. 영신은 실망 끝에 어찌나 화가 나는지

"이놈아 왜 그이를 안 태워가지고 왔느냐."

하고 운전수를 끌어내려 퍽퍽 두드려주고 싶었다. 그는 그만 낙판[183]이 떨어져서 가로수街路樹 밑에 가 펄썩 주저앉아서, 거진 한 시간 동안이나, 푸른 하늘만 원망스럽게 쳐다보았다.

"못 오면 그 성실한 이가 전보라도 쳤을텐데……"

하고 여러 가지로 추측도 해보고, 공상도 해보다가 내왕 이십 리 걸음이나, 곱팽이를 쳐서, 그만 풀이 죽어가지고, 어둑어둑할 무렵에나 집으로 돌아왔다. 공연히 짜증이 나서, 학원에는 들르지도 않고 바로 사숙으로 갔다. 낙성식 준비래야 지도책을 펴놓고 만국기를 헝겊 조각에다 물감칠을 해서 달 것과, 상량上樑할 때도 쓸쓸히 지낸 목수며, 저와 함께 죽도록 애를 쓴 청년들을 점심이나 대접하려는 그 준비를 하는 것

뿐이다. 소위 내빈이라고는 청하지도 않았으나, 학부형들이나 모아놓고 그동안 경과를 보고하려는 것이다. 서울 연합회에는 청첩을 보내지 않을 수가 없어, 회장이 못 오면 간사라도 한 사람 와달라고는 했으나, 속으로 오지 말았으면 하였다. 농촌을 이해한다고 하더라도, 서울서 눈은 한껏 높은 '하이칼라'가 내려오면 보여줄 만한 것도 없거니와 대접하기만 거북할 것 같았다. 그런데 내빈의 총대표라고 할 만한 동혁이가 오지를 않으니 (건배 내외와 농우회원들에게도 형식적으로 청하기는 하였지만) 낙성식이고 무엇이고 다 집어치우고 싶도록 부화가 났다. 내일 온대도 정각인 아침 열시까지는 도저히 대어 들어올 수가 없지 않은가.

영신은 들어단짝 컴컴한 중문간에서

"원재 어머니!"

하고 불쾌히 부르며

"서울서 아무두 안 왔어요?"

하고 물으면서 운동화를 벗어던졌다. 서울로 통한 길은 다른 방향인데 그 길로는 원재를 보냈던 것이다. 집으로 들어오자 자기가 쓰는 방에 불이 켜진 것을 보고

'혹시 서울서나 누가 왔나?'

하고 물었는데 아무 대답이 없다. 영신은

'원재 어머니꺼정 어디루 갔어?'

하고 군소리를 하며, 방문을 펄쩍 열고 들어서다가 깜짝 놀라서 멈칫하고 뒤로 물러섰다.

"왜 서울서 오는 사람만 찾으세요?"

방 한구석에 앉아서 검붉은 얼굴에 웃음을 가득히 담고 쳐다보는 것은 틀림없는 동혁이. 아닌가? 천만뜻밖의 동혁이가 아닌가?

"아 이게 누구세요?"

영신은 놀라움과 반가움에 겨워서 가슴속은 두방망이질을 한다. 동혁은 벌떡 일어나 영신의 두 손을 덥석 쥐고 잡아 흔든다.

"아—니 어디루 어떻게 오셨어요?"

"어떻게 오다니요? 이 두 바퀴 자동차를 타구 왔지요."

하고 동혁은 제 다리를 탁 쳐 보인다. 영신은 혀끝을 내두르며

"아이고 어쩌면! 배도 안 타고 돌아오셨으면 한 삼백 리나 될 텐데……."

하니까

"아따 삼천 리는 못 올까요."

하고 동혁은 그저 손을 놀 줄 모른다.

"그래 언제 떠나셨어요?"

"어저께 새벽에요."

영신은 고만 동혁의 가슴에, 그립고 그립던 그 널따란 가슴에 얼굴을 파묻었다. 동혁은 두 팔로 영신의 어깨를 힘껏 끌어안은 채 둘이 함께 한참 동안이나 말이 없었다.

3

한참만에야 영신은 얼굴을 들었다. 등잔불빛에 번득이는 두 줄기 눈물! 그것은 반가움에 겨워서만 흘러내리는 것이 아니다. 거칠고 어두운 벌판을 홀로 헤매다가 어버이의 따뜻한 품속으로 기어든 듯한 느낌과, 살이 찢기고 뼈가 깎이도록 고생한 것을 무언중에 호소하는 그러한 눈물이었다.

동혁은 눈을 꽉 감았다가 뜨며

"신색이 매우 못하셨군요."

하고는 손등으로 눈물을 부비고 난 영신의 얼굴을 무한히 가엾은 듯이 들여다본다. 반년 남짓이 만나지 못한 동안에 영신은 그 탐스럽던 두 볼이 여위고, 눈 가장자리에는 가느다란 주름살까지 잡혔다. 더운 때도 아닌데 입술이 까맣게 탄 것을 보니 그동안 얼마나 노심초사를 했나 하는 것이 역력히 들여다보여서 동혁은

"그래 집 짓기에 얼마나 애를 쓰셨에요?"

하는 말이 입 밖까지 나오려는 것을 도로 끌어들였다. 그런 인사치레는 일부러 하기가 싫었던 것이다. 등잔불은 고요히 두 사람 사이의 침묵을 흔드는데

"우리 집 보셨지요? 동혁 씨 집보다 잘 졌지요?"

한참만에야 영신은 딴전을 부리듯이 묻는다.

"아까 잠깐 바깥으로만 둘러봤는데, 너무 훌륭하더군요. 한곡리 회관쯤은, 게다 대면 행랑채 같아요."

하고는

"집들은 엄부렁허게 지어놨지만, 인젠 내용이 그만큼 충실하게 돼야지요."

하고 동혁은 제가 주인인 듯이 영신의 손목을 끌어다가 앉혔다. 회관의 설계도를 보고 또는 편지로 자세히 짐작은 하고 있었지만 여자 혼자 시작한 일로는 엄청나게 규모가 큰 데 두 번 세 번 놀랐다.

"좀 누우세요. 여간 고단치가 않으실 텐데……."

하고 영신은 목침을 내어놓고 일어서며

"시장도 하실걸. 원재 어머닌 어딜 가서 여태 안 들어와."

하며 일어나는데

"아이고 선생님이 벌써 오신 걸 몰랐네."

하고 마주 들어오는 것은 이 집 주인이었다. 그는 손님이 혼자 와서 기다리는 것이 보기에 딱해서, 영신의 뒤를 쫓아 보낼 사람을 얻느라고, 회관으로 올라갔다가 내려온 것이었다.

영신은 원재 어머니에게만은 동혁이와의 관계를 이야기하여서, 그역시 동혁이를 여간 기다리지 않았었다. 그는 부엌으로 들어가며

"어쩌면 그렇게 대장감으로 생겼어요? 첨 봐서 그런지, 마주 쳐다보기가 무서웁디다."

하고 혀끝을 내둘러 보이면서 밥상을 차린다. 청석골 밖에는 나가보지도 못하였지만, 동혁이처럼 건장하고 우람스럽게 생긴 남자를 처음 보았던 것이다. 천사와 같이 숭앙하는 채선생의 남편 재목이, 방 안이 뿌듯하게 들어설 때, 그의 마음속까지 뿌듯하였던 것이다. 영신이도, 동혁이를 칭찬하는 말이 듣기 싫지 않아서,

"그렇게 무서워 뵈요? 아무튼 보호병정 하나는 튼튼하게 됐지요?"

하고 느긋한 웃음을 웃어 보였다. 원재 어머니가

"찬이 없어서 어떡헌대유?"

하고 성화를 하니까

"뭘, 돌멩이를 깨물어 먹어두 새길걸."

하면서도 밥상을 들고 들어가서는

"한곡리처럼 대접을 해드릴 수는 없어요. 우린 쩍의 반찬(배고플 적이란 뜻)밖에 없으니까요. 당최 부엌에 들어설 틈도 없구요."

하고

"호호호." 하고 명랑히 웃는다. 동혁은

"내가 요릿집을 찾아온 줄 아슈?"

하고는 밥상을 들여다보더니

"외상을 먹고는 언제 갚게요. 밥 한 그릇만 더 갖다가 우리 같이 먹

읍시다."

하고 우겨서 둘이 겸상을 해서 먹으며, 피차에 지낸 이야기를 대강 주고받았다.

두 사람은 이야기를 하면서도

'저 사람을 그다지도 그리워했던가.'

하는 듯이 피차에 얼굴에서 눈을 떼지 않고 기계적으로 숟가락질을 했다. 동혁은 숭늉을 마신 뒤에 입이 찢어지도록 하품을 하더니

"이 근처에도 주막이 있겠지요?"

하고 몸을 일으킨다. 제아무리 장사라도 이틀 동안에 거진 삼백 리 길이나 줄기차게 걸어왔으니, 노그라지지[184] 않을 수가 없었다.

"주막은 왜요? 어느새 망령이 나셨남."

하고 영신은 동혁을 붙잡아 앉히고는 홑이불을 새로 시친 저의 이부자리를 펴주고 나서

"하고 싶은 얘긴 태산 같지만 오늘은 일찌감치 주무세요. 조옴 고단하실까."

하고 일어선다. 동혁은

"아닌 게 아니라 내쫓아도 못 가겠쇠다."

하고 못 이기는 체하고 자리 위에 쓰러졌다. 영신은 안방으로 건너갔다가 자리끼를 들고 들어와서

"문고리를 꼭 걸구 주무세요. 네?"

하고 의미 깊은 웃음을 웃어 보이고는 나간다. 동혁이도 한곡리 바닷가의 오막살이에서 영신이가 오던 날 밤에 제가 한 말이 생각이 나서 빙긋이 웃으며

"굿 나잇!(영어로 잘 자라는 말)"

하고 손을 들었다. 조금 있자 문풍지가 진동하도록 드르렁드르렁 코를

고는 소리가 안방에서 잠을 얼핏 이루지 못한 영신의 귀에까지 들렸다.

4

동혁은 '한곡리' 서 나팔을 부는 시간에, 자리를 걷어차며 벌떡 일어났다. 정신없이 쓰러져 잤건만, 온몸의 피곤이 회복되지를 못해서 사지가 나른한데, 잠이 깨어 누웠자니 비록 깨끗하게 빨아서 시치기는 했으나, 영신이가 베던 베개와 덮던 이불에서 아렴풋이 풍기는 여자의 살냄새는, 코를 자극시킬 뿐이 아니었다.

그는 대문 밖으로 뛰어나가 체조를 한바탕 하고, 샘을 찾아가서 냉수로 세수를 하고는, 학원으로 올라가서 두어 바퀴나 뺑 뺑 돌면서, 야릇한 흥분을 간신히 가라앉혔다.

늦은 가을 서리 찬 아침은 정신이 번쩍 나도록 상쾌하다.

'아— 여기가 청석골이었구나!'

하고 동혁은 산중 벽촌의 하나도 신기할 것이 없는 자연을 둘러보았다. 띄엄띄엄 선 초가집 앞의 고욤나무는 단풍이 지고 미루나무는 벌써 낙엽이 져서, 가지만 앙상한 것이 매우 소조해 보인다. 다만 흰 벽이 찌들은 예배당만이 '한곡리' 에 없는 귀물이었다.

…… 조반을 같이 먹으면서도 두 사람은 보통 연애를 하는 남녀와 같이, 깨가 쏟아지는 듯한 이야기는 없었다. 영신이도 수다스럽게 재잘대기를 좋아하는 성미가 아니나 하고 싶은 말은 가슴속에 첩첩이 쌓였건만 입은 나분나분하게[185] 놀려지지를 않았다.

"이따가 내빈 총대로 한마디 해주세요. 기부금 적은 사람들이 감동이 돼서 척척 내놓게요."

하고 청을 하였고

"어디 연설 말씀을 할 줄 알아야지요."

한 것이 중요한 대화였다.

시간이 될랑 멀었건만 아이들은 거진 다 모여들었다. 그중에도 계집아이들은 명절 때처럼 울긋불긋하게 입고 어깨동무들을 하고 학원 마당으로 모여들었다. 어떤 계집아이는 추석놀이를 하던 날 밤에 꽂았던 풀이 죽은 '리본'을 꽂고 자랑스럽게 고개를 갸우뚱거리며 다닌다.

동혁은 운동장으로 내려가서, 나비를 움켜잡듯이 계집아이를 하나 붙들어 번쩍 들고 겁이 나서 빨개진 뺨에 입을 맞추고는

"너 몇 살이냐."

"집은 어디냐?"

"그래 너 채선생님이 좋으냐?"

하고 말을 시킨다. 다른 아이들은 고만 풍비박산을 하는데 동혁에게 붙들린 계집애는 처음에는 겁이 나서 발발 떨며 울지도 못하다가, 그렇게 무서운 사람이 아닌 줄 알고

"일곱 살유." "우리 집은 청석굴이래유."

하고 사투리를 써가며 곧잘 말대답을 한다.

동혁은 체격과는 정반대로, 아이들을 보면 귀여워서 사지를 못 쓴다.

"이걸 누가 해주던?"

하고 '리본'도 만져보고, 어깨 위에다 둘씩이나 올려놓고 얼싸둥둥을 하고 춤을 추듯 하고 다니는 것을 보고는

'어서 저렇게 생긴 사람이 왔나?'

하고 도망을 갔던 아이들이 살금살금 모여들어서 동혁을 에워쌌다.

"저— 이 아저씨가 사는 한곡리란 동네엔, 너희 같은 애들이 창가도 잘하고, 유희도 썩 잘하는데 너희들은 아주 바보로구나."

하고는 굵다란 목소리로 동요도 하고, 그 큰 몸집을 굼뜨게 움직이며

유희하는 흉내도 내보이면, 아이들은 그것이 우스워서 깔깔거리며 자지러지게 웃다가

"애개개, 우리더러 창갈 할 줄 모른대여."

하고 도리어 놀려먹으려고 든다. 동혁이가

"그럼 어디 한번들 해봐라."

하고 꾀송꾀송[186]하면, 아이들은 성벽이 나서 추석날 하던 유희와 창가를 되풀이하느라고 시간이 된 줄도 몰랐다.

땡땡 땡땡 땡땡

언덕 위, 학원 정문에 달린 종이 울린다. 그 명랑한 종소리는 맑고 푸르게 개인 아침, 한없이 높은 하늘로 퍼지는데, 아이들은 와— 소리를 지르고 앞을 다투며 달려간다.

땡땡 땡땡 땡땡

그 종은 새로 사다가 한 번도 울려보지 않았던 것이다. 동혁은 머리를 들어 종을 치고 선 영신을 쳐다보았다.

"이 돈은 꼭 저금을 해두었다가 새로 지으려는 학원 마당 앞에 종을 사서 달겠습니다. 아침저녁 내 손으로 울리는 그 종소리는, 나의 가슴뿐 아니라, 이곳 주민들의 혼곤히 든 잠을 깨워주고, '청석골'의 산천초목 까지도 울리겠지요."

라고 띄웠던 편지 사연이 생각났다. 오늘 아침의 그 종소리는 누구보다도, 동혁의 가슴 한복판을 울렸다.

5

학부형들과 집을 짓는 데 수고를 한 사람들이며 부인근로계원들은 물론, 교실의 칸을 터논 새 학원이, 비집고 들어설 틈이 없도록 가득히

들어섰다. 동혁은 맨 뒷줄에 가서 앉았다. 구경꾼들이 꾸역꾸역 모여들어서 떠들어대는 것을 보고, 동혁은

'손님처럼 서서 구경만 할 게 아니다.'

하고,

"여보슈. 어른들은 뒤로 나섭시다. 나서요."

"쉬— 떠들지들 맙시다."

하고 사람의 틈을 부비고 다니며 장내를 정돈시켜주었다. 여러 사람은

"저게 누구야?"

"어디서 온 사람일까?"

하고 두리번거리면서 비슬비슬 비켜선다.

그러자 교회의 장로인 대머리 영감이 단 위에 올라섰다. 장로는 서양 사람의 서투른 조선말을, 그나마 어색하게 입내 내는 듯한, 예수교식의 독특한 어조로, 개회사를 하고, 일부러 떨리는 목소리로 기도를 인도한다. 겉장이 떨어진 성경책을 들고 예배나 보듯이 성경까지 읽는다. 그동안 동혁은 눈을 꿈벅꿈벅하며, 교단 맞은편 벽에 붉은 '잉크'로 영신이가 써 붙인 몇 조각의 '슬로건[標語]'을 쳐다보고 있었다.

"갱생更生의 광명光明은 농촌으로부터!"

"아는 것이 힘, 배워야 산다."

"우리의 가장 큰 적敵은 무지無知다."

"일하기 싫은 사람은 먹지 말라."

"우리를 살릴 사람은 결국 우리뿐이다."

이러한 강령 비슷한 것이 조금도 신기한 것은 아니건만, 그 늙은 장로와 비교해볼 때 동혁은

'이것도 조선의 현실을 그려논 그림의 한 폭인가.'

하고 속으로 쓸쓸히 웃었다. 그러나 이러한 모임에 양복쟁이들이 와서,

229

앞줄에 가 버티고 주욱 늘어앉지 않은 것만은, 유쾌하다면 유쾌하였다.

귀에 익은 손풍금 소리가 들리며 "삼천리 반도 금수강산"을 부르는 찬미 소리가 일어났다. 그제야 장내는 활기가 돌기 시작하는데 아이들과 어른들이 함께 목청을 높여

"일하러 가세. 일하러 가." 하고 소리를 지를 때는

'그런 찬송가는 꽤 좋군.'

하고 동혁이도 따라 부르고 싶은 충동을 느꼈다.

찬송가가 끝난 후 장로는 일어서며 매우 경건한 어조로

"먼저 여러분께서 이처럼 마안히 와주신 것 감사합니다. 오늘날 우리가 이와 같은 큰 집 짓고오, 낙성식을 서엉대히 열어서 하나님께 영광을 돌리게 된 것은 다―만 우리 청석동의 무지한 백성을 불쌍히 여기사 당신의 귀한 따님 한 분을 보내주신 은택인 줄로 압내다."

하고 연단 아래서 머리를 숙이고 선 영신을 가리키며

"지금 채영신 선생이 그동안에 고생 많이 하신 말씀 하시겠습니다."

하고 뒤로 물러가 앉는다. 아이들이 딱딱딱 치기 시작한 박수 소리가 소낙비처럼 장내를 지나갔다. 동혁이도 그 넓적한 손바닥이 아프도록 쳤다.

영신은 발갛게 상기가 되어서 연단 위로 올라갔다. 먼 광으로 보니 영신의 얼굴이 파리하고 몸이 수척한 것이 더 분명해서 동혁은 바로 보기가 가엾을 지경이다.

"여러분이 이 새 집이 꽉 차도록 많이 와주셔서 여간 기쁘고 고맙지가 않습니다."

하고 말을 꺼내는 목소리만은 여전히 짜랑짜랑하다. 영신은 말 뒤를 즉시 대지를 못하고 아이들과 학부형을 둘러보더니

"여러분은 이 집을 짓는 것을 첨부터 여러분의 눈으로 보셨으니까

얼마나 어렵고 힘이 들었다는 말씀은 하고 싶지가 않습니다. 또는 이만한 학원 하나를 짓느라고 고생한 것도 내가 마땅히 해야 할 일을 한 것뿐이니까 생색이나 내는 것 같아서 얘기하기도 싫습니다. 그렇지만 이것이 결국은 여러분의 자녀를 기를 집이니까 어떠한 예산을 세워가지고 얼마나 들여서 지었는지 그것은 아셔야 할 것입니다."

하고 들고 올라온 책보를 끄르더니, 계산서를 꺼내들고 공사비가 든 것을 조목조목 따져서 들려주고 나서

"들어보세요, 여러분! 우리가 덤벼들어서, 품삯 한 푼도 덜 들이려고 죽기 작정하고 일을 했건만, 칠백여 원이나 들었습니다. 그런데 처음에 얼마를 가지고 착수를 한 줄 압니까? 단돈 백오십 원으로 시작을 했습니다. 그 돈이나마 누구의 돈인 줄 아십니까? 이 치마를 두른 여자들이, 죽지 못해 살아가는 처지에서 삼사 년을 두고 푼푼이 모은 돈을 아낌없이 내논 겝니다!

여러분, 그 나머지 오백오십 원이나 되는 빚은 조 어린애들이 졌습니다. 각처에서 꾸어대고 외상 일을 시킨 채영신이가, 물론 책임을 집니다마는, 사실은 조 어린애들이 배우기 위해서, 길거리로 헤매 다닐 수가 없어서, 저희들로서는 태산 같은 빚을 진 것입니다.

여러분은 당신네의 귀여운 자녀들이 이 집에서도 쫓겨나가는 걸 보시렵니까? 간신히 뜨기 시작한 조 영채가 도는 눈들을 다시 뽀얗게 멀려 버리시렵니까!"

하고 주먹을 쥐고 목청껏 부르짖자 그는 몹시 흥분되었다. 발을 탁 구르며 다시 무슨 말을 하려고

"여, 여러분!"

하고 목소리를 높이다가 별안간 무엇에 콱 질린 것처럼 바른편 옆구리를 움켜쥔다. 금방 얼굴이 해쓱해지더니 앞에 놓인 교탁을 짚을 사이도

없이, 그 자리에 가 고꾸라지듯이 엎드려졌다.

6

"앗!!"

"저게 웬일야?!"

여러 사람은 동시에 부르짖었다. 그 소리와 함께 동혁의 눈은 휘둥그
래지더니, 두 팔로 헤엄을 치듯이 사람의 물결을 헤치며,

"에그머니, 우리 선생님!"

"절 어쩌나? 절 어째!"

하고 새되게 소리를 지르는 아이들을, 사뭇 파밭 밟듯 하고 연단으로
뛰어 올라갔다. 같은 연단 위에 있던 장로는 손도 대지 못하고 쩔쩔매
는 것을 동혁은

"비키세요."

하고 밀치며 대들어서 침착히 영신을 안아 일으켰다. 입술까지 하얗게
바래가지고 까무러친 것을 보고는

'뇌빈혈이로군.'

하고 사지를 늘어트린 영신의 머리와 다리를 번쩍 들고, 사무실로 쓰게
된 옆방으로 들어갔다. 원재 어머니와 청년들이며 아이들이 우루루 따
라 들어와서는 말도 못하고 바들바들 떨기만 하는 것을

"너희들은 나가 있거라."

하고 나직한 목소리로 내몰고는 저의 노동복 저고리를 벗어서 마루에
깔고 영신을 그 위에 고이 눕혔다. 그리고는

"냉수를……."

하고 원재 어머니에게 명령한다. 원재 어머니가 당황히 나가는데, 지까

다비[187]를 신은 사람이 술이 취해서 얼굴이 삶은 게[蟹] 빛이 되어가지고, 냉수 사발을 들고 찔끔찔끔 엎지르며 마주 들어온다.

"도 도무지 대체 우리 채선생이 아—니, 이게 웬일이란 말씀요?"
하고 모주[188] 냄새를 풍긴다. 그는 영신의 감화로 오늘날까지 품삯도 못 받고 일을 한 목수였다. 아무튼 낙성식까지 하게 된 것이 덩달아 좋아서 아침부터 주막에 가서 주렸던 막걸리를 잔뜩 마시고는 엉덩춤을 추며

"에—, 내 손으루 지은 집 낙성식을 하는 데 한몫 끼어야지, 아무렴 그렇구 말구, 어느 놈이 날 빼논단 말이냐."
하고 혼잣말을 주고받으며, 한창 뽐내고 들어왔다가, 영신이가 넘어지는 광경을 보고 뛰어나가서, 이력 차게 냉수를 떠온 것이다.

동혁은 냉수를 영신의 얼굴에 두어 번 뿜어주고 원재의 웃옷을 벗겨서 방석처럼 접어 어깨 밑에 괴어 머리를 낮추어놓고, 두 팔을 올렸다 내렸다 하며 천천히 인공호흡人工呼吸을 시켰다. 그리고 원재 어머니더러

"아랫도리를 가만가만 주물러주세요."
하였다.

영신은 한 오 분 동안이나 숨을 괴롭게 쉬더니
"휘유!"
하고 악몽에서나 깬 듯이 정기 없이 눈으로,
'여기가 어딘가?'
하는 듯이 실내를 둘러본다.
"정신이 좀 나세요?"
동혁이가 나직이 묻는 말에 그는 눈을 커다랗게 뜨며
"네……."

하고 안심과 감사의 뜻을 잡힌 손에 힘을 주는 것으로 표시한다.

"아이들이 다 어디루 갔어요?"

"밖에들 있어요. 마룻바닥이 차서 어떡하나?"

원재 어머니도 겨우 숨을 돌린 듯 동혁의 얼굴을 쳐다본다.

"좀 더 진정을 해야 해요."

하고 동혁은 강당으로 나가서 돌아앉아 중얼중얼 기도를 올리고 있는 장로의 어깨를 잡아 흔들며

"절대루 안정을 시켜야 하겠는데 안심을 하고 고만 다들 헤지라구 해 주시지요."

하고 일렀다. 아이들은 문 밖에서 홀짝홀짝 울면서 가지를 않는다. 금 분이는

"우리 선생님! 아이고 우리 선생님!"

하고 선생이 죽기나 한 듯이 사뭇 통곡을 하다가 동혁의 소매에 매달려 들어오더니 영신의 앞으로 달려들며 흐느껴 운다. 영신은

"금분아 너 왜 우니? 응 왜 울어? 선생님은 아무렇지도 않단다."

하고 달래주고는

'나가봐야 할 텐데……'

하고 억지로 몸을 일으키다가

"아이구 배야!"

하며 아까 쓰러질 때처럼 오른편 아랫배를 움켜쥐며 지독한 고통을 참 느라고 입술을 깨문다. 이제까지 태연한 기색을 보이던 동혁의 얼굴에 도 당황한 빛이 떠돈다. 지나치게 과로한 끝에 흥분이 되어서 일어난, 단순한 뇌빈혈이 아닌 것만은 분명하다.

"아무튼 집으로 내려갑시다."

하고 동혁은 영신을 들쳐 업고 뒷문으로 빠져서 원재 어머니의 집으로

내려갔다.

7

영신이가 거처하는 방은 사내아이 계집아이들로 두 겹 세 겹 에워싸였다. 부인친목계의 계원들은 얼굴이 흙빛이 되어가지고 방으로 자꾸만 들어오는 것을 동혁은

"안됐지만 나가들 주세요. 조용히 누워 있어야 합니다."

하고, 원재 어머니만 남겨두고 다 내보낸 후 문고리를 안으로 걸어 버렸다. 이마에 땀이 숭숭 내배었건만, 그는 씻으려고도 아니 하고 영신의 앞으로 가까이 앉는다. 영신은 고통이 조금 진정된 듯하나, 기함[189]이나 한 것처럼 누워 있다.

동혁은 한참 동안 눈을 꽉 감고 있다가

"똑바루 누세요."

하고 영신을 반듯이 눕혔다. 그는 의사처럼 이마를 짚어 신열이 있고 없는 것을 보고 맥박을 세어본 뒤에

"여기에요? 아픈 데가 여기에요?"

하면서 영신의 배를, 명치로부터 배꼽까지 여기저기 꾹꾹 눌러본다. 영신은 말대답을 할 기신도 없는 듯 아프지 않은 데는 조금씩 고개를 흔들어 보일 뿐

"그럼 여기지요?"

동혁의 손가락이, 영신이가 두 번이나 움켜쥐던 오른편 배꼽 아래를 누르자 영신은

"아야야!"

하고 비명을 지르며 상체를 펄쩍 솟치다가 불에나 데인 것처럼 온몸을

오그라트린다. 동혁은 천천히 고개를 끄떡였다. 서투른 의사의 진찰이건만 저도 학창 시대 '풋볼'에 열중하다가 된통으로 앓아본 경험이 있는 맹장염인 것이 틀림없었다.

　"맹장염 같은 걸요."

　"네? 맹장염?"

하고 영신은 간신히 동혁의 말을 흉내 내듯 한다. 그러다가 금세 아랫배가 뻗치고 땅기고 하다가는 사뭇 송곳으로 쑤시는 것 같아서 자반뒤집기를 한다. 그는 고통을 참느라고 이를 악물고 있다가

　"아이고 그럼 어떡해요?"

하는 듯이 동혁의 얼굴을 쳐다본다.

　"안심하세요. 아는 병이니까요. 나도 한 번 혼난 적이 있는데……."

하고 위로를 시키면서도, 동혁의 마음속은 먹장구름이 뒤덮는 듯이 캄캄해졌다.

　'급성이 돼서 까딱하면 큰일 나겠는데, 이 시골구석에서 이를 어떡한담.'

하고 뒤통수를 북북 긁는데, 그 머릿속에 번개같이 떠오르는 것은 '급성 맹장염은 이십사 시간 이내에 수술을 해야 한다. 때가 늦으면 생명을 빼앗긴다'는 생각이었다. 그것은 생리 시간에도 배웠고, 저를 치료해주던 의사에게도 들은 말이다. 그러나 서울 큰 병원은 생의도 할 수 없고, 자혜의원으로 간대도, 꼼짝도 못하는 사람을 어떻게 추슬러가지고 갈는지가 난감하였다. 그는 곰곰 생각을 해보다가 대야의 냉수를 떠오래서 수건을 담가 아픈 자리에 냉습포冷濕布를 하게 한 후

　"영신 씨!"

하고 가만히 손을 잡았다.

　"네?"

영신은 눈을 감은 채 간신히 입을 연다.

"급성이면 한 시간이래두 빨리 수술을 해야 하는데요. 나 하자는 대로 하시지요?"

"어떻게요?"

"지금이래두 떠나서, 자혜의원에 입원을 하도록 합시다."

"……."

영신은 한참 만에 머리를 흔든다.

"왜요?"

"난 싫어요!"

이번에는 머리를 더 내두른다.

"수술하는 게 겁이 나세요? 오래 되지 않았으면 퍽 간단하게 된다는데요."

"……."

영신은 다시 아픈 것을 이기지 못해서 동혁의 손을 사뭇 쥐어뜯으면서도 병원으로 가는 데는 승낙을 하지 않는다. 배를 째는 것이 겁이 나서 마다고 하는 것이 아니요, 정신이 없는 중에도 학원을 지은 빚도 많은데, 수술비와 입원비용이 적지 아니 들 것을 생각한 것이다.

"어떻게 여기서 낫게 할 수 없을까요?"

하고 애원하는 것을 동혁은

"안 돼지요. 한약으론 안 돼요!"

하고 벌떡 일어서며 밖으로 나가 자동차 시간을 물었다. 마침 오후 두 시에 S읍으로 가는 자동차가 있었다.

동혁은 한사코 싫다고 고집을 세우는, 영신을

"사람이 살고 볼 일이지. 내가 당신이 죽는 걸 보고, 가만 있을 듯싶어요?"

하고 강제로 들쳐 업고는 한 번도 쉬지 않고 십 리 길을 내처 걸었다. 학부형들과 청년들이며 아이들은 울면서 자동차 정류장까지 따라 나왔다.

8

친부모만큼이나 정이 들고 은혜를 입은 선생이 불시에 세상을 떠나서, 영구차靈柩車나 전송하는 것처럼 아이들은 자동차 차창에 가 매달려 우는 것을

"어서들 들어가거라. 내 열 밤만 자구 오마, 응."

하고 영신은 동혁에게 안겨서 손을 내젓는데, 차는 '가솔린' 냄새를 풍기며 떠난다. 원재 어머니와 청년들이 앞을 다투어 차에 오르며 간호를 하러 가겠다는 것을 영신은 다 고만두라고 하였건만, 중간에서 원재가 뛰어올랐다.

차는 두어 칸 거리나 굴러 나가는데

"여보 여보ㅡ. 잠깐만 기다류."

하고 헐레벌떡거리며 쫓아오는 것은 교회의 회계를 보는 장로의 아들이었다. 동혁은 자동차를 정거시켰다. 회계는 숨이 턱에 닿아서 땀이 나도록 쥐고 온 것을 영신에게 주면서

"저? 학부형들이 급히 추렴을 낸 건데요, 우선 급한 대루 쓰시라구요."

하고는 뒤도 아니 돌아다보고 뺑소니를 친다. 영신의 손에 쥐어진 것은 십 원, 일 원짜리가 뒤섞인 지전이었다.

"얼마에요?"

"모르겠어요. 온 염치없이……."

하는 영신은 그 돈을 동혁에게 준다. 동혁은 돈을 세어보고는

"오십 원이면 급한 대루 쓰겠군."

하고 집어넣는다. 그는 하도 일이 급하니까, 자동차 삯이나 병원에서 들 것은 '설마 어떻게든지 되겠지.' 하고 닥치는 대로 떼거리를 쓸 작정으로, 영신을 업고 나섰던 것이다. 그는 그때에 처음으로

'왜 내가 돈이 없었던가?'

하고 돈 있는 사람이 부러워서 탄식을 하였었다. 영신이가 쓰러지는 것을 목도한 학부형들은 눈들이 휘둥그래서

"허— 이거 큰일 났군."

"아무리 억지가 세지만, 잔약한 여자가 석 달 동안이나 염체할 일을 했나베."

"그러구보니 우리들이 남의 집 색시 하나를 잡은 셈이 되지 않겠나."

"두말 말구 우리 기부금 적은 거나 빚을 얻어서래두 이번엔 다 내놉시다."

하고 이 구석 저 구석 모여서 공론을 하고 제일 머릿수가 큰 한낭청 집으로 몰려가서 그제야 그 말썽 많던 오십 원을 받아낸 것이다.

……자동차 속에서도 차체가 자갈을 깐 길바닥에서 들까부는 데, 영신은 창자가 울려서 아픔을 참다가

"아이고 갈구리쇠루 막 찍어 당기는 것 같아요."

하고 동혁의 팔과 손등을 막 물어뜯기를 여러 차례나 하였다.

동혁은 아프단 말도 못하고

"몇 시간만 눈 딱 감고 참읍시다."

하면서도 가엾고 애처로운 생각에

'내가 대신 앓았으면.'

하다가

'마침 내가 왔기에 망정이지, 혼자 이런 일을 당했다면 어쩔 뻔했누.'

하고 사랑하는 사람이, 의료기관 하나도 없는 곳에서 고집을 세우다가

비참한 최후를 마쳤을 것을 상상하니 몸서리가 쳐졌다.

'우리가 이생의 연분이 단단히 닿나보다. 오늘 이런 일이 있을 걸 미리 알고, 누가 불러낸 것 같으니……'

하고 미신 비슷한 운명론자運命論者가 되어보기도 하였다.

자동차를 두 번이나 갈아타고 또 기차를 기다려 타고 날이 어둑어둑할 때에야 S읍에 도착하였다. 정류장에서 환자는 인력거를 태우고 삼마장이나 되는 언덕길을 원재와 둘이 뒤를 밀어주며 병원을 찾아 올라갔다. 자혜의원은 시간이 지났기 때문에 문이 굳게 닫혀서 다시 개인병원으로 찾아갔다. 두 사람이 점심 저녁을 굶어서 몹시 시장할 것을 생각하고 영신은

"길거리서래두 요기를 좀 하세요. 네."

하고 몇 번이나 돌려다보며 간청을 하는 것을

"걱정 마슈. 하루쯤 굶어서 죽을라구요."

하면서도 동혁은 고기 굽는 냄새가 나는 음식점 앞에서는 외면을 하고 숨을 들이쉬지 않고 걸었다.

속옷에 땀이 흠씬 배도록 인력거를 몰아왔건만 병원문은 걸렸다. 초인종을 한참이나 누르니까 그제야 간호부가 나와서 분을 하얗게 바른 얼굴을 내밀더니

"선생님 안 계세요. 연회에 가셨어요."

하고는 '슬리퍼'를 짝짝 끌고 들어가버린다.

9

"여보, 시각을 다투는 환자가 있는데, 연회가 다 뭐요?"

동혁의 호령을 듣고서야, 간호부는 요릿집으로 전화를 걸었다.

의사는 한 삼십 분 뒤에야 인력거로 달려왔다. 진찰실에 전등은 환하게 켜졌다. 나이 사십 남짓한 의사는 술냄새를 제하느라고 '가오루'를 깨물며, 끈끈이로 붙여논 것처럼 어여쁜 수염을 부비고 앉아서, 동혁에게 대강 경과를 듣고 고개를 끄덕이더니

"알겠소이다."

하고 영신을 눕히고 자세히 진찰을 해본다.

"하마터면 큰일 날 뻔했군요. 노형 말씀대로 급성맹장염인데, 밤에는 설비 관계로 할 수 없으니, 내일 아침에 수술을 합시다. 우선 진통제나 한 대 놔드릴게 절대루 안정을 시키시요."

하고 영신의 팔을 걷고 주사를 놓고는

"요행으로 맹장염인 줄 알아서 일찌감치 서둘렀으니까 수술만 하면 고만이지만, 이분은 몸 전체의 각 기관이 여간 쇠약하지를 않았는걸요. 첫째 영양이 대단히 부족한 것 같은데 게다가 너무 무리하게 노동을 한 게 맹장염까지 일으킨 원인이 됐나보외다."

하고 일어서 손을 씻는다. 동혁은 비로소 안심을 하고

"아무튼 선생께서 생명 하나를 맡아줍시요."

하니까.

"네 염려 마시요."

하고 간호부더러 인력거를 부르라고 명령한다. 다시 연회로 가려는 눈치다.

동혁과 원재는 주사 기운에 말도 못하는 영신의 어깨를 부축해서 병실로 데려다가 눕혔다.

자궁을 수술하였다는 환자가 옆방에서 신음하는 소리에 동혁은 잠을 잘 수 없었다. 원재와 둘이서 영신의 침대 밑에 담요 한 자락을 깔고 누웠는데, 삼백 리나 걸은 노독도 채 풀리기 전에 종일 굶고 꺼둘려 와서

'눈을 좀 붙였다가 일찍 일어나야 할 텐데…….'

하고 억지로 잠을 청하였다. 그러나 마음이 바짝 쓰이는 데다가 창자가 달라붙도록 속이 비어서 잠은 올 듯하면서도 아니 와주었다. 원재도 춥고 시장한 듯 사추리에다가 두 손을 찌르고 새우처럼 꼬부리고 누워서 잠을 못 자는 것이 여간 가엾지가 않다.

영신이가 잠꼬대하듯 무어라고 혼잣말을 하는 소리에 그는 벌떡 일어났다.

"왜 그러세요? 나 여깄에요."

하고 희미한 전등불빛에 환자의 얼굴을 들여다보았다. 영신은 주사 기운이 아직도 가시지 않은 듯 눈을 반쯤 뜨고

"뭘 좀 잡수세요. 원재도……."

하면서 어서 다녀오라고 손짓을 한다.

"난 괜찮아요. 우리 걱정은 하지 마세요."

하면서도 동혁은 원재 때문에 더 고집을 세울 수가 없어서

"여보 일어나우. 일어나."

하고 원재의 어깨를 흔들었다. 길거리 목노집에서 술국에 밥 한 덩어리씩을 먹고 들어오는 걸 보고 영신은 가냘픈 웃음을 띠우며

"근처에 음식집이 있어요?"

하고 반겨준다. 원재가

"선생님, 시장하셔서 어떡하나요?"

하고 혼자 먹고 들어온 것을 미안쩍게 여기니까

"시장한 게 뭐요. 일부러 굶기도 하는데."

하고 동혁은 침대에 반쯤 걸터앉아서, 영신의 손을 잡았다. 흐트러진 머리를 쓰다듬어 올리며

"안심하구 잠을 청해보시지요. 나도 눈을 붙여볼 테니…… 가을밤이

라 꽤 지루한데요."

하고 위로해준다.

　영신은 눈을 감았다 떴다 하며 창밖의 귀뚜라미 소리를 꿈속처럼 듣
고 있다가, 처량스럽게 동혁을 쳐다보며

　"동혁 씨! 난 지금 죽어도 행복해요!"

하고 사랑하는 사람의 손을 끌어당긴다.

　"천만에 죽다니요. 우리 둘이 이렇게 떠나지 않구 오래오래 살면 더
행복하지 않겠에요?"

　동혁은 사랑하는 사람의 여윈 뺨과, 이마에 입을 맞추었다.

　영신은 눈을 내리감고 뜨거운 '키스'를 받았다.

　시계의 초침이 돌아가는 소린 듯 창틈에서 재깍거리는 벌레 소리에,
가을밤은 쓸쓸히 깊어갔다.

10

　수술대 위에 올라서도 영신은 동혁의 손을 놓지 않았다. 하얀 소독복
을 입고 매우 긴장한 빛을 띠면서 수술할 준비를 하고 난 의사와 간호
부가 두 번째나

　"고만 나가주시지요."

하고 재촉을 하여도 영신은

　"나가지 마세요. 여기 꼭 서 있어주세요!"

하고 온몸의 힘을 다해서 동혁의 손을 쥔다.

　"네, 지키고 섰으께 걱정 마세요!"

하고 동혁은 환자의 머리맡을 떠나지 않았다. 의사가 '가재'를 덮은 코
밑에 마취액을 방울방울 떨어트려 들이마시게 하면서

"하나— 둘— 셋—."

하고 부르는 대로 영신은 따라 부른다. 오 분도 못 되어 영신은 '핀셋'으로 살을 찔러도 모를 만큼 전신의 감각을 잃고 손에 힘이 풀려서 동혁의 손을 놓았다.

동혁은 아랫배를 째는 것을 차마 볼 수 없어서, 수술실 밖으로 나갔다. 응접실로 대합실로 복도로 왔다 갔다 하며, 수술이 무사히 끝나기를 기다리는 마음은, 몹시도 초조하였다. 예수교 신자인 원재는, 수술실 문 밖에 가 꿇어 엎드려 정성껏 기도를 올리고 있다. 동혁은 안절부절 못하고 왔다 갔다 하면서도, 원재와 같이 엄숙하고 경건한 기분에 머리가 들려지지 않았다.

배를 가르고 맹장에 달린 벌레 같은 것을 잘라버리고, 다시 꿰매면 고만인 비교적 간단한 수술이건만, 그것이 거진 두 시간이나 걸린다. 몇 번이나 수술실 '도어'에 귀를 대고 들어보아도, 바스락거리는 소리조차 없다.

동혁은 점점 불안해졌다.

"왜 여태 아무 소리도 없을까요?"

원재는 겁이 나서 우둘우둘 떨기까지 한다.

"글세……."

하면서도 동혁은 속이 바작바작 타서

'좀 들어가볼까.'

하고 수술실 '도어'의 손잡이를 비틀어 열고 들어서는데, 그와 동시에 소독약 냄새가 확 끼치며 의사가 손을 닦던 수건을 던지고 마주 나온다. 수술대 위에 허—연 홑이불을 씌워논 것이 언뜻 눈에 띄자, 동혁은 가슴이 선뜩 내려앉아서

"어떻게 됐습니까?"

하고 당황히 물었다. 의사는 수술복 소매로 이마에 흘린 땀을 씻으며

"혼났쇠다! 맹장이 썩도록 내버려뒀으니 까딱하면……."

하고 담배를 피워 물고 쭈욱 들이빨다가, 한숨과 함께 후— 하고 연기를 토해낸다.

"아 그래서요?"

동혁이와 원재의 눈은 의사의 입에 가 매달렸다.

"그 수술만 같으면 문제가 없지만, 대장하구 소장이 마주 꼬여서 간신히 제 위치로 풀어놨는데……."

하더니

"아—니, 여자가 무슨 일을 창자가 꾀두룩 하게 내버려뒀단 말요?"

하고 동혁을 나무라듯 한다.

"……."

동혁은 그 말대답을 할 수 없었다. 간호부가 눈앞을 지나 제약실로 들어가는 것을 보니, 맵고 뜨거운 음식을 먹고 나온 것처럼 얼굴에 땀이 흘렀다.

"너무나 수고를 하셨습니다. 인젠 염려 없겠지요?"

"나 아는 대로 힘껏은 했소이다마는 퇴원한 뒤에도 여간 조심을 하지 않으면 재발될 염려가 있으니까, 거기까지는 보증할 수가 없는걸요."

하고 시원치 않은 대답을 하는데 동혁은 또다시 우울해졌다.

병실로 떠메어 들어온 뒤에야 영신은 차츰차츰 의식을 회복하였다.

"어 어머니! 어머니!"

하고 헛소리하듯 하며 어머니를 찾다가

"도 도 동혁 씨!"

하고 머리맡을 더듬는다. 동혁은

"나 여깄에요. 인전 아주 안심하세요."

하고 가만히 그의 두 손을 잡았다.

　"물 좀 어서 물을 좀……."

　영신은 조갈이 나서 식도가 타는 듯이 목을 쥐어뜯으며 물을 찾는다.
원재가 밖으로 나가는 것을

　"안 돼. 지금 물을 마셨다간 큰일 나."

하고 붙들었다. 그래도 환자는

　"한 모금만…… 네. 한 방울만……."

하고 어린애처럼 안타깝게 조른다. 물이 있고도 못 주는 동혁의 마음은
환자만큼이나 안타까웠다.

11

　다행히 수술한 경과는 좋았다. 식욕도 나날이 늘어서 인제는 죽을 먹
고도 잘 새기고 붙들어주면 일어나 앉아서 이야기를 해도 피곤을 느끼
지 않을 만큼이나 원기가 회복되었다.

　그동안 청석골서 원재 어머니가 와서 아들과 교대를 하고 교인과 친
목계의 회원들이 그 먼 길에 반은 타고 반은 걸어서 문병으로 왔었다.

　"아이고 여기꺼정 어떻게들 오셨어요?"

　영신은 고마움에 겨워 그들의 손을 잡고 말도 못하기를 몇 번이나 하
였다. 그중에도 원재 어머니가

　"인전 아무 염려두 마시구 어서 퇴원이나 하세요. 일전에 학부형들
이 모두 새 집에 모여서 기부금 적은 걸 죄다 내기로 했어요. 집 짓느라
고 빚진 건 한 푼도 안 남기고 갚게 됐으니깐 학원 때문엔 조금두 걱정
을 마세요."

하는 보고를 들을 때, 영신은 어찌나 기쁜지 금세 날개가 돋쳐서 훨훨

날아다닐 듯싶었다. 전장에서 부상을 당한 병정이 승전고勝戰鼓 울리는 소리를 듣는 것만큼이나 감격하였다.

그러나 영신은 수술한 뒤로 마음이 여려져서 애상적인 감정에 지배를 받는 것은 물론, 한 가지 까다로운 습관이 생겼다. 그것은 동혁이가 제 곁에 있지 않으면 긴긴 밤에 잠을 이루지 못하는 것이다. 신앙심도 있거니와 여자로는 보기 드물게 중심이 튼튼하던 사람이건만, 난산을 하고 난 산모와 같이 곁에 사람이 없으면 허순해서 못 견디어 한다. 어느 때는 도깨비나 보는 것처럼 손을 내두르며 헛소리를 더럭더럭 할 때가 있다. 그러면 문병을 온 부인네들이 성경을 읽고, 찬송가를 불러서 들려주고 하건만 귀에 들어가지 않는 듯

"동혁 씨 어디 갔어? 동혁 씨!"

하고 사랑하는 사람만 찾는다. 그러면 동혁은 길거리로 산보를 나갔다가도 붙들려 들어와서 그에게 손을 잡혔다. 그래야만 환자는 비로소 마음을 놓고 잠이 든다.

"저렇게 잠시 잠깐두 떨어지질 못하면서 입때까진 어떻게 따루따루 지냈다우?"

하는 것은 문병 온 부인네들의 뒷공론이었다. 동혁은 그런 말을 귓결에 듣고 싱글벙글 웃으면서도

'이거 한곡리 일 때문에 큰일 났군. 기천이가 그동안 또 무슨 흉계를 꾸밀지 모르는데 온 편지 답장들이나 해주어야지.'

하고 몹시 궁금해하였다. 동화와 건배에게 거진 격일해서 편지를 했건만 무슨 연고가 있는지 답장이 오지를 않아서 몸이 달았다. 그러나 동혁이 역시 어떤 때는 어린애처럼 응석을 더럭더럭 부리며 어머니 생각에 눈물이 마를 때가 없는 영신을 차마 떼치고 떠나갈 수가 없었다. 아무리 호인처럼 무뚝뚝한 사람이기로 죽을 고비를 천행으로 넘겨서 아

직도 제 몸을 맘대로 추스르지 못하는 사람을 보고

"난 볼일이 급해서 가야겠소."

하고 휘어잡는 소매를 뿌리치며 일어설 용기가 나지를 않았다.

그래서 동혁은 그 사정을 건배에게 편지로 알리고, 밤이 들면 꼭 환자의 침상머리에 앉아서 신문이나 잡지를 얻어다가 읽어주고, 어느 때는 흑인종으로 무지한 동족을 위해서 갖은 고생과 백인의 학대를 받으면서, 큰 사업을 성취한 '부커 티 워싱턴' 같은 사람의 분투한 역사를 이야기해서 들려주었다. 그러면서 한편으로는 농촌운동에 관한 의견도 교환하고 시간을 될 수 있는 대로 헛되이 보내지 않으려 하였다.

그러다가 밤이 깊어 영신이가 잠이 드는 것을 보고야 동혁은 벽 하나를 격한 대합실로 가서 의자를 모아놓고 그 위에 가 담요 한 자락을 덮고는, 다시 갈피를 잡을 수 없는 공상에 잠겼다가 잠이 드는 것이었다.

12

"인전 갑갑해 못 견디시겠죠? 그렇지만 퇴원할 때까정 꼭 붙들고 안 놓을걸요."

하고 영신은 하루 한 번씩은 동혁을 놀리듯 한다. 아닌 게 아니라 동혁은 펄펄 뛰어다니던 맹수가 별안간 철책 속에 갇힌 것 같아서 여간 갑갑하지가 않았다. 위험한 시기를 지나서 마음이 턱 놓이니까 그동안 바짝 옥죄었던 온몸의 신경과 근육이 가닥가닥 풀리는 듯 아무데나 턱턱 눕고만 싶었다. 사지가 뒤틀리도록 심심해하는 눈치를 챈 영신은

"이런 기회가 아니면 나하구 이 주일씩이나 같이 있어 보시겠어요? 이것두 하나님의 덕택이지요."

하고는 염치불구하고 하루라도 붙들려고만 든다.

"그 하나님 참 감사하군요. 죽두록 일을 한 상급으로 그 몹쓸 병이 나게 하고 그것도 부족해서 배꺼정 짼 게 다 하나님의 덕택이지요?"

동혁이도 영신을 놀리며 청석골 교회의 장로처럼 합장을 하고 일부러 목소리를 떨어

"오…… 전지전능하신 하나님 감사감사하옵나이다."

하고는 껄껄껄 웃어젖힌다.

"이렇게 하나님을 놀리면 천벌이 내릴걸요. 아무튼 날 영영 버리질 않으시고 이만큼이나 낫게 해주신 게, 다 하나님의 뜻이지 뭐야요?"

하고 영신은 사랑하는 사람을 곁눈으로 살짝 흘겨본다. 영신이가 평소에 동혁에게 대한 다만 한 가지 불평은, 저와 같이 예수를 믿지 않는 것이다. 부모 형제 간에도 종교를 믿는 것은 절대 자유요, 신앙은 강제로 할 수 없는 것인 줄 알면서도, 이 세상을 톡톡 털어도 단지 한 사람인 저의 애인이, 저와 똑같은 믿음을 가졌으면 얼마나 좋을는지 몰랐다. 믿지를 않으면 국으로 가만히나 있지를 않고, 제가 밥상 앞에서 눈을 내리감고 기도를 올릴 때면 곁에서 일부러 헛기침을 칵칵 하기, 김이 무럭무럭 나는 찌개 냄비를 코밑에다 들여대기가 일쑤다. 그럴 때면

"저리 가세요! 자기나 안 믿으면 안 믿었지, 왜 그렇게 비방을 해요?"

하고 여무지게 쏘아붙이기를 한두 번 하지 않았다. 그래서 그런 끝에는 처음으로 '악박골' 샘물터에서 밤을 새울 때에 뿌리만 따다가 거둔 종교 문제를 끄집어내어가지고 서로 얼굴에 핏대를 올려가며 토론을 하였다.

동혁은 인류와 종교의 역사적 관계歷史的 關係를 모르는 것도 아니요 편협한 유물론자唯物論者처럼 덮어놓고 종교를 아편과 같이 생각하지는 않으면서도 근래에 예수교회가 부패한 것과 교역자나 교인들이 더 떨어질 나위 없이 타락한 그 실례를 들어 맹렬히 공격을 하는 것이었

다. 그러다가는

"권세에 아첨을 하다 못해 무릎을 꿇고 물질과 타협을 하다 못해 돈 있는 놈의 주구走狗가 되는 그런 놈들 앞에 내 머리를 숙이란 말씀요? 그 따위 교회엘 다니다간 정말 지옥엘 가게요."

하고 마룻바닥에다 헛침을 탁 뱉는다. 그러면 영신은

"교회 속은 누구보다도 직접 관계를 해온 내가 속속들이 잘 알아요. 아무튼 '루터' 같은 분이 나와서 큰 혁명을 일으키기 전엔, 조선의 예수교회도 이대루로 가다간 멸망을 당하고 말게야요!"

하고 저 역시 분개하기를 마지않다가

"나는 '그리스도' 가 인류를 위해서 십자가에 피를 흘리신 그 정열과, 희생적인 봉사奉仕의 정신을 숭앙하고 본받으려는 것뿐이니까요. 그 점만은 충분하게 이해해주셔야 해요."

하고 변명을 한 후, 새삼스러이

"도대체 동혁 씨는 아무—것도 믿으시는 게 없어요?"

하고 정중하게 질문을 한다.

"천만에, 믿는 게 없이야 사람이 살 수 있나요?"

하고 동혁은 두 눈을 꿈벅꿈벅하고 잠시 침묵하더니

"똑똑히 들어두세요. '익숙한 선장船長은 폭풍우를 만나면, 억지로 폭력에 저항하려는 어리석은 짓은 하지 않으나, 그렇다고 미리 절망을 해서, 배가 풍파에 뒤집히도록 내버려두지도 않는다. 항상 굳은 자신과 성산成算[190]을 가지고 최후의 순간까지 온갖 지혜와 가진 능력을 다해서 살아나갈 길을 열려고 노력한다' 고 한 '맥도널드' 란 사람의 말이 조선의 청년인 나로서의 인생철학人生哲學이구요 이것도 학창시대에 어느 책에서 본 것이지만 '아무리 약한 사람이라도 그 전력全力을 단한 가지 목적에 기울여 쏟을 것 같으면 반드시 성취할 수가 있다' 라고 한 '칼라일'이란 사람의 한마디가 일테면 내 신앙信仰이에요."

하고 실내를 거닐다가 한곡리 편으로 뚫린 유리창 밖으로 눈을 달리더니 독백獨白하듯이 말을 잇는다.

"곡식이 무럭무럭 자라는 시퍼런 벌판을 바라보는 게 내 눈을 시원하게 해주는 그림이구요 저녁마다 야학당에서 아이들이 글을 배우는 소리가 내 귀를 즐겁게 해주는 음악이에요. 난 그 밖에는 철학哲學이고 종교宗敎고 예술藝術이고 다 몰라요. 더 깊이 알려고 들지도 않아요."

13

가장 불행한 일로, 두 사람은 고요히 반성할 기회를 얻었다. 이 일 저 일에 책임을 무겁게 지고 그야말로 연자매[191]를 돌리는 당나귀처럼 좌우를 돌려다볼 사이가 없이, 눈앞에 닥치는 일만 하여왔다. 사실 그들은 자기가 계획한 일을 맹렬히 실행은 하여왔으나, 오늘날까지 실천해 온 것을 제삼자의 입장으로 냉정히 비판해볼 겨를을 갖지 못하였던 것이다. 또는 그날그날 노동을 해야만 먹고 사는 품팔이꾼처럼 먼 장래를 바라다보고, 그 나아갈 길을 더듬어볼 마음의 여유가 없이 지내온 것도 사실이 아닐 수 없었다. 동혁은 환자가 피로를 느끼지 않을 정도로 틈틈이 이야기를 하였다. 그러면 영신은,

"난 좀 더 공부를 해야겠어요. 원체 무엇 한 가지 전문으로 배운 것도 없지만요, 그나마 인전 밑천이 달랑달랑하는 것 같아요."

하는 것이 영신의 의견이다.

"그렇지요. 좀 더가 아니라, 인제부터 공부를 하기 시작해야겠어요. 농촌운동이란 결코 우리가 처음에 생각하던 것처럼 단순한 게 아닌 줄을 깨달았어요. 그렇지만 피차에 거진 삼사 년 동안이나 농촌 속으로

파고들어서 실지로 일을 했으니까. 그 체험한 걸 토대 삼아서 제일보부터 다시 내디뎌야 되겠는데 그게 지금 형편으로는 용단하기가 어려워요. 아무튼 영신 씨는 이번에 퇴원하시면 적어도 몇 해 동안은 육체적으로 힘든 일을 할 수 없으니까요. 병이 재발이 되는 날이면 정말 큰일이 날 테니 여간 주의를 하지 않으면 안 돼요. 청석골은 어느 정도까지 일에 터가 잡혔고 영신 씨가 당분간 떠나 있더란대도 원재 같은 착실한 청년들을 길러놔서 학원 일은 해나갈 만하니까 휴양하는 셈치고 떠나보시는 게 좋겠지요."

동혁은 이번 기회에 해외로라도 나가보기를 권고한다. 저와 더 멀리 떨어져 있을 것은 무한히 섭섭하지만 만일 영신이를 다시 청석골로 보냈다가는 그의 성격이 몸만 자유로 쓰게 되면 잠시도 쉬지 않고 또 그러한 과도한 노동까지라도 하지 않고는 배기지 못할 것을 알고 있기 때문이다.

"지금도 연합회에서 명색 사업보조비라고 보내주는 게 있지요?"

"한 삼십 원씩 오더니 그나마 벌써 두 달째나 꿩 궈먹은 자리야요. 거기서도 경비가 부족해서 쩔쩔들 매니까요."

"집으로 가서 어머니 그늘에서 얼마 동안 쉬어보시는 게 어떨까요?"

"싫어요. 나는 그저 어디서든지 몸 성히 있다는 소식이나 전하는 게 효돈데, 이 꼴을 하고 집으로 기어들어보세요. 가뜩이나 나 때문에 지늙으신 우리 어머니가 얼마나 간장을 태우실까."

"그도 그렇겠지만……"

동혁이도 좋은 방책이 나서지를 않았다.

'제―기, 우리 집 형편이 웬만만 하면……'

해보기도 하나 그것도 공상이기는 매일반이다.

"동혁 씨는 앞으로 어떡하실 테야요?"

영신은 침대에서 반쯤 몸을 일으키며 묻는다.

"내야 한곡리 송장이 될 사람이니까요. 내가 없으면 처리할 수 없는 복잡한 문제가 많아서, 그동안 나와서 있는데도 몹시 궁금한데……. 사실 아직은 믿을 만한 사람이 없에요."

하고 요새 빗질도 못해서 푸수수하게 일어난 머리를 북북 긁으며 한참이나 무엇을 생각한다.

"입때까지 우리가 한 일은 강습소를 짓고 글을 가르친다든지, 무슨 회를 조직해서 단체의 훈련을 시킨다든지 하는, 일테면 문화적인 사업에만 열중했지만, 앞으로는 실제 생활 방면에 치중해서 생산을 하기 위한 일을 해볼 작정이에요. 언제는 그런 생각을 못한 건 아니지만, 외면 치레가 아니고 내부적內部的인 문제를 생각하고, 또 실행해야 될 줄로 생각해요."

"참 그래요. 무엇보다도 먼저 생활이 있고서 그 다음에 문화사업이고 계몽운동이고 있을 것 같아요."

영신이도 매우 동감인 뜻을 보인다.

"그러니까 이런 점에도 우리의 고민이 크지요. 우린 가장 불리한 정세의 지배를 받고 있는 게 사실이니만큼, 우리 힘으로 할 수 있는 한도까지는 경제적經濟的인 사업까지 끈기 있게 할 결심을 새로 하십시다!"

하고 두 사람은 밤 깊도록 그 구체적具體的인 방법을 토론할 때도 있었다.

새로운 출발

1

동혁은 어느 날 아침 아래와 같은 아우의 급한 편지를 받고 한곡리로 돌아왔다.

사업이 첫째고 연애는 둘째, 셋째라고 하시던 형님이, 여태 돌아오지를 않으니 대체 웬일인지요? 그동안 집에는 별고가 없지만 강기천이가 형님 안 계신 동안에 회원들을 농락해가지고 우리 회관을 뺏어들려고 하니, 이 편지 받으시는 대로 즉시 오세요. 건배 씨는 벌써 여러 날째 종적을 감추고 말았으니 이 일을 어떻게 하면 좋을까요?

황급히 연필로 갈겨쓴 동화의 편지를 읽은 형은, 얼굴빛이 변하도록 흥분이 되어서

"까딱하면 십 년 공부가 '도로 아미타불'이 될 테니까 곧 가봐야겠어요."

하고 영신의 붕대 교환이 끝나는 것을 기다렸다. 영신이도

"한 일주일만 더 있으면 퇴원을 할걸요. 괜—히, 나 때문에……."

하면서도 이번에는 손을 놓을 수밖에 없었다.

"여러분이 저렇게 번차례로 와서 간호를 해주시니까, 난 안심을 하고 가겠에요. 자— 이번엔 우리 또 한곡리서 만납시다!"

하고 굳게 악수를 한 후, 병실 문을 홱 열고는 뒤도 아니 돌아다보고 나와버렸다. 영신은 침대 위에 엎드려 미안과 감사와 섭섭함에 한 시간 동안이나 울었다. 두 눈이 붓도록 울었다.

곁의 사람들이

"인제 두 분이 혼인만 하면 한평생 이별 없이 살 걸, 이러지 마슈. 우리 다른 얘기나 합시다."

하고 간곡히 위로를 해주건만, 영신은

"어쩐지 또 다신 못 만날 것만 같아요. 이번이 마지막인가봐요!"

하고 베개 모서리를 쥐어뜯어가며 느껴느껴 울었다.

동혁이도 무한히 섭섭하였다. 차마 발길이 돌아서지 않는 것을, 영신의 눈물을 보지 않으려고 거머리를 잡아떼듯 하고 나오기는 했어도,

'이렇게 급히 떠날 줄 알았다면 우리 개인의 장래에 관한 것도 좀 더 이야기를 해둘 걸.'

하는 후회가 길게 남았다. 그동안 결혼 이야기만 나오면 서로 손가락 셋을 펴들어 보이며 입을 막았다. 그것은 '삼 개년 계획이 아직도 끝나지 않았다'는 표시였다. 그러나 동혁은 '저이가 앞으로 어떡할 작정인가? 무슨 꿍꿍이셈을 치고 있나?' 하고 매우 궁금히 여기는 영신의 표정을 몇 번이나 분명히 읽었었다. 그렇건만 '그런 얘기는 건강이 회복된 뒤에 해도 늦지 않다.' 하고 일부러 손가락 셋을 펴들어 보였던 것이다.

…… 이런 생각 저런 궁리에 동혁은 눈살을 펴지 못하고 집으로 돌아왔다. 한쪽 노자는 준비해가지고 갔었기 때문에 빨리 돌아올 수는 있었

어도 아버지 어머니는 대뜸 이해 없는 꾸지람을 하는데 동화의 이야기를 듣고는 더한층 우울해졌다. 저녁때에 들어온 사람이 밥상은 윗목에다 물려놓고

"그래 기천이가 어떡했단 말이냐?"

하고 또 어서 술을 먹었는지 눈의 흰자위가 벌겋게 충혈이 된 아우를 불러 앉히고 물었던 것이다.

"누가 알우. 기천이가 건배 씨를 자꾸만 찾아다니구 장에까정 데리고 가서, 아주 곤죽이 되두룩 술을 먹이는 걸 두 차례나 봤는데, 지난번 일요회에는 떡 이런 소릴 꺼내겠지요."

"뭐라구?"

"암만해도 우리 회원 열두 사람만으론 너무 적은데, 회관도 이렇게 새로 짓고 했으니, 회원을 더 모집하세. 그 김에 회를 대표하는 회장도 한 사람 유력자루 내야 관청 같은 데 신용을 얻기가 좋지 않겠나? 그러니 내 의견에 찬성하는 사람이면 손을 들라고 하겠지요."

"그래 몇이나 손을 들었단 말이냐?"

"나하고 정득이하곤 '그런 일은 급할 게 없으니 성님의 말을 들어보고 다시 의논도 해봐야 경계가 옳지 않느냐' 고 끝까정 우기면서 손을 안 들었지만……."

"누구누구 들었단 말야? 온 갑갑하구나."

"석돌이가 맨 먼저 드니깐, 칠룡이 삼복이 할 거 없이 여섯이나 들더군요."

"그럼 건배는 도대체 어느 편이야?"

동혁은 시꺼먼 눈썹을 일으켜 세우고 아우가 무슨 일이나 저지른 것처럼 노려본다.

2

총회와 같은 형식을 밟지 않고도, '회원 중 반수 이상의 추천이 있으면 입회를 할 수 있다'는 규약이 있기 때문에, 열두 사람 중에 반수가 이미 손을 들었으니까, 건배 한 사람이 어느 편으로 기울어지기만 하면 좌우간에 작정이 될 형세다.

'삼십 세 이하의 남자'라는 규정도, 과반수의 의견이면 뜯어고칠 수가 있을 것이다.

"아—니, 건배는 어느 편으로 손을 들었단 말야?"

동혁은 버쩍 다가앉으며 꾸짖듯이 묻는다.

"물어볼 게 뭐 있수? 으레 강기천이를 입회시키는 데 찬성이지."

동혁은 입술을 깨물었다. 동화는

"인젠 고 강기천이란 불가사리가 우리 회의 회장이유 회장이야!"

하고 소리를 지르며 먼지가 나도록 주먹으로 기직바닥을 친다. 그동안 기천에게 매수를 당한 건배는 이른바 합법적으로 기천이를 회장으로까지 떠받들어주고, 어디로 피신을 한 것이 틀림없다. 동화는 끝까지 반대를 하고 회관 마루청을 구르며

"너희 놈들은 돈을 처먹고 논마지기가 떨어질까봐 겁이 나서 그따위 수작을 하는지 모르지만, 우리가 죽을 고생을 해서 지어논 집을 만만히 내놀 듯싶으냐? 죽어봐라 죽어봐. 어느 놈이 우리 회관엘 들어서게나 허나. 강기천이 아니라, 강기천이 할애비래두 다리 옹두라질 부러트려 놀 테다!"

하고 이빨을 뿌드득뿌드득 갈며 고함을 쳤었다. 그중에도 동혁에게 절대 복종을 하는 정득이는 분을 못 참고

"우리는 회장이 일 없다! 우리 선생님 하나면 고만이다!"

하고 입에 게밥을 짓는데[192], 회관의 쇳대[193]를 맡은 갑산이는

"이 의리부동한 놈들 같으니라구, 우리가 누구 때문에 이만큼이나
깼느냐? 누구 덕분에 이만큼이나 단체가 되었느냐? 아 그래 우리 선생
님이 없는 동안에 피땀을 흘려서 진 집을 고리가시 놈한테 팔아먹어?!"
하고 맨 먼저 손을 든 석돌이의 멱살을 잡고 주먹으로 볼을 후려갈겼
다. 건배는 어느 틈에 꽁무니를 뺐는데, 석돌이와 찬성파는 침 먹은 지
네 모양으로 꿈쩍도 못하고 머리를 사추리에다 틀어박고 앉았다. 칠룡
이는 손을 들어놓고도 양심에 찔리는지 훌쩍훌쩍 울고 앉았다. 찬성파
는 하나도 빼놓지 않고 강도사 집의 소작인들인 것이다.

갑산이는 허리띠를 끄르더니, 쇳대를 세 번 네 번 이빨로 매듭을 지
어 꼭꼭 옭매면서

"우리 선생님 말이 없인 목이 베껴두 안 내놀 테다!"
하고는 회원들이 나갈 때까지 지키고 섰다가, 회관 문을 단단히 잠근
다음, 그 허리띠를 바짝 졸라매었다.

아우에게서 자세한 경과를 들은 동혁은, 영신에게 오래 있었던 것을
몇 번이나 후회하였다. 놀러 갔던 것은 아니었다. 연애와 사업은 어떠
한 경우에든지 양립兩立하기가 어렵다는 것을 절실히 깨달았다. 그보다
도 금방 분통이 터질 듯이 분한 것을 참을 수 없었다. 기천이가 조만간
그러한 흉책을 써서 회관을 점령하려는 눈치는 짐작 못했던 것도 아니
니 도리어 괴이쩍을 것이 없다. 그러나 이제까지 같은 지식분자로 손을
잡고 동리일을 시작하였고, 함께 온갖 고생을 참아오던 건배가 마음이
변해서 강기천의 주구走狗 노릇까지 하게 된 데 피를 토하고 싶도록 분
하였다. 치가 떨렸다. 과거의 자별하던 우정으로써 이번 행동을 호의
로 해석하려는 마음의 여유를 가지려고 하면서도 오직 원수의 구복 때
문에 참다 못해서 지조를 팔고 다만 하나뿐이었던 동지를 그나마 출타

한 동안에 배반한 생각을 하니 눈물이 뜨끈하게 솟았다. 비록 중심은 튼튼치 못하나마 지사적志士的 기개氣槪가 있고 낙천가이던 건배로 하여금 환장이 되게까지 만든 이놈의 환경이…….

동혁은 금세 벙어리가 된 것처럼 입을 꽉 다물어버렸다. 그러면서도

'설마 건배가 그다지 쉽게 맘이 변했을라구.'

하고 두 번 아우의 말을 믿지 않으려고 무진 애를 썼다.

3

동혁은 불도 아니 켜고 누워서 될 수 있는 대로 냉정히, 앞으로 어떻게 하면 좋을까를 생각해보았다.

무슨 짓을 하든지 유일한 단체인 농우회를, 삼사 년이나 근사194를 모아 지은 회관째 기천의 손에 빼앗길 수는 없다. 건배를 불러다가 책망을 하고, 기천이를 직접 만나 단단히 따지고 싶은 생각이 불현듯이 나지 않는 것은 아니지만, 적어도 회원의 반수 이상이 울며 겨자 먹기로 생활 문제 때문에 그 편에 가 들러붙게 된 이상, 일시의 혈기로써 분풀이를 하는 것으로는 문제가 더 옭혀들어갈지언정 원만히 해결은 되지 못할 것 같았다. 성미가 관솔같이 괄한 동화가

"아 고놈의 자식을 그대로 두구 본단 말유. 내 눈에만 띄어보 뒈지지 않을 만큼 패주구 말 테니. 징역 사는 게 농사 짓는 것보다 수월하다는데 겁날 게 뭐유."

하고 팔을 뽐내는 것을

"아서라. 그건 모기를 보구 환도를 뽑는 격이지, 그보다 더 큰 적수를 만나면 어떡하련? 완력으로 될 일이 있고 안 되는 일도 있는 걸 알아야 한다. 넌 아직 나 하라는 대로 가만히 있어."

하고 타일렀다. 그것도 폭력으로는 되지 않을 성질의 일인 것을 알고 있기 때문이다. 그는 별별 생각을 다 해보다가

"한 가지 도리밖에 없다!"

하고 부르짖으며 발길로 벽을 걷어차고 일어났다.

"그들의 빚을 갚아주는 것이다. 강가의 집 소작을 아니 해먹고도 살 수 있게 만들어주는 것이다!"

말은 간단하다. 단 두 마디밖에 아니 된다. 그러나 그 간단한 말은 동혁의 어깨가 휘도록 무거웠다. 현재의 저의 미약한 힘으로는 도저히 실행할 가능성이 없는 일일 것 같았다.

그 근본책根本策을 알고도 손을 대지 못하는 동혁의 고민은 컸다.

"결국은 한 그릇의 밥이 인간의 정신을 지배한다. 더군다나 '농민은 먹는 것으로 하늘을 삼는다' 고 옛날부터 일러 내려오지 않았는가."

이것이 흔들어볼 수 없는 철칙鐵則인 이상, 이제까지는 그 철칙을 무시는 하지 않았을망정, 첫 손가락을 꼽을 만큼 중대히 생각을 하지 않았던 것만은 스스로 부인할 수 없었다.

'그것은 나 자신이 농촌의 태생이면서도 아직까지 밥을 굶어보지 못한 '인텔리' 출신인 까닭이다.'

하고 동혁은 저 자신을 비판도 해보았다.

'이제까지 단체를 조직하고 글을 가르치고, 회관을 번듯하게 지으려고 한 것은 요컨대 메마른 땅에다가 '암모니아' 나 과린산석회過燐酸石灰 같은 화학비료化學肥料를 주어 농작물이 그저 엄부렁하게 자라는 것을 보려는 성급한 수단이 아니었던가.'

동혁은 냉정히 제가 해온 일을 반성하는 나머지에

'먼저 밑거름을 해야 한다! 흠씬 썩은 퇴비堆肥를 깊숙이 주어서 논바닥이 시꺼멓도록 걸게 한 뒤에, 곡식을 심는 것이 일의 순서다! 그런

데 나는 그 순서를 바꾸지 않았던가?'

하고 혼잣말을 하며 또다시 눈을 딱 감고 앉았다가

"집 한 채를 가지고 다툴 때가 아니다. 동지가 배반한 것을 분하게만 여기고 흥분할 것이 없다."

하고 무릎을 탁 치고 일어서서 좁은 방 안으로 왔다 갔다 하다가

'이번 기회에 영신에게도 선언한 것처럼 제일보부터 다시 내디디지 않으면 안 된다! 표면적表面的인 문화운동文化運動에서 실질적實質的인 경제운동經濟運動으로—.'

결론을 얻은 동혁은 방으로 들어가 그제야 불을 켜고 서랍 속에서 동리 사람과 회원들의 수입 지출이며 빚을 진 금액까지 상세히 적어 넣은 이세일람표里勢一覽表를 꺼냈다. 그것은 회원들이 여러 달을 두고 조사해온 것으로 매우 정확한 통계였다.

그때였다. 문밖에서 두런두런하는 소리가 들리더니

"선생님 오셨지요?"

하고 반대파의 회원들이 정득이를 앞장세우고 마당으로 들어섰다.

4

방 안에 가득 들어앉은 회원들의 입에서 비분에 넘치는 호소를 받을 때 동혁이도 다시금 흥분이 되지 않는 것은 아니건만

"참세 참어. 참을 수 없는 걸 참는 게 정말 참을 줄 아는 거라네."

하고

"아무튼 너무 떠들면 일이 되려 크게만 벌어지는 법이니 얼마 동안 모든 걸 내게 맡겨주게. 따로 생각하는 것도 있으니……."

하고 거듭 제가 그동안에 동리를 떠나 있었던 것을 사과하였다. 그러나

정득의 입에서

"건배 씨는 기천이 지시로 군청의 서기가 돼서 아주 이사를 간대요. 한 달에 월급이 삼십 원이라나요."

하는 말을 들을 때 동혁은 다시 한 번 놀랐다. 그러면서도

"설마 그렇기야 할라구. 자네들이 잘못 들었지."

하고 그 말까지는 믿지를 않으니까

"잘못 알다께요. 오는 길에 안에서 이삿짐까지 싸는 걸 봤는데요."

그 말을 듣고도 동혁은 머리를 흔들었다. 군서기가 그렇게 짧은 시일에 용이하게 되는 것도 아니요, 또는 건배가 오래전부터 뒷구멍으로 운동을 하였으리라고는 콩으로 메주를 쑨대도 곧이가 들려지지 않았다.

또는 그에게는 소학교 교원 노릇을 할 자격까지 빼앗긴 것을 잘 알고 있는 터이라.

"그럴 리는 만무하지."

하면서도, 실지를 검사하듯 이삿짐을 싼다는 건배의 집에는 가보기는 싫었다.

이튿날 이른 아침, 동혁은 평일과 조금도 다름없이 일어나 회관으로 올라가서 기상나팔을 불었다. 새벽녘부터 철 아닌 궂은비가 오는 까닭인지, 회원은 물론 다른 조기회원도 올라오는 사람은 그전의 오분의 일도 못 된다. 그 분요통에 건배까지 종적을 감추어서 조기회조차 지도자를 잃고 흐지부지 해산을 한 것과 마찬가지다.

동혁은 웃통을 벗어부치고 비를 맞으며 체조를 하였다. 다른 사람들은 그제야 이불 속에서

"에―키, 동혁이가 왔군."

하고 기지개를 켜고 있었다.

동혁은 구름이 잔뜩 낀 하늘과 같이 우울해서 내려왔다.

"어쨌든 나 할 도리는 차려야 한다."

하고 내려오는 길에 건배의 집에를 들렀다.

"건배—."

하고 불러도 대답이 없는데 마당으로 들어서보니 시렁 위에 있던 헌 고리짝을 내려서 빨랫줄로 묶어논 것과 바가지와 귀 떨어진 옹솥을 떼어서 돈대[195] 위에다 논 것을 보고 그제야

"정말 이사를 가려는 게로구나."

하고 다시 한 번,

"건배 있나?"

하고 안방으로 대고 목소리를 높였다.

"아이고 난 누구라구요. 그저께 나가서 그저 안 들어왔어요."

하고 젖을 문 어린애를 안고 나오는 것은 건배의 아내다. 세수도 아니해서 머리는 쑥방석 같고 그동안에 더 찌들어 보이는 얼굴에는 수심이 가득 찼다.

'그동안에 속이 더 상해서 저 꼴이 됐나보다.'

하고 동혁은

"어딜 갔어요?"

하고 물어보았다. 건배의 아내는, 떼다만 놓고 닦지도 않아서, 검정이 시꺼멓게 앉은 옹솥을 내려다보더니

"이 정든 고장을 어떻게 떠난대요?"

하고 금세 목이 멘다.

"아, 떠난다께요?"

동혁은, 짐짓 놀라며 묻지 않을 수 없었다. 그는

"뭘 벌써 다 들으셨을걸……."

하고 눈물이 글썽글썽해서 마당만 내려다보더니

"참 영신 씨가 병이 대단하다죠?"

하고 딴전을 부리듯 한다.

"인젠 많이 났어요."

동혁은 의형제까지 맺은 두 사람의 정의를 생각하며 대답하였다. 그러면서 더 자세한 말은 묻기도 싫고 그렇다고 그대로 갈 수도 없어서, 잠시 추녀 밑에서 빗발을 내려다보며 서성거리는데

"추호야—."

하고 어린것의 이름을 부르며 비틀거리고 들어서는 사람!

그는 앞을 가누지 못하도록 술이 취한 이 집의 주인이었다.

5

상한 생선의 눈처럼 뻘겋게 충혈이 된 건배의 눈이 동혁의 실쭉해진 눈과 딱 마주치자, 그는 전기를 맞은 것처럼 우뚝 섰다. 한참이나 억지로 몸을 꼬느고 섰다가 '죽여줍시사.' 하는 듯이 머리를 푹 수그리더니

"여보게 동혁이!"

하고 와락 달려들어 손을 잡는다. 동혁의 표정도 점점 심각해진다.

"여보게 동혁이! 나 술 먹었네 술 먹었어. 자네 덕분에 끊었던 술을, 삼 년째나 끊었던 술을 먹었네. 그저께 저녁부터 죽기 작정하고 막 들이켰네. 참 정말 죽겠네 죽겠어. 이 사람 동혁이, 팔아먹은 양심이 아직도 조금은 남았네그려!"

하고 앙가슴을 헤치고 주먹으로 꽝꽝 치더니 동혁의 어깨에 가 턱 실리며

"여보게, 내 이 낯짝에 침을 뱉어주게! 어서 똥물이래두 끼얹어주게! 난 동지를 배반한 놈일세. 우리 손으로 진, 피땀을 흘려서 진 회관을,

아아 그 집을 그 단체를 이놈의 손으로 깨트린 셈일세!"

하고 진흙 바닥에 가 펄썩 앉더니, 흑흑 느끼면서,

"내가 형편이 자네만 해도 두 가지 맘은 안 먹었겠네. 내 딴엔 참기도 무척 참았지만, 원수의 목구멍이 포도청이니 어떡하나? 앞 못 보는 늙은 어머니하구 하나 둘도 아닌 어린 새끼들하구 이 입술에도 풀질을 해야 살지 않겠나?"

하고 사뭇 어린애처럼 엉엉 울면서

"우리 내왼 남몰래 굶기를 밥 먹듯 했네. 못 먹고도 배부른 체하기란 참 정말 힘든 노릇이네. 하지만 어른은 참기나 하지, 조 어린것들이야 무슨 죄가 있나? 우리 같은 놈한테 태난 죄밖에 이승에 무슨 큰 죄를 졌단 말인가? 그것들이 뻔히 굶네그려. 고 작은창자를 채지 못해서 노랑방통이가 돼가지구 울다 울다 지쳐 늘어진 걸 보면 눈에서, 이 아비 놈의 눈에서 피눈물이 나네그려!"

하고 떨리는 입술로 짭짤한 눈물을 빨면서 문지방에다가 머리를 들부비더니 눈물 콧물로 뒤발을 한 얼굴을 번쩍 쳐들며

"여보게 동혁이, 자넨 인생 최대의 비극이 뭔 줄 아나? 끼니를 굶고 늘어진 어린 새끼들의 얼굴을 들여다보는 걸세! 그것들을 죽여 버리지도 못하는 어미 에비의 속을 자네가 알겠나?"

하고 부르짖으며 손가락을 피가 나도록 물어뜯는다.

동혁은 팔짱을 끼고 서서 잠자코 건배의 독백獨白을 들었다. 적[196]덩어리 같은 그 무엇이 치밀어 오르는 듯한 것을 억지로 참고 섰으려니 건배만큼이나 마음이 괴로웠다. 비록 술은 취했으나마 그 기다란 몸을 진흙 바닥에다 굴리면서 통곡을 하다시피 하는 것을 볼 때 달려들어 마주 얼싸안고 실컷 울고 싶었다. 가슴이 미어지는 것 같아서 말대꾸도 못하였다. 아내가 듣다 못해서

마당으로 내려와서

"이거 창피스레 왜 이러우? 어서 들어갑시다. 제발 방으루나 들어가요."

하고 잡아끌어도 건배는 막무가내로 뻗디딘다. 동혁은 그제야 건배의 겨드랑이를 부축해 일으키며

"여보게 건배! 어서 일어나게. 가을이 돼도 벼 한 섬 못 들여놓고 지낸 자네 사정을 어째 내가 모르겠나. 이런 경우에 자네를 힘껏 붙잡지를 못하고 뭉정이나 할 수밖에 없는 게 무한히 슬플 뿐일세. 이번에 가면 아주 가겠나. 또다시 모일 날이 있겠지. 더 단단히 악수를 할 날이 있겠지. 난 이 마당에서 다른 말은 하기가 싫으이. 기왕 그렇게 된 일이니 자네의 마음이 다시는 변치 말고 있다가, 더 큰 일을 할 때, 만날 것만 믿구 있겠네!"

하고 건배는 동혁이가 뜻밖에 조금도 저의 탓을 하거나 몰아대지를 않는 것이 고마워서, 동혁의 손을 힘껏 잡으며

"이 손을 어떻게 놓나? 응, 이 손을 어떻게 놔. 이 한곡리를 차마 어떻게 떠난단 말인가. 정을 베는 칼은 없나? 응 정을 베는 칼은 없어?"

하고 손을 벌리더니, 연기에 시꺼멓게 걸고, 밑동이 반이나 썩은 마룻기둥을 두 팔로 부둥켜안고 울음 섞인 목소리로

> 한 줌 흙도 움켜쥐고
> 놓치지 말아라.
> 이 목숨이 끊지도록
> 북돋우며 나가자!

하고 애향가 끝 구절을 목청껏 부르더니, 그 자리에 쓰러지며 헉헉 느끼기만 한다.

그의 머리와 등허리에는 찬비가 어느덧 진눈깨비로 변해서 질금질금 쏟아져 내린다.

6

건배가 떠나는 날 동혁은 오 리 밖까지 나가서 전송을 하였다. 몇 해 전 교원 노릇을 할 때에 입던 것인지, 무릎이 나가게 된 '쓰메에리' 양복을 입고 흐느적흐느적 풀이 죽어서 걸어가는 뒷모양을 동혁은 눈물 없이는 바라다볼 수가 없었다. 밝기도 전에 도망꾼과 다름없이 떠나는 길이라, 작별의 인사나마 정다이 하러 나온 사람도 두엇밖에는 눈에 띄지 않았다. 어린것들을 이끌고 눈에 잠이 가득한 작은애를 들쳐 업은 건배의 아내는, 눈물이 앞을 가려서 걷지를 못하다가, 동리가 내려다보이는 마루터기 위까지 올라가서는 서리 찬 풀밭에 펄썩 주저앉았다. 한참이나 자기가 살던 동리와 오막살이들을 넋을 잃고 내려다보다가 남편에게 끌려서 그 고개를 넘으면서도, 돌려다보고 돌려다보고 하는 것이 먼 광으로 보이더니, 그나마 아침 햇빛을 등지고 안계眼界에서 사라져버렸다.

기천이가 건배의 빚을 갚아주고 신분까지 보증을 하여서, 하루 일 원씩 일급을 받는 임시 고원이 되어간다는 것은, 그의 아내의 입을 통해서 알았다. 군청에 사람이 째서 몇 달 동안 서역[197]을 시키려고 임시로 채용한 것이니까, 그나마 언제 떨어질는지 모르는 뜨내기 벌이다. 그러나 조만간 끊어질 줄 알면서도, 건배는 그만한 미끼나마 물지 않을 수가 없었던 것이다.

동혁은 동리로 돌아오면서

"오는 자를 막기도 어렵고 가는 자를 억지로 붙들 수도 없는 노릇이다."

하고 긴 한숨을 짓고는 그 길로 회원의 집을 따로따로 호별 방문을 하였다. 그것은 강기천이와 곁고틀려는[198] 음모를 하려는 것도 아니요, 반대운동을 일으키려고 책동을 하려는 것도 아니었다.

"자— 우리 기왕에 그렇게 된 일을 가지구 왁자지껄 떠들기만 하면 무슨 소용이 있나? 누가 잘 하구 잘못한 것도 따지지 말구 어느 시기까정은 우리가 할 일만 눈 딱 감고 하세."

하고는 미리 불평을 막았다. 그것은 기천에게 매수된 회원에게도 똑같은 태도로 임하였다. 석돌이와 칠룡이 같은 회원은 동혁을 보더니 질겁을 해서, 쥐구멍으로라도 들어가려고 드는 것을

"허— 이 사람, 내 얼굴을 바로 쳐다보지 못할 짓들은 누가 하랬나?"

하고 너그러이 웃어 보이면서, 전일과 조금도 다름없이 은근하게

"난 이런 생각을 하는데, 자네들 의향은 어떨는지."

하고 조끼 주머니에서 서류를 꺼내노며

"자— 누구누구 할 것 없이, 우리 어떻게 빚부터 갚을 도리를 차려보세. 빚진 죄인이라구 남의 앞에 머리를 들구 살려면 우선 빚부터 벗어넘겨야 하지 않겠나?"

"그야 이를 말씀이에요."

어느 회원은 동혁이가 은행의 담이나 뚫어가지고 온 것처럼 그 말에는 귀가 번쩍 뜨이는 눈치다.

"그렇게만 되면사 우리두 다리를 뻗구 자겠지만……."

하면서도 무슨 방법으로 갚자는지를 몰라서 동혁의 턱을 쳐다본다.

"그런데 우리 회원들이 강도사 집에 농채農債나 상채喪債로[199] 또는 혼채婚債로 진 빚을 쳐보니까 본전만 거진 사백 원이나 되네그려. 그러니 또박또박 오 푼 변을 물어가면서 기한에 못 갖다 바치면 그 변리까정 추켜 매서 그 원리금에 대한 오 푼 변리를 또 물고 있지 않은가? 하

고 보니 자네들의 빚이 벌써 얻어 쓴 돈의 삼 배두 더 늘었네그려. 주먹구구로 따져봐두 천사백 원 턱이나 되니, 자네들이 무슨 뾰족한 수가 생겨서 그 엄청난 빚을 갚아보겠나?"

"어이구 천사백 원!"

갑산이가 새삼스러이 놀라며 혀를 빼문다.

"그게 또 자꾸만 새끼를 칠 테니 어떻게 되겠나? 몸서리가 쳐지도록 무섭지가 않은가?"

"그러니 세상 별별 짓을 다 해도 갚을 도리가 있어야죠. 그저 텃도지 200도 못 물고 있는 사람이 반이나 되는데요."

"그러길래 말일세. 그 빚을 어떻게 갚든지 내게다만 죄다 맡겨주겠나? 그것부터를 말하게."

"그야 두말할 게 있어요. 빚만 갚게 해주신다면 맡기고 여부가 없습죠."

하는 것이 이구동성이다.

"그럼 나 하는 대루 꼭 해야 하네. 나중에 두말 못 하느니." 하고 동혁은 두 번 세 번 뒤를 다졌다.

7

동혁은 회원이 빚을 얻어 쓴 날짜와 금액을 적은 장부를 꺼내더니

"그럼 우리 이력하세. 우리가 삼 년 동안 공동답을 짓고, 닭, 돼지를 쳐서 모은 것하고, 이용조합과 이발조합에서 저금한 걸 따져보니까, 회관을 지은 것은 말고도, 사백육십여 원이나 되네."

하고 일 전 일 리도 틀림없이 꾸며논 회의 여러 가지 장부와 대조를 시켜 보인다.

"야— 그런 줄 몰랐더니 꽤 많구나!"

하고 회원들은 저희들이 저금한 액수가 뜻밖에 많은 데 놀란다.

"그러길래 티끌 모아 태산이라지. 하지만 그걸 열둘로 쪼개면 삼십팔 원 각수밖에 더 되나?"

동혁의 말을 듣고 보니 아닌 게 아니라, 결코 많달 것이 없는 금액이다. 동혁은 회원들의 기색을 살펴보며

"우리 그동안 비럭질(거저 일을 해주는 것)을 해준 셈만 치고, 그걸로 몽땅 빚을 갚아버리세. 나는 간신히 그 집에 빚을 안 졌지만 내 몫하고 동화 몫이 남는데 건배군은 취직을 한 모양이니까, 세 사람 몫은 거저 내놓겠네. 그럼 그걸로 많이 얻어 쓴 사람하구 적게 얻어 쓴 사람하구 액수를 평균하게 만들 수가 있지 않은가?"

회원들은 얼른 대답하는 사람이 없다. 좋고 그르다는 것은 그네들의 표정이 없는 얼굴을 보아서는 모른다. 몇몇 해를 두고 쪼들리던 부채를 갚아준다니 귀가 번쩍 뜨이나 죽을 애를 써서 모은 것을 송두리째 내놓는다는 데는 여간 섭섭지가 않은 눈치다. 애는 배기도 전에 포대기 장만부터 한다고 그 돈을 눈 딱 감고 늘여서 돈 백 원이나 바라보면 토담집이라도 짓고 나와서 남의 도지 집을 면해보려고 벼르고 있는 회원이 거지반이었던 것이다.

"섭섭할 줄은 아네. 하지만 눈앞에 뵈는 게 아니라구 그 빚을 그대루 내버려두면 나중에 무슨 수로 갚아보겠나? 칠룡이 같은 사람은 돌아간 아버지 술값까지 짊어졌으니까 억울한 줄은 모르는 게 아닐세만…… 억지루 하자는 게 아니니까, 싫다면 더 우기진 않겠네."

하고 동혁은 슬그머니 얼러도 보았다. 그런 잇속에는 셈수가 빠른 석돌이는

"선생님이 첫해부터 우리하구 똑같이 고생을 하신 것까정 내놓으신

다는데, 두말할 사람이 누구예요? 너무나 고맙고 염치없는 일입죠."

하고 동혁을 빤히 쳐다보더니

"그럼 변리는 어떡하고 본전만 갚나요?"

한다. 그 말에 정득이와 칠룡이도 모두 궁금하였다는 듯이

"그러게 말씀예요. 배보다 배꼽이 커졌는데……."

하고 거진 동시에 질문을 한다.

"궁금할 줄도 알았네. 그러길래 그건 무슨 수단을 쓰든지 내게다만 맡겨달라고 하지 않았나?"

"안 될걸요. 이마에 송곳을 박아두 진물 한 방울 안 나올 사람인데, 애당초에 생의도 마시지요."

"아 노린전 한 푼에 치를 떨고 사촌 간에도 꼭꼭 변리를 받는 사람이, 더군다나 소리 없는 총이 있으면 놓지를 못해하는 우리들의 변리를 탕감해주겠어요? 어림없지. 어림없어."

하고 머리를 내젓는 것을 보고 동혁은

"이 사람, 경우에 따라선 병법을 가꾸루 쓰는 수도 있다네."

하고 자신 있는 듯이 간단히 대답하고 나서

"한데 한 가지 꼭 지켜야 할 게 있네. 내가 그 집엘 다녀오기 전엔 누구한테나 이 말을 입 밖에도 내선 안 되네. 그 사람이 미리 알면 다 틀릴 테니 명심들 하게. 그런데 온 전화통이 있어서……."

하고 슬쩍 석돌이를 흘겨본다. 정득이도 석돌이와 칠룡이를 노려보며

"천엽에 가 붙구 간에 가 붙구 하는 놈은, 인젠 죽여버릴 테야 죽여버려!"

하고 이를 뿌드득 갈며 벼른다.

아무리 비밀을 지키라고 당부를 해도 저녁 안으로 그 말이 새어서 기천의 귀에까지 들어갈 것을, 동혁이가 모를 리는 없다. 건배를 작별하

고 오다가 기천이가 자전거를 타고 신작로로, 달려가는 것을 제 눈으로 보았고, 기만이가 형이 술이 취해서 자는 사이에, 빚을 놓아먹으려고 금융조합에서 찾아온 돈을 오백 원이나 훔쳐가지고 도망을 가서, 형이 서울로 쫓아 올라갔다는 소문이, 벌써 파다하게 났기 때문에, 적어도 사오 일 내로는 돌아오지 못할 줄 알았던 것이다.

8

그동안 여러 날을 두고 동혁은 사방에 흩어진 돈을 모아들이느라고 자전거를 얻어 타고 분주히 돌아다녔다. 조합에 예금했던 것은 손쉽게 찾았지만 그 나머지는 받기가 여간 힘이 들지 않았다. 그러나 요행으로 추수를 한 뒤라 다른 때보다는 융통이 잘 되어서 기천이가 내려오기 전 날까지 그 액수가 거진 다 들어섰다.

기천은 조끼 안주머니에다가 똘똘 뭉쳐서 넣고 자던 돈을 아우에게 감쪽같이 도적을 맞고 눈이 발칵 뒤집혀서 으레 서울로 갔으려니 하고 뒤를 밟아 쫓아 올라갔다. 그러나 서울은 공진회[201] 때와 박람회 때에 구경을 했을 뿐이라, 생소해서 무턱대고 찾아다닐 수도 없어 경찰서에 수색원까지 계출[202]했건만 친형제 간에 돈을 훔친 것은 범죄가 구성되지 않기 때문에 도리어 '찾게 되면 통지할 테니 내려가 있으라' 는 주의를 받고 그 아까운 노자만 쓰고 내려왔다. 집에 와서는 콩 튀듯 팥 튀듯 하며 문문한[203] 집안 식구에게만 화풀이를 한다는 소문이 벌써 동혁의 귀로 들어왔다. 동화에게 석돌이나 그 집에 가까이 다니는 사람을 감시하게 하는 한편으로 머슴애를 꾀송꾀송해서 물어보면 단박에 염탐을 할 수가 있다.

'화가 꼭두까지 오른 판인데 잘 들어먹을까.'

하면서도 동혁은 더 기다릴 수가 없어서 저녁을 든든히 먹은 뒤에, 큰 마을로 기천이를 찾아갔다. 가는 길에도

'농촌운동을 하는 사람도, 너무 외곬로 고지식하기만 하면 교활한 놈의 꾀에 번번이 속아 떨어진다. 과거의 경험으로 보더라도, 제 양심을 속이지 않는 정도로는 패를 써야 하겠다.'

하고 종래와는 수작하는 태도를 변해보리라 하였다.

사랑마당에서 으흠 으흠 기침을 하니까

"누구냐?"

하고 되바라진 소리를 지르며 내다보는 것은 바로 기천이다.

"아 그동안 경행²⁰⁴을 하셨더라지요?"

하고 동혁은 뻣뻣한 허리를 될 수 있는 대로 굽혀 보였다.

"아 동혁인가? 그렇잖아도 좀 만나려고 했더니……."

기천은 마루로 나오며 한 십 년 만에나 만나는 친구처럼

"어서 들어오게. 어서."

하면서 동혁을 반가이 맞아들인다. 제가 한 깐이 있고 반대파의 회원들이 저의 집을 습격이나 할 듯이 위태위태한데 그 질색할 놈의 동화는 저를 보기만 하면 죽이느니 다리를 분질러놓느니 하고 벼른다는 소문을 벌써 듣고 앉았다. 속으로는 겁이 잔뜩 나서 동네 출입도 못하고 들어앉았는 판에 몇 번씩 불러도 오지를 않던 동혁이가 떡 들어서는 것을 보니 가슴이 달칵 내려앉았다. 그렇건만 그 순간에

'옳지, 마침 잘 왔다. 너만 구슬러노면야 다른 놈들쯤이야.'

하고 얕잡고는 친절을 다해서 동혁을 붙들어 올린 것이다. 동혁이가

"계씨도 서울 가셨다지요? 풍편에 놀라운 소식이 들리더군요. 그래 얼마나 상심이 되세요?"

하고 화평한 낯빛으로 동정해주니까.

"허 거 온 첫째 창피스러워서…… 속상하는 말이야 다 해 뭘 하겠나. 그야말로 아는 도끼에 발등을 찍힌 셈이지."

하고 매우 아량雅量이 있는 체를 한다. 동혁은 다른 말이 나오기 전에 먼저 기를 누르려고

"참 이번 저 없는 동안에 귀찮은 일을 맡으시게 됐더군요?"

하고 아픈 구석을 꾹 찔러 보았다. 기천은 의외로 동혁의 말씨가 부드러운 데 안심이 되는 듯

"하 이 사람 자네가 먼저 말을 꺼내네그려. 난 백죄[205] 꿈도 안 꾼 일을, 건배랑 몇몇이 누차 찾아와서 벼락감투를 씌우데그려. 진흥환가 뭔가 하는 것도 명색 회장이라구 아무것도 하는 일이 없는데, 자네네 일까지 덧붙이기로 해달라니, 젊은 사람들이 떠맡기는 걸 이제 와서 마자는 수도 없구…… 그래서 자네하고 얘기를 좀 하려고 만나려던 찬데 참 마침 잘 왔네."

하고 강아지가 꼬리를 흔들 듯이 뾰족한 발끝을 달달달 까분다.

"그야 인망으로 되는 일이니까…… 진작 일을 봐줍시사구 여쭙질 못한 게, 저희들의 불찰이지요."

그 말에 기천은 발딱 몸을 일으키며

"가만있게. 우리 오늘 같은 날이야 한잔 따뜻이 마시면서 얘기를 하세."

하고 요릿집에서 하던 버릇인지 안으로 대고 손뼉을 딱딱 친다.

9

전일과 똑같은 대중의 술상이 나왔다. 그러나 오늘은 어란과 육포 조각을 추가해서 내오라는 것을 보니, 특별대우를 하는 모양이다.

"여보게, 오늘은 한잔 들게. 사람이 너무 고집이 세어도 못 쓰느니."

하고 권하는 대로

"그럼 나 먹는 대로 잡수실 테지요?"

하고 동혁은 커다란 주발 뚜껑으로 밥풀이 동동 뜬 노―란 전국을 주르르 따랐다.

"자― 먼저 한 잔 드시지요."

"어 이 사람, 공복인데 취하면 어떡하나? 요새 연일 과음을 해서……."

하면서도 기천은 동혁이가 먹는다는 바람에, 숨도 아니 쉬고 쪽 들이켰다. 이번은 동혁이가 불가불 마셔야 할 차례다.

"이거 그―예 파계破戒를 하는군요."

하고 주발 뚜껑이 찰찰 넘치도록 받아놓았다. 동혁은 원체 주량이 없는 것이 아니다. 고등농림의 축구부의 주장으로 시합에 우승한 때에는, 응원대장이 권하는 대로 정종을 두 되 가량이나 냉수 마시듯 하고도, 끄떡도 아니 하던 사람이다.

"어서 들게."

"네 천천히 들지요."

그러나 이만 일로 여러 회원과 함께 굳게 지켜오던 약속을 깨트릴 수도 없어서, 그 잔을 내지 않을 수도 없어서, 어름어름하고 안주만 집는 체하는데, 안에서 계집애가 나오더니,

"아씨가 잠깐 들어오시래유."

한다. 기천은

"왜?"

하고 일어서며

"아 이 사람 어서 들게."

하고 마시는 것을 감시하려고 한다. 동혁은 술잔을 들었다. 돌아앉으며 단숨에 벌떡벌떡 들이켜는 것을 보고야 기천은

"허— 어지간하군."

하고 안으로 들어간다. 저녁상을 내보낼까 물어보려고 불러들이는 눈치다. 동혁은 씽긋 웃으며 술잔을 입에서 떼는데 술은 고대로 있다. 능청스럽게 소매로 입을 가리고 들이마시는 시늉만 내어 보인 것이다. 그 술을 얼른 주전자에다 도로 따르고, 이번에도 안주를 드는 체하고 있는데 기천은 벌써 얼굴이 술기운이 돌아가지고 나온다. 동혁은

"무슨 술이 이렇게 준합니까[206]? 벌써 창자 속까지 찌르르 하는걸요."

하고 진저리를 치는 흉내를 낸다.

"기고忌故[207]도 계시고 해서, 가양家釀[208]으로 조금 빚어낸 모양인데, 품주品酒는 못 돼두 그저 먹을 만허이."

"이번엔 주인어른께서 드셔야지요."

"온 이거 과헌걸."

"못 먹는 저두 먹었는데요. 참 제가 술 먹은 걸 회원들이 알아선 안 됩니다."

"그야 염려 말게. 내가 밀주해 먹는 소문이나 내지 말게. 겁날 건 없네만……."

하고 기천은 "핫 하하하." 하고 웃으며 잔을 들더니 엄지손을 젖힌다.

"이왕이면 곱배기루 한 잔 더 하시지요. 저두 따라 먹을 테니……."

동혁은 석 잔째 가득히 따라 올렸다.

"아—니, 자네 사람을 잡으려나. 이렇게 폭배를 하곤 견디는 수가 있어야지."

하면서도 '어디 누가 못 배기나보자.'는 듯이 상을 찌푸리고, 꼴덕꼴덕 들이켠다. 동혁은 기천의 목줄떼기에 내민 뼈끝이 올라갔다 내려갔다

하는 것을 바라보다가

　'이번엔 어떡하나.'

하면서도 그 술잔을 받지 않을 수 없었다.

　"어서 들게, 들어. 입에 안 댔으면 모르거니와, 사내대장부가 그만
술이야 사양해 쓰겠나."

　독촉이 성화같다. 기천은 벌써 말이 어눌해지도록 취했다.

　"온 이건 너무 벅차서……."

하고 동혁은 '이런 때 누가 오지나 않나.' 하고 잔을 들었다 놓았다 하
는데, 마침 밖에서 잔기침 소리가 나더니

　"나리께 여쭙니다. 큰덕미 선인이 들어왔는뎁쇼. 내일 아침에 뱃짐
을 내시느냐구 합니다."

하는 것은 머슴의 목소리다. 기천은

　"뭐? 뱃놈이 들어왔어?"

하더니

　"자 잠깐만 기다리게."

하고 툇마루로 나간다. 그 틈에 주전자 뚜껑은 또 소리 없이 열렸다. 기
천이가 벼를 실릴 분별을 하고 들어오는 것을 보고 동혁은

　"어이구 벌써 가슴이 다 두근두근하는군요."

하고 가슴에다 손을 대며 금방 술을 마시고 난 것처럼 알코올 기운을
내뿜는 듯이 후— 하면서 술잔을 주인의 앞에다 놓는다.

10

　남포에 불을 켜는데 밥상이 나왔다. 반주가 또 한 주전자나 묵직하게
나오고, 어느 틈에 닭을 다 볶아서 주인과 겸상을 하였다. 기천이가 상

놈하고 겸상을 해보기는 생후 처음이리라.

"아무리 요새 세상이기루 볼 건 봐야지. 우리네허구야 원판 씨가 다르니깐."

하고 뉘 집에 잔치 같은 데를 가서도 자리를 골라 앉는 사람으로는 크게 용단을 내었고, 실로 융숭한 대접이라. 동혁은

'놈이 발이 저려서⋯⋯.'

하면서도

"전 저녁을 먹고 왔지만, 세잔갱작洗盞更酌[209]이라는데 자, 이번엔 반주루 한 잔 더 드시지요."

하고 이번에는 공기에다 가득히 따라서 권하니까

"이거 자네 협잡을 했네그려. 그저 끄떡없는 게 수상쩍은걸."

하면서도 기천은 인음증引飮症[210]이 대단한 사람이라, 인제는 술이 술을 끌어들여서, 동혁이가— 받아든 술은 제 눈앞에서 한 방울도 아니 남기고 주전자에다가 짓는 것을 멀거니 보면서도

"과한걸 과해."

해가며 연거푸 마신다. 그만하면 온 세상이 다 내 것처럼 보일 만큼이나 거나해졌다.

"참 이렇게 술에 고기에 주셔서 잘 먹습니다만, 특청 하나 할 게 있어서 왔는데, 들어주시겠에요?"

그제야 동혁은 취한 체하면서 본론을 끄집어냈다.

기천은 몽롱한 눈을 될 수 있는 대로 크게 뜨고 상대자를 보더니, 다붙은 고개를 내밀며 귓속말이나 들으려는 듯이

"무슨 특청? 왜 아쉰 일이 있나?"

하고 귀를 갖다가 댄다. 특청이라면 으레 돈을 취해달라는 줄 알고 취중에도

'너도 그 예 나한테 아쉬운 소리를 할 때가 있구나.'

하는 듯이 연거푸

"왜 돈이 소용이 되나?"

하고 손가락으로 동그라미를 만들어 보이며 은근히 묻는다.

"돈이 소용이 되는 게 아니라 빚을 갚으러 왔에요."

"응? 빚을 갚으러 오다께? 자네가 언제 내 돈 썼던가?"

"전 댁에 돈을 다 갚았지만, 다른 사람들의 위임을 맡아가지고 왔는데요."

"다른 사람들이라니 누구누구 말인가?"

"이번에 주인어른께서 새로 회장이 되신 우리 농우회의 회원들이 진 빚인데요. 저희들은 와 뵙고 말씀드리기가 어렵다고 제게다 맡겨서 심부름을 온 셈입니다."

"허 자네도 호사객[211]일세그려. 더러들 썼지만 몇 푼 된다구. 하도 오래 돼서 나두 잊어버렸는걸."

하면서도 기천은 '너희들이 무슨 돈이 생겨서 한꺼번에 갚는다느냐.'는 듯이 고개를 까땍까땍하면서 따개질[212]을 하듯이 동혁의 눈치를 살핀다.

"수고스러우시지만 뭐 적어두신 게 있을 테니 좀 꺼내보셨으면 좋겠는데요."

그 말을 듣자 기천은 딴전을 부리듯

"여보게 우리 그런 얘긴 뒀다 하세. 술이 취해서 지금 웅숭망숭한데."

하고 고리대금업자는 살금살금 꽁무니를 뺀다. 동혁은 버쩍 다가앉으며

"아니올시다. 일이 좀 급한데요. 참 술김에 비밀히 여쭙는 말씀이지만 주인어른께서 우리 회의 회장이 되신 데 대해서 불평을 품는 젊은 사람들이 있는 줄은 짐작하시겠지요? 그중에 몇몇은 혈기가 대단해서

제 손으로는 꺾을 수가 없는데 이번에 좀 후하게 인심을 써주셔야 과격한 행동까정 할려고 벼르는 청년들을, 어떻게 주물러볼 수가 있겠에요. 사세가 매우 급하길래 이렇게 찾아뵙고, 무사히 타협을 하시도록 하는 게니, 나중에 후회가 없으시도록 하시는 게 상책일 것 같아요. 점잖으신 처지에 혹시 길거리에서라도 젊은 사람들한테 단단히 창피를 당하시면 거 모양이 됐습니까?"

하고 타이르듯 하니까 기천은

"아—니, 자네가 날 위협을 하는 셈인가?"

하며 발끈하고 쇤다. 동혁은 정색을 하며

"온 천만에 위협이라뇨? 그렇게 오해를 하신다면 무슨 일이 생기든 저부터 발을 뺄 테니 맘대로 하세요!"

하고 정말 슬그머니 을러메었다. 기천은 상을 물리고 담배를 붙여 물었다. 숨이 가쁜 듯 벽에 가 기대어 쌔근쌔근하며 한참이나 대물부리[213]만 잘강잘강 씹다가

"그야 웃음의 말일세만, 내 귀에도 이런 말 저런 말 들리데. 저희들이 날 어쩌기야 하겠냐만, 아닌 게 아니라 모두 마구 뚫은 창구멍 같아서 걱정일세. 나 없는 새 회관 문짝을 걷어차서 떼어났다니 온 그런 무지막지한 놈들이 있나. 허나, 자네 같은 체면도 알구 지각 있는 사람이 있으니까 어떻게 좋도록 무마를 시켜줄 줄 믿네."

하고 금세 한풀이 꺾인다.

"그러니까 뒷일은 제게다만 맡겨주시고 그 대신 제 말씀은 들어주셔야 합니다."

하고 동혁은 바짝 들러붙었다.

11

제아무리 깐죽깐죽한 사람이라도 술이 잔뜩 취한 데다가, 말을 아니 들으면 당장에 저를 엎어누를 듯한 형세를 보이는 동혁의 위품에는, 한 손 잡히지 않을 수 없었다. 신변의 위험을 모면하려는 것뿐 아니라 제 딴에는 술기운에 마음이 커져서

"어디서 돈들이 생겨서 한몫 갚는다는 건가?"

하며 머리맡의 문갑을 열고 극비밀로 넣어둔 치부책을 꺼내는데 열쇠가 제 구멍을 찾지 못할 만큼이나 수전증이 나서 이 구멍 저 구멍 허투루 꽂다가 열었다.

동혁은, 그 돈이 삼사 년 동안이나 죽을 애를 써서 모은 돈이라는 것을 설명하고, 서류를 꺼내서 채권자가 적어둔 것과 차용증서를 일일이 대조를 해서 금액을 맞추어본 뒤에, 수건에 꼭꼭 싸서 차고온 지전 뭉치를 꺼내더니

"자— 세보시지요."

하고 밀어놓는다.

기천의 눈은 버언해졌다[214]. 담뱃진이 노랗게 앉은 손가락에 침칠을 해가며 지전을 세어보더니

"이걸루야 빠듯이 본전밖에 안 되네그려?"

하고 변색을 한다. 동혁은

'이때를 놓치면 안 된다!'

하고 위엄 있게 기천을 똑바로 쏘아보며

"아—니, 그럼 오 푼 변으로 논 걸 변리까지 다 받으실 줄 아셨던가요? 법정 이자도 이 푼 오 리밖에 아니 되는데 그 사람들의 사폐[215]를 봐줍시사구 제가 일부러 온 게 아니겠어요? 그 사람들이 안 내겠다고

버티면 어떡하실 텝니까? 재판을 하려면 소송비용이 얼마나 들지두
아시겠지요?"

하고 무릎이 마주 닿도록 더 부쩍 다가앉는다. 기천이는 바윗덩이만 한
사람에게 짓눌린 것 같아서

'저놈이 여차직하면 날 한구석에다 몰아넣고 목줄띠라도 조르지 않
을까.'

하고 속으로는 겁이 났다. 그러면서도

"여보게 내가 자선 사업으로 돈놀이를 하는 줄 알았나? 인제 와서 천
원 돈에 가까운 이자를 한 푼도 받지 말라는 거야 될 뻔이나 한 수작인
가?"

하고 실토를 하면서 앙버틴다. 동혁은 그 말에 정말로 흥분이 되어서

"아―니 그래 회장 체면에 앞으로도 고리대금을 해 자실 텝니까? 그
만큼 긁어모았으면 흡족하지 죽지 못해 사는 회원들의 고혈까지 긁고
도 양심에 가책을 받지 않을까요? 그 돈인즉슨 조합에 근저당根抵當을
해놓고 한 푼도 못 되는 변리로 얻어다가 오 푼씩, 심하면 장변까지 논
게 아닙니까?"

하고 목소리를 버럭 높이며 목침을 들어 장판 바닥이 움쑥 들어가도록
탁 내리쳤다. 그와 동시에 기천의 가슴을 쿵하고 울렸다. 그래도 기천
은 눈살을 잔뜩 찌푸리고 노랑 수염만 배틀어 올리면서 꽁꽁하고 안간
힘을 쓰더니 최후로 용기를 내어 발악하듯

"난 할 수 없네."

하고 뚝 잡아뗀다. 기한을 몇 번만 넘기면 채무자를 불러다 세워 놓고
'이놈아 이 목을 베고 재를 칠 놈 같으니라고. 외손씨아에 불알을 넣고
는 배겨도 내 돈을 먹곤 못 배길라.' 하고 진땀이 나도록 기름을 짜던
솜씨라 아무리 동혁의 앞이라도 돈에 들어서만은 저의 본색을 나타내

는 것이다.

"저엉 할 수 없을까요?"

동혁의 얼굴이 뻘게졌다. 씨근거리는 숨소리가 유난히 크게 들린다.

"두 번 말할 게 있나. 할 수 없으니깐 할 수 없다는 게지."

그 말을 듣자, 동혁은

"그럼 나 역시 할 수 없쇠다. 우격으로 될 일이 아니니까요."

하고 기천의 앞에 내놓았던 지전 뭉치를 도로 집어 꼭꼭 싸서 허리춤에 다 차며

"하지만, 이 돈은 졸연히 받지 못할 줄 아세요! 앞으로 무슨 일이 생기든 나는 책임을 질 수도 없구요."

하고 목침을 걷어차며 벌떡 일어섰다.

동혁이가 장지를 탁 닫고 나갈 때까지 기천은 달싹도 아니 하고 앉았다. 신발 소리가 어두침침한 마당으로 내려가는 것을 듣고야, 발딱 일어나서

"여보게 날 좀 보게."

하고 쫓아나갔다. 아무리 생각해보아도 동혁의 말따나 까딱하면 본전도 건지기가 어렵고, 두고두고 녹여서 받는대도 여간 힘이 들 것 같지가 않았던 것이다. 게다가 기만이에게 오백 원이나 급전을 도적맞아서, 그 벌충을 대야만 되게 된 형편인데, 또 한편으로는 동혁이가 감정이 잔뜩 난 회원들을 선동이나 시켜가지고 밤중에 습격이라도 할 것 같아서 미상불 겁이 났던 것이다.

"왜 그러세요?"

동혁의 대답은 매우 퉁명스럽다.

"이리 잠깐만 들어오게."

"들어감 뭘 하나요?"

"글쎄, 잠깐만 들어와. 이 사람 왜 그렇게 변통수가 없나?"

동혁은 못 이기는 체하고 따라 들어갔다.

"그거 이리 내게. 오입해 없앤 셈만 치지."

하고 기천은 손을 벌린다. 동혁은

"그럼 그 차용증서 모아둔 걸 이리 주시지요."

하고 돈과 차용증서를 바꾸어 들었다.

수십 장이나 되는 인찰지[216]를 구겨 쥐고, 한참이나 들여다보던 동혁은, 재떨이 위의 성냥을 집더니 확 그어댔다.

반역의 불길

1

그 뒤로 회원들은 물론 동리의 인심은 동혁에게로 쏠렸다. 젊은 사람들의 일에 쫓아다니며 훼방까지는 놀지 않아도

"저 녀석들은 처먹고 헐 짓들이 없어서 밤낮 몰려만 댕기는 게여."

하고 마땅치 않게 여기던 노인네까지도

"미상불 이번에 동혁이가 어려운 일 했느니."

"아─무렴 여부지사가 있나. 우리네 수로야 어림도 없지. 언감생심 변리를 한 푼도 아니 물 생의나 하겠나?"

하고 동혁의 칭송이 놀라웠다. 너무나 고마워서 동혁을 찾아와서 울면서 치사를 하는 부형도 있는데 그 통에 박첨지는 아들 대신으로 연거푸 사나흘 씩이나 끌려 다니며 막걸리를 얻어먹고 배탈이 다 났다. 동혁은

'자─ 빚들은 다 갚았으니까 앓던 이 빠진 것보다 더 시원하지만 인젠 어떻게 전답을 떨어지지 않고 지어먹을 도리를 차려야 셈들을 펴고 살아보지.'

하고 제이단책第二段策을 생각하기에 골몰하였다. 그러다가

'급하다고 우물을 들고 마시나. 자— 천천히 황소걸음으로.'

하고 저 자신과 의논을 해가면서 회원들의 생활이 짧은 시일에 윤택해지지는 못하나마 다시 빚은 얻지 않을 만큼 생계를 독립할 수 있는 정도까지는 끌어올리고 말리라 하였다. 농지령農地令이라는 것이 발포되었대야 결국은 지주들의 맘대로 할 수가 있게 된 것이니까 어떻게 강도사 집뿐 아니라 다른 지주들까지도 한 십 개년 동안만 도지로 논을 내놓게 만들었으면 힘껏 개량식으로 농사를 지어 그 수입으로 땅 마지기씩이나 장만을 하게 될 텐데……

하고 꿍꿍이셈을 치고 있는 중이다. 회원들의 돈은 빚을 깨끗이 청산하고도 육십여 원이나 남아서 그것을 밑천으로 새로이 소비조합消費組合을 만들 예산을 세웠다.

그러나 형의 속을 이해하지 못하는 동화는 다른 반대파의 회원들보다도 불평이 많았다. 워낙 저만 공부를 시켜주지 않았다고 부형의 탓을 하는 터에 제 말마따나 형 때문에 장가도 들지 못해서 그런지, 계모 손에 자라난 아이 모양으로 자격지심이 여간하지가 않다.

이번 일만 해도

"성님도 물렁팥죽이지 그깟 녀석을 요정을 내버리지 못한단 말요? 겨우 변리 안 받은 게 감지덕지해서 우리 회의 회장이란 명색을 준단 말요? 난 나 혼자래두 나와버릴 테유. 그 아니꼰 꼴을 안 보면 고만이지."

하고 투덜댄다. 그러면 동혁은

"네 형은 창피하거나 아니꼬운 줄을 몰라서 죽치구 있는 줄 아니? 호랑이 굴속엘 들어가야 호랑이 새끼를 얻는 법이란다."

하고 섣불리 혈기를 부리지 말라고 타이르건만 아우는

"흥, 어느 때고 두고 보구려. 내 손으로 회관을 부숴버리구 말 테니……."

하고 입술을 깨물며 벼른다.

"글쎄 얘야, 지금 회관을 쓰고 못 쓰는 게 시급한 문제가 아니라니깐 그러는구나. 언제든지 우리 손으로 다시 들어오게 하구야 말걸. 왜 그렇게 성미가 급하냐."

하면서도 어느 때 무슨 일을 저지를지 몰라서, 형은 마음이 놓이지를 않았다.

조기회는 여전히 하나, 회관은 커다란 자물쇠를 채운 채 쓰지를 않고 그대로 내버려두었다. 쓰지를 않는 게 아니라, 그동안 기천이가 여러 번 열라고 명령을 하였어도, 동화와 갑산이가 쇳대를 감추고는 서로 밀고 내놓지를 않아서, 쓰지를 못하고 있다.

"얘 동화야, 인제 그만 쇳대를 내놔라. 이렇게 켕기고 있다가는 필경 기천이가 남의 힘을 빌려서까지 강제로 열게 만들기가 쉬우니, 그때도 너희들이 안 내놓고 배길 테냐. 무슨 회든지 우리끼리 합심만 하면 또다시 만들어질걸."

하고 순순히 타일러도 동화는

"아, 어느 놈이 우리가 지은 회관을 강제로 열어요? 흥 난 그럴 때만 기다리고 있겠수."

하고 끝끝내 형하고도 타협을 하지 않았다. 그래서 야학도 새 집에서 못하고, 전처럼 남의 머슴 사랑을 빌려가지고 구석구석이 하게 되었다.

2

영신에게서는 하루걸러쯤 편지가 왔다. 침대 위에서 따로따로를 하다가, 송엽장松葉杖[217]을 짚고 걸음발을 타게까지 되었는데, 인제는 밥을 먹고도 소화가 잘된다는 것이며, 의사는 좀 더 조섭[218]을 하라고 하나 비용 관계로 더 있을 수가 없어서 불일간 퇴원을 하겠다는 반가운 소식이 뒤를 이어왔다. 공책에다가 일기를 쓰듯이 감상을 적은 것을 떼어 보내기도 하고, 이번에 당신이 아니었더면 벌써 황천길을 밟았을 것을 살아났다는 만강의 감사와, 떠나보낸 뒤의 그립고 아쉬운 정을 애틋이 적어 보낸 것이었다. 이번 편지는 퇴원을 하느라고 부산한 중에 급히 쓴 연필 글씨로

청석골의 친절한 여러 교인과 학부형들에게 에워싸여서 지금 퇴원을 합니다. 그러나 천만 사람이 있어도 이 영신에게는 새로운 생명을 주신 은인이시고 영원한 사랑이신 우리 동혁 씨 한 분이 이 기쁨을 같이 해주시지 못하는 것은 무한히 섭섭합니다.
그러나 또 한 가지 기쁜 소식을 전해드리는 것은 일전에 서울 연합회에서 백현경 씨가 전위[219]해서 내려왔었는데 정양도 할 겸 '횡빈橫濱'에 있는 신학교로 가서 몇 해 동안 수학을 하도록 주선을 해주겠다는 약속을 하고 올라갔는데요 이렇게 벼르고 벼르던 유학을 하게 된 것은 기쁘지만 또다시 당신과 더 멀리 떨어져 있을 생각을 하니 무한히 섭섭해요. 지금부터 눈물이 납니다. 어수선스러워서 고만 쓰겠어요. 답장은 청석골로—
당신의 영신

동혁은 즉시 답장을 썼다. 편지가 올 때마다 간단히 회답은 하였지만 수술한 경과가 좋아서 안심도 되었고 동리일로 정신이 쓰라려서 원체 잔소리를 싫어하는 사람이지만 긴 편지는 쓰지 못하고 있었다. 영신을 병원으로 데리고 가서 간호를 해주고 있는 동안에 무언중 애정이 더 깊어진 것을 깨달았고 피차의 성격이나 또는 사랑하는 도수는 가장 어려운 일을 당해보아야 비로소 알아지고 그 깊이를 측량할 수가 있는 것이

라고 생각되었다. 그러나 동혁은(영신도 그렇지만) 영신이가 연애하는 사람이라느니보다도 이미 자녀까지 낳고 살아오는 아내와 같이 느껴졌다. 그만큼이나 믿음성스럽고 듬쑥한[220] 맛이 있어서 편지를 쓰는 데도 남들처럼 달콤한 문구는 쓸래야 써지지가 않았다.

무사히 퇴원하신 것을 두 손을 들어 축하합니다. 즉시 뛰어가서 완쾌하신 얼굴을 대하고는 싶지만 지금 내가 떠나면 동리일이 또 엉망으로 얽힐 것 같아서 험악한 형세가 가라앉기를 기다리는 중이니 섭섭히 아셔도 할 수 없는 일이외다.

유학을 가시게 된다고요? 내가 반대를 한대도 기어이 고집하고 떠나가실 줄은 알지만 신학교로 가신다니(지원한 것은 아니라도) 신앙信仰이 학문이 아닌 것은, 농학사나 농학박사라야만 농사를 잘 지을 줄 아는 거와 마찬가지가 아닐는지요. 하여간 건강상태로 보아 당분간 자리를 떠나서 정양할 기회를 얻는 것은 나도 찬성한 것이지만…….

우리가 약속한 삼 년 계획은 벌써 내년이면 마지막 해가 옵니다. 그런데 또 앞으로 몇 해를 은행나무처럼 떨어져 있게 될 모양이니 실로 앞길이 창창하고 아득하외다. 영신 씨! 우리의 청춘은 동아줄로 칭칭 얽어서 어디다가 붙들어 맨 줄 아십니까? 우리의 일이란 관 뚜껑을 덮을 때까지 끝나는 날이 없을 것이니 사업을 다 하고야 결혼을 하려면 백 살 천 살을 살아도 노총각의 서글픈 신세는 면하지 못하겠군요. 조선 안의 그 숱한 색시들 중에 '채영신' 석 자만 쳐다보고 눈을 꿈벅꿈벅하고 기다리는 나 자신이 못나기도 하고 어찌 생각하면 불쌍하기도 합니다. 그렇다고 결코 동정해주기를 바라는 것은 아니나 하루바삐 우리 둘이 생활을 같이 하고 힘을 한데 모아서 서로 용기를 돋워가며 일을 하게 되기를 매우 조급히 기다리고 있소이다.

며칠 틈만 있게 되면 또 한 삼백 리 '마라톤'을 하지요. 부—디 몸을 쓰게 되었다고 무리한 일은 하지 마십시요! 그것만이 부탁이외다.

당신의 영원한 보호병정

3

어느덧 해가 바뀌어 음력으로 정월이 되었다. 학원은 구습에 의해서 일주일 동안 방학을 했지만 명절이라 해도 계집아이들이 울긋불긋한 인조견 저고리 치마를 호사라고 입고 세배를 다닐 뿐. 흰떡 한 모태[221] 해먹는 집이 없어, 떡 치는 소리 대신에 여기저기 오막살이에서 널을 뛰는 소리만 덜컹덜컹하고 들린다. 한곡리에는 풍물이나 장만한 것이 있어 청년들이 두드리지만, 그만한 오락기관도 없는 청석골은 더한층 쓸쓸하다.

연일 눈이 쏟아지다가 햇발이 퍼져서 땅은 질척거려 세배꾼들의 모처럼 얻어 입은 때때옷 뒤와 버선이 진흙투성이다.

지붕에 쌓인 눈이 고드름과 함께 추녀 끝으로 녹아내려 뚝뚝 떨어지는 소리를 들으며. 영신은 책상 앞에 턱을 고이고 앉아서 생각에 잠겼다. 의식적으로는 '센티멘털리즘哀傷主義'을 송충이와 같이 싫어하면서도, 소복을 잘못해서 건강이 전처럼 회복되지 못한 탓인지, 고요한 시간만 있으면, 저의 신세가 고단하고 공연히 서글픈 생각이 들어, 저도 모르는 겨를에 눈물이 흘러내리는 적이 있다.

"동혁 씨 말따나 아까운 청춘을 이대로 늙혀서 옳은가. 인생이란 본시 이다지도 고독한 것인가."

하고 스스로 묻기도 하고 한숨도 짓는다.

"왜 너에게는 박동혁이가 있지 않느냐. 그 튼튼하고 믿음성스러운 남자가 너의 장래를 맡지 않았느냐."

"그렇다. 그와 평생의 고락을 같이할 약속을 하였다. 나는 그이를 이 세상의 누구보다도 사랑한다. 열렬히 사랑한다. 그러나 결혼을 한다고 나 한몸을 그에게 의지하려는 것은 아니다. 밥을 얻어먹고 옷을 얻어

입고 자녀를 낳아주기 위한 결혼을 꿈꾸는 것은 결단코 아니다. 두 사람이 육체적으로 결합이 된대도 내가 할 일이 따로 있다. 이 현실에 처한 조선의 '인텔리' 여성으로서 따로이 해야만 할 사업이 있다. 결혼이 그 사업을 방해한다면 차라리 연애도 결혼도 하지 말아야 한다. 청상과부처럼,

'미스 빌링스' 처럼 독신으로 늙어야만 한다."

'그러나 외로운 것을 어찌하나. 이다지도 지향 없이 헤매는 마음을 어디다가 붙들어 맨단 말이냐.'

'너에게는 신앙이 있지 않으냐. 어려서부터 하나님을 불러왔고, 그의 독생자에게서 희생犧牲과 봉사奉仕의 정신을 배웠고, 가장 어려울 때에 괴로울 때에, 주를 부르며 아침저녁 기도를 올리지 않았느냐.'

'그렇다. 그러나 인제 와서는 무형한 그네들을 믿는 것만으로는 도저히 만족할 수가 없다. 사람을 믿고 싶다. 육안肉眼으로 보이는 좀 더 똑똑한 것 확실한 것, 즉 과학科學을 믿고 싶다! 직접으로 실험할 수 있는 것— 노력하는 정비례正比例로 그 효과를 눈앞에 볼 수 있는, 그러한 일을 하고 싶다.'

영신은 마음속의 문답을 제 귀로 들을수록 생각은 갈피를 잡을 수 없다. 그는 퇴원을 한 후에 달포나 누웠다 일어나보니 학원 일은 청년들만 맡겨놓아서 뒤죽박죽이다. 그밖에도 부인들의 모임이나 모든 것으로 보아 그네들의 손으로 자치自治를 해나가려면 아직도 이삼 년 동안은 열심으로 지도를 해주어야만 될 것 같다.

영신은 더 누웠을 수가 없었다. 몸을 조금만 과히 움직이면 수술한 자리가 당기고 아픈 것을 억지로 참고 하루 몇 차례씩 학원으로 오르내렸다. 이것저것 분별을 하고 돌아다니려면 자연히 운동이 과도하게 되고 따라서 한 번 쓰러지면 일어날 수가 없도록 피로하였다.

"이러다가는 안 되겠다. 어쨌든 내 몸이 튼튼해지고 볼 일이다."

하면서도 타고난 그의 성격이 가만히 앉아 있지를 못하게 한다.

"아무튼 이번 기회에 눈 딱 감고 건너가서, 공부를 하고 돌아오자. 나만한 지식으로 남을 지도한다는 것부터 대담하였다. 양심에 부끄러운 일이다."

하고 다시 한 번 청석골을 떠날 결심을 하였다.

"동혁 씨는 왜 온다온다 하고 선문²²²만 놓고 아니 올까. 또 동네에 무슨 일이 생겼나."

하고 별별 생각을 다 해보다가

"서울서 노자가 오는 대로 음력 보름께쯤 떠날 예정이니 그 안에 꼭 와달라."고 편지를 썼다. 다시 한 번 만나서 전후 일을 의논하고 싶었던 것이다.

4

그동안 기천이는 장근²²³ 두 달께나 꼼짝 못하고 누워 있었다. 병을 앓은 것이 아니라 타동에 나가서 양반 자세를 하다가 임자를 톡톡히 만나서 졸경을 쳤는데²²⁴, 골통이 깨어지고 가슴에 담이 들어서 꼼짝 못하고 누워서 음력 과세²²⁵를 하였다.

회장이 된 첫 번 행세를 하려고 (제 동리서는 못 해도) 저도 돈 십 원이나 기부를 한 읍내 소방조 출초식逍防組 出初式에 참례를 했다가 술이 엉망진창으로 취해서 밤중에 자전거를 끌고 오다가 신작로 가에 있는 주막으로 비틀거리며 들어갔다. 계집이라면 회를 치려고 드는 기천은 그 주막 갈보의 소위 '나지미상'²²⁶이었다. 술김에 더욱 안하무인이 된 기천은 제가 맡아논 계집이라 기침도 아니 하고 방문을 펄쩍 열었다.

허술하게 박은 돌쩌귀가 떨어지면서 문은 덜커덕 열렸다. 방 안은 캄캄하다.

"옥화야!"

"……."

대답이 없다. 기천은 구두를 신은 채 방으로 들어서며 성냥을 확 켰다. 옥화란 계집은 몸을 불에 데인 벌레처럼 옴치러트리는데 커다란 버선발이 이불 밖으로 쑥 비어져 나왔다. 동시에 만경을 한 듯한 기천의 눈에는 질투의 불길이 타올랐다.

"누구냐?!"

소리를 바락 지르며 이불을 홱 벗겼다.

"이놈아, 넌 누구냐?"

감때가 사납게 생긴 사내는 벌떡 일어났다. 기천은 그자의 얼굴을 보고

"이놈, 너 용준이 아니냐? 발칙한 놈 같으니라구 네 이놈 양반을 못 알아보고…… 내가 다니는 집인 줄 뻔히 알면서…… 이 죽일 놈 같으니."

기천의 구둣발길은 대뜸 용준이라고 불리운 사내의 허구리를 걷어찼다. 그다음 순간, 기천의 눈에서는 번갯불이 번쩍하였다. 따귀를 한 대 되게 얻어맞고 정신이 아뜩해서 쓰러지려는 것을 그 왁살스러이 생긴 사내는

"요놈아, 술파는 계집꺼정 다 네 계집이냐? 타동에 와서도 양반 행세를 해? 너 요놈, 의법이 어따가 발길질을 하는 거냐?"

하고 호통을 하더니

"아무튼 잘 만났다. 양반의 뼈다귀엔 매가 튈까?"

하고 기천의 멱살을 바싹 추켜잡고 컴컴한 마당으로 끌고 나가더니

"너 요놈의 새끼! 네놈의 집 머슴살이 삼 년에 사경도 다 못 찾아먹고

네게 얻어맞고 쫓겨난 내다. 어디 너 좀 견뎌봐라."

하고 마른 정강이를 장작개비로 패고 발딱 자빠트려 놓고는 발뒤꿈치로 가슴을 사뭇 짓밟았다. 기천은 말 한 마디 못하고는 깩! 깩! 거리며 죽도록 얻어맞는 것을 계집이 버선발로 뛰어 내려가서 간신히 뜯어말렸다. 용준이는 삼 대째 강도사네 행랑살이를 하다가 언사가 불공하다고 기천에게 작대기찜질을 당하고 쫓겨나서, 그 원한을 품고 잔뜩 앙심을 먹고 벼르는 판에 호되게 걸려들었던 것이다.

기천은 아주 초죽음이 되었다가 새벽녘에야 간신히 저의 집으로 기어들었다. 머슴 놈에게 얻어맞았다기는 창피해서

"취중에 자전거를 타다가 이 봉변을 당했다."고 꾸며대고— 산골 227을 캐어 오너라 약을 지어 오너라 하고 야단법석을 하였다. 분한 생각을 하면 용준이란 놈의 간을 날로 씹어도 시원치 않겠지만 창피한 소문이 날까보아 고소도 못하고 속으로만 꽁꽁 앓고 있었다.

그러나 그 소문은 온 동리는커녕 읍내까지도 쫘악 퍼져서

"아이고 잘코사니나! 그래도 뼈다귀는 추렸다나?"

하고 고소해서들 하는 소리를 저 혼자만 듣지 못하고 있었다.

그러다가 면역소의 지휘로 음력 대보름날을 기회삼아 한곡리 진흥회의 발회식을 열게 되었다. 편을 갈라 윷놀이를 하게 되었는데,

그때까지도 갑산이와 동화는 회관의 열쇠를 내놓지 않았다. 발회식만 할 테니 임시로 빌려달라고 기천이가 사람을 줄달아 보내도

"우리는 새로 지어놓고 여태껏 들어보질 못했는데 어느 놈이 개시를 하느냐."

고 끝끝내 버티었다. 기천이가 읍내로 장거리로 돌아다니며 "우리 한곡리 진흥회관만은 미상불 다른 동리 부럽지 않게 미리 지어났다"고 제 손으로 짓기나 한 것처럼 뿌옇게 생색을 내는 것이 깨물어 죽이고 싶도

록 얄미웠던 것이다.

집에서 형제가 '가마니'를 치고 있던 동혁은 틈틈이 손을 쉬고 눈을 딱 감고는 대세를 살펴보았다.

'허— 이러다간 큰일 나겠군. 양단간에 귀정을 지어야지.'
하고는
"얘 동화야!"
하고 아우를 넌지시 불렀다.

5

"너 인제 고만 회관 열쇠를 내놔라. 누구한테든지 저의 주장을 굽혀선 못 쓰지만 일이란 그때그때 형편을 봐서 임시변통을 하는 수도 있어야지 너무 곧이곧대로만 나가면 되레 옳히는 경우가 있어."
하고 타일러도 동화는 머리를 끄덕이지 않는다.

"넌 날더러 물렁팥죽이라고 별명을 짓지만 형도 생각하는 게 있어서 그러는 거야. 들어봐라 입때까지는 우리 청년들 열두 사람만이 단합해서 일을 해오지 않았니? 한 일도 없다만…… 그런데 이번엔 기회가 좋으니 우리 온 동리 사람이 다 모이는 김에, 우리의 운동하는 범위를 훨씬 넓혀서 한 번 한 번 큼직하게 활동을 해보자꾸나. 인심이 우리한테로 쏠릴 건 정한 이치니까 결국은 우리들이 주장하는 대로 될 게 아니냐. 진흥회란 무슨 행정기관도 사법기관도 아니고 그저 일종의 자치기관 비슷한 게니까 웬만한 일은 우리 손으로 다 할 수가 있단 말이다. 아무튼 강기천이 한 사람을 상대로 끝까지 다투는 동안에 동네 일은 아무것도 안 되고 그 애를 써서 지은 회관도 우리 맘대로 쓰지를 못하니 실상은 우리의 손해지 뭐냐? 그러니 모든 걸 형한테 맡기고 문을 열어놔라. 잘 질 줄을 아는 사람이라야 이길 줄도 안단다."
하고 진심으로 권하였다. 동화는 그제야 마지못해서
　"난 몰루. 성님꺼정 아마 맘이 변했나보우."
하고 갑산이와 번차례로 차고 다니던 열쇠를 끌러서 기직 바닥에다가
퉁명스럽게 던졌다.

　저녁때에야 회관문은 열렸다. 연합진흥회장인 면장과 면협의원들과
주재소에서 부장이 나오고 금융조합 이사며 근처의 이른바 유력자들이
상좌에 버티고 앉았다. 한곡리에 거주하는 백성들은 매호에 한 사람씩
호주戶主가 참석을 하게 되었는데 상투는 거진 다 잘랐지만 색의를 장
려한다고 면서기들이 장거리나 신작로에서 흰 옷 입은 사람만 보면 '잉
크'나 먹물을 끼얹기 때문에 미처 흰 두루마기에 물감을 들여 입지 못
한 사람은 핑계 김에 나오지를 않았다. 그래도 대동의 큰 회합이니만큼
회관이 **빽빽**하게 들어찼다.

　기천이는 맨 나중에 단장을 짚고 기엄기엄 올라왔다. 그 푼더분하지
못하게 생긴 얼굴은 노랑꽃이 피었는데 머슴에게 얻어맞은 자리가 몸
을 움직이는 대로 결리는지 몇 발자국 걷다가는 가슴에다 손을 대고 안
간힘을 쓰며 낙태한 고양이 상을 한다. 그러면서도 면장과 기타 공직자
에게 최경례228를 하듯이 허리를 굽히는 것은 물론 동민들이 인사를 하
면 전에 없이 은근하게 답례를 하고 그중에도 말마디나 할 만한 사람에
게는 얄궂은 추파까지 던진다.

　기천이가 맨 앞줄에 가 앉자 구석에 한 덩이로 회원들의 눈은 빛났다.
　기천의 사촌인 구장이 개회사를 하고 면장이 일어서 진흥회의 필요
와 역사와 또는 사명을 거진 한 시간 동안이나 늘어놓은 뒤에 순서를
따라 회장을 선거하는 데 이르렀다. 임시 의장인 구장이 일어나
　"지금부터 새로 창립된 우리 동리 진흥회를 대표할 회장을 선거하겠

소. 물론 연령이라든지 이력이나 재산 같을 것을 보아, 회장될 만한 자격이 충분한 분을 선거하실 줄 믿는 바이요."

하고 저의 사촌형을 곁눈으로 흘겨보며

"자— 그럼 간단하게 호명을 해서 거수로 결정을 하는 것이 어떻겠소?"

하고 동민들에게 형식적으로 묻는다. 그러나 농우회의 회원들밖에는 '호명呼名'이라든지 '거수擧手'라든지 하는 말조차 못 알아듣고 어리둥절하는 사람이 태반이다.

"좀 시간은 걸리지만 신중히 선거할 필요가 있으니, 무기명으로 투표를 합시다."

하고 동혁이가 일어서며 반대를 하는 동시에, 동의動議를 하였다.

"찬성이오—."

"찬성이오—."

소리가 이 구석 저 구석에서 일어났다.

구장이 기천의 이름을 부르고 찬성하는 사람은 손을 들라고 하면, 기천의 면전이라, 속으로는 마땅치 않으면서도 면에 못 이겨 남의 뒤를 따라 손을 들게 될 것을 상상한 까닭이다.

동혁이 자신은 결코 경쟁자는 아니면서도, 정말 민심이 어느 편으로 돌아가나? 그것을 참고로 보려는 것이었다. 또는 기천이가 전례에 없이, 정초라고 동리의 모모한[229] 사람을 불러다가 코들을 골도록 술을 먹였고, 이러한 수단까지 쓴 것을 알고 있기 때문이다. 이러한 수단이란 다른 것이 아니다. 바로 섣달 대목에 기천의 집의 이십 원을 주마해도 아니 판 큰 돼지가 새끼를 낳다가, 염불이 빠져서 죽었다. 저의 집에서는 꺼림칙하다고 먹는 사람이 없고, 장거리의 육지기[230]를 불러다 팔려니, 죽은 고기라고 단돈 오 원도 보려고 들지를 않는다. 기천은 큰 손해를 보아서 입맛은 썼으나, 썩어가는 고기를 처치할 것을 곰곰 생각하던 끝에, 묘안妙案을 얻고 무릎을 탁 쳤다. 그날 저녁 동리의 육십 이상 된 노인이 있는 집에는 죽은 지 이틀이나 되어서 검푸르게 빛이 변한 돼지고기가 두 근 혹은 세 근씩이나 세찬[231]이란 명목으로, 배달되었다. 북어 한 쾌 못 사고 과세를 하는 그네들에게……

6

무기명으로 투표를 하는 데도, 대필代筆로 쓴 사람이 많았다. 여러 해 가르쳐서, 한곡리 아이들은 남녀를 물론하고 글자를 모르는 아이가 거진 하나도 없게 되었건만, 어른들은 반수 이상이 계통문契通文[232]에 제 이름을 쓴 것도 알아보지 못하는 까막눈들이다.

매우 긴장된 공기 가운데 개표를 하게 되었다.

투표된 점수를 적어들고 이름을 부르는 구장의 손과 입은 함께 떨렸다.

"강기천 씨 육십칠 점!"

손톱여물을 썰고 앉았던 기천의 얼굴에는 남의 눈에 띄지 않을 만한 안심의 미소가 지나갔다.

"박동혁 씨 삼십팔 점! 이 나머지는 몇 점씩 되지 않으니까 읽지 않겠소."

하고 구장은 목소리를 높여 투표한 사람들을 둘러보며

"여러분의 추천으로 당 면의 면협의원이요, 금융조합 감사요, 학교 비평의원인 강기천 씨가, 절대 다수로 우리 한곡리 진흥회의 회장이 되셨소이다."

라고 선언을 하였다. 내빈들 측에서 박수 소리가 일어났다. 동혁은 의미 깊은 미소를 띠고 앉아서 박수하는 광경을 바라다보는데

"반대요—"

"썩은 돼지고기가 투표를 한 게요—."

"암만 투표가 했어도 그건 무효요— 협잡이 있소—."

동화와 정득이가 번차례로 일어서며 얼굴이 시뻘개가지고 고함을 질렀다. 회관에 가득 찬 사람들의 시선은 농우회원들이 몰려 앉은 데로 쏠렸다.

기천도 그 편을 힐끔 돌려다보는데, 동혁은 어느 틈에 아우의 곁으로 갔다. 동화는 눈을 부릅뜨고 더 한층 흥분이 되어서

"아무리 우리 동네에 사람이 귀하기로서니, 고리대금업자가 아니면 회장감이 없단 말요? 주막거리 갈보년하구 상관을 하다가 머슴놈한테……."

하고 소리를 버럭버럭 지르다가, 형에게 입을 틀어 막히듯 해서 말끝을 맺지 못하며 주저앉는다. 동혁은 아우의 내두르는 팔을 잡아 누르고, 무어라고 귓속을 하다가 손목을 잡고 밖으로 끌어냈다. 동화는 뻗디디다 못해 끌려 나가면서도

"너 이놈 어디 회장 노릇을 해먹나 두고 보자! 이건 우리 회관이다. 피땀을 흘리며 지은 집이야!"

하고 고래고래 지르는 소리가 들리는 대로 머리를 떨어트리고 앉인 기천의 얼굴은 노래졌다 하얘졌다 한다.

장내는 수성수성하고 살기가 떠도는데 구장은

"여러분 조용하세오. 성치 못한 사람의 말을 탓할 게 없소이다."

하고 내빈들의 긴장된 얼굴을 둘러보며 연방 허리를 굽힌다.

동혁은 갑산이와 정득이를 불러내어

"이 사람들아 혈기를 부릴 자리가 아니야. 어서 나가서 동화가 또 못 들어오게 붙들고 있게."

하고 엄중히 명령을 한 뒤에 저도 다시 회관으로 들어왔다.

기천은 여러 사람에게 눈총을 맞아서 얼굴 가죽이 따가운 듯 고개를 수그리고 있다가 발딱 일어서더니

"온, 동리에 미친놈이 있어서 창피해 견딜 수가 있어야지."

하고 중얼거리다가.

"몸이 불편해서 먼저 실례합니다."

하고 내빈석을 바라보고 나를 좀 붙들어달라는 듯이 허리를 굽히고는 앞에 앉인 사람을 떠다밀며 나간다.

"아―니, 어딜 가세요?"

"강상, 왜 이러시오? 어서 이리 와 앉으시지요. 주책없는 젊은 것들이 함부로 지껄이는 말에 개계할 게 있소?"

하고 면장과 구장은 기천의 소매를 끌어들인다. 기천은

"내가 이까짓 진흥회장을 하고 싶댔소? 불러다 앉혀놓고 욕을 뵈니, 온 그런 발칙한 놈들이……."

하고 한사코 뿌리치는 체하는 것을

"자 두말 말우. 지금부터 강상이 회장이 됐으니 역원들이나 선거를 하시오."

하고 면장은 명령하듯 하고 회장석에다 기천을 앉혔다.

기천은 마지못해서 붙들려 들어온 체하면서도, 독을 못 이겨 쌔근쌔근한다. 동혁이도 억지로 흥분을 가라앉히며 기천의 하는 꼴을 바라다 보았다.

7

유력한 편의 지지支持로 기천은 몇 번 사양하다가 못 이기는 체하고

회장의 자리로 나갔다.

"에헴, 에헴."

하는 기침 소리는 염소라고 별명을 듣는 저의 아버지의 목소리와 똑같다.

"본인이 박학천식[233]임을 불구하고 회장의 책임을 맡게 된 것은 전혀 여러 동민이 자별히 애호해주는 덕택인 줄 아오. 굳이 사퇴하는 것은 전혀 도리어 여러분의 호의를 어기는 것 같아서 부득이 이 자리에 나오게 된 것이오. 미력하나마 앞으로는 관청에서 지도하시는 대로 우리 농촌의 진흥을 위해서 전력하겠으니, 여러분도 한맘 한뜻으로 나아가주기를 바라는 바이오."

새로운 회장이 일장의 인사를 베푼 후, 주재소 주임과 금융조합 이사며 기타 내빈들의 '이러니만큼', '저리는만큼' 식의 형식적인 축사가 끝났다.

역원 선거에 들어가, 동혁은 차점인 관계로 부회장 겸 서기로 지명이 되었다. 그러나 동혁은, 나이도 젊고 강씨처럼 재산도 없을 뿐 아니라, 아무 이력도 없다는 이유를 내세워, 극력으로 사퇴를 하였다. 서기가 되는 것만 하더라도, 이 회관을 같이 지은 농우회의 회원 열두 명을 전부 역원으로 뽑아주지 아니 하면, 나 홀로 중요한 책임을 맡을 수가 없다고, 끝까지 고집을 해서, 기어이 농우회 회원들이 실지로 일을 할 역원의 대다수를 점령하게 되었다. 오직 동화가 역원이 되는 것만은 회장과 구장이 극력으로 반대를 하여서, 보류保留하기로 되었고 늙은 축에는 교풍부장[234] 같은 직함을 떼어 맡겼다.

회가 흐지부지 끝이 날 무렵에야 동혁은 서기석에서 천천히 일어섰다. 회원들의 박수 소리가 일제히 일어났다.

"대동의 여러분이 한자리에 모이신 계제에 잠시 몇 마디 여쭈어두고 싶은 말씀이 있습니다."

    우렁찬 목소리와 위풍이 있는 동작에 장내는 물을 끼얹은 듯이 엄숙한 기분에 잠겼다. 그의 곁에 쪼그리고 앉인 기천의 존재가 납작해질 만큼이나, 동혁의 윤곽은 큼직하다.

    "우리 동리에는 오늘부터 진흥회라는 것이 생겼고 강기천 씨와 같은 유력하신 분이 회장이 되신 것은 피차의 경축할 만한 일이겠습니다. 저 역시 서기 겸 회계라는 책임을 지게 되어서 두 어깨가 무거운 것을 느끼는 동시에 여러분께서는 과거에 오랜 역사를 가진 농우회를 사랑하시던 터이니까 앞으로도 더욱 편달해주기를 바랍니다."
하고 여러 사람의 앞으로 한 걸음 다가서며 그 검붉은 얼굴이 매우 긴장해진다. 내빈들은 물론 기천이도 동혁의 입에서 무슨 말이 떨어질지 몰라서 노랑 수염을 배배 꼬아 올리며 눈만 깜박깜박하고 앉았다.

    동혁은 여러 사람의 주목을 한몸에 받으며

    "여러분 여러분은 우리 동리에도 진흥회가 생긴 까닭과 진흥회란 무엇을 하는 기관이라는 것은 면장께서 자세히 설명하신 것을 들으셨으니까 잘 아실 줄 압니다. 그러나 남이 시키는 대로 덮어놓고 복종을 하는 것보다 우리들의 일은 남의 손을 빌리지 말고 자발적으로 해야만 합니다. 이것이 진정한 의미의 자력갱생自力更生이니까요.

    그러려면은 우리 농촌에서 가장 폐단이 많은 습관과 우리의 생활이 이다지도 빈곤하게 된 까닭이 도대체 어디 있나? 하는 것을 냉정하게 생각해보고 그것이 그른 줄 깨닫고 그 원인을 밝힌 다음에는 즉시 악습을 타파하고 나쁜 일을 밑동부터 뜯어고치기 위해서 용기를 내야 합니다! 누가 뭐라든지 용단성 있게 싸워 나가야만 비로소 우리의 앞길에 광명이 비칠 것입니다!

    그러면 우리의 농촌이 줄잡아 말씀하면 우리 한곡리가 무엇 때문에 이렇게 가난한가. 손톱 발톱을 닳려가며 죽도록 일을 해도 우리의 살림살이가 왜 이다지 구차한가? 여러분은 그 까닭이 어디 있는 줄 아십니까?"

하고 대답을 기다리는 듯이 장내를 둘러보더니

"그 까닭은 여러 가지가 있습니다. 그러나 가장 큰 까닭은 이 자리에서 말씀하기가 거북한 사정이 있어서 저부터도 가려운 데를 버선등 위로 긁는 것 같은 느낌이 없지 않습니다마는 가장 직접으로 우리네 없는 사람들의 피를 빨아가는 것이 무엇인 줄 아십니까."

하고 잠시 말을 멈추었다가

"첫째는 고리대금업자입니다!"

하고 언성을 높인다. 여러 사람의 시선은 말끔 새로 난 회장의 얼굴로 쏠렸다.

8

"옳소—."

그것은 갑산의 목소리였다. 저녁때가 되니까 창 밖에는 바람이 일어, 불김이 없는 회관 안은 냉기가 돌건만, 누구 하나 추워하는 눈치가 보이지 않는다.

동혁은 신중히 말을 이어, 고리대금업자의 발호跋扈[235]와 간교한 착취수단으로 말미암아, 빈민들의 고혈이 얼마나 빨리고 있나 하는 것을 숫자를 들어가며 폭로하고

"앞으로 진흥회 회원은 과거에 중변[236]으로 쓴 돈도, 금융조합에서 놓는 저리低利 이상으로 갚지 말고, 더구나 회의 책임자로는, 절대로 돈놀이를 해먹지 못할 것을 이 자리에서 맹세하고 또 실행해야 합니다."

라고 부르짖은 다음, 목소리를 떨어뜨리더니

"오늘 회장이 되신 강기천 씨는 우리 농우회원들이 진 여러 해 묵은 빚을 변리는 한 푼도 받지 않으시고 깨끗이 탕감해주셨습니다. 이번 기회에 그 갸륵하신 처사를 여러분께서도 칭송하실 줄 아는 동시에, 강기천 씨는 이번에 진흥회장이 되신 기념으로 여러분의 채권까지도 모조리 포기하실 줄 믿고, 조금도 의심치 않는 바입니다."

하고는 슬쩍 기천을 흘겨본다. 이번에는 산병전散兵戰[237]을 하듯이, 여기저기 끼어 앉은 회원들이 마루청을 구르며 손뼉을 쳤다.

기천은 여러 사람을 바로 볼 용기가 없는 듯이 실눈을 감고 아랫입술만 자근자근 깨물고 앉았다. 팔짱을 꼈다, 손을 옆구리에 찔렀다 하는 것을 보면, 앉은 자리가 바늘방석 같은 모양이나, 체면상 퇴석은 하지 못하는 눈치다.

동혁은 말에 점점 열을 띠며, 고리대금과 다름이 없는 장릿벼를 놓아먹는 악습까지 타파하라고, 강도사 집과 그밖에 구장과 같은 볏섬이나 앞세우고 사는 사람들에게, 역시 세밀한 통계를 뽑은 것을 읽으며 경고警告를 하였다. 그중에는 행전에다가 대님을 친 것만큼이나 켕겨서 슬금슬금 꽁무니 빼는 사람이 있는 것을 보고, 동혁은 꾸짖듯이

"안직 회가 끝나지 않았쇠다. 이것은 우리 같은 없는 사람들의 생사가 달렸다고 해도 과언이 아닌 문젠데, 무단히 퇴장하는 사람이 누구요?"

하고 회관 안이 쩌렁쩌렁 울리도록 소리를 질렀다. 그 바람에 담배를 태우는 체하다가, 다시 들어오는 사람은 모두 양반 행세를 하는 갓쟁이다.

기천은 날도 저물고 하니 말을 간단히 하라고 주의를 시키려다가. 동혁에게 우박을 맞을까보아 내밀었던 고개가 옴찔하고 들어갔다. 실상인즉 기천이가 진흥회장을 버느라고 갖은 수단을 다 쓴 것은, 그것이 무슨 명정감이나 되는 듯이 명예심이 발동한 까닭도 있거니와, 그보다

상록수

304

도 취리와 장리를 놓는 데 편의를 얻고 진흥회장이라면 무슨 권세가 대단한 벼슬로 여기는 백성들에게, 위엄을 부려 재산을 늘리는 간접적 효과를 얻어보려던 계획이었다. 그러던 것이 관공리들과 동민들의 눈앞에서, 동혁의 입으로 구린 밑천이 드러나고 여러 사람의 결의에 복종하지 않을 수도 없는 처지를 당하고 보니 참말로 입맛이 소태 같았다.

그 눈치를 모를 리 없는 동혁은

'할 말은 다 해버리고 말 테다.'

하고 시꺼먼 눈동자를 굴리더니

"또 한 가지 중요한 것이 있습니다. 우리가 아무리 빚을 갚고 장릿벼를 얻어먹지 않게 된대도, 지금처럼 논 한 마지기도 제 것이 없어가지고는 도저히 먹고 살 도리가 없습니다. 아무리 농사를 개량한대도 지주와 반타작을 해가지고는 도저히 생계를 세울 수가 없지 않습니까? '농지령'이라는 것이 생겨서 함부로 소작권을 이동하지 못하게는 됐지만, 지금 같아서는 지주들이 얼마든지 역용逆用을 할 수가 있게 된 것입니다. 우리 도내道內만 해도 '농지령'이 실시된 뒤에, 소작쟁의小作爭議의 건수가 불과 오 개월 동안에 천여 건이나 되는 것을 보아, 짐작할 수가 있지 않습니까. 그러니까 지주나 소작인이 함께 살려면 적어도 한 십 년 동안은 소작권을 이동시키지 말고, 금년에 받은 석수238로 따져서 도지로 내맡길 것 같으면, 누구나 제 수입을 위해서 나농懶農239을 할 사람이 없을 겝니다. 이만한 근본책을 실행치 못하면 농촌진흥이니 자력갱생이니 하는 것은 모두 헛문서에 지나지 못합니다!"

하고 주먹으로 '테이블'을 탁 치고는

"이밖에 우리 남쪽 조선에밖에 없는, 반상을 구별하는 케케묵은 습관과 관혼상례의 비용을 절약할 것 등 하고 싶은 말씀이 많습니다마는 한꺼번에 실행하기 어려운 문제일 것 같아서 그것은 뒤로 미루겠습니다."

하고 후일을 기약한 후 단에서 내려섰다.

9

　밤은 자정이 넘은 지도 오래다. 초저녁에는 여기저기 머슴 사랑에서

"의─잇, 모다!"

"이─키, 걸이다!"

하고 돼지 멱 따는 소리를 지르며 장작윷[240]을 노느라고 떠들썩하더니, 밤이 이슥해지며 한 집 두 집 불이 꺼지고, 지금은 큰 마을 편 쪽에서 개 짖는 소리만 이따금 컹컹컹 들릴 뿐⋯⋯.

　날은 초저녁보다도 강강한데[241], 싸래기 같은 눈이 쌀쌀하게 뿌리기 시작한다. 회관 앞에 심은 전나무 동청나무의 잎사귀는 점점 백발이 되어간다. 대보름달은 구름 속에 잠겨 언저리만이 흐릿한데, 그 사이로 유난히 붉은 빛이 도는 별 서넛은, 보초병步哨兵의 눈초리처럼 날카로이 땅 위에 깊이 든 눈밤을 감시하는 듯.

　새로운 간판을 걸은 회관 근처는, 인가와 멀리 떨어져 무섭도록 괴괴한데, 위아래가 시꺼먼 사람이 성큼성큼 올라온다. 장성[242]이 세지 못한 사람이 마주쳤다가는 '에그머니!' 하고 소리를 지를는지도 모른다. 시꺼먼 사나이는 눈 위에 기다란 그림자를 이끌고 올라오다가는 우뚝 서서, 좌우를 둘러보고 인기척이 없는 것을 알고서야 달음질을 해서 올라간다.

　기다란 그림자는 휘젓한[243] 회관 뒤로 돌아갔다. 조금 있자 난데없는 불이 확 켜지더니 그 불덩어리는 도깨비불처럼 잠시 왔다 갔다 하다가 새빨간 불꽃이 뱀의 혀끝처럼 날름거리며 추녀 끝으로 치붙어 오른다.

그때다. 검은 그림자가 올라오던 길로 조금 더 큰 시꺼먼 그림자가 쏜살같이 치닫는다. 회관 뒤꼍에서 큰 그림자는 작은 그림자를 꽉 붙잡았다.

"너 이게 무슨 짓이냐?"

형은 아우의 손목을 잡았다. 석유에 담근 솜방망이에 불을 붙여 추녀 끝에다 대고 섰던 동화는 불빛에 머리끝이 쭈뼛하도록 무섭게 부릅뜬 형의 눈을 힐끔 쳐다보았다.

"이까짓 놈의 집 뒀다 뭘 허우?"

그의 입에서는 술냄새가 훅 끼쳤다.

"이리 내라!"

동혁은 아우의 손을 비틀어 솜방망이를 꿰어 든 작대기를 빼앗아 던지더니 눈 바닥에다 짓밟아 껐다.

그러고는 아우를 꾸짖을 사이도 없이 철봉을 하듯 몸을 솟구어 창 틈을 붙잡고 지붕으로 올라가려다가 추녀 끝이 잡히지 않으니까 다시 쿵— 하고 내려와서, 굴뚝으로 발돋움을 하고 지붕 위로 올라가더니

"얘, 흙이래도 끼얹어라. 어서— 어서!"

동혁은 나직이 호통을 하며 새집막이 속으로 붙어 당긴 불을 사뭇 손으로 몸뚱이로 부벼 간신히 껐다. 그동안의 동혁의 동작은 비호같이 날래었다. "불야!" 소리를 지르거나 샘으로 물을 푸러 간다든지 해서 소동을 일으킬 것 같으면, 아우가 방화범이 되어 잡혀갈 것이 아닌가.

초저녁에는 강도사 집 마당에서 젊은 사람들이 편윷을 놀았었다. 기천이가 새로 선거된 임원들을 불러 저녁을 먹이는데 동화가 술이 취해 가지고 달려들었다.

"어째서 나 하나만 개밥의 도토리처럼 따돌리느냐? 너희 놈들부터 의리부동한 놈들이다."

하고는 작대기를 들고 회원들을 닥치는 대로 두들겨 패고

"너 이놈 강기천이 나오너라! 네깟 놈이 회장이 되면 난 대통령 노릇을 하겠다. 너 요놈, 땀 한 방울 안 흘리고 우리 회관을 빼앗아 들어?"

하고 소리를 벽력같이 지르며 사랑으로 뛰어드는 것을 동혁이와 정득이 갑산이가 간신히 붙들어다가 집으로 끌고 가서 눕혔었다.

동화가 미친 사람처럼 날뛰는 바람에 윷놀이 판은 흐지부지 흩어지고 겁이 나서 안방으로 피해 들어갔던 기천은 동화가 끌려간 뒤에야 나와서

"그렇게 양반을 못 알아보고 폭행을 하는 놈은 한 십 년 징역을 시켜야 한다."

고 이빨을 갈며 별렀다.

동혁은 어찌나 속이 상하는지 아우를 퍽퍽 두드려주고 싶었다. 그러면서도 한편으로는 아우의 정열과 혈기를 사랑하는 터이라, 일찌감치 집으로 돌아와서

"어서 자거라! 과붓집 수캐 모양으로 돌아댕기며 일만 저지르지 말고…… 넌 술 때문에 큰코를 한 번 다치고야 말리라."

하고 곁에 누워

'떠나기 전에 꼭 한 번 만나야겠는데…….'

하고 영신의 생각을 하다가 잠이 어렴풋이 들었었다. 그러다가 자는 체하던 동화가 슬그머니 빠져나간 것을 헛간에서 덜커덕거리는 소리로 알고 깜짝 놀라 뛰어나가서 뒤를 밟았던 것이다.

동혁은 온통 꺼멍투성이가 되어 씨근거리며

"얘 누가 알았다간 큰일 난다 큰일 나!"

하고 쉬—쉬— 하며 아우의 손목을 잡아끌고 내려오는데 뜻밖에 등 뒤에서

"거기서 뭣들을 하셨에유?"

하는 소리가 들렸다. 형제는 머리끝이 쭈뼛해서 무뚝 서지 않을 수 없었다. 그것은 석돌의 목소리인 것이 틀림없었다……

10

…… 영신은 조선을 떠나기 전날까지 동혁을 기다렸다. 눈이 까맣게 기다리다 못해 반신료[244]까지 붙여서 전보를 쳤다. 그래도 아무 회답이 없어

'이거 무슨 일이 단단히 생겼나보다.'

하고 짐은 먼저 철도편으로 부치고 빈 몸으로 한곡리를 향하여 떠났다. 동혁을 만나보지 않고는 떠날 수가 없었고, 또는 두 사람의 장래에 관한 일도 충분히 상의해서 이번에는 아주 아귀를 짓고 떠나려 함이었다.

영신은 허위단심으로 두 번째 제삼의 고향을 찾아왔으나, 동혁의 형제와 건배는 물론, 의형제를 맺었던 그의 아내까지도 없었다. 집에만 없는 것이 아니라, 온 동리가 텅 빈 듯 그네들의 그림자조차 찾을 수 없었다.

동혁의 어머니는

"아이구 이게 누구요?"

하고 영신의 손을 잡고, 과부가 된 며느리를 맞아들이는 듯하는데 말보다 눈물이 앞을 선다.

"아―니, 다―들 어디 갔습니까."

영신은 부지중 노인의 소매를 끌어당겼다.

"그 앤 읍내로 잡혀갔다우!"

"잡혀갔다뇨?"

영신은 목소리뿐 아니라, 몸까지 오들오들 떨렸다.

"그 심술패기 동화란 녀석이, 회관 집에 불을 지르다가 형한테 들켜서 그날 밤으로 어디론지 도망을 갔는데……."

"아 그래서요?"

"그 담날 경찰서에서 어떻게 벌써 알았는지 동화를 잡으려고 순사 형사가 쏟아져 나왔구려."

"그럼 큰 자제는요?"

"큰앤 상관도 없는 일인데, 아우형제가 뭐 공모를 했나. 그러고 조련질²⁴⁵을 하다 못해서 '동화가 도망간 델 넌 알 테니, 바른 대로 대라'고 딱딱거리니까 '모르는 건 모른다지, 거짓말은 할 수 없다'고 막 뻗대던 끝에……."

어머니의 눈에서는 눈물이 쉴 새 없이 질금질금 흘러내린다. 그러면서도

"아무튼 춘데 방으로나 들어갑시다."

하고 영신을 끌어들이고는 한 말을 되하고 되하고 하면서

"아이구 인젠 자식이 둘 다 한꺼번에 없어졌구려. 영감마저 동혁이 밥이나 사들여 보낸다고 읍내로 쫓아가셔서……."

하고는 싸늘한 자리 위에 가 엎어진다. 그동안 혼자서 곡기도 끊고, 며칠 밤을 울며 밝힌 모양이다.

영신은 아랫입술을 꼭 깨문 채 가엾은 노인을 위로해줄 말 한마디도 나오지 않았다. 남을 위로해줄 마음의 여유가 없다느니보다도, 제가 먼저 방바닥이라도 땅땅 치며 실컷 울고나 싶은 것을 억지로 참느라고 꽁꽁 안간힘을 썼다.

실망과 낙담을 한 끝에, 영신이도 윗목에 가 쓰러졌다. 황혼은 자취 없이 토담집 속까지 스며드는데 주인을 잃은 돼지가 우릿간에서 꿀꿀

거리는 소리만 들린다.

얼마 있자 읍내로 동혁의 소식을 알려고 갔던 정득이와 갑산이가 찾아와서 영신은 그들에게서 그동안의 자세한 경과를 듣고 궁금증만은 풀 수가 있었다. 그들의 말을 모두어보면 윷을 놀고 오다가 동화가 회관에 불을 놓는 것을 목도한 석돌이는 동혁의 단단 부탁도 듣지 않고 전화통의 본색을 발휘하느라고 그 길로 기천을 찾아가서 제 눈으로 본 것을 저저이 고해 바쳤다. 기천은 귀가 반짝 틔어서

"옳다구나, 인제도 요놈!"

하고 이튿날 훤하게 동이 틀 무렵에 편지를 써서 머슴에게 자전거를 내주어 읍내에 급보를 하였다.

저녁때 중대 사건이나 난 듯이 자동차를 몰아온 경관대는 추녀가 불에 끄슬린 회관을 임검[246]한 뒤에 동혁과 농우회원들의 집을 엄밀히 뒤졌다. 동시에 눈에 핏줄을 세워가지고 방화범을 찾다가

"네가 어디다가 숨겼거나 도망을 시킨 게 아니냐?"

고 종주먹[247]을 대어도, 동혁은

"백판 모르는 일을 안다고 할 수는 없소."

하고 끝끝내 강경히 버티다가 기어이 검거를 당해서 증인인 석돌이와 함께 읍내로 끌려갔는데, 다른 회원들도 날마다 하나둘씩 호출을 당한다는 것이었다.

영신은 저도 함께 겪은 것처럼 모든 것을 짐작할 수 있었다.

11

가뜩이나 파리한 몸의 피가 졸아붙는 듯한 고민의 하룻밤은 밝았다. 아침 뒤에 영신은 동혁의 어머니를 위로해주고, 읍내를 향하여 떠났다.

하늘은 짙은 잿빛으로 잔뜩 찌푸리고 비와 눈을 섞은 바람은 신작로 위를 씽씽 불어 숨이 턱턱 막힌다. 퇴원한 뒤로 조섭도 변변하지 못한 사람이, 사십 리 길을 내처 걷기는 참으로 어려운 노릇이었다. 그러나 영신은 한시바삐 동혁을 만나보고 싶은 생각에 마음이 죄어서 그런지, 의외로 걸음은 빨리 걸렸다. 그러나 돌부리에 무심코 발끝이 채어도 아랫배가 울리고 수술한 자리가 당겨서, 한참씩 움켜쥐고 섰다가 다시 걷기를 몇 번이나 하였다.

경찰서에서는 동혁의 면회를 시켜주지 않았다. 졸라서 들을 일도 아니지만, 사법계에서는 고등계로 밀고 고등계에서는 사법계에서 관계한 사건이니까 우리는 모른다고 딱 잡아떼어서, 가슴속에 첩첩이 쌓인 만단설화248를 어디다가 호소해야 할지, 차디찬 마룻바닥에 몸부림이라도 치고 싶었다.

영신은 하도 망단해서249 이 방 저 방으로 풀이 죽은 걸음걸이로 드나들다가

'인제는 억지를 쓰는 수밖에 도리가 없다.'

하고 마음을 단단히 먹은 후, 다시 고등계실로 쑥 들어갔다. 겉으로는 방화사건이나 동혁은 고등계에서 취조를 받는 듯한 낌새를 형사들의 눈치를 보아서 짐작할 수가 있었던 것이다.

영신은 주임의 책상 앞에 가 버티고 앉아서

"난 그 박동혁이란 사람하고 약혼을 한 사람인데요, 이번에 멀리 떠나가게 돼서, 단 몇 분 동안이라도 꼭 만나야겠어요."

하고는 사뭇 떼를 썼다. 이마와 양미간이 좁다랗고 몹시 신경질로 생긴 경부보는, 안경 너머로 영신을 노려보며

"한 번 안 된다면 고만이지 무슨 여러 말야. 여기가 어딘 줄 아는가?"

하고 소리를 바락 지르며 부하를 시켜 당장 내쫓을 듯한 형세를 보인

다. 그래도 영신은

"여보시요, 당신도 인정이 있거든 남의 일이라도 좀 동정을 해주시요."

하고는 들든 말든 그동안에 제가 다 죽게 된 것을 그 사람이 살려주었다는 것과, 두 사람의 장래의 가장 중요한 일을 의논하지 않고는 떠날 수가 없다는 사정을 좍 쏟아놓았다.

주임은 눈을 깜박깜박하고 듣다가

"우루사이 온나다나

(온 귀찮은 여자를 다 보겠다)."

하고 상을 찡그리며 일어서더니 무엇을 생각했는지 "이리 나오라"고 해서 영신을 밖으로 불러냈다.

'옳다, 인제야 면회를 시켜주려나보다.'

하고 영신은 우선 가슴이 설레는 것을 진정시키며 주임의 뒤를 따랐다.

그러나 영신이가 끌려 들어간 곳은 햇빛도 새어들어 오지 않는 음침한 조그만 방인데, 무시무시한 기구가 놓인 것을 보아 취조실인 것이 틀림없었다.

주임은, 묻는 대로 모든 것을 속이지 않고 저저이 대면은 면회를 시켜 주겠다고 달래기도 하고 위협도 해가면서, 동혁이와의 관계며 어떻게 연락을 취해가지고 무슨 일을 해온 것까지 미주알고주알 캐묻는다.

배에 휘둘리고 먼 길을 걸어와서도, 두세 시간이나 뜻밖의 취조를 받기는 실로 참기 어려운 고통이었다. 그러나 영신은 흥분하는 것이 불리할 줄 알고 될 수 있는 대로 냉정히 대답을 하면서도

'단순히 불을 논 범인을 숨겼다는 것이 아니고, 무슨 다른 사건이 있는 줄로 지레짐작을 하고서 이러는 게 아닐까. 이번 기회에 생트집이라도 잡으려는 게 아닐까.'

하니 말대답하기가 여간 조심스럽지가 않았다.

　마주앉은 사람의 얼굴이 보이지 않을 만큼이나 어두운 뒤에야 취조가 끝이 났다. 주임은 그제야

　"그럼 면회는 내일 아침에 시켜주지."

하고 한마디를 던지고 나가버렸다.

12

　기름이 졸아붙은 남폿불을 돌아가며 잠을 이루지 못하는 겨울밤은 길기도 길었다. 일부러 경찰서와 길 하나를 사이에 둔 여관에 들어서, 동혁의 괴로이 내쉬는 입김이 유치장의 철창을 새어 저의 폐 속까지 스며드는 듯. 영신의 솜같이 풀어진 온몸의 세포는, 눈에 보이지도 않는 액체로 스르르 녹아버리는 듯하다.

　천 갈래 만 갈래로 흐트러지는 심사를 주워 모을 길 없어서, 잠이나 억지로 들어보려고 미지근한 방바닥에 늘어지면, 마룻바닥에 얄따란 담요 한 자락을 뒤집어쓰고 새우잠을 자는 사랑하는 사람이 눈앞에 어른거린다. 온돌에 누웠기가 몸이 근지럽도록 미안쩍은 생각이 들어서, 영신은 다시 일어나 앉기도 몇 번이나 하였다.

　빠듯한 노자에서 사식이라도 차입할 생각을 하다가 새벽녘에야 간신히 눈을 좀 붙이려는데 주정꾼들이 바로 옆방과 문간방으로 우르르 몰려들어왔다. 수작하는 것이 군청 패나 경찰서 측 같은데, 계집을 하나씩 끼고 와서 추잡한 소리를 하며, 떠들어대서 어려운 잠을 또다시 놓쳐버렸다.

　……뒤숭숭한 꿈자리에서 눈을 떠보니 어느덧 날이 밝았다. 영신은 잔입250으로 출근 시간이 되기를 기다려 경찰서로 갔다.

알고보니 사실 별일은 없는데, 언질言質을 잡힌 터이라, 고등계 주임은 마지못해서 면회를 허락하였다.

취조실 문이 열리는 소리에, 바작바작 졸이고 섰던 영신의 가슴은 달칵 내려앉았다.

옷고름을 떼어버린 솜바지 저고리를 비둔하게[251] 입고 떡 들어서는 동혁이! 그 얼굴에는 반가운 웃음이 가득 찼다.

"내 오실 줄 알았지요. 엊저녁 꿈에……."

하고 달려들어 악수를 하려다가 곁에 붙어 선 형사를 흘깃 보고는 주춤 물러섰다. 영신은 반가움에 겨워서 말문이 꽉 막힌 듯, 눈물이 핑 돌아가지고 입술만 떠는 것을 보고 동혁은

"영신 씨 같은 여자도 이런 자리에서 눈물을 보이나요?"

하고 너그러이 웃는 입모습으로 나무라듯 한다. 동혁의 태연자약한 태도와, 얼굴빛을 보아, 가장 염려했던 일은 당하지 않은 줄 알고 영신은

"얼마나 고생이 되세요?"

하고 그제야 목소리를 열었다.

"고생이랄 게 있나요. 아무것도 듣고 보질 않으니까 되레 편한데요. 조용히 생각할 기회도 얻었구요."

하고는 영신의 아래위를 훑어본다.

"아직도 전만 하려면 멀었는데 또 무리를 하셨군요. 그런데 언제 떠나세요?"

"떠나기 전에 뵙고 가려고 왔다가 한곡리서 하룻밤 자고 왔는데, 차마 나 혼자 어떻게……."

"천만에, 내 걱정은 조금도 하지 말고 오늘이라도 떠나세요. 공부는 둘째 문제고, 우선 정양을 하실 필요가 있으니까, 당분간 청석골을 떠나실밖에 없어요. 그러면 자연 기분전환도 될 수 있을 테니까요. 어디

서든지 그저 건강에만 힘을 써주세요! 우리의 장래 일은 나간 뒤에 의논하지요."

"그 일이 급하겠어요? 그저 속히 나오시기만 빌지요. 나 때문엔 너무 염려하지 말아주세요. 힘 닿는 데까지는 조섭을 할 테니까요. 그렇지만 또 어느 때 만나게 될지……?"

영신은 고개를 돌리며 눈물을 깨문다.

"사실 아무 일도 없어요. 하지만 동화가 어디로 간 걸 알 때까지는 나가지 못할 것 같으니까, 좀 오래 걸릴 것도 같아요. 아무튼 나가는 대로 곧 전보를 치지요. 그때까지 맘 놓고 기다려주세요."

하면서도 동혁은 여전히 참기 어려운 마음속의 고민을 웃음으로 싸서 보이려고 애를 쓴다.

"그럼 나오신 뒤엔 어디서 만날까요?"

살아생전 다시는 만나보지 못할 것처럼 영신의 표정은 전에 없이 애련하다.

"우리의 일터에서 만나지요. 한곡리하고 청석골하고 합병을 해놓고서 실컷 맘껏 만납시다."

하는데, 동혁은 등을 밀리었다. 형사가 잠깐 돌아선 사이에 동혁은 영신의 손을 덥석 잡았다. 두 사람의 혈관이 함께 떨리는 듯한 악수의 순간!

"허어, 이 손! 이렇게 차서……."

동혁은 입속으로 부르짖고 다시 한 번 가냘파진 영신의 손을 으스러지도록 쥐고 흔들다가, 두 번째 등을 밀려, 손을 뿌리치며 홱 돌아섰다.

유치장으로 통한 복도의 '콘크리트' 바닥에, 영신의 눈물은 방울방울 떨어져서 돈짝만큼씩 번졌다…….

내 고향 그리워

1

영신은 차마 발길이 돌아서지 않는 것을, 하는 수 없이 조선을 등지고 떠났다. 그렇건만 한 달이 지나고 두 달이 지나도 동혁에게서는 전보도 편지도 오지 않았다. 차디찬 다다미방에서 얄따란 조선 이불을 덮고 자고 입에 맞지 않는 음식으로 겨우 요기만 하며 지내는 영신에게는, 기숙사 생활이 여간 신산한[252] 것이 아니었다. 동무들도 친절하기는 하나 속마음을 주고 이야기할 사람이 없어, 어울리지 않는 일본 옷을 입은 것처럼 동창들하고도 어울리지를 않았다. 학교도 예상하였던 것보다는 취미에 맞는 것이 없고, 농촌에 관한 것은 거의 한 과정도 없어

'이걸 배우러 여기까지 왔나.'

하는 후회가 났다. 정양할 겸 온 것이라서, 수토가 달라 몸은 점점 쇠약해질 뿐.

학교에 가서도 층층대를 오르내리려면 다리가 무겁고 무릎이 시큰시큰하여서 매우 괴로웠다. 부었다 내렸다 하는 다리를 눌러보면 손가락

자국이 날 만큼이나 살이 무르다. 같은 방에 있는 학생에게 물어 보니

"암만해도 각기병 같은데, 얼른 병원에 가 진찰을 해봐요. 각기가 심장까지 침범하면 큰일 난답디다."

하고 전염병이 아니건만 같이 있기를 꺼려 하는 눈치까지 보였다.

"아이고 또 병원엘 가?"

말만 들어도 병원 냄새가 코에 맞추는 듯 지긋지긋하였다. 가볼래야 진찰료와 약값을 낼 돈도 없지만…….

'이런 구차스러운 유학이 어디 있나.'

영신은 만사가 도시 귀찮았다. 공부고 무엇이고 다 집어치우고 고향에 가 눕고만 싶었다.

　　　오락한 곳마다 모두 방황하여도
　　　일간두옥 내 집만 한 곳이 없고나…….

소녀 시절에 부르던 '홈 스위트 홈'을, 그나마 남몰래 불러보려면, 떠나올 때에도 찾아가 뵙지 못하고, 온 홀어머니 생각에, 저도 모르게 베개를 적시는 밤이 계속되었다.

'내가 천하에 불효녀지. 무슨 사업을 한답시고 그 불쌍한 한 분을 뫼시고 지내지를 못하니……'

할 때마다 마음이 아팠다. 그러나 밤이면 밤, 꿈이면 꿈마다 보이는 것은 청석골이다. 인제는 제이의 고향이 아니라, 저를 낳아 길러준 어머니가 계신 고향보다도 청석골이 그리웠다. 어느 것이나 정다운 추억이 아닌 것이 없다.

"오오 청석골, 그리운 내 고향이여!"

시를 지을 줄 모르는 영신의 입에서 저절로 새어나오는 영탄사는, 그

대로 내뽑으면 시가 되고 노래가 될 듯싶다.

정을 가득 담은 원재 어머니의 편지를 받을 때마다, 뒷일을 맡은 청년들의 씩씩한 보고를 접할 때마다, 사랑하는 사람의 편지를 받을 때만큼이나 가슴이 설레었다. 그중에서도 제가 ㄱ, ㄴ부터 가르치고 가장 불쌍히 여기던 금분이가 공책에다가 연필로 꼭꼭 박아서

　　난 선생님 보고 싶어요. 오늘도 선생님 편지 기다리다간 체부가 그대로 가서 옥례하고 필순이하고 자꾸만 울었어요. 우리들은 선생님이 이상스런 옷을 입고 박으신 사진 보고 깜짝 놀랐지요. 아이 흉해. 인전 그 옷 입지 마세요. 그래도 우리들 보고 웃으시는 걸 보니깐 어떻게 반가운지 눈물이 나겠지요. 아이 그런데 선생님 난 몰라요. 그걸 서로 뺏다가 찢었으니 어쩌면 좋아요. 옥례가 찢었어요. 그래서 반씩 나눠 가졌는데 또 한 장만 보내주세요 네. 내 아무도 안 뵈고 나만 두고 보께요.

하고 글자도 몇 자 틀리지 않고 정성을 들여 반듯반듯이 쓴 글씨를 볼 때, 영신은 귀엽고 반가움에 겨워 그 편지에 수없이 입을 맞추었다. 눈보라 치는 겨울에도 홑고쟁이를 입었던 금분이를 저의 체온으로 품어주듯, 그 편지를 허리춤에다 넣고 틈만 있으면 꺼내 보았다.

어느 날은 사내아이들과 계집아이들의 편지가 소포처럼 한 뭉텅이로 와서 부족을 물었다. 편지마다 선생님 보고 싶다는 말이요 사연마다 어서 오라는 부탁이다. 어떤 아이의 편지에는 누런 종이 위에 눈물을 뚝뚝 떨어트려 글씨가 번진 흔적까지 보여서

"오오, 이 세상에서 어느 누가 나를 이다지도 보고 싶어 하겠느냐. 이다지도 작은 가슴을 졸이며, 고 여쁜 눈에 눈물을 짜내며 이 나를 기다려줄 사람이 누구냐. 너희밖에 없다! 온 세계를 헤매 다녀도 우리 고향밖에 없다! 청석골밖에 없다!"

하고 그 편지 뭉텅이를 어린애처럼 껴안고 잤다. 그는 '홈식[사향병思鄉病]'이란 병에까지 침노를 받은 것이다.

2

한편으로 동혁의 소식이 끊어져, 가뜩이나 심약해진 영신의 애를 태웠다. 한곡리로 몇 번이나 편지를 했건만 답장이 없다가 하루는 뜻밖에 정득의 이름으로 편지가 왔다. 동혁은 도청 소재지의 검사국으로 넘어갔고 동화는 만주에 가 있는 듯하다는 것과 수일 전에야 동혁이와 한 방에 있던 사람이 나와서 일부러 찾아왔는데

'검사국까지 넘어오기는 했으나 면소免訴253가 되어 불원간 나갈 자신이 있으니 영신 씨에게도 그 말을 전해주고 아무 염려 말고 건강에만 주의하라'고 부탁을 하고 갔으니 안심하라는 사연이었다.

영신은 비로소 마음을 놓고 그날 밤은 일찍 자리에 누웠다. 그러나 곁에 누운 학생이 늦도록 촛불을 켜놓고 복습을 하느라고 부스럭거리고 드나들고 하여서 잠은 들었다가도 몇 번이나 깨었다.

청석골의 환영이 머릿속에 환하게 나타나고 학원과 아이들의 얼굴이 '핀트'가 어그러진 활동사진처럼 어른어른하다가는, 한곡리의 달밤, 그 바닷가에서 동혁에게 사랑의 고백을 받던 때의 정경! 병원에서 그에게 안겨 지긍스러운 간호를 받던 생각이, 두서없이 왕래해서, 그 환영을 지워버리려고 이리 뒤척 저리 뒤척 하며 무진 애를 쓰다가 근근근 쑤시는 다리를 제 손으로 주무르며 간신히 잠이 들었다……

"땡그렁— 땡그렁—"

청석골 학원 앞에 새로 달은 종소리가 어렴풋이 들린다. 종대에 돌연히 나타나 종을 치는 사람을 보니, 용수를 써서 얼굴은 보이지 않으나

시꺼먼 두루마기 앞섶에 번호를 붙였는데 그 건장한 체격이 동혁임에 틀림없다. 동혁은 커다란 수갑을 찬 두 손을 모아, 줄을 쥐고 매달리며 힘껏힘껏 당긴다.

"땡그렁— 땡그렁— 땡그렁—."

종이 사뭇 깨어지는 듯한 소리가, 온 동리에 퍼진다. 불종소리[254]나 들은 듯, 동리 사람들은 운동장에 백결 치듯 모였다. 동혁은 무어라고 소리소리 지르며, 수갑을 낀 팔을 내두르면서 한바탕 연설을 한다. 그 말은 한 마디도 알아들을 수가 없으나, 군중은 "와— 와—"하고 고함을 지른다. 그러다가 동혁은 무참히도, 말로는 형용할 수 없는…… 모양으로 말을 탄 사람들에게 붙들려 질질 끌려간다.

"동혁 씨!"

"동혁 씨!"

영신은 외마디소리를 지르며, 허겁지겁 그 뒤를 쫓아가는데

"사이상, 사이상, 네고도 잇데루노? 아, 고와!

(영신 씨, 영신 씨, 잠꼬대를 하오? 아이, 무서워)!"

하고 어깨를 흔드는 것은 새벽 기도회에 참례하려고 잠이 깨인 곁에 누웠던 동급생이었다.

영신은 전신에 소름이 오싹 끼쳤다. 이마의 식은땀을 손등으로 씻으면서도, 꿈의 세계를 헤매는 듯, 눈을 멀거니 뜨고 한참 동안이나 천장을 쳐다보았다. 몸서리가 쳐지는 지겨운 환영에서는 깨어났으나, 종소리만은 현실이었다. 학교 안에 예배당으로 쓰는 강당 앞에서 늙은 교지기가 쉬엄쉬엄 치는 종소리가 졸린 듯이 들린다. 꿈자리 산란한 이역異域의 서리 찬 새벽하늘에—.

영신은 기도회에 참례를 하려고 밤사이에 더 부어오른 다리를 간신히 짚고 일어서 세수간으로 나가다가 머릿속이 핑 내둘리고, 다리의 힘

이 풀려 문지방에 허리를 걸치고 쓰러졌다. 학생들은 벌써 기도회로 다가고 굴속같이 침침한 기다란 복도에는 사람의 그림자도 없다.

영신은 의식을 회복하고 눈을 떴을 때에야, 제 몸이 의료실로 떠메어 와서 누운 것을 깨달았다.

숙직하는 교원에게 응급치료를 받은 후, 교의가 올 때까지 기다리는 동안에, 영신은 몽유병 환자와 같이 눈을 멀거니 뜨고 누워서, 수술실처럼 흰 휘장을 친 유리창이, 아침 햇발에 뿌―옇게 물이 드는 것을 넋을 잃고 보고 있었다. 그제야 맹장염 수술한 자리가 뜨끔거리는 것을 깨닫고

"아이고 인전……."

하고 절망적인 한숨을 내뿜었다.

백발이 성성한 교의는, 실내에까지 단장을 짚고 들어와서 영신을 자세히 진찰해 본 뒤에

"몸 전체가 대단히 쇠약한데, 각기병은, 짧은 시일에 쉽사리 치료를 할 수 없는 병이니, 고향으로 돌아가서 편안히 쉬며 치료를 하는 것이 좋겠소. 복부의 수술도 완전히 하지 못해서 재발될 징조가 보이니 특별히 주의를 하지 않으면 큰일 나겠소."

하고는 비타민 B가 부족해서 나는 병이니 현미나 보리밥을 먹으라는 둥, 심장이 약하니 절대로 과격한 운동을 하지 말라는 둥 주의를 시키고 나갔다.

3

경험 있는 의사의 권고까지 받고 영신은, 더 있을 수가 없었다. 고명한 의사가 들이쌓였고, 의료기관이 아무리 발달된 곳인들, 고향에 돌아

갈 노자 몇 십 원이 없는 영신에게 있어, 무슨 소용이 있으랴. 가나 오나 남의 신세만 지는 몸이, 더구나 인정 풍속이 다른 수천 리 타향에서, 그네들의 진심에서 우러나지 않는 친절을 받느니보다는, 하루바삐 정든 고장으로 돌아와서, 피골이 상접해가는 몸을 편안히 눕히고 싶었다. 편안히 눕히지는 못하더라도 여러 해 만에 어머니를 곁에 모셔오고, 청석골의 산천을 대하고, 꿈에도 밟히는 어린 학생들의 손을 잡고 뺨을 부벼보면, 정신상으로나마 얼마나 큰 위로를 받을지 몰랐다. 그는 마침내

"가자, 죽더라도 내 고향에 가 묻히자!"

하고 비장한 결심을 하고, 서울 연합회의 백씨에게 급한 사정을 하고, 노비를 보내달라고 편지를 써서 항공 우편으로 부쳤다. 돈 말을 하기는 죽기보다 싫지만 남에게 구구한 사정을 하는 것도 이번이 마지막인 것 같은 생각이 들어서 한 달 학비를 닮아 쓰는 셈만 친 것이다.

노비가 오기를 기다리는 동안 영신의 고민은 거의 절정에 이르렀다.

'우리의 결혼 문제를 어떡할까.'

그것은 물론 시급히 닥쳐오는 문제는 아니었다. 그러나 사랑하는 사람은 자유를 잃은 몸이 되어 있고 저는 무엇보다도 첫째 조건인 건강을 잃은 몸이니 약혼까지 해놓고 이제까지 기다리던 터이라 그 문제가 가장 큰 고민거리가 되지 않을 수 없었다.

'그이는 불원간 나올 자신이 있다고 하지만 내 몸이 이 지경이 된 것을 보면 얼마나 낙심을 할까.

그이는 오직 나 하나를 기다리고 청춘의 정열을 억지로 눌러오지 않았는가. 나이 삼십에 가까운 그다지 건장한 청년으로 보통 남자로는 참을 수 없는 것을 점잖이 참아오지 않았는가. 다른 남자는 술을 마시고 청루255에까지 발을 들여놓는데, 그이는 생물의 본능을 부자연하게 억

제하며, 오직 일을 하는 것으로 모든 오뇌를 잊으려고 하지 않았는가.
늙은 부모를 모신 맏아들로 오직 나 때문에—. 이 변변치 않은, 보잘것
없는 나 하나와의 약속을 지키기 위해서……'

생각하면 생각할수록 동혁에게 대해서, 미안한 마음을 금할 수 없다.

'나는 두 번 다시 돌아오지 못하는 남의 청춘을, 무참히 짓밟는 것이
아닐까. ○○일보사 누상에서 첫 번 얼굴을 대한 후, 벌써 몇몇 해를,
사모해오고 사랑해오는 동안, 나는 그이에게 털끝만한 기쁨도 주지 못
하였다. 도리어 적지않은 정신상, 육체상 고통을 주었을 뿐이다! 그러
나 그렇다고 인제 와서 무슨 매매계약을 한 것처럼 약혼을 해약할 수도
없는 노릇이다.'

생각이 여기까지 이르자, 영신의 여윈 뺨을 소리 없이 흘러내리는 것
은, 아직도 식지 않은 눈물이다. 좀처럼 모든 일에 비관치 않으려던 전
일에 비해서, 너무나 마음까지 몹시 약해진 것을 스스로 깨달을수록,
눈물은 그 비례로 쏟아져 소매를 적시고, 베개를 적신다.

동혁이는, 돌덩이 같은 육체와 무쇠 같은 의지력을 가진 사람이니라,
감옥에서 고생쯤 하는 것으로는 끄떡도 아니 할 것을 믿는 터이니까,
그저 무사히 나오기만 축수할 뿐이다.

'그렇지만 그이가 나온 뒤까지 오래오래 두고 내가 이 지경대로 있으
면 어떡하나. 하나님께서 설마 나를 이대로 버리실 리는 만무하지
만……'
하고 아직도 신앙을 잃지 않으려고, 정성껏 기도를 올려본다. 주를 부
르며 저의 고민을 하소연도 해본다.

'내가 만일 건강이 회복해서 그이와 결혼생활을 한다면 어떻게 될
까. 구차한 살림에 얽매고 어린것들이 매달리고 시부모의 시중을 들고,
집안 식구의 옷뒤[256]를 거두고, 다만 먹기를 위해서 이른 아침부터 밤

늦도록, 다른 농촌의 여자와 같이 집구석 부엌구석에서 한평생을 헤어나지 못하고 말 것이다.'

하고 앞일을 상상해볼 때, 영신의 머릿속은 또다시 시꺼먼 구름이 끼는 것처럼 우울해진다. 아직까지 사업에 무한한 애착을 가지고, 한몸을 이 사회에 바쳐온 영신으로서는 두 가지 길 중에 어느 한 가지를 취해야 옳을는지, 방황하지 않을 수 없다.

'어떡하나? 아아 어떡하면 좋을까?'

영신은 이불 속에서 흐트러진 머리카락을 쥐어뜯었다.

4

'내가 그이를 진심으로 진정으로 사랑한다면 지금의 나로서는 꼭 한 가지밖에 취할 길이 없다!'

영신은 무한히 고민한 끝에 한 가지 결론을 얻었다.

'나와의 결혼을 단념시킬 것뿐이다!'

이 말 한 마디는 창자를 에어내는 듯한 마지막 가는 말이다. 그러나 영신은 그렇게 부르짖지 않을 수 없었다.

'그이는 웃음의 말이라도 '조선 안의 하고많은 여자 중에 하필 '채영신' 석 자만 쳐다보고 두 눈을 꿈벅거리고 있는 나 자신이, 불쌍해 보인다' 고 하였다. 그 말이 어느 정도까지는 속임 없는 고백일 것이다. 기막히는 일을 당할 때에 웃음이 나오고, 가슴이 답답할 적에 트림이 나오는 것과 같이 그는 하도 기다리기가 지루해서 그런 말을 하게까지 된 것이 아닐까.'

하니 두 사람을 만나게 한 운명을 저주하고도 싶었다. '왜 곧잘 참아오던 내가 내 발로 걸어서, 한곡리를 찾았고, 달 밝은 그날 밤 바닷가에서

경솔히 마음을 허락했던가. 일평생의 고락을 같이 할 맹세까지 했던가.'
하고 그때의 기분이 너무나 '로맨틱[浪漫的]' 하였던 것을 몇 번이나 후회
하였다.

'아아 그러나, 나는 그이를 지극히 사랑한다! 그이를 사랑하게 된 뒤
에 나는, 하나님께 대한 신앙심까지 엷어졌다. 지금의 '박동혁'은 나의
생명이다! 내 맘이 그이를 떠나서는 살 수 없다. 그러나 나는 무슨 일이
있든지 어떠한 고통을 당하든지, 이 세상에 다만 한 사람인 그이의 행
복을 위해서, 참아야 하겠다.

자아를 희생할 줄 모르는 곳에, 진정한 사랑이 없다! 사업을 위해서
이미 희생이 된 이 몸을, 사랑하는 사람의 장래를 위해서 두 번째 희생
으로 바치자! 이것이 참되고 거룩한 사랑의 길이다!'
하고, 영신은 두 번 세 번 제 마음을 다졌다.

'이번에 만나는 때에는 단연히 약혼을 해소解消하자고 제의를 하리
라. 의논을 할 것이 아니라, 이편에서 딱 무질러버리고 말리라.'
하고 단단히 결심을 하였다.

그러나 저의 건강으로 말미암아 이런 결심까지 하게 된 것이 슬펐다.
그렇게 사랑하던 남자를 놓칠 생각을 하니 분하기도 하였다. 동혁의 넓
은 품안에 그 아귀힘 센 팔에 저 아닌 다른 여자가 안길 것을 상상만 해
보아도, 이제까지 느끼지 못하던 질투의 불길이 치밀어 얼굴이 화끈하
고 다는 것이야 어찌하랴.

"시기를 하거나 질투를 하는 것은 가장 야비하고 천박한 감정이다."
하고 제 마음을 꾸짖어도 본다. 그러나 꾸지람을 듣는 것쯤으로 그 분
이 꺼질까 싶지가 않다.

기숙사의 밤이 깊어가는 대로 영신의 고민도 깊어가고 마음이 괴로울
수록 안절부절을 못하는 육신도 어느 한군데 괴롭지 않은 데가 없었다.

……영신이가 떠나는 날 아침 널따란 학교 마당에 전송하여주는 사람은 사감과 한 방에 있던 학생 두엇뿐이었다. 몇 달 동안 숙식을 같이 하던 여자는 매우 섭섭한 표정을 지으면서 현관까지 따라 나와

"사요—나라, 오다이지니

(잘 가요, 몸조심하세요)."

하고 굽실해 보이고는, 게다짝을 달각거리며 뒤도 아니 돌아다보고 들어가버린다. 제 방에서 환자를 내보내는 것이 섭섭한 것보다는 시원한 눈치다.

오래간만에 조선옷으로 갈아입고, 고리짝 하나를 인력거 앞에다 놓고 정거장으로 나오는 영신의 행색은 초라하였다. 그는 인력거 위에서 흔들리며

'내가 지금 어디로 가는 셈인가.'

하고 번화한 시가지를 둘러보았다. 돈 있는 집 딸들이, 음악학교 같은 것을 졸업하고 그야말로 금의환향錦衣還鄉하는 광경을 상상해보고는,

'내가 얻어가지고 가는 것은 병뿐이로구나!'

하고 쓸쓸히 웃었다.

그러나 청석골서 정이 든 여러 사람이 마중을 나오고, 그 귀여운 아이들이 "선생님! 선생님!" 하고 달려들 생각을 하니, 어찌나 기쁜지 몰랐다. 미리부터 가슴이 뛰어서

'비행기라도 타고 어서 갔으면.'

하고 기차를 탄 뒤에도 마음이 여간 조급하지가 않았다. 그러면서도

'혹시나, 동혁 씨가 나와서, 나를 번쩍 안고 차에서 내려놓아주지나 않을까.'

하였다. 그것이 공상이 되지 말기를 빌었다.

5

　자동차 정류장에는 청석골의 주민들이 남녀노소 할 것 없이 마중을 나왔다.

　"아이구 웬 사람들이 저렇게 모여 섰나? 장날 같으이."

하고 영신은 차창 밖을 내다보았다. 저의 전보를 보고 그렇게 많이들 나왔을 줄은 몰랐다. 멀리 언덕 위에 우뚝 솟은 학원 집의 유리창이 석양을 눈이 부시게 반사하는 것을 볼 때 영신은

　"오오, 저 집!"

하고 저절로 부르짖어졌다. 죽을 고생을 해가며 지은 그 집이 맨 먼저 주인을 반겨주는 것 같아서 눈두덩이 뜨끈해졌다.

　자동차가 정거를 하기 전부터 아이들은 어느 틈에 보았는지

　"선생님!"

　"선생님!"

하고 손을 내저으면서 엎드러지며 곱드러지며[257] 앞을 다투어 쫓아온다.

　"금분아!"

　"옥례야!"

　영신도 차창으로 머리를 내밀며 소리를 질렀다. 영신이가 내리기가 무섭게 백여 명이나 되는 남녀 학생은 벌떼처럼 선생의 전후좌우로 달려들었다.

　"채선생님 오셨다!"

　"우리 선생님 오셨다!"

　계집아이들은 동요를 부르듯 하면서 영신의 손에 소매에 치맛자락에, 매달려서 까치처럼 깡충깡충 뛴다. 영신은 눈물이 글썽글썽해가지고, 그 꿈에도 잊지 못하던 아이들을 한 아름씩 끌어안고

"잘들 있었니? 선생님 보구 싶었지?"

하고 이마와 뺨에 입을 맞추어주었다.

청년들과 낫살이나 먹은 남자들은

"안녕히 다녀오셨습니까?"

하고 모자나 수건을 벗고 허리를 굽히는데, 원재 어머니는 영신의 두 손을 쥐고

"병이 더치셨다는구려?"

하고는 목이 메어서 말을 눈물로 삼킨다. 부인친목계의 회원도 대여섯 사람이나 나왔는데 모두 '떠날 때보다도 더 못해 왔구나' 하는 듯이 무한히 가엾어 하는 듯한 표정으로 영신의 수척한 얼굴과 다리를 절름거리는 모양을 바라다보며 따라온다.

영신은 원재 어머니의 어깨를 짚고, 무거운 다리를 질질 끌며 맨 먼저 학원으로 올라갔다.

"바로 집으로 갑시다."

하는 것을

"우리 집부터 가봐야지요."

하고 간신히 올라가서는 안팎을 한 바퀴 둘러보았다. 그동안에 집은 매우 찌들어 보였다. 걸상과 책상이 정돈이 되지 못하고 벽에는 여기저기 낙서한 것을 그대로 내버려두었는데 제가 연설을 하다가 쓰러진 강당 맞은편 쪽에 정성을 다해서 소나무와 학을 수놓아 걸은 수틀이 삐딱하게 넘어간 채 먼지가 켜켜로 앉도록 내버려두었다.

"이걸 어쩌면 이대로 내버려들 두었어."

하고 영신은 원재더러 발판을 가져오래서 손수 바로잡아놓고, 먼지를 털고 내려오다가 하마터면 넘어질 뻔하였다.

아이들은 저희들의 선생님을 다시는 놓치지 않으려는 듯이 열 겹 스

무 겹 에워싸고 원재네 집으로 내려왔다. 금분이는 반가움에 겨워 자꾸만 저고리 고름으로 눈두덩을 부비며 훌짝훌짝 울면서 영신의 손을 땀이 나도록 꼭 쥐고 따라다닌다.

영신이가 쓰던 방은 전처럼 깨끗이 치워놓았다.

"아―아, 여기가 내 안식처다!"

하고 영신은, 불을 뜨뜻이 때어논 아랫목에 가 턱 쓰러졌다. '다다미' 방에서 다리도 못 뻗고 자던 것이 아득한 옛날인 듯, 여러 날 기차와 기선에서 시달린 피곤이, 함께 닥쳐와서, 몸은 꼼짝도 할 수 없다. 아이들은 방에까지 따라 들어와서 **빽빽하게** 콩나물을 길러논 것 같다. 부모의 사랑을 모르고 자라난 천애天涯의 고아들이, 자애 깊은 어머니를 만난 것처럼, 영신의 곁을 떠나려고 들지를 않는다.

영신은 하관下關258서 사가지고 온 '바나나' 뭉치를 끌러달라고 해서, 세 토막 네 토막에 잘라, 아이들의 입맛만 다시게 하였다. 기찻삯만 빠듯이 와서 변또도 변변히 사먹지 못하고 오면서도, 빈손을 내밀 수가 없어, 주머니를 털어서 사가지고 온 것이었다.

원재 어머니는 저녁상을 들고 들어오며

"너희들도 인젠 고만 가서 저녁들 먹어라."

하고 아이들을 보냈다.

통배추김치에 된장찌개를 보니, 영신은 눈이 번쩍 떠서 저도 모르는 결에 일어 앉았다. 보기만 해도 입에 침이 고여서 기숙사 식탁에 허구한 날 놓이는 '미소시루'와 '다꾸왕' 쪽을 생각하였다. 영신은 이야기도 못하고 장위에 배인 고향의 음식을 걸터듬해서259 먹었다.

6

영신은 마음을 턱 놓고 뜨뜻한 방에서 오래간만에 잠을 잘 자서 이튿날은 정신이 매우 쇄락하였다. 다리가 부은 것도 조금 내려서, 걷기가 한결 나은 것 같아 예배당으로 올라가서는 감사한 기도를 올리고 내려왔다. 그와 함께, 동혁이가 하루바삐 무사하게 나오기를 축원하고 내려오는 길로, 한곡리 회원들에게

'나는 그동안 귀국해서 무사히 있으니, 동혁 씨의 소식을 아는 대로 즉시 전해달라.'고 편지를 써 부쳤다.

당자는 동혁의 생각을 잊으려고 애를 쓰건만 원재 어머니가

"아이고 그이가 얼마나 고생을 할까요? 그렇게도 지궁스레 간호를 해주더니…… 내가 가끔 생각이 날 적에야……."

하고 자꾸만 일깨워서

"나오는 날 나오겠죠. 인젠 그이 말일랑 우리 하지 맙시다요."

하고 동혁의 말은 비치지도 못하게 하였다.

겨우 한 사나흘 동안 쉰 뒤에 영신은 전과 같이 학원의 일을 보고 주학은 물론 야학까지도 겹쳐서 교편을 잡았다. 그동안 청년들에게만 맡겨 내버려두어서, 저희들은 힘껏 일을 보느라고 하건만 지도자를 잃은 그들은, 제멋대로 가르쳐서 조금도 통일이 되지 않는데, 생기는 것이 없는 일인데다가 그도 하루 이틀이 아니어서, 싫증이 나고 고만 귀찮은 생각도 들어 그럭저럭 시간만 채우고 달아날 궁리를 하는 청년이 없지 않았다.

'이래선 안 되겠다. 내가 또 본보기를 보여야만 다들 따라온다.'

하고 최대한도最大限度의 용기를 내었다. 제가 입원한 동안에, 기부금이 다 걷혀서 학원을 지은 빚만은 요행으로 다 갚았으나, 집만 엄부렁하게

컸지그려, 인제는 그 집을 유지해나아갈 경비가 없다. 뒤에 무슨 재단이 있는 것도 아닌데, 월사금 한 푼 아니 받으니, 수입은 없고 지출뿐이다. 심지어 분필이 떨어지고 큰 남포를 서너 개나 켜는 석유를 대지 못해서, 쩔쩔매는 형편이라 신병이 있다고 가만히 보고만 앉았을 수가 없었다.

조금만 오래 섰으면 다리가 무겁고 신경이 마비가 되어 오금이 들러붙는 것처럼 떼어놓을 수가 없는데 학원과 예배당으로 오르내리는 데도 숨이 차고 가슴이 답답해서 그 자리에 넘어질 것 같건만

"난 기왕 청석골의 백골이 되려고 결심한 사람이다. 다시 쓰러지는 날, 그때 그 시각까지는 가만히 있을 수 없다."

하고 학부형들이나 원재 모자가 지성으로 말리는 것도 듣지 않고 다시 유지비를 얻으려고 각처로 돌아다녔다. 우산대로 단장을 만들어 짚고, 감각을 잃은 다리를 질질 끌면서 이 집 저 집으로 쫓아가서는 비렁뱅이처럼 현금이 없으면 곡식을 얻어, 전대를 끌러 매고 왔다. 동리 사람들은 학원의 경비를 부조하느니보다도 그 지경을 하고 다니는 영신의 모양이 가엾어서 힘껏은 동정을 하면서도

"선생님 그만 학교를 쉬시지요. 저러다 정말 큰일 나겠쇠다."

하고 보는 사람마다 정양하기를 권한다. 그러나 그는

"난 우리 청석골을 위해서 생긴 사람이야요.

내가 타고난 의무를 다하다가 죽으면 고만이지요. 되려 내 몸에 넘치는 기쁨으로 알고 있어요."

하고 눈시울에 잔주름살을 잡아가며 웃어 보였다. 한편으로는 동혁이가 죄 없이 감옥에서 저보다 몇 곱절이나 되는 고생을 하는 생각을 할 때

"오냐, 내 맥박이 끊길 때까지!"

하고 오직 일을 하는 것이 차입 하나 못 해주는 사랑하는 사람에게 대해

서 정신적으로나마 어떠한 선물을 보내주는 것 같기도 하였던 것이다.

약은 얻어먹을 생의도 못하고 또 각기증에는 특효약도 없다지만 의사의 권고대로 현미에다가 보리를 많이 섞어 먹어도 병이 나아가기는커녕 증세가 점점 더 악화가 되어갈 뿐이다. 다리가 붓고 무릎이 쑤시기는 했어도 그다지 아픈 줄을 몰랐더니 줄곧 그 다리를 놀려두지를 않아서 그런지 띵띵해진 종아리는 건드리기만 해도 펄쩍 뛰도록 아프다. 밤에는 고통이 더 심해서 뜬눈으로 밝히는 날까지 있으면서도 그는 이를 악물고 하루도 빼놓지 않고 교단에 서기를 거진 한 달 동안이나 하였다.

7

목자를 잃은 양과 같이 하나 둘 흩어져 있던 아이들은 영신이가 돌아온 뒤에 신입생이 열씩 스물씩 부쩍부쩍 늘었다. 때마침 농한기라 어른들은 물론 오십도 넘는 노파가 손녀의 손을 잡고 와서는

"죽기 전에 글눈이나 떠보게 해주시유."

하고 진물진물한 눈으로 칠판을 쳐다보고

"가— 갸— 거— 겨—."

하고 따라 읽는 것을 볼 때 영신은 감격에 가슴이 벅찼다.

'내가 오기 전에는 이 동리 사람이 거의 구 할 가량이나 문맹이던 것이 인제는 글자를 알아보는 사람이 칠 할 가량이나 된다. 오십 이상 늙은이와 젖먹이를 빼놓으면 거진 다 눈을 띄어준 셈이다. 더구나 부인친목계를 중심으로 부인네들이 깨인 것과, 생활이 향상된 것은 놀라울 만하지 않으냐.'

하고 자못 만족한 웃음을 지었다. 그럴수록 사업에 대한 애착심은 고향을 떠나보기 전보다 몇 곱이나 더해져서, 몸의 고통을 참아나가는 힘을

얻었다.

한두 가지도 아닌 병마에 잡혀 거의 중상태에 빠진 영신으로는 사실 기적과 같은 힘이었다.

하루아침은, 천만뜻밖에 동혁의 편지가 왔다.

동경 역에서 못 받아보려니 하면서도, ××형무소로 부친 엽서를 본 답장인 듯 모필로 쓴 필적이며, 계호주임戒護主任의 도장이 찍혀 나온 것이 분명히 동혁에게서 온 것이다. 영신은 손보다도 가슴이 떨리는 것을 진정하고, 바늘구멍처럼 뚫어놓은 봉함엽서의 가장자리를 죽 뜯었다.

인제야 취조가 일단락이 져서 편지를 할 수 있게 되었소이다. 청석골로 다시 돌아오신다는 엽서도 어제야 받고, 그 병이 재발이나 되지 않았는지 매우 놀랐습니다. 긴 말은 쓸 수 없으나 오직 건강에 각별히 주의해주십시요. 또다시 억지를 쓰고 일을 하실 것만이 염려외다. 나는 아직 수신 대학 본과에는 입학할 자격을 얻지 못하였으나, 예과에서도 보통 사람으로는 도저히 상상도 할 수 없는 공부를 하고 있는 것을 다행으로 여깁니다. '수양하고 반성하고 싶은 자는 다 이리 오라' 하고 외치고 싶소이다. 몸은 여전한데 하루 세 끼 조막덩이만 한 콩밥이 겨우 간에 기별만 해서, 소화불량에 걸리지 않는 것만이 불평이외다. 나는 좀 더 묵고 싶지만, 아마 여관 주인이 불원간 내쫓을 것 같은데, 나가는 대로 먼저 그리로 가겠으니, 부—디 혈색 좋은 얼굴을 보여주십시요.

영신은 몇 번이나 몇 번이나, 먹이 입술에 묻도록 편지에 키스를 하였다. 그러고는

"혈색 좋은 얼굴? 혈색 좋은 얼굴!"

하고 혼잣말을 하며 조그만 손거울을 꺼내서 제 얼굴을 들여다보다가는, 그 거울을 동댕이를 쳤다. 거울은 문지방에 가 부딪치며 두 쪽에 짝 갈라졌다.

영신은 가슴이 선뜩해서

'아이 왜 내던졌던가.'

하고 금방 후회를 하고 거울을 집어들었다. 그러나 아무리 탄식을 한들, 한 번 깨어진 유리쪽을 두 번 다시 붙여보는 재주는 없었다.

학원 마당에서 종소리가 들린다. 철모르는 아이들은 한 떼가 몰려와서

"선생님, 어서 가세요. 어서요 어서."

하고 영신을 일으켜 세우고, 잡아당기며 떠다밀며 학원으로 올라갔다.

그날은 웬일인지 마음이 내키지 않는 것을, 영신은 억지로 꺼둘려가서, 새 과정을 가르치려다 말고 복습을 시켰다. 계집아이들은 채선생이 아니면 배우지를 않기 때문에, 두 반씩이나 맡아 가르칠 수밖에 없어, 왔다 갔다 하며 복습을 시키는 데는 더구나 힘에 부쳤다. 그러나

'그 속에서도 그 지독한 고생을 달게 받는 이도 있는데……'

하고 기를 쓰며 눕지를 않으려고 앙버티었다.

'그이가 나오면, 이 얼굴, 이 몸뚱이를 어떻게 보이나.'

하고 이번에는 교실 유리창에 제 몸을 비추어 보다가

'오지 말았으면, 차라리 영영 만나지나 말았으면.'

하고 제 꼴이 제 눈으로 보기가 싫어, 홱 돌아서기를 몇 번이나 하였다.

'그렇지만 혈색 좋은 얼굴을 보여주진 못하더라도 앓아누운 꼴이나 보여주지 말리라.'

하고 아침에 종소리만 들리면 입술을 깨물며 문고리를 붙잡고 일어났다.

그러다가 어느 날 밤에는 학부형회에 참례를 하고 늦도록 학원의 유지 방침을 의논하다가 별안간 심장의 고동이 뚝 그치는 것 같아서 원재에게 업혀 내려왔다. 내려와서는 턱 쓰러지며 고만 정신을 잃었다.

천사의 임종

1

　이튿날 저녁때에야 공의의 진찰을 받게 되었을 때, 영신은 혼수상태에 빠져 있었다. 눈은 정기 없이 뜨고도 사람을 알아보지 못하는데, 숨을 가쁘게 몰아쉬는 소리만 높았다 낮았다 할 뿐.

　영신의 선성을 들은 공의는, 원재 어머니만 남겨놓고 방 안에 그득히 찬 사람을 다 내보낸 뒤에, 거진 한 시간 동안이나 정성껏 신체의 각 부분을 진찰해본다.

　그는 환자에게서 손을 떼고 한참이나 눈을 딱 감고 앉아서, 머리를 외로 꼬고 바로 꼬고 하다가, 청진기를 집어넣고는 잠자코 일어서 밖으로 나간다.

　"어떱니까? 대단하죠?"

　원재 어머니는 조급히 물었다. 공의는 알코올 솜으로 손을 닦으며

　"대단 섭섭한 말씀이지만……."

하고 주저주저하다가

"내 진찰이 틀리지 않는다면, 며칠을 못 넘기겠는걸요."

하고 고개를 떨어트린다.

"네? 그게 무슨 말씀입니까?"

여러 사람의 눈은 동시에 동그래졌다. 원재 어머니의 눈에는 벌써 눈물이 괴었다.

"각기가 심장까지 침범한 것만 해도 위중한데 원체 수술을 완전히 하지 못한 맹장염이 재발이 됐습니다. 염증이 대단하니 어디다가 손을 대야 헐지 모르겠는데요."

하고 입맛을 쩍쩍 다시다가

"왜 좀 더 일찌감치 서두르지를 못했나요?"

하고 눈살을 찌푸리며 알코올솜을 홱 내던진다.

"누가 이럴 줄 알았나요. 엊저녁까지 기동을 했었으니까…… 어떻게 다시 수술이라도 해봐주실 수 없을까요?"

학부형 중에서 한 사람이 나서며 물었다.

"지금은 수술도 못해요. 몸 전체가 몹시 허약하니까요."

하고는 가방을 들고 일어서며

"그래도 혹시 천행이나 바라려거든 큰 병원으로 데리고 가보시지요."

하고 마당으로 나간다. 원재 모자는 버선발로 쫓아나가서 공의의 소매를 붙잡으며

"아이구 이를 어쩌나. 참 정말 아무 도리가 없습니까? 네 네?"

"우리 선생님을 살려줍쇼! 어떻게든지 살려주고 가세요!"

하며 엎드려서 말 반 울음 반으로 애원을 한다.

"주사나 한 대 놔드리지요."

공의도 한숨을 쉬며 다시 들어가 캠플 한 대를 놓고 나왔다.

의사에게 사형 선고를 받은 줄도 모르는 영신은 주사 기운에 조금 의

식을 회복하였다.

"원재 어머니!"

손을 공중으로 내저으며 부르는 목소리는 모기 소리처럼 가늘다. 원재 어머니는 앓는 사람에게 눈물을 보이지 않으려고 한참이나 지게 문[260] 밖에 돌아서서 눈두덩을 부비다가 들어섰다.

"의사가 뭐래요?"

진찰을 받을 때는 몰랐다가 주사침이 따끔하고 살을 찔러야 의사가 온 줄은 알았던 모양이다.

"……"

"뭐라고 그래요?"

영신은 채우쳐 묻는다.

"……"

그래도 원재 어머니는 대답이 목구멍에서 나오지를 않았다.

"살지 못하겠다죠?"

영신은 입가에 미소를 띠며 목젖만 껄떡거리고 섰는 사람의 눈치를 살핀다.

"수술을 허면 낫는다고…… 그러고 갔어요."

그 말에 영신은 베개 너머로 머리를 떨어트리며

"아이구! 또 수술……."

하고 오장이 썩는 듯한 한숨을 내쉰다.

장로와 다른 교인들이 들어와 병원으로 가기를 번차례로 권하였다. 그러나 영신은

"싫어요, 싫어요. 난 청석골서 죽고 싶어요!"

하고 맥이 풀린 손을 내저으며 머리를 흔들었다.

2

병세는 시시각각으로 더해가는 한편이건만, 영신은 어머니에게도 편지를 못하게 하였다. 고통이 조금 덜해서 정신만 들면, 유리 틀에 끼워서 책상머리에 모셔논 어머니의 사진을 내려달래서, 멀거니 들여다보다가 눈물을 지으면서도 곁의 사람이

"오시든 못 오시든 사람의 도리가 그렇지 않으니 전보나 한 장 칩시다."

하고 저다지도 그리운 어머니를 마지막 뵙지 못하면 눈이 감기겠느냐는 뜻을 비치건만 영신은

"우리 어머니한테 마지막 가는 효도는……."

하고 한숨을 섞어

"……이 내 꼴을 뵈어드리지 않는 거야요!"

하고 제발 기별을 하지 말아달라고 두 번 세 번 간청을 하였다. 영신의 고집을 아는 원재 어머니는

"그럼 서울로나 통기를 합시다요."

하여도

"내 병을 고쳐줄 사람은 아무도 없어."

하고 머리를 흔들다가

"하나님이 나를 설마……."

하고 다시 살아날 자신이 있는 듯이, 가냘픈 미소를 띠어 보인다. 그러다가도 반듯이 누워 가슴 위에 합장을 하고 허옇게 바랜 입술을 떨면서

"주여! 나를 버리시나이까? 오오, 주여! 나를 버리시나이까?"

하고 연거푸 부른다. 그것은 예수가 십자가에 못 박히며 최후로 부르짖은 말이었다.

등잔불에 어룽지는 천장을 쳐다보는 그의 눈동자에는, 원한과 절망과 참을 수 없는 슬픈 빛이 어렸다. 닥쳐오는 죽음을 짐작하면서도, 인력으로 어길 수 없는 가장 엄숙한 사실인 줄 번연히 알면서도, 그 사실을 억지로 부인否認하려는 마음! 끝까지 신앙심을 잃지 않고, 그 대상자를 원망하지 않으면서도 기적이라도 나타내주기를 안타까이 기다리는 그 심정—.

창밖에서는 아이들이 추운 줄도 모르고 열 겹 스무 겹 선생의 방을 둘러싸고 땅바닥에 가 쪼그리고 앉아서 흐느껴 운다. 그 소리가 방 안에까지 들려서, 영신은 베개에서 조금 머리를 들며

"저게 무슨 소리요?"

하고 묻는다.

"……아마 바람 소린가봐요."

원재 어머니의 목소리는 문풍지와 함께 떨렸다. 영신이가 평시에 가장 귀여워하고 불쌍히 여기던 금분이는 이틀째나 밥을 안 먹고 잠도 안 자고 선생의 머리맡을 떠나지 않으며 시중을 든다. 가뜩이나 헐벗고 얻어먹지 못해서 파리한 몸이, 기신없이 쓰러졌다가도 바스락 소리만 나면 발딱 일어나

"선생님 왜 그러시유?"

하고 영신의 얼굴을 들여다본다. 앓는 사람과 간호하는 사람들이 나가 있으라고만 하면

"난 싫어, 난 싫어. 왜 날더러만 나가래."

하고 발버둥질을 치며 통곡을 내놓아서, 하는 수 없이 내버려두었다.

한편으로 교인들은 예배당에 모여서 밤늦도록 기도를 올린다.

"저희들을 창조하시고 길러주시는 아버지시여, 당신이 모처럼 이 땅에 내려보내신 귀한 따님을, 왜 어느새 부르려 하십니까? 이것이 과연

당신의 뜻이오니까? 그 누이는 이곳에 와서, 무식한 저희들을 위해 **뼈**가 깎이도록 일을 했습니다. 육신의 고통으로 말미암아 넘어지는 그 시각까지, 불쌍한 조선의 자녀들을 위해서 걱정했습니다. 자기의 손으로 지은 학원 하나를 붙잡으려고 온갖 고생을 참아왔습니다.

주여! 그는 청춘입니다. 열매도 맺어보지 못한 순결한 처녀입니다. 인생의 기쁨도 즐거움도 맛보지 못하고, 다—만 당신 한 분을 의지하고 동족을 사랑함으로써 그 귀중한 몸을 바쳤습니다.

주여! 오오 사랑이 충만하신 주여! 그에게 생명수를 뿌려주소서! 저희들의 천사인 채영신 누이를, 언제까지나 언제까지나 우리 청석골에서 떠나지 않도록 붙들어주시옵소서!

"아—멘"을 부르는 남녀 교인의 목소리는 일제히 울음으로 변하였다.

3

학부형들은 사십 리 오십 리 밖까지 가서, 고명하다는 한의를 데리고 왔다. 칠십도 넘어 보이는 노인을 가마에 태워가지고 온 성의에 감동이 되어서, 영신은

'저 늙은이가 뭘 알어.'

하면서도 맥을 짚어보라고 팔을 내밀었다. 그들이 집중하는 것은 다 각각이다. '화타華陀 편작扁鵲[261]이가 와도 오늘밤을 넘기지 못하리' 는 데는 의견이 일치하였다. 그래도 학부형들은 화제[262]를 내달라고 부득부득 졸라서 또다시 장거리로 약을 지으러 가는 것이었다.

오늘은 초저녁부터 영신의 숨소리가 더 거칠어졌다. 목구멍에서 가래가 끓는 소리까지, 그르렁그르렁 한다. 아랫도리는 여전히 감각을 잃고 있기 때문에 고통을 몰라도, 가슴이 답답해서 몹시 괴로워한다. 병

마가 사방으로부터 심장을 향하고 몰려들기를 시작한 모양이다.

그러나 이상스러이도 영신의 정신만은 그 말과 함께 똑똑하다.

"자꾸 울지들 말아요. 나도 안 우는데……."

하고 간호하는 부인네들을 둘러보기도 하고

"너희들은 어서 가 공부해. 응 어서!"

하고 상학 시간이 되면 저의 주위로 모여드는 아이들을 학원으로 올라가라고 손짓을 하였다. 그는 자기가 누운 동안 하루도 주야학을 쉬지 못하게 해왔다.

창밖은 별빛조차 무색한 그믐밤이다. 앞뜰과 뒷동산의 앙상한 삭정이를 휩쓰는 바람 소리만, 파도 소리처럼 쏴―쏴― 하고 지나간다. 떨어지다 남은 바싹 마른 오동잎사귀가, 창밖 툇마루에 버스럭하고 떨어지는 소리에, 영신은 고이 감았던 눈을 떴다. 사람의 발소리로 들렸는지

"문 열어요. 동혁 씨 왔나봐."

하고 잠꼬대하듯 헛소리를 하며 뒤꼍으로 통한 문으로 고개를 돌린다. 벌써 그 눈동자에는 안개가 뽀얗게 낀 것처럼, 정기가 없다.

"아이 그저 안 오네!"

영신은 한숨과 함께 원재 어머니 편으로 머리를 돌렸다. 무슨 생각이 번개같이 나는 듯

"저―기 저것 좀."

이번에는 머리맡에 놓인 책상 서랍을 입으로 가리킨다.

"어머니 사진요?"

원재 어머니는 책상 앞으로 갔다.

"아―니, 그이 편지……."

동혁의 편지를 받아 든 영신은 감옥에서 나온 봉함엽서의 획이 굵다란 먹글씨를 희미한 불빛에 내려보고 치보고 한다.

동혁이와 처음 만나던 때부터 경찰서에서 면회를 하던 때까지의 추억의 가지가지가 환등처럼 흐릿하게나마 주마등과 같이 눈앞을 지나가는 모양이다. 그는 조심스럽게 편지에 입을 맞추고 나서 어눌하나마 목소리를 높여

　"동혁 씨 난 먼저 가요! 한곡리하고 합병도 못해보고…… 그렇지만 난 행복해요. 등 뒤가 든든해요. 깨끗한 당신의 사랑만은 영원히 변하지 않을 테니까요. 그리고 끝까지 꿋꿋하게 싸우며 나가실 걸 믿으니까요."

하고 나서 숨을 가쁘게 들이쉬고 하더니.

　"동혁 씨! 조금도 슬퍼하진 마세요.

　당신 같으신 남자는 어떤 경우에든지 남에게 눈물을 보여선 못씁니다!"

하고는 몹시 흥분해서 헐떡이다가 원재 어머니를 보고

　"그이가 오거든요, 지금 한 말이나 전해주세요. 뭐랬는지 들었죠?"

하고 당부를 한다. 붓을 들 기력도 없는 그는, 말로나마 사랑하는 사람에게 몇 마디를 남긴 것이다.

　그리고는 가늘게 떨리는 손으로 가슴을 헤치더니, 그 편지를 속옷 속에 꼭 품고 저고리 앞섶을 여민다. 이제까지 그들은 사진 한 장 바꾸어 가진 것이 없었던 것이다.

　새로 두시― 세시―.

　간병하던 사람은 여러 날 눈도 붙여보지 못해서 꼬박꼬박 졸고 앉았고, 그다지 떨어지지 않으려던 금분이마저 기진맥진해서 선생의 발치에 쓰러져 잠이 깊이 들었다.

　태고의 삼림 속과 같이 적막한 방 안에 홀로 깨어 있는 것은 영신의 영혼뿐. 지새려는 봄 밤, 한곡리 앞바다에 뜬 새우잡이 배의 등불처럼,

의식이 깜박깜박하면서도 악박골 약물터 우거진 숲 속의 반딧불과 같이 반짝하다가 꺼지려는 저의 일생을 혼몽 중에 추억의 날개로 더듬어 보는 듯.

"꼬끼요—."

건넛마을에서 졸린 듯한 닭 우는 소리—.

뒤를 이어 안마당에서도 홰를 치며 우는 소리가 들린다.

그 소리에 영신은 반쯤 눈을 뜨더니 가까스로 손에 힘을 주어 원재 어머니의 치맛자락을 잡아당긴다.

"워 원재를 좀……."

4

원재는 눈을 부비며 황급히 들어왔다. 안방에 모였던 다른 청년들도 서넛이나 원재의 뒤를 따라 들어왔다. 남편의 임종을 한 경험이 있는 원재 어머니는, 이웃집에서 숯불을 피워놓고 약을 달이다가 이 구석 저 구석에 쓰러진 부인친목계의 회원들까지 깨워가지고 와서, 방 안은 그들로 가득 찼다.

청년들은 영신의 머리맡에 둘러앉았다. 여러 사람은 숨소리를 죽여, 방 안은 무덤 속같이 고요한데 영신은 할딱할딱 숨을 몰아쉬다가 원재의 손을 잡고 나머지 힘을 다 주며

"원재, 내가 가더래두……."

"우리 학원은 계속해요! 응, 청년들끼리……."

하고 여러 청년의 수심이 가득 찬 얼굴을 둘러보며 마지막 부탁을 한다.

원재는 무릎을 꿇고 다가앉아, 두 손으로 식어가는 영신의 손을 힘껏 잡으며

"선생님, 왜 그런 말씀을 하세요? 네 선생님!"

하고 목이 메었다가

"염려 마세요. 저희들이 무슨 짓을 해서든지 학원을 붙잡을게요. 죽는 날까지 해나갈게요!"

하고 굳은 결심을 보였다. 여러 해 동안이나 영신에게 지성껏 지도를 받아온 청년들의 눈에서는 굵다란 눈물방울이 뚝뚝 떨어진다.

"울지들 마라. 못난 사람이나 울지."

그 목소리는 간신히 알아들을 만해도, 아우를 달래는 친누이의 말처럼 정답고 은근하다.

영신은 치맛자락으로 얼굴을 가리고 소리를 죽이는 부인네들을 보고

"청석골 여러 형젤 두고…… 내가 어떻게 가우?"

하다가 그저 잠이 깊이 든 금분이를 가까이 안아다 눕히게 한 뒤에 발발 떨리는 손끝으로 앞머리를 쓰다듬어주며

"이것들을 어떡허나?"

하고 가늘게 가늘게 흐느낀다.

"걱정 마슈. 애 하난 내가 맡아 기를게."

울음반죽인 원재 어머니의 말에 영신은 고맙다는 듯이 머리를 끄덕이다가 다시금 깜박하고 정신을 잃었다. 호흡은 점점 가빠가는데 맥을 짚어보니 뚝뚝 하고 절맥이 된다.

그렇건만 영신은

"끄응"

하고 안간힘을 쓰며 턱밑까지 닥쳐온 죽음을 한 걸음 물리쳤다.

"나 날……."

하고 혀끝을 굴리지 못하다가

"학원 집이 뵈는 데다…… 무 묻어……."

하는데 인제는 말이 입 밖을 새지 못한다. 입에다 귀를 대고 듣던 원재 어머니는, 커다랗게 고개를 끄덕여 보였다.

영신은 또다시 기함을 했다가, 그래도 무엇이 미진한 듯이 헛손질을 하는데, 벽에 걸린 손풍금을 가리키는 것 같다. 원재는 냉큼 일어나 그 것을 떼어들었다. 그는 일상 영신의 것을 장난해보아서 곧잘 뜯을 줄 안다.

"찬미 하나 할까요?"

"……."

영신은 고개만 뵈는 듯 마는 듯 끄덕여 보인다.

원재는 눈을 감고 생각하다가

날빛보다 더 밝은 천당
믿는 것으로 멀리 뵈네.

를 고요히 뜯기 시작하는데, 영신은 그것이 아니라는 듯이 머리를 흔든 다. 원재가 손을 멈추고

"그럼 무슨 곡조를 할까요?"

하고 귀를 기울이니까 영신은

"사 사 삼천리……."

하고 자유를 잃은 입술을 힘껏 움직인다.

손풍금 소리와 함께 청년들은 일제히 입을 열었다.

삼천리 반도 금수강산
하나님 주신 내 동산
이 동산에 할 일 많아
사방에 일꾼을 부르네

청년들의 목소리가 전처럼 우렁차지 못함인 듯, 영신은 눈살을 찌푸린다. 그 눈치를 살핀 원재가 입술로 눈물을 빨며

일하러 가세. 일하러 가!

하고 목청을 높여 후렴을 부를 때 영신은 열병 환자처럼 몸을 벌떡 일으켰다. 여러 아이들 앞에서 그 노래를 지휘할 때처럼 팔을 내젓는 시늉을 하다가

"억!"

소리와 함께 고개를 젖히고는 뒤로 덜컥 넘어졌다.

기름이 졸아붙은 등잔불이 시름없이 꺼지자, 뿌유스름한 아침 햇빛은 동창을 물들이기 시작하였다.

5

청석골은 온통 슬픈 구름에 싸였다. 학부형과 청년과 학생들은 말할 것도 없거니와, 친목계의 회원들은 영신의 수시를 거두고 수의를 지어 입혀 입관까지 자기네 손으로 하고 그 관을 둘러싸고 잠시도 떠나지를 않는다.

부모의 상사를 당한 것만큼이나 섧게들 울며 밤낮을 계속하는데, 그중에도 금분이는 사흘씩이나 절곡을 하고 고 참새 같은 가슴을 쥐어짜며 울다가, 지금은 선생이 입던 헌 재킷을 끌어안은 채, 관머리에 지쳐 늘어졌다.

명복을 비는 기도와 찬미 소리는, 만수향의 연기와 같이 끊길 사이가 없고, 수십 리 밖에서까지 일부러 조상을 하러 온 조객들도 적지 않은

데, 영신이와 처음 역사를 시작하던 목수는, 친누이나 궂긴[263] 것처럼,
제 손으로 세워논 학원의 기둥을 붙안고 소리를 죽여 울면서

"관이나 내 손으로 짰으면……."

하고 여간 섭섭해하지를 않았다. 군청과 면사무소에서도 조상을 나왔
는데 영신의 일동일정을 감시하고 말썽을 부리던 주재소 주임까지 나
와서 관머리에서 모자를 벗었다.

빈소 방에는 어느 틈에 책상 하나만 남기고 영신이가 쓰던 물건이라
고는 불한당이 쳐간 듯이 하나도 남지 않았다. 영신의 손때가 묻은 손
풍금은 원재가 가져가고 바람 차고 눈 뿌리는 밤이면 저를 품어주던 재
킷은 금분의 차지인데 부인네들은 요, 이불, 베개, 하다못해 구두, 고무
신까지 다투어가며 짝짝이로 치맛자락에 싸가지고 갔다. 그만 물건이
탐이 난 것이 아니라

"우리 선생님 보듯이 두고두고 볼 테다."

하고 서로 **빼앗기**까지 한 것이었다.

그러나 장사를 지낼 날짜 때문에 의논이 분분하였다. 고인의 유언대
로 청석학원이 마주 내려다보이는 언덕 위에 묏자리를 잡았는데(공동
묘지의 구역 밖이건만 면소에서 묵인을 해주었다), 서울서 급보를 접하
고 내려온 백현경은, 감옥에 있는 사람이 부고를 받더라도 때맞춰 나올
리가 만무하다고, 삼일장으로 지내기를 주장하고, 원재 어머니와 회원
들은

"우리 한 이틀만 더 기다려봅시다. 그래도 어머니나 박씨가 혹시 올
지 누가 알아요? 장사 지내기가 뭐 그렇게 급해요?"

하고 오일장으로 지내자고 우겼다. 작고한 사람의 친척이나 애인을 기
다린다느니보다도, 영신의 시체나마 하루라도 더 자기 집에 두고 싶었
던 것이다. 어머니에게는 물론 당일로 전보를 쳤건만, 외딸을 그리다

못해 먼저 자진을 했는지, 회답조차 없었다.

그러자 사흘 되는 날 아침에 뜻밖으로 동혁의 편지가 왔다. 백씨는 수신인이 없는 편지를 황급히 뜯었다.

지금 놓여나오는 길입니다. 형무소로 부치신 편지는 두 장 다 오늘에야 받아보았는데, 이번에는 각기로 고생을 하시다가 돌아오셨다니, 놀랍고 염려가 됩니다. 다시 또 학원의 일을 보시든지 하였다가는 참 정말 큰일 납니다.

바로 그리로 가려고 했으나, 동화는 멀리 만주로 뛴 듯한데, 어머니가 애절하시던 끝에 병환이 대단하시대서 집으로 직행합니다. 가보아서 조금만 감세[264]가 계시면 백사를 제치고 갈 터이니, 전처럼 먼 길에 마중은 나오지 마십시오. 흉중에 첩첩이 쌓인 말씀은 반가이 얼굴을 대해서 실컷 하십시오.

당신의 박동혁

일부인日附印[265]을 보니, 사흘 전의 날짜가 찍혀 있지 않은가.

"아이고 이를 어쩌나. 이리로 바로 왔다면 마지막 얼굴이나 대했을걸."

하고 백씨는 즉시 특사 배달로 한곡리에 전보를 치도록 하였다.

6

전보를 받은 동혁은

"응? 이게!"

하고 외마디소리를 질렀다. 심장의 고동이 덜컥 그치고 온몸을 돌던 피가 머리 위로 와짝 거꾸로 흐른 듯 아뜩해서 대문 기둥을 짚었다. 하늘은 샛노란데 그네를 뛰면서 내려다보는 것처럼 땅바닥이 움푹 꺼졌다 불쑥 솟아올랐다 한다. 억지로 버티고 선 두 다리에 맥이 풀려서 앞으로 고꾸라질 것만 같아서 그는 문지방에 가 털썩 주저앉았다.

극도에 이르는 놀라움과 흥분을 억지로 눌러서 가라앉히기는 참으로 힘든 노릇이었다. 돌멩이나 깨무는 것처럼 아래윗니를 악물고 두 번 세 번 전보지를 들여다보는 동혁의 입에서는

"꿈이다! 거짓말이다!"

하고 다시 한 번 부르짖어졌다.

······그날 저녁 동혁은 거의 실신이 된 사람처럼 병들어 누운 어머니에게는 알리지도 않고 청석골을 향하여 길을 떠났다. 발길을 내딛기는 하면서도, 다리는 기계적으로 움직일 뿐이요, 제정신으로 걷는 것 같지는 않았다. 평소에는 너무 무뚝뚝하리만큼 건전하던 동혁의 심리상태가, 이처럼 어지러운 것을 경험하기는 생후 처음이라, 다만 커다란 몸뚱이를 화물처럼 배에다 실리고, 자동차에다 붙였을 따름이었다.

청석골의 산천이 가까워올 때까지 동혁은, 영신의 죽음을 억지로 부인하려고 저의 마음과 다투었다. 이적異蹟이나 나타나기를 빌고 바라는 미신 비슷한 생각에 잠겨보기도 또한 이번이 처음이다.

······승합자동차는 정류장에 와 닿았다. 영신이가 손수건을 흔들며 달려오는 환영이 눈앞을 어른거리다가, 원재가 홀로 나와 서서 저를 보고는 머리를 푹 수그리는 현실로 변할 때, 혹시나 하고 이적을 바라던 동혁의 공상조차 조각조각 깨어졌다.

병원에서 같이 영신을 간호할 때에 정이 든 원재는, 동혁에게 손을 잡히자 말 대신 눈물이 앞을 가렸다. 동혁은 입술을 꽉 깨물고 원재의 뒤를 따라 묵묵히 논틀밭틀을 걸었다. 이제 와서 동혁의 다만 한 가지 소원은 온 세상에 둘도 없이 사랑하던 사람의, 길이길이 잠이 든 그 얼굴이나마 한 번 보고 싶은 것뿐이었다.

"입관은 했나?"

비로소 동혁의 말문이 열렸다.

"벌써 했어요."

이 한 마디는 그의 마지막 소망까지 끊어버렸다. 동혁은 커다란 조약돌을 발길로 탁 걷어차고 하늘을 원망스럽게 흘겨보다가 다시 걷는다.

원재는 그제야 띄엄띄엄 울음을 섞어가며 그동안의 경과를 이야기한다. 영신이가 운명하기 전에, 저의 어머니를 통해서 전해달라던 유언과, 감옥에서 나온 편지를 가슴속에 품고 갔다는 것이며 벌써 해가 기울어가니까 집에서는 발인을 해서, 학원에서 영결식을 할 터이니, 그리로 바로 가자고 한다. 동혁은

"음, 음."

하고 조금씩 고개를 끄덕여 보이다가 그 유언을 다시 원재의 입에서 들을 때는, 발을 멈추고 우뚝 서서 팔짱을 끼고 한참이나 눈을 딱 감고 있었다.

동혁은 학원 마당에 허옇게 모여선 조객들의 주목을 받으며 현관 앞에 세워논

우리의 天使 蔡永信之柩(천사 채영신지구)

라고 흰 글씨로 쓴 붉은 명정 앞까지 와서, 모자를 벗었다. 여러 달 동안 면도도 못해서 수염과 구레나룻이 시꺼멓게 났고, 그 검붉던 얼굴이 누르퉁퉁하게 부어서 문간만 내다보고 있던 원재 어머니는, 동혁을 얼른 알아보지 못하다가

"아이고 인제 오세요?!"

하고 나와 반긴다. 그는 입술을 떨면서

"채선생 저기 계세요!"

하고 교단 위에 검정 보를 덮고 가로누운 영구靈柩를 가리킨다. 영결식도 끝이 나서 마지막 기도를 올리느라고 남녀 교인들과 아이들은 관 앞에 엎드려 흐느껴 우는 판이었다.

동혁은 눈 한 번 끔벅이지 않고 관을 바라보며 대여섯 간통이나 걸어 들어온다. 관머리까지 와서는 꺼먼 장방형의 나무궤짝을 뚫어질 듯이 들여다보는 그의 두 눈! 얼굴의 근육은 경련을 일으킨 듯이 실룩거리기 시작한다. 어깨가 떨리고 이어서 온몸이 와들와들 떨리더니 그 눈에서 참고 깨물었던 눈물이 터져 내린다. 무쇠를 녹이는 듯한 뜨거운 눈물이 구곡간장266으로부터 끓어오르는 것이다.

"여, 여, 영신 씨!"

그는 무릎을 금세 꺾어진 것처럼 꿇으며 관머리를 얼싸안는다.

그 광경을 보자, 식장 안에서는 다시금— 흑흑 흐느끼는 소리가 여기저기서 들렸다.

최후의 한 사람

1

동혁은 관 모서리에 얼굴을 부비며 연거푸 사랑하는 사람의 이름을 불렀다.

"영신 씨, 영신 씨! 내가 왔소. 여기 동혁이가 왔소!"
하고 목이 메어 부르나 대답은 있을 리 없는데, 눈물에 어리운 탓일까, 관 뚜껑이 소리 없이 열리며 면사포와 같은 하얀 수의를 입은 영신이가, 미소를 띠며 부스스 일어나 팔을 벌리는 것 같다.

이러한 환각에 사로잡히는 찰나에, 동혁은 당장에 뛰어나가서 도끼라도 들고 들어와 관을 뼈개고, 시체를 끌어안고 싶은 충동을 받았다. 그는 가슴 벅차게 용솟음치는 과격한 감정을 발뒤꿈치로 누룩을 디디듯이 이지理智의 힘으로 꽉꽉 밟았다. 어찌나 원통하고 모든 일이 뉘우쳐지는지, 땅바닥을 땅땅 치며 몸부림을 하여도 시원치 않을 것 같건만, 여러 사람 앞에서 그다지 수통스러이[267] 굴 수도 없었다. 다만 한마디

"왜 당신은 다른 여자들처럼 일하는 것밖에 허영심이 없었더란 말요?!"

하고 꾸짖듯 하고는, 한참이나 엎드려 떨리는 가슴을 진정하다가

'영신 씨 같은 여자도 이런 자리에서 남에게 눈물을 보이나요?'

라고 경찰서에서 마지막 만났을 때에, 제 입으로 한 말이 문득 생각이

나서, 소매로 눈두덩을 부비고 벌떡 일어섰다. 그는 다시 관머리를 짚

고 기도를 올리는 것처럼 침묵하다가, 바로 영신의 귀에다 대고 말을

하듯이, 머리맡을 조금씩 흔들면서

"영신 씨! 안심하세요. 나는 이렇게 꿋꿋하게 살아 있소이다. 내가

죽는 날까지 당신이 못다 하고 간 일까지 두 몫을 하리다!"

하고 새로운 결심과 영결의 인사를 겹쳐 한 뒤에 여러 사람과 함께 관

머리를 들고 앞서 나와서 조심스럽게 상여에 옮겼다.

영신의 육신은 영원한 안식처를 향하여 떠나려 한다.

동혁의 기념품인 학원의 종을 아침저녁으로 치던 사람의 상여머리에

서, 요령 소리가 땡그랑땡그랑 울린다. 상여는 청년들이 멨는데, 수백

명이나 되는 아이들과 부인네들과 동민이 가득 들어선 속에서 다시금

울음소리가 일어났다. 아이들은 장강목[268]에 조롱조롱 매달려 제 힘껏

버티어서, 상여도 차마 못 떠나겠는 듯이 뒷걸음을 친다.

앞채[269]를 꼬나주던 동혁은 엄숙한 얼굴로 여러 사람의 앞으로 나

섰다.

"여러분!"

조상 온 사람 전체를 향해서 외치는 목소리는 여전히 우렁차다.

"여러분! 이 채영신양은 연약한 여자의 몸으로 농촌의 개발과 무산

아동의 교육을 위해서 너무나 과도히 일을 하다가, 둘도 없는 생명을

바쳤습니다. 완전히 희생했습니다. 즉 오늘 이 마당에 모인 여러분을

위해서 죽은 것입니다."

하고 한층 더 언성을 높여

"지금 여러분에게 바친 채양의 육체는, 흙보탬을 하려고 떠나갑니다. 그러나 이분이 끼쳐준 위대한 정신은, 여러분의 머릿속에 살아 있을 것입니다. 저 아이들의 조그만 골수에도 그 정신이 박혔을 겝니다."

하고는 손길을 마주 모으고 서고 혹은 머리를 떨어트리고 듣는 여러 청중들 앞으로 한 걸음 더 나서며

"그러나 여러분 조금도 서러워하지 마십시요. 이 채선생은 결단코 죽지 않았습니다. 살과 뼈는 썩을지언정 조 가엾은 아이들과 가난한 동족을 위해서 흘린 피는 벌써 여러분의 혈관 속에 섞였습니다. 지금 이 사람의 가슴속에서도 그 뜨거운 피가 끓고 있습니다!"

하고 주먹으로 제 가슴 한복판을 친다. 여러 사람의 머리 위로는 감격의 물결이 사리[270] 때의 조수와 같이 밀리는 듯. 서울서 온 백현경은 몇 번이나 안경을 벗어서 저고리 고름으로 닦았다.

동혁은 목소리를 낮추어

"사사로운 말씀은 하지 않겠습니다마는, 나는 이 청석골에서 사랑하던 사람의 사업을 당분간이라도 계속하고 싶습니다. 만일 여러분이 이 변변치 못한 사람이나마 소용이 되신다면 모든 것을 버리고 이 길을 밟는 것이 나 개인에게도 가장 기쁜 의무일 줄로 생각합니다."

말이 끝나자, 청년들은 상여를 메고 선 채, 박수를 하였다.

2

장사가 끝난 뒤에 백현경과 장래 일을 의논하며 산에서 내려왔던 동혁은 황혼에 몸을 숨기고 홀로 영신의 무덤으로 올라갔다.

이른 봄 산기슭으로 스며드는 저녁 바람은 소름이 끼칠 만큼 쌀쌀하다. 그러나 그는 추운 줄을 몰랐다. 머리 위에서 새파란 광채를 흘리며

반짝거리는 외딴 별 하나를 우러러보고 섰으니까 극도의 슬픔과 원한에 사무쳤던 동혁의 머리는 차츰차츰 식어가는 것 같다. 마음이 가라앉는 대로 사람의 생명의 하염없음과 인생의 무상함을 새삼스러이 느꼈다.

"그만 죽을 걸, 그다지도 애를 썼구나!"

하니 세상만사가 다 허무하고, 무덤 앞에 앉은 저 자신도 판결을 받은 죄수처럼 언제 어느 때 죽음의 사자에게 덜미를 잡혀갈는지? 제 입으로 숨 쉬는 소리를 제 귀로 들으면서도 도무지 살아 있는 것 같지 않다.

"수수께끼다! 왜 무엇 하러 뒤를 이어 낳고 뒤를 이어 죽고 하는지 모르는 인생! 요컨대 영원히 풀어볼 수 없는 수수께끼에 지나지 못한다."

내가 이 채영신이란 여자와 인연을 맺었던 것도 결국은 한바탕 꾸어 버린 악몽이다. 이제 와서 남은 것은 깨어진 꿈의 한 조각이 아니고 무엇이냐.

될 수 있는 대로 인생을 명랑하게 보려고 노력하여오던 동혁이건만 너무도 뜻밖에 사랑하는 사람의 죽음을 눈앞에 보고는 회의와 일종 염세의 회색 구름에 온몸이 에워싸이는 것이다.

'별은 왜 저렇게 무엇이 반가워서 반짝거리느냐. 뻐꾹새는 무엇이 서러워서 밤 깊도록 저렇게 청승맞게 우느냐. 영신은 왜 무엇 하러 났다 죽었고 나는 왜 무엇 하러 이 무덤 앞에 올빼미처럼 눈을 깜박거리며 쭈그리고 앉았느냐. 생각하면 생각할수록 그 까닭을 알 수 없었다. 순환소수 循環小數와 같이 쪼개보지 못하는 채 사사오입四捨五入을 하는 것이 인생 문제일까? 쳇바퀴를 돌리는 다람쥐 모양으로 까닭도 모르고 또한 아무 필요도 없이 제자리에서 맴을 돌며 허우적거리는 것이 인생의 길일까?

오직 먹기를 위해서 씨를 퍼트리기 위해서 땀을 흘리고 피를 흘리고, 서로 헐뜯고 싸우고 잡어먹지를 못해서 앙앙거리고 발버둥질을 치다가 한 삼태기의 흙을 뒤집어쓰는 것이 인생의 본연한 자태일까.'

동혁의 머릿속은 천 갈래로 찢기고 만 갈래로 얽혀서 갈피를 잡을 수가 없다.

그는 가슴이 무엇에 짓눌리는 것처럼 답답해서, 벌떡 일어났다. 팔짱을 끼고 제절[271] 앞을 왔다 갔다 하다가 봉분의 주위를 돌았다. 열 바퀴를 돌고 스무 바퀴를 돌았다. 그러다가 무덤을 베개 삼고 쓰러지며 하늘을 쳐다본다. 별은 그 수가 부쩍 늘었다. 북두칠성은 금강석을 부수어서 끼얹은 듯이 찬란히 빛나고 있다. 그중에도 큰 별 몇 개는 땅 위의 인간들을 비웃는 듯이 눈웃음을 치는 것 같다. 동혁은 그 별을 향해서 침이라도 탁 뱉고 싶었다.

그러다가 그는 생각을 홱 뒤집었다.

'그렇다. 인생 문제는 그 자체인 인생의 머리로 해결을 짓지 못한다. 인류의 역사가 있은 후 수많은 철학자와 사상가와 예술가가, 머리를 썩이다가 해결의 실마리도 잡아보지 못한 문제다. 그것을 손쉽게 풀어보려고 덤비는 것처럼, 망령된 짓이다.'

하고는 단념을 해버린 뒤에

'그렇지만 채영신이가 죽은 것과 같이, 박동혁이가 살아 있는 것도 사실이다. 정신병자가 아닌 다음에야 누구나 부인할 수 없는 엄연한 현실이다. 그러니 우리가 생명이 있는 동안은 값이 있게 살아보자! 산 보람이 있게 살아보자! 구차하게 살려는 것도 어리석은 일이지만, 이미 타고난 목숨을 제 손으로 끊어버리는 것도 또한 어리석은 일이다.'

하고 영신이가 반은 자살을 한 것처럼 생각도 하여본다.

"일을 하자! 이 영신이와 같이 죽는 날까지 일을 하자! 인생의 고독함과 고민을 잊어버리기 위해서라도, 일을 해야만 한다. 사랑하던 사람이 하던 사업을 뒤를 이을 사람은 나밖에 없다. 울어주고 서러워해주는 것보다 내가 청석골로 와서 자기가 끼친 사업을 계속해준다면 그의 혼백이라도 오죽이나 기뻐할까. 든든히 여길까. '일에 바쁜 꿀벌은 슬퍼할 겨를도 없다' 는 격언이 있지 않은가."

하고 몇 번이나 생각을 뒤집다가

'그럼, 우리 한곡리는 어떡하나? 흐트러진 진영陣營을 수습할 사람도 없는데……'

동혁은 다시금 방황하지 않을 수 없었다.

3

동혁은 앞으로 해나갈 일을 궁리하기보다도, 우선 저의 신변이 몹시 외로운 것을 느꼈다. 애인의 무덤을 홀로 앉아 지키는 밤, 그 밤도 깊어가서 저의 숨소리조차 듣기에 무서우리만큼이나 온누리는 괴괴한데, 추위와 함께 등허리에 오싹오싹 소름이 끼치게 하는 것은 형용할 수 없는 고독감이었다.

처음부터 서로 믿고 손이 맞아서 일을 하여오던 동지에게 배반을 당하고, 부모의 골육을 나눈 단지 한 사람인 친동생은, 만리타국으로 망명한 후 생사를 알 길 없는데, 목숨이 끊어지는 날까지 저의 반려伴侶를 삼아, 한 쌍의 수리와 같이 이 세상과 용감히 싸워 나가려던 사랑하던 사람조차 죽음으로써 영원히 이별한 동혁은 외로웠다. 무변대해에서 키를 잃은 쪽배와도 같고, 수백 길이나 되는 절벽 아래서 격랑에 부딪치는 불 꺼진 등대만큼이나 외로웠다. 무한히 외로웠다.

그러나 한참 만에 동혁은 무거운 짐이나 부린 모군꾼처럼

"휘유―."

하고 한숨을 길게 내쉬었다. 다시 마음을 돌이켜보니 저의 일신이 홀가분한 것도 같았던 것이다.

'채영신만 한 여자를 두 번 다시 만나지 못할진댄 차라리 한평생 독신으로 지내리라. 아무데도 얽매이지 않는 몸을 오로지 농촌사업에다만 바치리라.'

하고 일어서서도 차마 무덤 앞을 떠나지 못하는데 멀리 눈 아래에서 등불이 올라오는 것이 보였다. 원재와 다른 청년들이 동혁을 찾아 돌아다니다가 혹시 산소에나 있나 하고 떼를 지어 올라오는 것이었다.

동혁은 잠자코 청년들의 뒤를 따라 내려왔다. 장로의 집에 잠시 들러 곤해서 쓰러진 백현경을 일으키고 몇 마디 앞일을 의논해보았다. 백씨는 여전히 값비싼 화장품 냄새를 풍기며 종아리가 하얗게 내비치는 비단 양말을 신은 것이 불쾌해서 동혁은 될 수 있는 대로 외면을 하고 그의 의견을 들었다.

"여기 일은 우리 연합회 농촌사업에서 시작한 게니까 속히 후임자를 한 사람 내려보내서 사업을 계속하기로 작정했어요. 영신이만 할 수야 없겠지만 나이도 지긋하고 퍽 진실한 여자가 한 사람 있으니까요."

하는 것이 그의 대답이다. 동혁은 더 묻지 않았다. 부탁 비슷한 말도 하기 싫어서

"그럼 나도 안심하겠소이다."

하고 원재네 집으로 내려왔다. 영결식장에서 여러 사람 앞에 선언한 대로 당분간이라도 청석골에 머물러 있어, 뒷일을 제 손으로 수습해주고 싶은 생각은 간절하였다. 그러나 이미 후임자까지 내정이 되고 진실한 사람이 온다는데 부득부득 "나를 여기 있게 해주시오" 할 수도 없는 형편이었다.

영신이가 거처하던 원재네 집 텅 빈 건넌방에서 하룻밤을 드새자니 동혁은 참으로 무량한 감개에 몸 둘 바가 없었다. 앉았다 누웠다 엎치락뒤치락하다가

'세상 모르도록 술이나 취해봤으면……'

하고 난생 처음으로 술 생각까지 해보는데 원재가 저의 이부자리를 안고 건너왔다.

두 사람은 형제와 같이 나란히 누워서 불을 끈 뒤에도 두런두런 이야기를 하였다. 동혁은

"나는 새로 온다는 여자보다도 원재를 믿고 가네. 나도 틈이 있는 대로 와서 보살펴주겠지만, 조금도 낙심 말구 일을 해주게!"

하고 신신당부를 하였다. 원재도

"채선생님 영혼이 우리들한테 붙어 댕기시는 것 같아서, 일을 안 할래야 안 할 수가 없겠에요."

하고 끝까지 잘 지도를 해달라는 말에, 동혁은 이불 속에서 나 어린²⁷² 동지의 손을 더듬어 꽉 쥐어주었다.

닭은 두 홰를 울고 세 홰를 울었다. 그래도 동혁은 이 방에서 마지막 숨을 거두던 사람과 지내오던 일이, 너무나 또렷또렷이 눈앞에 나타나서, 머리만 지끈지끈 아프고 잠은 아니 왔다.

그러다가 어렴풋이 감기는 눈앞에서 이러한 글발이 나타났다. 청석학원 낙성식 때에 식장 맞은편 벽에, 영신이가 써 붙였던 '슬로건' 같은 글발이 비문처럼 천장에 옴폭옴폭하게 새겨지는 것이었다.

'과거를 돌려다보고 슬퍼하지 마라. 그 시절은 결단코 돌아오지 아니할지니, 오직 현재를 의지하라. 그리하여 억세게, 사나이답게 미래를 맞으라.'

4

이튿날 아침 동혁은 산소로 올라가

"당신이 못다 한 일과 두 몫을 하겠다."

고 맹세한 것을, 이제로부터 실행하겠다는 말을 다시 한 번 자신 있게 한 뒤에, 홱 돌아서서 그 길로 내처 걸어 한곡리로 향하였다. 그러나 시꺼먼 눈썹이 숱하게 난 그의 양미간은, 생목生木이 도끼에 찍힌 그 흠집처럼 찌푸려졌다. 아마 그 주름살만은 한평생 펴지지 못하리라.

어머니의 병이 염려는 되었으나 그는 바로 집으로 들어가기가 싫어서 역로에 몇 군데 모범촌이라고 소문난 마을을 들렀다.

어느 곳에서는 농업학교를 졸업하고 돌아온 학생이 오막살이 한 채를 빌려가지고, 혼자서 야학을 시작한 곳이 있고 어떤 마을에서는 제법 크게 차리고 여러 해 동안 한글과 여러 가지 과정을 강습해 내려오다가, 당국과 말썽이 생겨 강습소 인가認可를 취소당하고 구석구석이 도적글을 가르치는 것을 보았다. 한곡리서 오십 리쯤 되는 장거리에서 멀지 않은 촌에서는, 청년이 서너 명이나 보수 한 푼 받지 않고 삼 년 동안 주야학을 겸해서 하는 곳이 있는데, 그들은 겨우내 두루마기도 못 얻어 입고 동저고리 바람으로 손끝을 호호 불어가며 교편을 잡는 것을 볼 때,

'우리는 편하게 지냈구나.'

하는 감상이 들었다. 그는 그러한 지도분자들과 굳게 악수를 하고 하룻밤씩 같이 자면서 의견을 교환하고 새로운 방침을 토론도 하였다. 어느 곳에를 가나

"지금 우리의 형편으로는 계몽적인 문화운동도 해야 하지만 무슨 일에든지 토대가 되는 경제운동이 더욱 시급하다."는 것을 역설하고 저의 경험을 이야기하였다.

그러는 동시에 그는

'이제부터 한곡리에만 들어앉았을 게 아니라 다시 일에 기초가 잡히기만 하면 전 조선의 방방곡곡으로 돌아다니며 널리 듣고 보기도 하고

또는 내 주의와 주장을 세워보리라. 그네들과 긴밀한 연락을 취해서 같은 정신과 계획 아래에서 농촌운동을 통일시키도록 힘써보리라.'
하니 어느 구석에선지 새로운 기운이 솟아오르는 것을 느꼈다.

남들이 그러한 고생을 달게 받으며 굽히지 않고 일을 하는 것을 실지로 보니 동혁은 한곡리서 처음으로 일을 시작할 때의 생각이 바로 어제인 듯이 났다. 동시에 옛날의 동지가 불현듯이 보고 싶었다. 일체의 과거를 파묻어버리고 새로운 길을 개척해 나가려는 생각이 굳을수록 동지들의 얼굴이 몹시도 그리워졌다.

"건배를 찾아가보자."

지난날의 경우는 어찌되었든, 맨 먼저 생각나는 것이 건배였다. 보고만 싶은 게 아니라 제가 감옥에 있는 동안 박봉생활을 하는 사람이 두 번이나 적지않은 돈을 부쳐준 치사도 할 겸 그가 일을 보는 군청으로 찾아갔다.

그러나 건배는 군청에도 거기서 멀지 않은 사글세로 들어 있는 그의 집에도 없었다. 건배의 아내와 아이들이 반겼으나

"엊저녁에 한곡리까지 다녀올 일이 있다고 자전거를 타고 가서 여태 안 들어왔어요."
하는 것이 그의 대답이었다.

'무슨 일일까? 나를 찾아가지나 않았나.'
하고 동혁은 일어서는데 안주인이 한사코 붙들어서 더운 점심을 대접받으며 지내는 형편을 들었다.

"노루 꼬리만 한 월급에, 그나마 반은 술값으로 나가서 어렵긴 매일반이에요. 일구월심에 다시 한곡리로 가서 살 생각만 나요. 굶어도 제 고장에서 굶는 게 맘이나 편하죠."
하고 당장에 따라 일어서고 싶은 눈치였다. 그러나 동혁은 그와 의형제

까지 한 사이를 알면서도 영신의 죽음은 짐짓 말하지 않았다. 그가 영신의 소식을 묻고 혼인 때는 꼭 청해달라는 부탁을 받을 때

"아무렴 청하고 말고요."

하고 쓰디쓴 웃음을 웃어 보였다.

 ……한곡리가 십 리쯤 남은 주막 근처까지 왔을 때였다. 자전거를 끌고 고개를 넘는 양복쟁이와 마주치자, 동혁은

"여— 건배군 아닌가?"

하고 손을 들었다.

5

"요— 동혁이!"

키다리 건배는 자전거를 내던지고 달려들어 동혁의 어깨를 끌어안는다. 피차에 눈두덩이 뜨끈해졌다.

"이게 얼마 만인가?"

"어디로 해오는 길인가?"

동시에 묻고는 함께 대답이 없다.

"아무튼 저 집으로 좀 들어가세."

건배는 동혁을 끌고 주막으로 들어갔다.

"아 신문에까지 났데만 영신 씨가…… 온 그런……."

건배는 대뜸 그 말을 끄집어내어 말끝을 맺지 못한다. 동혁은 손을 들며

"우리 그 사람의 말은 입 밖에도 내지 마세. 제—발 그래주게!"

하고 친구의 입을 막았다. 건배는 머리를 떨어트리고 있다가 한숨 섞어

"그렇지 남자한테는 사랑이 그 생활의 전부가 아니니까……. 하지만

어디 그이하고야 단순한 연애뿐이었었나? 참 정말 아까운……." 하는데

"글쎄 이 사람, 고만둬!"

하고 동혁은 성을 더럭 냈다.

두 친구는 말머리를 돌렸다. 둘이 서로 집을 찾아갔더라는 것과, 그 동안에 적조[273]했던 이야기를 대강 하는데 청하지도 않은 술상이 들어왔다. 건배는

"나 오늘은 술 안 먹겠네."

하고 막걸리 보시기를 폭삭 엎어놓더니 각반 친 다리만 문지르며 말 꺼내기를 주저하다가

"자네, 한곡리서 변사가 생긴 줄은 모르지?"

한다.

"무슨 변사?"

동혁의 눈은 둥그레졌다.

"그저께 강기천이가 죽었네."

"뭐? 누가 죽어?"

동혁은 거짓말을 듣는 것 같았다.

"사실은 강기천이 조상을 갔다 오는 길일세."

하고 건배는 듣고 본 대로 놀라운 소식을 전한다. 기천이는 연전부터 주막 갈보에게 올린 매독을, 체면상 드러내놓고 치료를 못하다가, 술 때문에 갑자기 더쳐서 쩔쩔매던 중, 그 병에는 수은을 피우면 특효가 있다는 말을 곧이듣고, 비밀히 구해다가 서너 돈 중씩이나 콧구멍에다 피우다가 고만 중독이 되어서, 온몸이 시퍼래가지고 저 혼자 팔팔 뛰다가, 방구석에 머리를 틀어박고는 이빨만 빠드득빠드득 갈다가 뻐드러졌다는 것이었다. 동혁은

"흥, 저도 고만 살걸."

364

하고 젓가락도 들지 않은 술상을 들여다보며 아무런 감상도 더 입 밖에
내지를 않았다.

건배는 '마코'를 꺼내 붙이며

"가보니 아주 난가데 난가야. 한데, 형이 죽은 지도 모르는 '건살포'
는 서울서 웬 단발한 계집을 데리고 왔네그려. 마침 쫓겨갔던 본처가
시아주범 통부[274]를 받고 왔다가 외동서끼리 마주쳐서, 송장을 뻗쳐놓
고 대판으로 쌈이 벌어졌는데, 참 정말 구경할 만하데."

하고 여전히 손짓을 해가며 수다를 늘어놓는다. 동혁은 고개만 끄덕이
며 듣다가

"망할 건 진작 망해야지."

할 뿐이었다. 그러다가 한참 만에

"그런데 자넨……."

하고 건배의 얼굴을 유심히 쳐다보다가

"그 노릇을 오래 할 텐가?"

하고 묻는다. 건배는 그런 말 꺼내기를 기다렸다는 듯이

"고만 집어치우겠네. 이 연도 말까지만 다니고 먹거나 굶거나 한곡
리로 다시 가겠네. 되려 빚만 더끔더끔[275] 지게 돼서 고만둔다는 게 아
니라, 아니꼽고 눈꼴틀리는 거 많아서 고만 넌덜머리가 났네."

하고 담배 연기를 한숨 섞어 내뿜으며

"월급 푼에 목을 매다느니보다는, 정든 내 고장에서 동리 사람이나
아이들의 종노릇을 하는 게, 얼마나 맘 편하고 사는 보람이 있는 걸 인
제야 절실히 깨달았네."

하고 진정을 토한다. 그 말에 동혁은 벌떡 일어서며

"자— 그럼 우리 일터에서 다시 만나세! 나는 지금 자네가 한 말을 다
시 한 번 믿겠네."

하고 맨 처음, 일을 시작했을 때처럼 굳게굳게 건배의 손을 쥐었다.

"염려 말게. 자넬랑은 벌판의 모래보다는 한 줌의 소금이 되어주게!"

건배도 잡힌 손을 되잡아 흔들었다.

6

아무리 지루하던 겨울도, 한 번 지나만 가면 봄은 기다리지 않아도 저절로 닥쳐온다. 반가운 손님은 신 끄는 소리를 내지 않듯이, 자취 없이 걸어오기로서니, 얼어붙었던 개천 바닥을 뚫고 졸졸졸 흐르는 물소리를 듣고, 말랐던 나뭇가지에서 새 움이 뾰족뾰족 돋아나는 것을 볼 때, 뉘라서 새봄이 오지 않았다 하랴.

동혁은 신작로 가에서 잔디 속잎이 파릇파릇 돋은 것을 비로소 보았다. 미루나무 껍질을 손톱 끝으로 제겨보니[276], 벌써 물이 올라서 나무하는 아이들의 피리 소리도 멀지 않아 들릴 듯.

"인젠 완구히 봄이로구나!"

한 마디가 저도 모르는 사이에 부르짖어졌다.

그는 논둑으로 건너서며 발을 탁탁 굴러보았다. 흠씬 풀린 땅바닥은 고무 자리를 딛는 것처럼 물씬물씬하다.

동혁은 가슴을 봉긋이 내밀며 숨을 깊다랗게 들이마셨다. 마음의 들창이 활짝 열리며 그리로 훈훈한 바람이 쏟아져 들어오는 듯 그는 다시 속 깊이 서려 있는 묵은 시름과 함께

"후—."

하고 마셨던 바람을 기다랗게 내뿜었다. 화로에 꺼졌던 숯불이 발갛게 피어난 방 속같이 온몸이 후끈해지는 것을 느꼈다.

동혁이가 동리 어구로 들어서자 맨 먼저 눈에 띄는 것은 불그스름하게

물들은 저녁 하늘을 배경 삼고 언덕 위에 우뚝우뚝 서 있는 전나무와 소나무와 향나무였다. 회관이 낙성되던 날 그 기쁨을 영원히 기념하기 위해서 회원들과 함께 파다 심은 상록수들이 키돋움을 하며 동혁을 반기는 듯.

"오오 너희들은 기나긴 겨울에 그 눈바람을 맞고도 싱싱하구나 저렇게 시푸르구나!"

동혁의 걸음은 차츰차츰 빨라졌다. 잿배기를 넘다가 그는 팔을 내저으며

비 바람은 험궂고
물결은 사나워도
피와 땀을 흘려가며
우리 고향 지키세!

하고 애향가의 후렴을 불렀다. 일부러 부른 것이 아니라 저도 모르게 불러진 것인데, 앞의 비인 골짜기는, 그 음향을 받아 쩌렁쩌렁 울렸다.

그의 귀에는 조기회의 새되게 나팔소리가 들렸다. 그의 눈에 회관 앞마당에 전보다 몇 곱절이나 빽빽하게 모여 선 회원들이 팔다리를 벌렸다 오므렸다 하며 체조를 하는 광경이 보였다.

그는 고개를 돌리고 눈을 감았다 떴다. 이번에는 훤하게 터진 벌판에 물이 가득히 잡혔는데, 회원이 오리떼처럼 논바닥에 가 하얗게 깔려서, 일제히 '이앙가移秧歌'를 부르며 모를 심는 장면이, 망원경을 대고 본 것처럼 지척에서 보였다.

그는 소경이 눈을 뜬 것처럼, 안계眼界가 시원하였다. 고향의 산천이 새삼스러이 아름다워 보여서 높은 멧부리에서부터 낮은 언덕까지 산허리로 한바탕 떼굴떼굴 굴러보고 싶었다.

앞으로 가지가지 새로이 활동할 생각을 하며 걷자니 그는 제풀에 어깻바람이 났다. 회관 근처까지 다가온 동혁은 누가 등 뒤에서

'엇, 둘! 엇, 둘!'

하고 구령을 불러주는 것처럼, 다리를 쭉쭉 내뻗었다.

상록수 그늘을 향하여 뚜벅뚜벅 걸었다.

| 용어풀이 |

1 누상 : 옥상.

2 만호장안(萬戶長安) : 집들이 많은 서울.

3 간친(懇親) : 친근하게 사귐.

4 체수 : 몸의 크기.

5 청처짐하다 : 느슨하다. 처진 듯하다.

6 관변(官邊) : 관청 측.

7 깨끼적삼 : 안팎 솔기를 얇고 성근 비단을 써서 지은 적삼.

8 박래품(舶來品) : 다른 나라에서 들여온 상품.

9 결곡하다 : 야무지다.

10 부피다 : 붐비다.

11 안반 : 떡판.

12 빈지 : 한 짝씩 끼웠다 떼었다 하는 문.

13 선유(船遊) : 뱃놀이.

14 능갈치다 : 능청스럽다.

15 모박다 : 눌러 담다.

16 점직하다 : 부끄럽고 미안하다.

17 논다니 : 웃음과 몸을 파는 여자를 속되게 부르는 말. 유녀(遊女).

18 서퇴(暑退) : 더위가 물러감.

19 거산(擧散) : 식구들이 뿔뿔이 흩어짐.

20 소당 : 솥뚜껑.

21 북을 주다 : 흙으로 식물의 뿌리를 덮어주다.

22 연골(軟骨) : 식물이 다 자라지 않아 연한 상태.

23 희연 : 가루담배.

24 곁두리 : 새참.

25 피물(皮物) : 짐승의 가죽.

26 양주(兩主) : 바깥주인과 안주인. 부부.

27 유조 : 도움이 됨.

28 맷방석 : 매통이나 맷돌을 사용할 때 그 밑에 까는 짚으로 만든 방석.

29 잿배기 : 언덕배기.

30 기직자리 : 기직. 부들 잎으로 엮은 돗자리.

31 장물 : 간장을 탄 찬물.

32 장취(長醉) : 늘 취해 있음.

33 거염 : 탐내는 욕심.

34 외먹기 : 반발.

35 하우불이(下愚不移) : 몹시 어리석은 사람의 기질은 변하지 아니함.

36 치지도외(置之度外) : 중요하게 여기지 않음.

37 지게미 : 눈곱.

38 넉장거리 : 네 활개를 벌리고 뒤로 자빠진 모양.

39 폭백(暴白) : 화를 냄.

40 축동(築垌) : 물을 막기 위한 둑.

41 다복솔 : 가지가 많이 퍼진 어린 소나무.

42 개초 : 이엉으로 엮은 지붕.

43 살포 : 논의 물꼬를 트거나 막을 때 쓰는 농기구.

44 막살이 : 되는 대로 사는 살림살이.

45 물참 : 만조.

46 거루 : 거룻배.

47 별배(別陪) : 하인.

48 상성 : 다른 사람처럼 됨.

49 곡호수(曲號手) : 나팔 부는 병정.

50 기착 : 반듯한 자세로 서 있음.

51 너름새 : 일을 주선하는 솜씨.

52 상일 : 기술이 필요 없는 막일.

53 도지(賭地) : 대가를 주고 빌리는 땅.

54 화가래 : 괭이.

55 고무가래 : 고무래. 흙을 고르거나 곡식 등을 긁어모으거나 펴는 데 쓰는 기구.

56 바소쿠리 : 소쿠리. 싸리로 만든 삼태기.

57 번대질 : 표면을 편편하게 고르는 일.

58 외씨 : 오이씨.

59 이밥 : 쌀밥.

60 두매한짝 : 다섯 손가락.

61 삯메기 : 농촌에서 끼니 없이 품삯만 받고 하는 일.

62 멧갓 : 산판.

63 은방주(銀坊主) : 벼의 품종의 하나.

64 개상 : 볏단을 쳐서 이삭을 떨어내는 농기구.

65 바심 : 타작.

66 손방 : 아주 할 줄 모르는 솜씨.

67 소복(蘇復) : 원기가 회복되게 함.

68 옹치(雍齒) : 늘 싫어하는 사람, 그런 관계.

69 신날 : 짚신이나 미투리 바닥에 세로로 놓은 날.

70 학질을 떼다 : 학을 떼다. 괴롭거나 어려운 상황에서 벗어나느라고 진땀을 빼거나 질려
    버리다.

71 작인 : 소작인.

72 자질(子姪) : 자손.

73 중동무이 : 중간에 끊김.

74 여불없다 : 위불없다. 틀림이 없다. 의심의 여지가 없다.

75 전장(田庄) : 개인 소유의 논밭.

76 장릿벼 : 돈이나 곡식을 빌려주고 한 해 이자로 원래의 절반 이상을 주기로 한 벼.

77 장복(長服) : 오래 먹음.

78 가시키리(貸し切り) : [일본어] 대절. 빌림.

79 공의(公醫) : 관청의 위탁으로 근무하는 의사.

80 중창(重創) : 새로 고침.

81 명정거리 : 죽은 뒤에 명정에 올릴 재료라는 뜻으로, 변변치 못한 사람이 본분에 지나치
    게 행동함을 놀리는 말.

82 의뭉 : 겉으로는 어리석어 보이면서 속으로는 엉큼함.

83 대기(大忌) : 매우 싫어함.

84 조리차 : 아껴 쓰는 일.

85 청좌(請坐) : 초대.

86 지꾸 : 머릿기름.

87 자별하다 : 인정이 특별하다.

88 암암(暗暗)하다 : 눈에 어른거리다.

89 사숙(私宿) : 하숙.

90 성벽 : 승벽. 이기고 싶은 성미.

91 씨까스르다 : 씰까스르다. 비위를 거스르다.

92 은휘(隱諱)하다 : 꺼리어 숨기다.

93 성적(成赤) : 혼인날 신부가 얼굴에 분을 바르고 연지를 찍는 일.

94 장변(場邊) : 시장에서 하는 돈놀이의 이자.

95 유착하다 : 투박하고 크다.

96 버정거리다 : 부질없이 거닐며 왔다 갔다 하다.

97 보병것 : 보병목으로 지은 옷.

98 복학(腹瘧) : 어린아이에게 생기는 병의 하나.

99 관격(關格) : 위급한 증상의 심한 체증.

100 금계랍(金鷄蠟) : 염산키니네. 해열 진통제로 쓰임.

101 교군(轎軍) : 가마.

102 꺼두르다 : 움켜잡고 흔들다.

103 만경이 되다 : 정기가 없다.

104 환 치다 : 낙서같이 그림을 그리다.

105 춘잠(春蠶) : 봄에 치는 누에.

106 사이상 : 채상(蔡さん). 채선생님.

107 감발 : 발감개.

108 눈이 하가마가 되다 : 굶주려 퀭해진 눈을 비유적으로 이르는 말.

109 병풍상성(病風喪性) : 병에 시달려 본성을 잃어버림.

110 작수 : 나무 기둥.

111 인아(姻婭) : 사위 쪽의 사돈과 사위 상호 간. 사위의 아버지를 '인(姻)' 이라고 하고 사위
    끼리를 '아(婭)' 라 함.

112 깍짓동 : 뚱뚱한 사람을 비유하는 말.

113 부닐다 : 붙임성 있게 굴며 도와주다.

114 헌수(獻壽) : 장수를 비는 술을 올림.

115 매방앗간 : 물의 힘으로 맷돌을 돌아가게 한 방아.

116 삼현(三絃) : 거문고, 가야금, 향비파.

117 육각(六角) : 북, 장구, 피리, 해금, 태평소 한 쌍.

118 영산회상(靈山會上) : 고려 때부터 내려오던 불교를 기반으로 하는 속악.

119 설유(說諭) : 훈계.

120 고작 : 상투의 속된 표현.

121 흑작질꾼 : 교활한 수단으로 일을 방해하는 사람.

122 사품 : 어떤 일이 진행되는 겨를.

123 곤댓짓 : 뽐내며 하는 고갯짓.

124 홍선(紅扇) : 부채의 일종.

125 염낭 : 허리에 차는 주머니.

126 성군작당(成群作黨) : 못된 짓을 하려고 모인 패거리.

127 지경돌 : 땅을 다지는 도구.

128 새 : 억새, 이엉 등.

129 두레 : 음식을 장만하여 여러 사람이 함께 먹는 것.

130 아시 : 애벌.

131 만물 : 논에 난 잡초를 맨 나중에 손으로 없애는 일.

132 피사리 : 벼에 섞인 피를 없애는 일.

133 엄부렁 : 실속 없이 겉만 큼.

134 윗가지 : 흙벽을 바르기 위해 벽 속에 엮은 나뭇가지.

135 모채 : 이엉으로 엮은 집 구조물.

136 건깡깽이 : 흥을 돋워줄 술이 없음.

137 새벽 : 누런 빛깔의 차진 흙에 고운 모래나 말똥 등을 섞어 벽이나 방바닥에 바르는 흙.

138 중방 : 양쪽 마구리를 버티어 지른 기둥 막대기.

139 도리 : 기둥 위에 돌려 얹히는 나무.

140 쏘새기질 : 쏘개질. 있는 일 없는 일을 얽어서 일러바치는 짓.

141 버르집다 : 작은 일을 크게 떠벌리다.

142 연재(軟材) : 작은 목재.

143 베껴나다 : 한데 어울리지 못하다.

144 은동곳 : 상투가 풀리지 않도록 매는 은으로 만든 물건.

145 어리장사 : 닭이나 오리 등을 어리(닭장)에 넣어 지고 다니며 하는 장사.

146 적실인심(積失人心) : 인심을 많이 잃음.

147 중시조(中始祖) : 쇠퇴한 가문을 일으킨 조상.

148 역원(役員) : 임원.

149 푼푼하다 : 옹졸하지 않고 너그럽다.

150 인호상이자작(引壺觴而自酌) : 술병과 잔을 당겨 스스로 술을 따라 먹음.

151 숙습(熟習) : 익숙하여 몸에 밴 습관.

152 난당(難當) : 당해 내기 어려움.

153 배접(褙接) : 여러 겹 포개서 붙이는 일.

154 분때 : 팥이나 밤의 가루로 만든 재래식 분을 문지르면 때처럼 밀려나오는 찌꺼기.

155 납신하다 : 윗몸을 가볍고 빠르게 구부리다.

156 각수(角數) : 원 단위로 돈을 셀 때 남은 몇 전 혹은 몇 십 전.

157 시재(時在) : 현재.

158 구벽다리 : 오래된 물건이나 사람.

159 발매 : 나무를 한목에 베어냄.

160 도급(都給) : 비용을 정하고 도맡아 함.

161 함비 : 하삐(はっぴ). 일본 노동자들이 즐겨 입던 옷.

162 지청구 : 까닭 없이 남을 원망하는 것.

163 벽련(劈鍊) : 통나무를 네모지게 대강 다듬은 짧은 뗏목.

164 약대 : 낙타.

165 모군꾼 : 품팔이.

166 마전 : 삶거나 빨아 햇빛에 바래는 일. 표백.

167 째다 : 일손이나 물건이 모자라서 일에 쫓기다.

168 물매 : 지붕의 경사진 정도.

169 절망고(絶望顧) : 미처 다른 일을 돌볼 겨를이 없음.

용어풀이

373

170 차인꾼 : 종업원.

171 창졸간(倉卒間) : 미처 어찌할 수도 없는 사이.

172 잔졸(孱拙) : 잔약하고 옹졸함.

173 떡심이 풀리다 : 낙심하여 힘이 풀리다.

174 애절초절(哀絕超絕) : 몹시 슬프고 안타까워 함.

175 짬짜미 : 남몰래 짜고 하는 약속.

176 외상 : 한 사람 분량으로 차린 밥상.

177 귀정(歸正) : 잘못되었던 일이 바르게 돌아옴.

178 탁방 : 결론.

179 다그다 : 가까이 옮기다.

180 마수 : 말로 된 수량.

181 몽근벼 : 낟알 겉껍질에 수염이나 동강 등이 붙어 있지 않은 벼.

182 근친(覲親) : 부모님을 찾아감.

183 낭판 : 계획이 어그러짐.

184 노그라지다 : 몹시 피곤하다.

185 나분나분하다 : 부드럽고 가볍다.

186 꾀송꾀송 : 달콤한 말로 남을 꾀어 냄.

187 지까다비(じかたび) : [일본어] 노동자용 작업화.

188 모주(母酒) : 재강에 물을 타서 뿌옇게 걸러낸 탁주.

189 기함(氣陷) : 기력이 없어 가라앉음.

190 성산(成算) : 성취할 가능성.

191 연자매 : 소나 말이 돌려 곡식을 찧는 매.

192 게밥을 짓다 : 거품을 물고 말하다.

193 쇳대 : 열쇠.

194 근사(勤事) : 공들임.

195 돈대(墩臺) : 평지보다 높직하게 있는 고른 땅.

196 적(炙) : 고기를 꼬챙이에 끼워 구운 음식.

197 서역 : 글씨 쓰는 일.

198 겯고틀리다 : 어긋나 틀어지다.

199 상채(喪債) : 초상을 치르느라 진 빚.

200 텃도지 : 터를 빌린 값으로 내는 돈 혹은 세.

201 공진회(共進會) : 품평회와 박람회를 절충한 것.

202 계출(屆出) : 신고.

203 문문하다 : 어려움 없이 쉽게 다루거나 대할 만하다.

204 경행(京行) : 서울 여행.

205 백죄 : 백주(白晝). 대낮.

206 준하다 : 독하다.

207 기고(忌故) : 제사.

208 가양(家釀) : 집에서 술을 빚음.

209 세잔갱작(洗盞更酌) : 잔을 씻어 다시 마심.

210 인음증(引飮症) : 한 번 술을 마시면 자꾸 마시려는 습성.

211 호사객(好事客) : 일 만들기 좋아하는 사람.

212 따개질 : 물고기의 배를 가르는 일.

213 대물부리 : 대로 만든 물부리.

214 버언해지다 : 조금 환해지다.

215 사폐 : 사정.

216 인찰지(印札紙) : 미농지에 괘선이 있는 종이로 공문서를 작성하는 데 씀.

217 송엽장(松葉杖) : 쌍지팡이.

218 조섭(調攝) : 몸조리. 건강이 회복되도록 몸을 잘 보살피고 병을 치료하는 것.

219 전위 : 전부 위임.

220 듬쑥하다 : 속이 깊다.

221 모태 : 판에 놓고 한 차례 쳐서 나오는 떡의 양.

222 선문(先聞) : 미리 알림.

223 장근(將近) : 거의.

224 졸경을 치다 : 모질게 시달림을 당하다.

225 과세(過歲) : 설을 쉼.

226 나지미상(なじみさん) : [일본어] 단골.

227 산골 : 접골약으로 쓰던 쇠붙이.

228 최경례(最敬禮) : 가장 존경하는 뜻으로 정중히 하는 경례.

229 모모하다 : 잘 알려지다.

230 육지기 : 관아에 육류를 진공하던 관노.

231 세찬(歲饌) : 설음식.

232 계통문(契通文) : 계에서 소식을 돌리는 글.

233 박학천식 : 배움이 짧고 지식이 짧음.

234 교풍부장(矯風部長) : 풍속을 지도하는 부서장.

235 발호(跋扈) : 권세나 세력을 제멋대로 부리며 함부로 날뜀.

236 중변(重邊) : 비싼 이자.

237 산병전(散兵戰) : 부대가 일정한 거리를 두고 흩어진 상태로 하는 전투.

238 석수(石數) : 곡식을 섬으로 센 양.

239 나농(懶農) : 농사일을 게을리 함.

240 장작윷 : 기다랗고 굵게 만든 윷.

241 강강하다 : 쌀쌀하다.

242 장성 : 기운.

243 휘젓하다 : 인적이 드물다.

244 반신료(返信料) : 편지나 우편 등의 회답용 요금.

245 조련질 : 괴롭히는 짓.

246 임검(臨檢) : 현장에 가서 검사함.

247 종주먹 : 주먹으로 지르며 을러댐.

248 만단설화(萬端說話) : 모든 이야기.

249 망단(望斷)하다 : 이러지도 저러지도 못하고 처지가 딱하다.

250 잔입 : 아침에 일어나 아무것도 먹지 않은 입.

251 비둔하다 : 두껍게 옷을 입어 움직임이 둔하다.

252 신산(辛酸)하다 : 괴롭고 쓰라리다.

253 면소(免訴) : 공소권이 소멸되고, 기소를 면하는 일.

254 불종소리 : 불이 났다고 치는 종소리.

255 청루(靑樓) : 여자가 나오는 술집.

256 옷뒤 : 빨래나 바느질.

257 곱드러지다 : 걸려 넘어지다.

258 하관(下關) : 일본지명. 시모노세키.

259 걸터듬하다 : 닥치는 대로 더듬어 찾다.

260 지계문 : 마루와 방 사이의 문이나 부엌의 바깥문.

261 편작(扁鵲) : 중국의 전설적인 명의.

262 화제(和劑) : 한약 처방.

263 궂기다 : '죽다' 의 존대.

264 감세(減勢) : 병 따위의 기운이 수그러듦.

265 일부인(日附印) : 편지 봉투에 찍는 날짜 도장.

266 구곡간장(九曲肝腸) : 깊은 마음속.

267 수통스럽다 : 부끄럽고 가슴 아프다.

268 장강목(長杠木) : 길고 굵은 멜대.

269 앞채 : 가마, 상여 등의 앞에서 메는 채.

270 사리 : 조수가 가장 높이 들어오는 때.

271 제절 : 자손들이 절할 수 있도록 산소 앞에 마련된 평평하고 널찍한 부분.

272 나 어리다 : 나이가 어리다.

273 적조(積阻) : 오랫동안 소식이 막힘.

274 통부(通訃) : 부음을 통지함.

275 더끔더끔 : 더한 위에 또 더한 모양.

276 제겨보다 : 힘을 가볍게 주어 톡톡 깎다.

『상록수』 연구

1. 『상록수』의 출생과정

심훈의 장편소설 『상록수』는 〈동아일보〉에 1935년 9월 10일부터 1936년 2월 15일까지 127회 동안 연재되었다. 이미 작품이 탈고된 후 연재된 것이기에 주제도 분명하고 문장도 안정되며 구성도 탄탄한 것으로 평가될 수 있었다. 다만 93회, 94회, 95회, 96회 순으로 연재되어야 할 것이 누구의 실수로 그리된 것인지 95회, 93회, 94회, 96회 순으로 실려있는 것이 눈에 띈다. 내용 자체가 뒤바뀐 것이 아니고 번호가 잘못 매겨진 것이다.

잘 알려진 바와 같이 『상록수』는 출생과정이 독특한 작품이다. 작품 『상록수』는 신문연재소설이기는 하나 심사를 거쳐 당선작으로 뽑힌 것이며, 작가 심훈은 신인이 아니라 이미 『탈춤』, 『영원의 미소』 등과 같은 여러 편의 장편소설을 써낸 엄연한 기성작가였다.

〈동아일보〉는 1935년 3월에 앞으로 4월 1일자로 창간 15주년을 맞는 것을 기념하기 위해 상금 5백원을 걸고 장편소설을 공모하였다. 그리고는 "조선의 농업 산촌을 배경으로 하여 조선의 독자적 색채와 정조情調를 가미할 것", "인물 중에는 한 사람 쯤은 조선청년으로서의 명랑하고 진취적인 성격을 설정할 것", "신문소설이니만치 사건은 흥미있게 전개시켜 도회인 농어 산촌인을 물론하고 다 열독하도록 할 것"[1] 등의 조건을 내걸었다. 여기서 〈동아일보〉사는 장편소설 공모의도를 "조선 농어산촌 문화에의 기여"와 같이 추상적으로 밝히고 있을 뿐, 농촌운동이니 브나로드니 하는 말은 쓰지 않고 있다. 1935년 8월 13일자 〈동아일보〉에서는 심훈 씨의 『상록수』를 당선작으로 선정한 그 심사 과정을 구체적으로 밝히면서 장편소설을 공모하는 취지와 응모자가 유의해야 할 사항을 다시 한 번 소개하였다.

〈동아일보〉사는 농촌소설이나 농민소설을 희망했을 뿐 구체적으로 농촌계몽소설이나 농민교화소설을 원했던 것은 아니다. 『상록수』의 연재를 예고하는 날짜의 신문에서도 농촌계몽소설과 같은 용어는 쓰지 않았다. 신문에서는 "게재되는 동안에 남녀 주인공의 씩씩함을 배워 「나도 일하리라」고 팔을 걷고 나설 이땅의 젊은이가 수만히 있을 줄 압니다. 그뿐입니까. 여기에 눈물이 있고 웃음이 있고 사랑이 있으니 독자 여러분은 각각 구하는 대로 이 소설에서 얻을 것입니다"고 독자반응의 방향과 수준을 예시하였다. 심훈은 자신과 〈동아일보〉사와의 각별한 인연을 털어 놓으면서 『영원의 미소』의 후편을 쓰려고 했던 참에 "사社에서 주문한 모든 조건이 작자가 생각하여 오던 바와 우연히 부합됨에 용기를 얻어 그 공적을 이행할 기회를 얻게 되었습니다"고 했고 "빈약하나마 머리를 짜내기에는 가장 괴악한 늦은 봄철에 한 50일 동안을 주야겸행晝夜兼行으로 펜을 날려 기한과 회수와 또는 그 밖의 모든 구속을 받으면서 써 낸 것입니다"고 밝혔다.[2] 이 소설의 마지막 연재분의 끝부분에는 "1935년 6월 26에 탈고한 것"이라는 부기가 있다. 6월 26일까지 50일 정도 쓴 것이라면 그는 5월 초께 집필을 시작한 것이 된다.

---

1 〈동아일보〉, 1935. 3. 20.
2 〈동아일보〉, 1935. 8. 27.

심훈은 1932년에 충청남도 당진군 송악면 부곡리로 낙향한 이래 『영원의 미소』(〈조선중앙일보〉, 1933. 7. 10~1934. 1. 10), 『직녀성』(〈조선중앙일보〉, 1934. 3. 24~1935. 2. 26)과 『상록수』 등을 탈고했다. 그는 이 무렵에 낙향 이전의 자신의 삶을 "어쭙지 않은 사회봉사, 입에 발린 자기희생, 어떠한 주의에의 노예"와 같이 파악하고 있었다. 『영원의 미소』, 『직녀성』, 『상록수』는 남녀 주인공들이 경성을 떠나 "다른 사람들을 위한 삶의 개척"을 표방하면서 농촌으로 들어가는 것을 긍정적으로 묘사하고 있다. 경성에서의 과거 생활에 대한 반성은 그를 농촌으로 돌아가게 만들었고 귀향 모티프와 계몽 모티프를 필수 모티프로 한 소설을 쓰게끔 만들었다. 그는 1920년대 말과 1930년대 초에 걸쳐 「조선은 술을 먹인다고」(1929), 「필경筆耕」(1930), 「토막생각」(1932)등의 시를 써내었는데 이들 작품들에서 심훈의 현실을 비판하거나 자조하는 태도를 찾을 수 있다. 그는 「조선은 술을 먹인다고」에서 "카페의 의자를 부수고 술잔을 깨뜨리는 사나이가/피를 아끼지 않은 조선의 테러리스트요/파출소 문앞에 오줌을 깔기는 주정꾼이/이 땅의 가장 험악한 반역이란 말이냐?"고 자조적인 표현을 아끼지 않은 다음, 「토막생각」에서는 "전등 끊어 가던 날 밤 촛불 밑에서/나어린 아내 눈물지며 하는 말/「시골 가 삽시다 두더지처럼 흙이나 파먹게요」"와 같이 막다른 골목에 다다른 심정을 털어 놓았다.

잘 알려진 바와 같이 심훈은 비록 카프 측으로부터 소외 당하기는 하였지만 「그날이 오면」을 비롯한 몇 편의 시와 연재 중단 조치를 당하고 만 「동방의 애인」, 「불사조」 등의 소설, 그리고 기미 만세 가담, 염군 가맹 철필구악부焰群 加盟 鐵筆俱樂部 사건 연루 등의 경력에서 잘 입증되고 있는 바와 같이 일면 래디칼리스트요 인노베이터에 해당된다.[3]

3 조남현, 『한국소설과 갈등』, 문학과비평사, 1990, 204쪽.

심훈은 1920년대 후기에서 1930년대 초기에 걸쳐 급진주의적 지식으로서, 작가로서 또한 가장으로서 실패를 거듭하였고 바로 이 거듭되는 패배감과 좌절감이 마침내 심훈을 시골 구석으로 밀어 넣게 된 것이다. 『상록수』 연재가 끝나고 나서 한 달 후에 〈동아일보〉에 발표된 「필경사 잡기筆耕舍 雜記」의 제6회 「조선의 영웅」에서 심훈은 행동컴플렉스나 실천컴플렉스에서 헤어나지 못하고 있음을 드러낸다. 말뿐인 영웅보다는 "실제로 일을 하는 소영웅"을 진정한 영웅으로 보고 있는 이 글을 통해 작가가 박동혁이나 채영신과 같은 인물을 설정한 동기를 알게 된다.

　백 가지 천 가지 골치 아픈 이론보다도 한 가지나마 실행하는 사람을 숭앙崇仰하고 싶다. 살살 입살발림만 하고 턱밑의 먼지만 툴툴 털고 앉은 백명의 이론가, 천명의 예술가보다도 우리에게는 단 한 사람의 농촌 청년이 소중하다. 시래기죽을 먹고 겨우내 「가갸거겨」를 가르치는 것을 천직이나 의무로 녁이는 순진한 계몽운동자는 「히틀러」, 「못소리니」만 못지 안흔 조선의 영웅이다[4]

단 한 사람의 실천적인 농촌청년이 소중하다는 생각은 『영원의 미소』, 『직녀성』, 『상록수』의 창작으로 이어지게 된 것이다. 심훈은 특정 이데올로기를 주입시키기 위해 소설을 쓰려고 한 것은 아니었다. 심훈 자신이 "소생은 경파硬派, 연파軟派, 또는 억지프로파, 난삽파難澁派의 작품은 질기지 안코"[5]라고 말하고 있는 것처럼 소설을 자립성이 강한 서술양식으로 보았다.

---

4 〈동아일보〉, 1936. 3. 18.
5 《문예공론》, 1929. 5, 77쪽.

2. 『상록수』의 정신사적 배경

1931년 3월에 일본에서 일어난 무혈 쿠데타의 주역 宇垣—成이 같은 해 6월 17일에 조선총독으로 취임하면서 일선융화를 강화하기 위하여 그 일환으로 농촌 진흥 정책을 펼쳤다.

> 진흥운동의 특질은 다음과 같은 3가지를 들 수 있다. 첫째로는 진흥운동의 슬로건을 춘궁기 퇴치, 차금借金퇴치, 차금예방의 3가지에 두고 있다. 우원 자신이 말한 바와 같이 내선융화 실현을 위해서는 농민의 구제가 선결되어야 한다고 생각했다. 이것을 실현하기 위해서는 당시 농촌에 가장 보편적으로 보여지는 춘궁기와 차금을 퇴치하는 것이라고 생각하였다. 두 번째로는 운동의 대상을 개개의 농가에 두고 있다는 점이다. 세 번째로는 진흥운동이 물심일여의 운동으로서 전개되었다는 점이다.[6]

『상록수』는 총독부에 의한 농촌진흥책의 내용과 일치하는 운동을 전개한 흔적을 보여준다. 박동혁이 세운 공의 하나로 강기천으로부터 차금퇴치와 차금예방을 얻어 낸 것을 들 수 있다. 한곡리에서든 청석동에서든 물질운동이나 경제운동은 아직은 계획의 단계에 있는 것일 뿐 현실화 되지는 않았다. 이에 비해 마음의 운동이나 정신개조는 어지간히 이루어진 셈이다.

심훈이 『상록수』를 통해 효과적으로 귀농운동과 농촌계몽운동을 제기하기는 했지만 그렇다고 심훈을 이러한 운동의 선구자로 보기는 어렵다. 이미 1920년대 후반기부터 우리사회에서도 잡지간행, 대중연설 등의 여러 방법을 통해 농촌운동이 고취되었다. 이미 1920년대 후기부터 우리 소설사는

---

6 宮田節子, 「일제하 한국에서의 농촌진흥운동」, 안병직 외, 『한국근대민족운동사』, 돌베개, 1980, 195쪽.

귀농 모티프와 계몽 모티프를 중심적인 것으로 취한 작품들을 여러 편 보여 주고 있다. 《조선농민》(1926), 《농촌》(1926), 《농민생활》(1929) 등의 여러 농민잡지가 간행되었으며 〈조선일보〉는 1929년 3월 창간 9주년 기념사업으로 '농촌생활개선 운동'을 펼쳤고 〈동아일보〉는 1931년에서 1934년까지 '학생 하기 브나로드 운동'을 전개하였다.

1931년에 김일대金一大는 《동광》에 발표한 「천도교 농민운동의 이론과 실제」를 통해 당시 조선 농민운동의 계통을 다음과 같이 정리했다.[7]

> 一. 부국의 식민정책에 의한 세농민구제사업細農民救濟事業
> 二. 기독교 포교 정책에 의한 농촌진흥사업
> 三. 사회주의 실현정책에 의한 계급투쟁운동
> 四. 사회파괴정책에 의한 무정부주의운동
> 五. 지상천국건설정책에 의한 조선농민사朝鮮農民社 활동

위에서 다섯 번째의 계열에 속해 있었던 김일대는 농촌사업 중 가장 급하고 긴요한 것은 협동조합운동이며 그다음이 식자운동識者運動 그리고 그다음이 소작운동이라고 하였다. 『상록수』에서는 채영신에 의해 1번과 2번의 사업이 주도되고 박동혁에 의해 1번과 3번의 운동이 펼쳐진 것으로 서술되고 있다. 《동광》지에서는 1931년 4월호에 생산증식, 생활개선, 협동조합운동, 식자운동, 소작운동 중 어느 것이 최긴급무인가 하는 설문과 그에 대한 여러 사람들의 답을 소개해 놓았다.[8] 『상록수』는 남녀 주인공이 식자운동을 중심으로 하여 생활개선, 협동조합운동 그리고 소작운동을 부분적으로나마 시도하고 있음을 보여준다. 박동혁이 악덕 지주이며 고리대금업

---

7 《東光》, 1931. 4, 42쪽.
8 조남현, 『한국현대소설연구』, 민음사, 1987, 164~165쪽.
  각 종교나 단체를 대표하여 조만식, 김기천, 조두서, 이주윤, 함상훈, 한장경, 노동규 등이 설문에 답하였다.

자인 강기천으로부터 항복을 받아 내었다는 것은 바로 소작운동을 실천에 옮긴 것이라고 할 수 있다.

마명馬鳴9은 「조선농촌의 진흥책」에서 김일대보다는 구체적이며 분산적인 농촌운동 방법의 갈래를 제시하였다.

> 一. 각지에서 맹렬히 이러나는 문맹퇴치운동(야학운동)가튼 것은 그 전에도 업지는 안엇지만 이 기간에 더욱히 울흥蔚興함을 보게 되엿나니 이에 이것을 영합하기 위하야 신문사에서는 뿌나로드 운동을 계획하게 되고
> 一. 여기저기서 계획하는 모범촌식模範村式 농촌개량운동
> 一. 농민을 중심으로 한 소비조합운동10

『상록수』에서 문맹퇴치운동이 중심사업이 되고 있음은 두말할 것 없다. 소비조합운동도 부분적으로 실시되었다고 할 수 있거니와, "모범촌식 농촌개량운동"은 동혁이 영신 사후에 주도할 앞으로의 운동계획에 포함되어 있다. 박동혁은 영신의 장례를 치르고 나서 고향으로 돌아오는 길에 몇 군데 모범촌을 들러 구경하고 깊은 감화를 받는다. 그는 모범촌의 지도분자들과 토론하고 경제운동의 필요성을 역설하면서 앞으로는 농촌운동을 통일시켜 보겠다는 야심을 다지게 된다.

이어 마명은 문맹퇴치운동의 당위성을 역설하면서도 그 운동이 갖는 한계를 지적하기도 하였다.

> 문맹퇴치운동은 왜 이러나게 되는가. 그것은 길수록 무지로부터 오는 비애와 통고痛苦를 심절深切히 늣기는 농민대중의 강렬한 욕구에 의하야

---

9 임영태 편, 『植民地時代 韓國社會와 運動』, 사계절, 1985의 부록에서 정우홍鄭宇洪 또는 정우호鄭宇鎬의 필명인 것으로 밝혀지고 있다.

10 《彗星》, 1932. 1, 5쪽.

이러나게 되는 것이니 하로하로 유예를 하여서는 아니 될 급절急切한 운동임은 말할 것도 업다. 그러나 이 운동은 흔히 소지주의 자제나 또는 농촌의 유한자有閒者를 그 주요분자로 하는 일이 만으며 그것으로 이 운동은 아즉 소뿌르파의 소일거리적 사업과 가튼 감이 업지 아니하야 지식적 지갈知渴에 허덕거리는 대중의 욕구를 충분히 채워주지 못함은 말할 것도 업다.11

『상록수』는 문맹퇴치운동을 "소뿌르파의 소일거리적 사업"과 같이 부정적으로 보고 있는 것과는 정반대의 인식을 보이고 있다. 그런데 작품이 뒷부분으로 가면서 박동혁과 채영신은 정도의 차이는 있지만 문맹퇴치운동으로서는 농촌운동이 한계가 있음을 공감하는 데로 나아가고 있다. 이러한 자기 반성이나 비판을 보여줌으로써 『상록수』는 열린 소설로 다가가게 된다. 영신이 바라고 동혁이 다짐하고 있는 것처럼 동혁은 농촌운동가로서 영신이 미처 하지 못한 일까지 다할 계획을 갖게 된다.

3. 최용신 양 전기崔容信 孃 傳記와 『상록수』 비교

1935년 5월 1일자로 발행된 《중앙》에 여류 시인 노천명盧天命이 「샘골의 천사 최용신 양의 반생」이라는 제목 아래 3페이지 분량의 글을 써 놓았다. 실존인물 최용신崔容信은 『상록수』의 주인공 채영신蔡永信의 모델임에 틀림없다. 이 최용신 양의 전기에서 비록 불완전하기는 하지만 박동혁의 모델도 밝혀지고 있다. 최용신 양의 약혼자 K가 바로 박동혁의 모델이라고 할 수 있다. 물론 최용신과 채영신 사이의 거리에 비한다면 최용신의 약혼자 K군과 『상록수』의 주인공 박동혁朴東赫 사이의 거리가 훨씬 더 벌어져 있다. 최용신의 약혼자 K의 행동, 즉 최용신을 사랑하는 것과 최용신과 농

---

11 위의 책.

촌운동의 동지가 되기로 약속하는 것만을 재현한 결과가 박동혁이라고 할 수 있다.

심훈은 노천명의 글을 보고 난 바로 직후인 5월 초에 『상록수』를 쓰기 시작한 것으로 되어 있다. 따라서 노천명이 작성한 최용신 양 전기와 『상록수』를 구체적으로 비교하는 것은 『상록수』의 정확한 해석과 자리매김을 위한 선결작업이 된다.

최용신은 1935년 1월 23일에 23살의 나이로 세상을 떠났는데 그녀가 사망한 곳은 청춘을 다 바쳐 일하던 수원 근처의 반월면 천용리(샘골)였다. 그녀는 본래 원산 태생으로 고향에서 루씨樓氏여자고등보통학교를 졸업하고 서울에 올라와 신학교를 다녔다. 신학교 재학 중에 하기 방학 때면 농촌에 가 봉사활동을 하고 돌아왔다. 신학교를 졸업하자 "경성여자 기독교 청년연합회의 파견을 받아 가지고 1931년 봄에 경기도 수원군 샘골이라는 곳으로 발길을 옮기게 되었다". 『상록수』에서는 청석동으로 이름이 바뀌어져 있다.

처음에 그가 여기를 드러섯슬 때에는 우선 천용리 교회당을 빌려 가지고 밤에는 번가라 가며 농촌부녀들과 청년들을 모아 놓고 가리키고 낮이면은 어린이들을 가리킬 때 배움에 목말라 여기에 모이는 여러 아동의 수효가 백여명에 달하고 보니 경찰 당국에서는 팔십명 더 수용해서는 안된다는 제재가 잇게 되자 부득불 그 중에서 80명 만을 남기고는 밖으로 내보내야만 할 피치 못할 사정인데 이 말을 듯는 아이들은 제각금 안 나가겠다고 선생님 선생님 하며 최양의 앞으로 닥아 앉으니 이중에서 누구를 내보내고 누구를 둘것이냐? 그는 여기서 뜨거운 눈물을 몰래 몰래 씨서 가며 억일 수 업슨 명령이매 할수없이 팔십명만 남기고 밖으로 내보내게 되니 아이들 역시 울며울며 문밖으로는 나갓스나 이 집을 떠나지 못하고 담장으로들 넹겨다 보며 이제부터는 매일같이 이 담장에 매달려 넹겨다 보며 공부들을 하게되었다. 이정경을 보는 최양은 어떠케든지해서 저아이들을 다 수용할 건물을 건물을 지어야겟다는 불같은 충동을 받게 되자

그는 농한기를 이용하여 양잠을 하고 양계 기타 농가에서 할 수 잇는 부
업을 해가지고 돈을 좀 맨드러서 집을 짓게 되엿스니 여름달 밝은 때를
이용하야 그는 아이들과 꼇을 들고 강까로 나가서 모래와 자갯돌들을 날
러다가 自己 손으로 손수 흙을 캐며 반죽을 해서 농민들과 갓치 천용학술
泉容學術 강습소를 짓게 되엿든 것이다.[12]

위의 내용은 『상록수』에서는 제45회(1935. 11. 3)부터 49회(1935. 11. 8)
까지에 걸쳐 그대로 재현되고 있다. 『상록수』에서는 이야기의 길이가 늘어
나고 구체적으로 묘사된 것이 다르다. 『상록수』에서 채영신은 아이들이
130명이나 몰려 그렇지 않아도 기금을 모아 건물을 새로 지어 교회로부터
나갈 계획이었다. 그녀는 주재소로부터 '아동을 80명 이상 받지 말라', '기
부금 강제로 걷지 말라'는 명령을 받게 된다. 영신은 금을 그어 놓고 늦게
오는 아이들을 내보내었으나 담장 밖으로 쫓겨난 아이들은 울타리에 매달
려 창 너머 칠판을 보며 계속 공부하는 모습을 보인다. 영신은 건물 지을 기
금을 모으러 여기저기 정신없이 돌아 다닌다. 바로 이 과정에서 그녀는 건
강을 잃게 된 것이다.

노천명이 "최양은 밤이나 낮이나 나를 헤아리지 않고 오로지 농민들을
위해 일하고 (…중략…) 논에 드러가 모를 내는 일가지 다 햇다고 한다. 그
뿐 아니라 그는 이 샘골의 의사도 되고 때로는 목사 재판장 서기 노릇을 다
겸햇섯다고 한다."와 같이 기술한 것은 『상록수』에서 그대로 재현되고 있
다. 『상록수』에서는 채영신이 농부들과 똑같이 육체노동을 한 것으로는 그
려져 있지는 않지만 마을사람들은 그녀를 절대신뢰하여 어디라도 아프면
찾아오고 심지어는 부부 싸움을 한 사람들도 시비를 가려 달라고 올 정도
였다. 마을사람들이 채영신을 의사로도 기대하고 판사로도 기대하고 있는
모습이 잘 그려지고 있다. 노천명이 지면 관계상 추상적으로 기술한 데 비

---

12 《中央》, 1935. 5, 57쪽.

해 심훈은 디테일을 갖추어 구체적으로 묘사하였다. 노천명이 뼈를 제시한 것에다가 심훈은 살과 피를 부여하여 하나의 생명 있는 이야기를 만들어 낸 것이라고 할 수 있다.

> 최양은 여기서 좀더 배워 가지고 와서 그들에게 더 풍부한 것을 주겟 다는 마음에서 그는바로 작년 봄에 신호神戶 신학교로 공부를 더 하러 떠 나게 되엿섯다. 그러나 의외에도 각기병에 걸려 가지고 더 풍부한 양식 을 준비하러 갓든 그는 건강만을 해쳐 가지고 작년 가을에 다시 조선을 나오게 되엿슬대 병든 다리를 끌고 제일 먼저 찾어 간 곳은 정든 샘골이 엇다.[13]

『상록수』에서는 제110회(1936. 1. 24)에서 113회(1936. 1. 28)까지에 걸쳐 채영신이 일본에 신학을 공부하러 갔다가 재미도 없고 병도 재발하여 다시 돌아오는 과정이 그려져 있다. 이 소설에서 그녀가 일본으로 신학을 공부 하러 간다는 것은 당시의 기독교계가 조선의 현실을 똑바로 보지 못하였음 을 암시하는 것이 되며 채영신이 병이 재발하여 자칫 맞을지도 모르는 비 극적 결말을 향한 복선이 되기도 하지만, 실제로 『상록수』에서는 그리 큰 비중을 차지하고 있지 않다.

최용신 전기에서는 "용신이 샘골에 와서 일한지 4년이 지나 천곡리 일 대의 인심이나 생활에 큰 향상이 있게 되자 근방에 있는 야목리의 청년들 이 몰려 와 자기동네 좀 지도해 달라고 하였다. 그런데 이때 마침 경성연합 회에서 그동안 30원 씩 대 주던 것도 돈이 없어 못 대준다고 하던 참이었 다. 야목리를 돌보아 주는 조건으로 수원고등학생 유지회에서 한 달에 10 원씩 대주기로 하여 최용신은 샘골의 사업을 계속해 나가기 위해 건강이 안 좋은 데도 일을 맡기로 하였다."는 것으로 되어 있으나 『상록수』에서는

---

13 위의 책, 58쪽.

이러한 사건을 찾아 볼 수 없다.

　노천명은 최용신 양이 많은 사람들의 애타는 기도와 간호에도 불구하고 7가지 유언을 남기고 죽어가는 것을 서술한 다음 곧바로 이어 최용신과 약혼자 K군과의 이야기를 들려주었다. 최양이 원산에서 학교를 다닐 때에 원산의 명사십리를 배경으로 하여 동향인 남자와 사랑을 나누며 장래를 굳게 약속하였다. "그들은 오직 이 땅의 일꾼! 우리는 농촌을 개척하자는 거룩한 사업의 동지로써 굿게 그 마음과 마음의 악수가 잇섯든" 약혼자는 최양이 일본에 와 있을 때 만나 결혼하자고 조르기도 했으나 "어듸까지 이지적이며 대중만을 생각하라는" 최양은 이를 거절한다. 최양이 위독하다는 전보를 받은 약혼자는 일본에서 금방 나오지를 못하고 겨우 노비를 변통해서 귀국했으나 이미 최양은 관 속으로 들어가 버린 다음이었다. 그는 "용신아! 네게는 여자들이 다 갓는 그 허영심이 웨 좀 더 없엇드란 말이냐!"며 통곡하다가 까무라치기도 했다고 한다. 『상록수』의 122회에서는 감옥에서 막 나와 영신의 사망소식을 늦게 접한 동혁이 도착하여 전기에서의 K와는 달리 울음을 참으면서 "왜 당신은 다른 여자들처럼 일하는 것밖에 허영심이 없었더란 말이요?!" 한다. 노천명의 기술을 심훈이 복사했다고 해도 과언이 아니다. 전기에서의 약혼자가 보여준 행위는 그대로 옮겨졌으나 K에서 박동혁으로 이름이 달라졌고 이론가 K에서 실천가 박동혁으로 농촌운동의 기본정신이 달라졌다. 전기에서의 약혼자는 농촌운동에 뜻을 품고 있을 뿐 계속 공부하고 있는 유학생의 신분이다. 최용신을 도와준 것도 없고 같이 일한 적도 없다.

　(가) 그리고 평소에 최양이 만지든 물품들은 저마다 갓다두고 「우리 최 선생 본듯키 두고 보겟다」고 하며 제각금 울며 빼서가서 나중에는 그의 요닛 벼개닛 신발가지도 눈물 바든 치마 자락에 싸가지고들 부모상이나 당한 것처럼 비통에 싸서 끝일줄을 몰랏다고 하니 지상의 천사가 아니

고 무엇이였스랴.[14]

　(나) 빈소 방에는 어느 틈에 책상 하나만 남기고 영신이가 쓰던 물건이
라고는 불한당이 쳐간 듯이 하나도 남지 않았다. 영신의 손때가 묻은 손
풍금은 원재가 가져가고 바람 차고 눈 뿌리는 밤이면 저를 품어주던 재킷
은 금분의 차지인데 부인네들은 요, 이불, 베개, 하다못해 구두, 고무신까
지 다투어가며 짝짝이로 치맛자락에 싸가지고 갔다. 그만 물건이 탐이 난
것이 아니라
　　"우리 선생님 보듯이 두고두고 볼 테다."
하고 서로 빼앗기까지 한 것이었다.[15]

　(가)는 「최용신 양 반생」의 일부이며 (나)는 『상록수』의 한 부분이다. 『상
록수』가 전기를 그대로 베꼈다고 해도 지나친 말은 아니다. 『상록수』에서
여러 번 보이는 감동적인 장면은 전기에서 취해온 것이 많다. 최용신이 그
녀의 유언대로 천곡 강습소가 마주 보이는 곳에 묻힌 것과 마찬가지로 채
영신도 역시 유언대로 청석학원이 마주 보이는 곳에 묻혀 있다.

4. 갈등양상

　『상록수』에는 인물들 사이의 각종 갈등관계가 펼쳐져 있다. 영신은 영신
대로 동혁은 동혁대로 어려운 여건에서 자신의 신념을 실천에 옮겼던 것이
기에 주위 사람들의 반대나 냉대도 적지 않게 받았다. 물론 두 사람 다 지지
자의 숫자가 반대자보다는 많기는 하다. 『상록수』에는 영신-백현경, 영
신-김정근, 영신-엄마, 영신-동혁, 영신-동네 부자, 영신-주재소, 동

14　위의 책, 59쪽.
15　본 책, 348쪽.

작품해설

389

혁-강기천, 동혁-건배, 동혁-동화, 동혁-영신 등과 같은 여러 갈등 관계가 있다. 영신이나 동혁은 자기 내부에서 갈등을 많이 겪는 공통점을 지니기도 한다. 건배나 동화도 동혁에게는 기본적으로 협조하면서도 갈등을 느꼈다.

가령, 영신은 한곡리의 백사장에서 혼자 있을 때에 "하나님, 일과 사랑과 두 가지 중에, 한 가지를 택해주시옵소서. 저의 족속의 불행을 건지기 위해서 이 한몸을 바치겠다고, 당신께 맹세한 저로서는, 지금 두 가지 길을 함께 밟을 수가 없는 처지에 부닥쳤습니다. 오오 그러나 하나님 저는 그 두 가지 중에, 어느 한 가지를 버릴 수도 없습니다."[16]와 같이 내보였던 내적 갈등을 이 소설에서 자주 보여주고 있다. 영신은 "연애를 하는 데 소모하는 정력이나 결혼생활을 하느라구 또는 개인의 향락을 위해서 허비되는 시간을 온통 우리 사업에다 바치고 싶"다는 생각이었다. 그녀는 일에도 가까이 가고 싶고 사랑에게도 근접하고 싶어하기는 하나 일에의 인력을 더 크게 느끼는 것이었다. 동혁은 "그렇게 굳은 결심을 하고 실지로 일을 해나가는 사람끼리 한몸뚱이로 뭉쳐서 힘을 합하면 곱절이나 되는 효과를 얻지 않겠에요?"[17]라고 말하고 있는 것처럼 일에의 접근과 사랑에의 인력을 합쳐 보자는 입장이다. 결국 두 사람은 3년 동안은 결혼 이야기를 하지 않기로 약속한다. 영신은 한곡리를 다녀와서는 어머니와 김정근에게 파혼을 알리는 편지를 보낸다. 영신은, 어머니와 짜고 자기를 고향으로 불러들인 김정근을 만난 자리에서 "돈을 모아서 저 한 사람의 생활안정이나 꾀하려는 정근씨의 이기주의利己主義가 싫"다고 하면서 오히려 농촌이나 어촌에 돌아가서 계몽활동을 하라는 충고를 아끼지 않는다. 그리고 개인 이외에 사회도 있고 민족도 있는 법이라고 충고한다.

영신과 동혁 사이의 또 하나의 갈등은 기독교를 싸고 벌어지는 가벼운

16 위의 책, 107쪽.
17 위의 책, 121쪽.

설전에서 확인할 수 있다. 영신이 입원한 병실에서 동혁은 서슴치 않고 기독교 교역자나 신자들을 매도한다. "권세에 아첨을 하다 못해 무릎을 꿇고 물질과 타협을 하다 못해 돈 있는 놈의 주구走狗가 되는 그런 놈들 앞에 내 머리를 숙이란 말씀요?" 하는 동혁의 말에 루터 같은 종교 개혁가가 나와야 조선의 예수교는 망하지 않을 것이라고 응수하면서도 영신은 기독교에 대한 믿음에 회의를 표시하지 않는다.

『상록수』에서는 비록 일시적이기는 하지만 동혁과 건배 사이의 갈등을 주목할 필요가 있다. 건배는 어느 사립학교 교원으로 있었다가 ××사건에 앞잡이 노릇을 한 혐의로 이태 동안 감옥살이하고 나와 만주로 시베리아로 방황하다가 논마지기를 다 팔아먹고 만다. 그는 동혁이가 한곡리에 오기 훨씬 전에 와서 야학을 개설했고 동혁과 협조해가며 일을 한다. 냉수 먹으면서 이를 쑤시고 다녀도 궁한 소리는 절대로 하지 않았던 건배도 마침내는 '원수의 구복 때문에 지조를 팔고 만다'. 강기천을 농우회 회원으로 가입시키는 데 앞장서는 대가로 군청 서기로 취직하게 된 것이다. 건배는 떠나가기 바로 전날에 찾아온 동혁에게 변명도 늘어놓고 사과하기도 하였지만 굶고 사는 생활을 더 이상 할 수 없음을 분명히 한다.

박동혁에게서 건배를 빼앗아 간 강기천은 강도사의 큰아들이며 강기만의 형으로 한곡리의 최고 실력자이다. 강도사는 경무국 경부를 지낸 인물로 나라가 한참 망해 들어가는 판에 부자들이나 장사치를 툭하면 도둑으로 몰아 온갖 고문을 해서 허위자백을 받아낸 후에 돈을 긁어모아 한곡리에 땅을 사 두었고 나중에 내려와 살면서 돈놀이를 해서 한곡리에서 제일가는 부자가 된다.

『상록수』에서는 동혁과 강기천과의 갈등과 대립이 중심사건의 하나가 되고 있다. 큰아들 기천은 면협의원이요 금융조합감사요 학교비평의원이면서 여기에다 한곡리 진흥회회장 자리마저 노렸다. 기천이는 "대를 물려가면서 고리대금과 장릿벼로 동리 백성의 고혈을 빨아서 치부를 하였고" 아버지를 닮아 호색한의 행동을 보였다. 동네 사람들은 기천의 얼굴만 보면 "무슨 누린내나 나는 짐승처럼 얼굴을 돌리고 슬금슬금 피한다." 그의 동생 강기만은 M대학 정경과에 재학 중 졸업논문을 쓰다가 신경쇠약이 걸려서 국내로 나왔다. 그리고는 늘 유의유식하고 다니다가 더러는 농우회를 짓는 데 도움을 주기는 했으나 나중에는 형의 돈을 훔쳐가지고 서울로 달아났다.

건배가 떠나자 박동혁은 그동안 청년들이 공동으로 모은 돈을 갖고 부채 문제를 담판짓기 위해 강기천을 찾아간다. 평소에 동혁을 싫어하면서도 그 앞에서는 주눅이 들어 있었던 기천에게 박동혁은 꾀를 내어 술을 많이 먹여 취하게 만든 다음, 반대파의 험악한 분위기를 슬며시 전달한 다음에, 마을 농민들의 빚을 탕감해 달라고 하였다. 몇 년동안 피땀 흘려 모은 돈이 얼추 본전은 되니 이것만 받고 차용증서를 없애 달라는 부탁이었다. 처음에는 고개를 흔들던 기천은 마침내 동혁의 요구를 받아들이고 만다. 동혁은 차용증서를 태워 버릴 수 있었다.

새로 지은 농우회 회관에서 마을 진흥회 회장 선거가 있었는데 이 자리에서 기천이 회장이 되었고 동혁은 부회장 겸 서기가 되었다. 동혁은 취임사에서 자력갱생론과 개혁론을 연설한다. 그는 한곡리 사람들이 열심히 일하는데도 가난을 벗어나지 못하는 이유로 우선 "고리대금업자"를 들었다. 이어 동혁은 주재소 주임, 금융조합 이사 등의 유력자들이 모여 앉은 자리에서 "강기천 씨는 이번에 진흥회장이 되신 기념으로 여러분의 채권까지도 모조리 포기하실 줄 믿"는다는 말로 못박는 고도의 방법을 썼다. 강기천은 진흥회장이라는 자리를 이용하여 "취리와 장리를 놓는 데 편의를 얻고", "위엄을 부려 재산을 늘리는 간접적 효과를 얻어보려던 계획"이었지만 결국 박동혁의 수에 밀리고 만 것이었다. 그러면서 박동혁은 당시의 농촌 현실의 정곡을 찌르는 연설을 계속한다.

"아무리 농사를 개량한대도 지주와 반타작을 해가지고는 도저히 생계를 세울 수가 없지 않습니까? '농지령'이라는 것이 생겨서 함부로 소작권을 이동하지 못하게는 됐지만, 지금 같아서는 지주들이 얼마든지 역용逆用을 할 수가 있게 된 것입니다. 우리 도내道內만 해도 '농지령'이 실시된 뒤에, 소작쟁의小作爭議의 건수가 불과 오 개월 동안에 천여 건이나 되는 것을 보아, 짐작할 수가 있지 않습니까. 그러니까 지주나 소작인이 함께 살려면 적어도 한 십 년 동안은 소작권을 이동시키지 말고, 금년에 받은 석수로 따져서 도지로 내맡길 것 같으면, 누구나 제 수입을 위해서 나농懶農을 할 사람이 없을 겝니다. 이만한 근본책을 실행치 못하면 농촌진흥이니 자력갱생이니 하는 것은 모두 헛문서에 지나지 못합니다!"[18]

박동혁, 아니 심훈은 당시의 농촌 현실을 정확하게 짚는 가운데 문제점들을 지적하고 그에 대한 적절한 해결책을 제시하기도 한다. 여기에다 박동혁은 반상구별의 낡은 관습을 없애야 하고 관혼상제의 비용을 절약하여야 한다는 주장을 덧붙였다.

5. 박동혁과 채영신 비교

『상록수』에서 박동혁과 채영신은 사랑하는 사이이면서 농촌운동의 동지이기는 하지만 농촌운동 방법의 면에서는 여러 가지 차이점을 보인다. "심훈의 진보주의적 정열과 계몽주의적 이성이 잘 조화된 인물이 박동혁이고 채영신"[19]이라는 지적처럼 기본정신의 면에서는 두 사람은 일치하지만 이 기본정신을 구체화하는 태도나 방법의 면에서는 여러 가지 차이를 드러내고 있다. 이러한 차이점은 이 소설의 첫 장면인 학생계몽운동대원 위로다과회에서부터 나타나고 있다. 박동혁보다 늦게 발언권을 얻은 채영

---

18 위의 책, 305쪽.
19 전영태, 「進步主義的 정열과 啓蒙主義的 이성」, 『한국근대작가연구』, 김용성·우한용 공편, 삼지원, 1985, 331쪽.

신이 박동혁의 "민중 속으로 뛰어들어"야 한다는 주장에 전적으로 동감을 표시하였지만 계몽운동과 사상운동의 연계같은 문제에 대해서는 뚜렷한 반응을 보이지 않았다. 박동혁이 "물질로 즉 경제적으로는 일조일석에 부활하기가 어렵겠지만, 무엇보다도 먼저 모든 것을 지배하고, 온갖 행동의 원동력이 되는 정신, 요샛말로 '이데올로기'를 통일하기 위해서 전력을 기울여야 하겠습니다!"고 하였다. "우리 민중에게, 우선 희망의 정신과 용기를 길러주기 위해서, 노력하는 것"을 제창하자 사회자는 '계몽운동과 사상운동을 혼동해서는 안 된다'고 주의를 준다.[20] 한마디로, 영신은 사상운동 같은 것은 생각하지 않은 입장이다.

동혁과 영신은 여자 기독교 연합회 총무로 있는 백현경 선생 집으로 초대되어가서 저녁을 먹는데 동혁은 백현경의 면전에서 모임의 성격과 장소가 어울리지 않는다고 쏘아 붙인다. 동혁은 그 집을 나와 영신과 나란히 걸어가면서 "하지만 농촌운동일수록 무엇보다 실천이 제일일 줄 알아요. 피리를 부는 사람 따로 있고 춤을 추는 사람이 따로 있던 시대는 벌써 지났으니까요. 우리는 피리를 불면서 동시에 춤을 추어야 합니다."[21]고 하였다. 이러한 실천 중심주의나 실천과 이론의 병합주의를 채영신이 모를 리도 없을 뿐더러 반대하는 것도 아니다. 다만 백현경에 대한 태도에 있어서 채영신은 박동혁과 거리를 두고 있으며 당시로서는 그럴 수밖에 없었다. 박동혁은 기본적으로 기독교 신자들을 불신하는 입장에 있었다.

"참 영신 씨는 크리스천(예수교신자)이시지요?"
"전 어려서부터 믿어왔어요. 왜 동혁 씨는 요새 유행하는 맑스주의자세요?"

---

20 본 책, 16~19쪽.
21 위의 책, 40쪽.

"글쎄요…… 그건 차차 두고 보시면 알겠지요. 아무튼 신념을 굳게 하기 위해서나 봉사의 정신을 갖기 위해서는 신앙생활을 하는 것도 좋겠지요. 그렇지만 자본주의에 아첨을 하는, 그따위 타락한 종교는 믿고 싶지 않아요."[22]

『상록수』의 이후의 부분에서 박동혁이 마르크시스트로서의 행동을 보이고 의식을 표출하는 것은 찾을 수 없다. 다만 앞 장에서 지적한 바와 같이 지주이자 고리대금업자이자 면협위원인 기천에게 찾아가 부채 탕감의 결과를 얻어 오는 것은 어느 정도 마르크시스트로서의 면모를 보인 것이라고 할 수 있다. 이처럼 채영신이 기독교 계통의 농촌진흥 사업책에 그 정신의 바탕을 두었던 것에 반해, 박동혁은 심훈의 동반자 작가적 성격에서 유주할 수 있는 것처럼 또 마르크스주의자임을 부정하지는 않은 데서 알 수 있는 바와 같이 계급투쟁운동을 핵으로 한 사회주의 농촌운동 방법에 어느정도 동조한 것이라고 할 수 있다.

동혁이가 자기 고향에 내려갔던 것과는 달리 영신은 농촌 계몽운동하러 갔던 청석골로 간다. 농촌운동하기 위해 고향에 간 것과 타동에 간 것은 분명한 차이를 드러낸다. 박동혁은 자기의 부모로부터 기본적으로 신뢰를 받고 있는 데 비해 영신은 노골적으로 배척받은 것은 아니지만 동리 사람들의 큰 도움과 적극적 지지는 받지 못했다. 박동혁은 여러 명의 진정한 동지를 얻을 수 있었지만 영신의 앞에는 주로 계몽대상자들이 있었다. 뿐만 아니라 채영신의 홀로된 어머니는 딸을 공부시키느라 생선 광주리를 이고 다니면서 장사를 하였는데 어머니는 어려서 약혼한 사이인 김정근과 딸이 결혼을 하여 잘 살기를 바란다. 영신의 어머니는 딸이 하는 일에 자연 반대하는 입장일 수밖에 없었다.

---

22 위의 책, 43쪽.

한곡리로 돌아간 후 박동혁이 한 일은 농우회관 완성, 공동답 설치, 부인근로회 조직, 고리대금업자 강기천에 대한 저항과 설득, 진흥회 운영, 반상타파론 계몽 등으로 되어 있다. 이에 반해 채영신이 청석골에 가서 한 일들 중, 가장 뚜렷한 것은 강습소 운영과 청석학원 건립이다. 채영신은 청석골에서 판사, 의사라는 소리를 들을 정도로 온갖 일을 하고 온갖 문제를 해결하기는 하였지만 가시적인 사업은 박동혁 만큼은 하지 못하였다. 나중에 채영신도 협조자들을 얻었지만 동지의 수준까지 나아간 것은 아니다.

채영신이 주재소로부터의 경고, 강습소 건물 건축비 모금, 발병 등의 과정에서 드러나고 있는 것처럼 식자운동을 중심으로 하였던 데 반해 박동혁은 영신이 앓아 누었을 때 간병하면서 서로 토론하고 또 건배가 자기를 배반하고 떠나간 것을 계기로 해서 식자운동이니 단체훈련이니 하는 것을 중심으로 한 문화적 측면에서의 계몽운동을 반성하게 된다.

> "입때까지 우리가 한 일은 강습소를 짓고 글을 가르친다든지, 무슨 회를 조직해서 단체의 훈련을 시킨다든지 하는, 일테면 문화적인 사업에만 열중했지만, 앞으로는 실제 생활 방면에 치중해서 생산을 하기 위한 일을 해볼 작정이에요. 언제는 그런 생각을 못한 건 아니지만, 외면치레가 아니고 내부적內部的인 문제를 생각하고, 또 실행해야 될 줄로 생각해요."
> "참 그래요. 무엇보다도 먼저 생활이 있고서 그 다음에 문화사업이고 계몽운동이고 있을 것 같아요."
> 영신이도 매우 동감인 뜻을 보인다.[23]

동혁은 건배가 지긋지긋한 가난을 이기지 못하고 기천의 품으로 가 버

23 위의 책, 253쪽.

렸다는 이야기를 듣고는 먹고사는 것이 가장 선결되어야 할 과제임을 절감하게 된다. 그는 확실하게 "표면적表面的인 문화운동文化運動에서 실질적實質的인 경제운동經濟運動으로ㅡ."라는 슬로건을 마음속으로나마 내걸게 된 것이다. 박동혁은 "이제까지 단체를 조직하고 글을 가르치고, 회관을 번듯하게 지으려고 한 것은 요컨대 메마른 땅에다가 '암모니아'나 과린산석회過燐酸石灰 같은 화학비료化學肥料를 주어 농작물이 그저 엄부렁하게 자라는 것을 보려는 성급한 수단이 아니었던가."[24]하고 반성하게 된다. 영신은 바로 동혁이 반성하는 대상인 단체조직, 식자운동, 회관건립 등의 수준에 머물고 만 것이다. 청석학원이 건립되고 난 다음, 영신은 슬로건을 써서 벽에 붙여 놓았는데 여기에서도 경제투쟁이나 정지투쟁을 암시한 것 정도도 찾을 수 없다. 동혁이 제기한 고리금지, 부채탕감, 소작권 이동금지, 반상타파 등의 자력갱생론은 그가 마르크시스트였기에 가능했고, 동생을 포함한 동네 청년들의 협조가 있었기에 가능했고, 자기 고향이었기에 가능했을 것이다. 보기에 따라서 『상록수』는 "계급의식과 일제에 대한 반항의식을 분명하게 내보인 것"[25]으로 해석할 수 있다.

영신은 맹장수술하고 병원에 오래 있다가 퇴원한 후 아픔과 쓸쓸함과 서글픔과 싸우면서 그동안의 자기 생활에 대해 일말의 회의를 갖게 된다. 그녀는 하느님보다는 사람을, 종교보다는 과학을 믿고 싶다고 하기도 하였다.

이외에도 박동혁과 채영신은 몇 가지 점에서 차이를 보이고 있다. 박동혁이 수단과 목적을 분리하여 때로는 적대자인 강기천과 타협하기도 하고 과격파인 동생을 만류하기도 하는 데 비해, 채영신은 한낭청의 회갑잔치에 가서 일장 연설을 하고 일주일 동안 구류 살고 나온 데서 잘 알 수 있는 것

---

24 위의 책, 260쪽.

25 전광용, 「심훈과 『常綠樹』」, 『韓國現代文學論攷』, 민음사, 1986, 111쪽.

처럼 수단과 목적을 동일시하는 면도 있다. 결국, 동혁은 영웅적 면모를 지향한 데 반해 영신은 희생적 인물로 귀결된 것이라고 할 수 있다. 동혁이 자기확충을 목표로 한 것이라면 영신은 자기희생의 비극적 결말을 보이고 말았다.

조 남 현 (문학평론가, 서울대 국어국문학과 교수)

1901 9월 12일 서울 노량진 부근(당시 경기도 시흥군 신북면)에서 아버지 상정 (相挺)과 어머니 해평 윤씨 사이에서 3남매 중 막내로 태어남. 본명은 대섭 (大燮), 호(號)는 소년 시절의 '금강생(金剛生)', 항주(抗州) 유학 시절의 '백 랑(白浪)'이 있음.

1915 서울 교동보통학교를 졸업하고 경성제일고등보통학교(현 경기고등학교)에 입학.

1917 전주 이씨 해영(海暎, 후일 심훈이 지어줌)과 결혼.

1919 경성제일고보 4학년 재학 당시 3 · 1운동에 가담. 3월 5일 헌병대에 체포되 어 4개월간 투옥됨. 7월에 집행 유예로 풀려남. 이 사건으로 학교에서 퇴학 당함.

1920 흑석동 집과 가회동 장형 우섭의 집에 머무르면서 문학수업을 하며 선배 이희승에게 한글 맞춤법을 배움. 이 해 일기가 《사상계》(1963)에 발표되었 고 현재 전집에 실려 있음. 다수의 습작기 작품을 발표. 개명 · 변장하고 중 국으로 망명 · 유학의 길을 떠남.

1921 북경에서 상해, 남경을 거쳐 항주 지강(之江)대학에 입학. 중국에 있는 동 안 석오 이동녕, 성제 이시영, 단재 신채호 등과의 교류를 통해 많은 감화 를 받았으며, 엄항섭 · 유우상 · 정진국 등 임정의 청년과도 가깝게 지냄. 시 「박군의 얼굴」에 나오듯 박헌영과 상해에서 조우한 것으로 보임. 이때 의 경험이 이후 「동방의 애인」과 「불사조」 창작의 계기가 됨.

1923 귀국 후 최승일 등과 신극 연구단체인 '극문회(劇文會)' 조직. 안석주, 이 승만, 이경손, 김영팔, 임난산, 고한승 등이 속해 있었음.

1924 〈동아일보〉 기자로 입사. 이해영과 이혼. 〈동아일보〉에 연재 중이던 번안 소설 「미인의 한」의 후반부 번안을 맡음.

1925 조선 프롤레타리아 예술가 동맹(카프) 발기인으로 참여. 영화 〈장한몽〉에 서 이수일 역의 후반부를 대역함.

1926 〈동아일보〉 학예부에서 사회부로 옮겼으나 소위 '철필구락부 사건(鐵筆俱 樂部 事件)'으로 〈동아일보〉사에서 추방됨. 한국 최초의 영화소설 「탈춤」 을 〈동아일보〉에 연재. 이때 '훈(薰)'이란 필명을 처음으로 사용.

1927 영화공부를 위해 도일. 경도(京都)의 '일활(日活) 촬영소'에서 무라타미노 루(村田實) 감독의 지도를 받음. 영화 〈춘희〉에 엑스트라로 출연(한인 최초 의 일본영화 출연). 하반기에 귀국, 자신이 쓴 「어둠에서 어둠으로」를 각 색, 감독하여 영화 〈먼동이 틀 때〉를 제작. 단성사에서 개봉.

1928 〈조선일보〉 기자로 입사. 한설야 등과 「우리 민중은 어떠한 영화를 요구하 는가」 등의 평론으로 영화 예술 논쟁을 벌임.

1930 「동방의 애인」을 〈조선일보〉에 연재하였으나 일제의 검열에 의해 중단됨. 12월 24일 안정옥(安貞玉)과 재혼.

1931 〈조선일보〉를 퇴사. 경성방송국 문예 담당으로 취직했으나 사상 문제로 3 개월 만에 추방됨. 8월부터 「불사조」를 〈조선일보〉에 연재하나 「동방의 애 인」과 같은 이유로 연재 중단.

1932 충남 당진군 송악면 부곡리로 낙향. 9월에 시집 『그날이 오면』을 출판하려 했으나 검열에 걸려 포기함.

1933 5월 당진 본가에서 장편 「영원의 미소」 탈고, 〈조선중앙일보〉에 연재. 8월 〈조선중앙일보〉 학예부장으로 부임. 동 신문사의 《중앙》 창간호 편집.

1934 1월 〈조선중앙일보〉 학예부장 사임. 3월부터 「직녀성」을 동지에 연재. 원 고료로 '필경사(筆耕舍)'란 집을 지음.

1935 장편 「상록수」가 〈동아일보〉 창간 15주년 현상공모에 당선됨. 상금 500원 중 100원을 기부하여 '상록학원'(현재 상록초등학교의 모체)을 지음.

1936 「상록수」를 영화화할 준비를 거의 마쳤으나 일제의 방해로 실패. 베를린

올림픽 마라톤에서 손기정의 우승 소식을 듣고 쓴 즉흥시 「오오, 조선의 남아여!」를 발표. 한성도서에서 「상록수」를 간행하려던 중 장티푸스에 걸려 대학병원에 입원하였으나 9월 16일 향년 36세로 급서(急逝)함.

| 작품목록 |

■ 시

「새벽빛」	《근화》	1920.6
「노동의 노래」	《공제》	1920.10.11
「만가(輓歌), 야시(夜市), 일 년 후」	《계명》	1926.12
「가을의 노래」	〈조선일보〉	1928.9.25
「저창(低唱) 3수」	〈조선일보〉	1928.11.11
「원단잡음(元旦雜音)」	〈조선일보〉	1929.1.2
「송(頌) 삼천리」	《삼천리》	1929.6
「젊은이여」	《학생》	1929.8
「마음의 낙인」	《대중공론》	1930.6
「필경(筆耕)」	《철필》	1930.7
「토막상식」	《동방평론》	1932.5
「곡(哭) 서해」	〈동아일보〉	1932.7.10
「가을밤」	《학등》	1933.10
「생명의 한 토막」	《중앙》	1933.11
「농촌의 고(告)」	《중앙》	1934.4
「근음(近吟) 3수」	〈조선일보〉	1934.11.12

■ 소설

「찬미가에 싸인 원혼」(단편)	《신청년》	1920.8.1
「탈춤」(영화소설)	〈동아일보〉	1926.11.9~12.16
「기남(奇男)의 모험」(단편)	《새벗》	1928.11

「동방의 애인」(장편)	〈조선일보〉	1930.10.29~12.10(미완)
「불사조」(장편)	〈조선일보〉	1931.8.16~12.29(미완)
「영원의 미소」(장편)	〈조선중앙일보〉	1933.7.10~1934.1.10
「직녀성」(장편)	〈조선중앙일보〉	1934.3.24~1935.2.26
「상록수」(장편)	〈동아일보〉	1935.9.10~1936.2.15
「황공(黃公)의 최후」(단편)	《신동아》	1936.1

■ 평론

「입센의 문제극」	〈조선일보〉	1928.3.20~21
「우리 민중은 어떠한 영화를 요구하는가?」	〈중외일보〉	1928.7.11~28
「문예 작품의 영화화 문제」	《문예공론》	1929.5
「내가 좋아하는 작품과 작가」(설문)	《문예공론》	1929.5
「영화 단편어(斷片語)」	《신소설》	1929.10
「1932년의 조선 영화 ─시원치 않은 예상기」	《문예월간》	1931.12
「프로문학에 직언 2, 3」	〈동아일보〉	1932.1.15~16
「「홍염」의 영화화, 기타」	《동광》	1932.10
「무딘 연장과 녹이 슬은 무기」	〈동아일보〉	1934.6.15
「박기채 씨 제일 작품 《춘풍》을 보고서」	〈조선일보〉	1935.12.7
「조선 영화와 토오키」	《조선영화》	1936.10

■ 수필

「감옥에서 어머님께 올린 글월」	시집 『그날이 오면』에 수록	1919.8.29
「항주유기(杭州遊記)」	시집 중간 서문	1920
「결혼의 예술화」	〈동아일보〉	1925.1.26
「몽유병자의 일기」	《문예시대》	1927.1

「남가일몽(南柯一夢)」	《별건곤》	1927.8
「춘색뇌인면부득 (春色惱人眠不得)」	〈조선일보〉	1928.3.14
「교통차단」	〈조선일보〉	1928.3.15
「오월비상」	〈조선일보〉	1929.3.20~21
「경도의 일활(日活) 촬영소」	《신동아》	1933.5
「여름의 추억」	《신동아》	1934.7
「필경사잡기(筆耕舍雜記)」	〈동아일보〉	1936.3.12~18

* 위의 목록 이외에도 다수의 작품을 창작하였으나 여기에서는 신문, 잡지 등 당시 매체를 통해 발표된 작품을 중심으로 정리하였다.